女総督コーデリア

ロイス・　　　　・ビジョルド

惑星セルギアールに女総督コーデリアが帰ってきた。年一回のグレゴール帝への報告のため、六週間前にバラヤーへ出かけていたのだ。留守を預かっていたオリバー・ジョール提督の心中は複雑だった。長年オリバーとアラールは、コーデリアも公認の恋人同士だった。アラールという存在を失った今、自分たちの関係はどうなるのだろう。だが、コーデリアの行動は彼の予想を遙かに超えていた。コーデリアは夫が遺した凍結精子と自身の凍結卵子で、娘を作ろうとしていたのだ。そして思いもかけない申し出を……。人気シリーズのその後を描いたスピンオフ。

登場人物

コーデリア……………………惑星セルギアールの女総督
アラール・ヴォルコシガン……コーデリアの亡き夫
マイルズ………………………バラヤー帝国の国守。アラールとコーデリアの息子
エカテリン……………………マイルズの妻
アレックス
ヘレン
エリザベス（リジー）
タウラ（タウリー）
セリグ
シモーヌ
（以上）……………………マイルズとエカテリンの子どもたち
マーク…………………………マイルズのクローン
カリーン・コウデルカ…………マークの恋人
ライコフ………………………コーデリアの親衛兵士
オリバー・ペリン・ジョール……セルギアール艦隊提督
カヤ・ヴォルイニス中尉………オリバーの副官
ボブリク准将…………………オリバーの副官

フィオドール・ヘインズ将軍……地上基地司令官
フレデリカ（フレディー）……フィオドールの娘
アイヴィ・アトキン……女総督執務室長
ドクター・タン……再生産センターの所長
ゲム・ナヴィット……カリンバーグ駐在セタガンダ領事。ゲム貴族
ロン……ゲム・ナヴィットの息子
ミコス・ゲム・ソーレン……ゲム・ナヴィットの副官
グレゴール・ヴォルバーラ……バラヤー帝国の皇帝
シモン・イリヤン……元機密保安庁長官
アリス・ヴォルパトリル……シモンの恋人

女総督コーデリア

ロイス・マクマスター・ビジョルド
小　木　曽　絢　子　訳

創元ＳＦ文庫

GENTLEMAN JOLE AND THE RED QUEEN

by

Lois McMaster Bujold

女総督コーデリア

マーサ・バーター博士の記念に

1

惑星セルギアール軍の軌道上乗り換えステーションにとって、今日は嬉しい日だった。女総督が帰ってくる。

ステーションの司令制御室に入ったジョール提督は、ホロビッド台の上で軽い機械音をたてている明るい色どりの第一作戦画面を一瞥した。ここで掌握している領域の地図だ――といっても現在はセルギアールを含む星系内の、必要な狭い範囲にセットされていて、実際の天体映像が映し出されているわけではない。天体映像で見れば、あらゆるものが肉眼では見えなくなり、ここにいる人間などかすかな一点の汚点《しみ》のようになってしまう。中心にあるG型星も、この距離では心地よくおとなしく燃えているように見える。それにネックレスのように恒星をとりまく六個の惑星とその周囲をめぐるいくつかの月。いま彼がいる植民世界自体もステーションの下で回っているのが見える。さらに興味深く作戦上で重要なのは、より広範囲の銀河ネクサスにつながるゲートである四個のワームホール・ジャンプ点だ。ジャンプ点にはそれぞれ軍事ステーションやいくつかの民間ステーションもある。ジャンプ点のうちひとつは、バラヤー帝国の他の惑星につながるルートで、もうひとつは現在は平和な関係にあるこちら側でももっとも近い、惑星エスコバールにつながるルートだ。どちら側でも商業交通が盛んで定期的な拘束ビーム通信の中継点でもある。残り二個のひとつは、遠く離れ経済的には利点のないネクサスへの裏ルートで、最後のひとつは四十年調査してもどこへつながるのかいまだにわかっていない。

過去二十年のいつから、自分の頭のなかにこの世界全体の地図を持ち、あらゆることがすぐに動かせるようになったのだろう、とジョールは考えていた。このての技の先達、故アラール・ヴォルコシガンは神業的な能力の持ち主だったとジョールはかねがね思っていたが、それどころかアラールは一番小さなセルギアール世界だけではなく、三つの世界をまとめた帝国で日常的にその技を駆使していたのだ。かつて熱心に学んでも大変そうだと思っていたことを、時はたやすく自分に与えてくれたように思われる。いいだろう。くやしいが、時はジョールを支配しているのだから。すべてをうばい去ったにもかかわらず。

今朝は司令制御室は静かで、ほとんどの技術者がそれぞれの部署で退屈しており、換気装置から漂ってくるのは、いつもどおり電子機器と循環空気と沸かしすぎたコーヒーの匂いだった。ジョールは航行制御員が任務についている明るく照らされた部署に行って、その男の肩に手を置いた。相手は軽くうなずいて、入ってくる二隻の船に目を戻した。

女総督の小型ジャンプ船は艦隊提督ジョールのものとほぼ同じといっていい。小さいが高速を誇り、兵器よりは通信装置が多く突き出している。随行している快速急使船は遅れずについていくスピードがあるが、兵器は女総督の船と同様にほとんど艦載していない。随行して技術的な緊急事態があった場合の安全管理はまかされているが、それ以外の緊急事態は考えられていないのだ。ありがたいことに、この小旅行では何も起こらなかった。それでもジョールは女総督の船がドッキングの留め具になめらかに収まるまで見守ったが、まったく意味のない心配だった。あの静かな灰色の目に見られていたら、下手なドッキングをする気になるパイロットなんかいるはずがない。

ジョールの一番新しい副官が近寄ってきた。「提督、女総督閣下の警備兵から用意ができたと報告がありました」

「ありがとう、ヴォルイニス中尉。そろそろ向こうに行こう」

ジョールは彼女に手を振って背後に従え、司令制御室を出て女総督のドッキング・ベイに向かった。カヤ・ヴォルイニスは、技術者や医療技術兵を大幅に増員した帝国軍女性補助員部隊（ＩＳＷＡ）から代表としてセルギアール司令部に選任されるような逸材ではなく、提督のもとに直接任命されたわけでもなかった。だが女総督は、この人選を気に入りそうだ。もっともコーデリア女総督なら、「わたしの生まれ故郷のベータ植民惑星は、進んだ惑星のひとつだから、ずっと昔から完全に男女混合の宇宙軍がありましたよ」と辛口の自慢をしそうだ。個人的には、ジョールはヴォルイニスを監督しなければならないのが勤務時間だけで、このステーションや地上基地での勤務時間外の仕事では、ＩＳＷＡ所属の非常に有能な母親のような大佐が責任を持ってくれるので安堵していた。

「わたし、ヴォルコシガン女総督閣下には直接お目にかかったことがないんです」ヴォルイニスは打ち明けた。「映像だけです」ジョールは大股で歩くと中尉がついてこられないのを思い出したが、彼女が息を切らしているのは、ジョールの思い違いでなければ、英雄崇拝の初期症状なのかもしれなかった。

「ほう？　きみはヴォルイニス国守の親戚だと思ったけどね。ヴォルバール・サルターナで長く暮らしたことはないのかい」

「そんなに近い親戚ではありません。国守には二度しか会ったことがないんです。それに首都にいた時間は主に総司令部で過ごしていました。すぐに、管理部門にまわされたんです」

その軽いため息は、男性の先輩たちと同じ意味だと簡単に解釈できた。〈艦隊勤務じゃないのよ、くそっ〉

「なあに、元気を出せよ。ぼくなんか、首都では七年間、軍務秘書とか副官をたらい回しされたけど、そのあと商業艦隊の護衛艦の任務が三回まわってきた」これは活躍できる場なので遠くの宇宙基地の任務のなかで、平和な時期には帝国軍将校の憧れの的だった。しかもそこで位をきわめ、一度だけだが艦長を務めた。それがセルギアールの職務につながった。

「そうですね、でもそれはヴォルコシガン摂政殿下の副官だったんですよね！」

「当時、彼はすでに首相になっていた」ジョールはちょっと口元をゆがめた。「ぼくはそれほど年寄りではないよ」とだけいって、「……お嬢ちゃん」と口に出すのは控えた。彼の目にヴォルイニスが十二歳のように見えるのは、単に身長が低いせいではないし、女だからでもなかった。最近までいた男性の副官も彼女よりましとはいえなかった。「といっても、どんな皮肉なめぐり合わせか、ぼくは彼の秘書としてヘーゲン・ハブまで従っていき、短い任務ではあったけど現実の戦争の舞台に身を置いていたんだ。もっともその遠征がはじまったときから、烈しい撃ち合いにはならないだろうとわかってはいたけどね」

「提督閣下は砲撃を受けたことがあるんですか」

「ああ、あるよ。旗艦には本当の意味で編隊はないんだけど。そのとき皇帝も乗艦しておられたから、こっちのシールドが破られなかったのは幸運だった」もう二十年もまえのことだが、あのときの大事件のいきさつは極秘なのだ。ジョールはその一部始終を可能なかぎりの近距離から目撃し、前摂政であり当時は首相だった、ヴォルコシガン国守提督の肩にそれが重くのしかかっているのを見たのだ。だからヘーゲン・ハブについてジョールが語るのは、常に完璧に編纂された物語にならざるをえない。

「それではヴォルコシガン女総督ともそのころからのお知り合いなんですね」

「そう、ほぼ同じくらいだね。だいたい……」頭のなかで計算してみて、彼はその年数に驚いた。「ほぼ、二十三年になる」

「わたしはもう少しで二十三歳です」ヴォルイニスは熱心に同調するような口調でいった。

「ほう」ジョールはかろうじていった。そしてちょうど第九ドッキング・ベイに到着したので、それ以上の超現実的な時間のワープに陥らずにすんだ。

十人ほどの直立不動の儀仗兵《ぎじょうへい》に迎えられて、ジョールはいちいち几帳面《きちょうめん》に敬礼を返しながら彼らの背後に目を向けた。よし、すべてが船舶らしく輝いている。担当の軍曹にふさわしいねぎらいの言葉をかけてから振り向き、重要な人物が現れるのを迎えようと休めの姿勢で人員用のフレックス・チューブを見つめている兵士たちの列に加わった。フレックス・チューブはいままさに、ベイの非常に有能かつ慎重な技術者の監督のもとにロックされようとしているところだ。フレックス・チューブの無重力からステーションや船の重力場に出るときに優雅で威厳のある姿勢を取れる者はまれなのだが、最初の三人は見るからに慣れていた。乗艦士官と女総督付きの機密保安官とライコフ親衛兵士だ。この男は、代替わりした現在のヴォルコシガン国守の個人的な従者の一人で、いまは国守の母上付きになっている。つまり女総督のもうひとつの称号は国守未亡人なのだ。最初に出てきた乗艦士官は機械装置に目配りをして、二人目の機密保安官は可視と電子スキャンによって予定外の人為的危険がないかドッキング・ベイを調べており、三人目は振り返って主人である女性に手を差し伸べようと構えていた。ヴォルイニスは背伸びしながら気をつけの姿勢になったので、ちょっともたついた。もっとも最後の姿がチューブからなめらかにくるりと出てきて、親衛兵士の差し出した手を助けにして流れるように立ち上がると、ジョールの注意はヴォルイニスから離れた。

色黒の軍曹が女総督をチューブから外に送り出すと、全員がぱっと注目した。ジョール提督は正式に敬礼し、堅苦しく挨拶した。「ヴォルコシガン女総督、お帰りなさいませ。つつがないご旅行だったと信じております」

「ありがとう、提督。おっしゃったとおりでした」彼女も堅苦しく返事をした。「無事に戻ってこられて喜んでいます」

ジョールは素早く彼女の様子を点検した。かなりジャンプ疲れしているようだが、三年前、夫の国葬から戻ってきたときその顔に漂っていた、ぞっとするような死人めいた土気色の荒寥《こうりょう》とした趣はいまはない。あのときには、ジョール自身あまり体調がよくなかった。セルギアールの入植者たちは自分たちの女総督がその旅から戻ってきてくれるのか、それとも知らない貴族がその地位に任命されるのかまったくわかっていなかった。しかしいま彼女はかすかながらも血色を取り戻していて、コマール風のズボンと上着を身につけ、見間違えようのない微笑が室温よりも温かく頬に浮かんでいる。いまも白髪まじりの赤い乱れ髪を短く切りつめて、頬骨は決して崩れることのない城壁のように際立って見えた。

脇に下ろした彼女の左手は、小さな冷凍ケースのように見えるものを摑んでいた。ヴォルイニス中尉は提督の副官らしく、そのケースに手を差し出した。「お荷物をお持ちしましょうか、女総督閣下」

コーデリアは思いがけない厳しい声で叫んだ。「いいえ！」そしてケースを背後に引いた。ジョールが眉を上げると彼女は気を取り直したらしく、もっとなめらかにいいたした。「いいえ、ありがとう中尉。これはわたしが持ちます。それに他のものはわたしの親衛兵士が持ってくれますから」彼女はヴォルイニスに向かって軽く頭を傾げ、それからジョールに促すような目を向けた。

ジョールはその意味をくみ取っていった。「女総督閣下、わたしの新しい副官を紹介させていただいてもよろしいでしょうか。カヤ・ヴォルイニス中尉です。まだ着任から日が浅く――閣下がお出かけになった数週間後に着任したんです」セルギアール女総督という立場でグレゴール帝に年一回直接の報告をするためコーデリアが出かけたのは、六週間まえだった。そしてついでに、バラヤーにいる家族とともに冬の市の季節を楽しんできたのだ。それが疲れるというよりは元気を取り戻す結果だったらいいが、とジョールは思っていた。もっとも彼が会ったことのあるヴォルコシガン家の子どもたちは、疲れもするが元気ももらえるという、両方の効果がありそうだ。

「はじめまして中尉。セルギアールという任地は興味深いところだと思って下さるといいけど。ああ――あなたは若いヴォルイニス国守のお身内ですか」

「いえ、じかには」ヴォルイニスは答えた。ジョールはその返事を聞いて疲れているのではないかという気がしたが、彼女はべつに顔をしかめているわけではなかった。

女総督は今度は儀仗兵たちのほうを向いて慣れた言葉でねぎらった。儀仗兵の軍曹が伝統的な言葉を返した。「閣下、はい、閣下!」誇らしげに代表としていうと、ふたたび列を作って出ていった。コーデリアはそれを見送ると、ため息をついて振り返り、ジョールがエスコートしようと差し出した腕に手をかけた。

そして首を振っていった。「本当にオリバー、こんなことを、わたしが移動するたびにならなきゃいけないの?　わたしはただ、ドッキング・ベイからシャトル・ハッチへ歩くだけのことよ。あの若い人たちは、寝ていていいのに」

「われわれはアラール総督閣下にも同じことをしていました。こうすることはあなたの名誉を示すだけでなく、彼らにとっても名誉な行為なのですよ、おわかりでしょう」

「アラールはあなたがたの戦争の英雄だったわ。幾年月かまえに」

ジョールは口の端をぴくりと上げた。「それであなたはそうではないとでも?」といってから不思議そうにいいたした。「その箱に入っているのはなんですか。まさか——またもや——切り取った首ではないと思いますが」さいわい、首を入れる箱にしては小さすぎるようだ。

コーデリアの灰色の目がきらりと光った。「まあ、まあ、オリバー。一度、切り取ったからだの一部を持ち帰ったからって、そんな、一度だけですよ、それなのにどうしてみんなそのあとずっとびくびくして荷物を点検しようとするのかしら」彼女の笑みが辛辣《しんらつ》になった。「でもいまは、冗談にできるのね……まあ、いいでしょう」

背後にいたヴォルイニスが、いささかぎょっとした表情になった。それがヴォルイニスが生まれる何十年もまえの、ヴォルダリアンの皇位簒奪《さんだつ》の内戦と呼ばれるようになった有名な歴史上の事件を知っていたからなのか、それともその言葉に対する上官たちの態度のせいなのか、ジョールにははっきりしなかった。

ジョールはいった。「コーデリア、地上でのお仕事に戻られるまえに、一休みなさりたいですか。お食事の予定がどうなっているのかわかりませんが、ご用意できますよ」このステーションも含めてバラヤー帝国軍全体の時間は、ヴォルバール・サルターナ時間に合わせてあるのだが、残念ながら軌道下の植民惑星の首都の時間は、一日の長さが違っているので標準時間には合わせられない。ふたつの惑星には他にもいろいろ違う点がある。ワームホール・ジャンプの両側で同じ時間を使っていなくても時間そのものが続くのは当然だし、好きなように調和をはかっている。「シャトルでは、ご都合にあわせられるはずです。お約束しますよ」

コーデリアは残念そうに首を振った。「一日まえにセルギアール宙域に入ったときに、カリンバーグ時間に切り換えたんです。だから次の食事は昼食で、地上に降りたときに昼食時間になるでしょう。でも、オリバー、ありがとう、途中では結構です。早く家に戻りたくてたまらないの」冷凍ケースを摑んでいる手に力が入った。

「あっというまに、着けると思いますよ」

「まあ、そうだといいわね。ところで今度、あなたの基地でのお仕事のサイクルが終わるのはいつかしら」

「この週の終わりです」

コーデリアはひそかに何か計算しているように目を細めた。「そうね。それはちょうどいいわ。そのとき秘書から連絡させます」

「わかりました」ジョールは内心の失望を隠して愛想よく受け入れた。バラヤーからのニュースは毎時間、拘束ビーム通信で到着する。そんな知らせでホームシックになる者はいないだろう。とはいえ異なる惑星の帝国に忠誠を誓ってから四十数年たつコーデリアにとってはどうだろう。彼女のかろやかな声音には、いまだに軽いベータ訛りが残っている。

そうこうするうちに、シャトル・ハッチに着いた。ジョールが自分でこの船を点検してから一時間もたっていない。パイロットはすでに位置についている。ジョールはコーデリアの横に佇《たたず》んで、荷物が運びこまれるあいださらに数分間いっしょにいた。

「最近は身軽に旅行なさるんですね」

彼女は微笑した。「アラールはいつも部隊とともに移動したわ。わたしは簡単な兵站《へいたん》学が好みです」彼女は早く乗りたいというようにシャトル・ハッチをちらっと見た。「拘束ビーム通信では、山火事のニュースは何もなかったわね」

「成層圏まで達するようなものはありませんでした」成層圏は伝統的に宙域に責任のある境界だ。コーデリアはグレゴール帝に代わって二百万の植民者を見守っている。だがその植民者の半分でも、彼女が惑星に足を下ろすときに注目するだろうかとジョールは疑っていた。とはいえ少なくとも彼は、新たなトラブルが彼女の頭上に落ちてくるのを防ぐことはできる。「地上に着いたらお気をつけ下さい。少なくともお付きの者に注意させて下さい」といってジョールはライコフ親衛兵士とひそかに視線を交わした。ライコフは女総督の執事のようなものなので、ジョールの言葉にわかりましたというようにうなずいた。

コーデリアは微笑しただけだった。「ではいずれまた、オリバー」

〈そして彼女は行ってしまう。他のヴォルコシガンと同じように、いなくなってしまう〉ジョールは首を振り、ドッキングの留め具が外される音が聞こえるまで待って、踵《きびす》を返した。

ジョールに足並みを揃えながら、ヴォルイニスが尋ねた。「ヴォルダリアンの首をあの方が持ち帰ったとき、あなたはその場におられたんですか」

「ぼくは八歳だったよ、中尉」口元に浮かんだ笑いを拭って、ジョールは提督としての威厳を取り戻した。「バラヤー帝国のもっとも西の外れにある領地で育ったんだが——そこには軍事シャトル港はなかったから、どちらの側からも標的にはされなかった。記憶にあるのは、誰もが普通にしていようと努めていたけど、大人たちはみんな恐ろしいとんでもない噂にあたふたしていた、ってことだけだ。摂政殿下がベータのスパイに洗脳されて、幼い皇帝を連れ去ったとか、もっと悪い中傷もあった……。レディ・ヴォルコシガンのコマンド襲撃は夫に送り込まれたんだとみんな信じていたけど、あとでわかったところだと、本当は、もっと複雑な事件だったらしい」それにすべて夫の命令ともいえなかったらしいと、ジョールは思い出した。「このセルギアールでは仕事の途中で女総督閣下に会うことは多いから、きみは自分で閣下から戦争の話を聞く機会があるかもしれない」だが思い返すと、若い熱心な士官にヴォルコシガン流の自発的な考え方を紹介するのが有益かどうか、ジョールにはなんともいえなかった。燃え盛る火にガソリンを注ぐ、という比喩が頭に浮かんだ。

ジョールはにやりとしながら司令制御室に戻り、そこで女総督のシャトルが無事に着陸するまで見守ることにした。

セルギアールの午後は明るい。レストランのテラスから見下ろしているのは、もはや宿営地ともいえないし、村とさえもいえない、銀河標準からいっても立派な都市だった。鋭く切り立った丘の上にあるテラスの椅子からの眺めは、光の崖を見下ろしているかのようだった。給仕人が奥まったテーブルに案内して偏光覆いを下げましょうかと訊いたとき、コーデリアは「まだいいわ」とだけ答えて手を振って給仕人を下がらせた。そして椅子にゆったり寄りかかり、温もりのあるほうに顔を上げ、目を閉じて光の愛撫を受けた。そしてどれほど長いあいだ、もっと実感のある愛撫を受けていないか考えないように努めた。ところが〈来月で三年になるわ〉、と切り捨てることのできない脳の反応のいい部分が答えた。

その気持を宥《なだ》めようと、コーデリアはふたたび目を開いて周囲を見た。席に一番近いテーブルは準備中で空いており、その向こうのテーブルには平服の機密保安官のボディガードがすでに着席して、アイスティーに口もつけずにあたりを見まわしている。〈状況にふさわしい警戒心ね〉結構。バラヤー帝国の臣民として仕えてきた彼女の四十数年間は、あまりにもさまざまな状況に彩られていた。今日のところは、〈そのために人がついている〉ということを受け入れたくなかった。もっともそのボディガードはあまりにも若くて、こっちが母親の気持で見守ってやりたいくらいだった。そういってしまっても彼の威厳を傷つけることはないだろうと思う。

コーデリアは胸の暗いうつろに光を引き込むように、柔らかい大気をゆっくりと吸い込んだ。給仕人が水の入ったグラスをふたつ持ってきた。その水をほんの二口ほど飲んだとき、待っていた姿が建物の出入り口から現れ、見まわしてこちらを窺《うかが》い軽く挨拶の手を上げて大股に近寄ってきた。彼女のボディガードはこのなりゆきを見守って、客が軍服でないのに気づくと、横を通り過ぎる男に立ち上がって敬礼するのは控えた。とはいえ、互いに軽く会釈しあっている。

コーデリアがはじめてオリバー・ペリン・ジョール中尉に会ったとき――そのとき彼は確か二十七歳だった――ためらうことなく素晴らしい男性だといえると思った。背が高く、引き締まったからだ、金髪で彫りの深い顔――そうそうあの頬骨、熱意ある知性で輝いている眸《ひとみ》。いや当時はもっと内気だった。二十数年のあいだにはいくらかの変化があるが――変化はあっても――ジョール提督は体格と振る舞いがさらにどっしりしたものの、いまだに背が高く姿勢がいいのは変わりがない。明るい金髪だった髪にはわずかに灰色の錆がつき、澄んだ目の縁には本当に魅力的な鴉《からす》の足跡が見える。そして彼は静かでしっかりした自信に満ちた人物に成長していた。おまけに不公平なことに頬骨と睫《まつ》毛は健在だ。コーデリアは微笑を浮かべながら、彼がテーブルの横に来て、自分の手を取って頭を下げてから席につくまで、微妙な喜びをこっそり胸にあたためていた。

「女総督閣下」

「今日はコーデリアでいいわ、オリバー。あなたを提督と呼ばせたいのでなければ」

彼はかぶりを振った。「それは仕事でいわれるだけでたくさんです」だが彼の問いかけるような笑みはさらにゆがんだ。「それにわたしたちのあいだでは本物の提督は、一人しかいませんん。彼といっしょにいたとき、最後に提督に昇進したときはいささか超現実的な感じがしました」

「あなたは本物の提督ですよ。皇帝がそういわれたんだから。それに総督がそれを推薦したんだわ」

「それは否定しませんが」

「よかった、何年ものあいだ――膨大な提督の仕事をこなしているのに、いまさら違うなんていえませんから」

オリバーはくすっと笑うと、他の点ではともかく、その点は降参だというように長い指を彼女に向けて振り、メニューを手に取った。そして首を傾げた。「少なくともあまりお疲れの様子はありませんね。結構なことです」

コーデリアは前回の緊急移動の際には、夫を失った新たな状況のために、自分がひどく窶《やつ》れて見えたのに違いないと思った。そしていつものように頭を取り巻く、短く切ってくるくる跳ね返る白髪まじりの赤毛を指で梳《くしけず》った。「まえより疲れなくなったみたいなの」といって顔をしかめた。「いまでは、ときどき彼のことを考えずにずっと過ごせるくらいよ。先週は一日考えない日もあったわ」

彼はうなずいた。完全に理解してくれているとコーデリアは思った。

コーデリアはどう切り出そうかと考えていた。〈この三年はあまりお目にかかることがなかったわね〉といったら、実際には本当ではない。セルギアール艦隊の提督は特に問題もなく、一人になったセルギアールの女総督の軍事的右腕になっていた――これまで総督と女総督の共同統治の右腕であったように。何もいわなくても彼の背を支えていた偉大な指導者の影が、その死によって――早すぎる死ともいえるが――取り除かれたあと、彼自身の実力でこの植民惑星に受け入れられていた。ヴォルコシガン女総督とジョール提督は、それぞれの仕事で新しい形を調整し、喪失の痛みを抱えて働きながらその傷の社会的なほころびを綴じてきたのだ。打ち合わせ、検閲、外交上の義務、請願といったものや、受け入れる助言も耳を貸すだけの助言もあり、連携する会派との、またときには対立する会派との、予算の話し合いもある——そういった仕事の実質的な量や回数は、アラールが亡くなったあとでもまえとほとんど変わっていなかった。そしてゆっくりと、社会的な傷はいやされたが、いまだにときどき疼《うず》くことがある。

心のもっとも奥深くの傷は……二人のあいだでは、おそらく互いの哀れみからだろうが、触れることも口に出すこともほとんどなかった。オリバーの悲しみは用心深く隠されていたので、コーデリアは自分の悲しみより彼の悲しみは軽いなどと考えたことは一度もない——だが一度ならず、終わりのない鞭打ちのように、未亡人である女総督に降りかかる公式行事の出席を強要されたときには、彼のプライバシーを羨《うらや》ましいと思ったことがあった。

ただそれまでの親しみは取り去られて、ネクサス宇宙に埋められたように思われた。それはまるで、太陽が消えたために、ふたつの惑星がふらふらと離れてしまったみたいだった。重力と光の源泉を改めて手に入れるには、おそらく時間がかかるのだろう。

給仕人が戻ってきて注文したものが置かれると、コーデリアの混乱した気持は——そう、かなり気持が揺らいでいたのだが——そのどうでもいいことで引きもどされた。そしてふたたび二人だけになったとき、オリバーの言葉でコーデリアの戸惑いは救われた。「これが仕事の打ち合わせのランチなら、ぼくに予定表を渡してくれる人がいるはずですね」

「仕事ではないのよ、違うわ、でも予定表はあるの」コーデリアは白状した。「個人的な内密の予定表よ。だから今日、いわゆる非番の日にあなたをここに招待したんです」軍服ではなく、あなたによく似合う着心地のいい私服で、といって招待したことにオリバーはどんな合図を読み取ってここに来たのだろう。彼は常にそういうニュアンスには敏感だった。バラヤー皇帝のお膝元の首都の、温室のような政治環境のなかで、ヴォルコシガン首相の軍務秘書という重要な立場に任命されたときにも。〈わたしたちはいま、ヴォルバール・サルターナからはるかに離れたところにいるわ。それがわたしには嬉しいのよ〉

コーデリアは水を一口飲んで話をはじめた。「市の中心に開かれた新しい再生産センターのことを聞いていらっしゃるかしら」

「それは……じつのところ、聞いてません。あなたが民衆の健康に関わる努力を続けていらっしゃることには気づいていましたけど」彼は、話はわかりませんが聞いています、という愛想のいい表情でいった。

「ベータ植民惑星にいるわたしの母が、ベータの再生産の専門家を五年契約でスタッフに採用して、特別なチームを作るための手伝いをしてくれたんです。彼らはクリニックでセルギアール人の医療技術者《メドテク》を教育してくれると同時に、民衆にも直接対応してくれるはずです。契約期間の終わりには、新しく植民する町にその系列のクリニックをいくつか作れるんじゃないかと期待しています。そしてうまくいけば、そのベータ人の何人かは残ってくれるように説得できるでしょう」

未婚で、これからも結婚しそうもないオリバーは、微笑を浮かべて肩をすくめた。「バラヤーでそれが新しい代替のテクノロジーだといわれたときには、じつはぼくはもう年を取りすぎていました。いまではそれをありがたいことだとみなす若い士官が増えてますし、それがコマール生まれや帝国女子士官学校育ちの女の子だけでもないんですよ」

給仕人がワインを持ってきた――いいわね！　よく冷やしたこの惑星産の軽くてフルーティなワイン――コーデリアは話を進めるまえに、一口飲んで気持を固めた。「今回の場合は、社会的に有意義な話ではなく、わたし個人にとって好ましいことなんです。あのう、こんなことはアラールから一度も聞いたことがないかもしれないし、わたしも話した記憶はないけど、あなたがアラールの部下として乗艦するまえ、つまりアラールがまだ摂政でこのテクノロジーが新しい趣向だったころに、わたしたち夫婦は内密の用心のためにそれぞれの生殖体を取っておいたんです。彼の凍結精子とわたしの凍結卵子をね」もう三十五年もまえの話になる。

オリバーの鋼《はがね》のような金色の眉が跳ねあがった。「あのソルトキシンの事故のあと、彼は生殖能力がなくなったと聞いたことがあります」

「おそらく自然な概念からいえばそうなんでしょう。精子の数が少なく、生きているあいだに細胞の損傷も積み重なったから。とはいえ――そこがテクノロジーなんですよ。よりわけることさえできれば、必要なのはたったひとつの生殖体なんです」

「ほう」

「いままで生物学やテクノロジーによる理由ではなく政治的な理由で、わたしは一度もその問題を考え直したことがありませんでした。でもアラールはそのサンプルの所有権は絶対にわたしのものだという言葉を、亡くなるまえに残していたんです。今回、総督の恒例の年次報告と冬の市のための旅行でバラヤーに行ったとき、わたしはそれを取り出したんです。そしてセルギアールに持ち帰りました。それが、わたしが雌鳥のように抱えていた――あの、冷凍ケースなんです」

オリバーは突然興味にかられたように座り直した。「アラールの死後に子どもをつくるって。そんなことできるんですか？」

「それを判断してもらうには、ベータの第一級の専門家が必要でした。そして結果は、できるという答えだったんです」

「ほう！　いまマイルズが当然の権利として国守になっていて、跡継ぎの息子もいるけど、他の息子がいたら――兄弟ってことで――後継者の議論が出てきませんか……。おっと――バラヤーの法でその子どもたちは正当なんですか」

長子であるマイルズは、オリバーより八歳若いだけだ、とコーデリアは顔をしかめて考えた。

「じつはわたしは、女の子だけ受精するようにして、そういう問題を回避する計画なんです。奇妙なバラヤーの相続法では、娘たちは問題なくわたしだけのものになるはずです。だから娘たちはベータの平民のネイスミスという姓になります。ヴォルコシガンの領地やヴォルコシガンの屋敷には権利がありません。あるいは逆に責任もありません」

オリバーは口元をすぼめて眉をひそめた。「アラールは……その娘たちを養いたいでしょう。最低のことを考えても」

「わたしは女総督の給付とは別に、ヴォルコシガン国守未亡人としてかなり多額の寡婦給付を受けていますから、それで十分でしょう。それとともに、わたしは女総督の給付を少なくともまだしばらくはもらえますし、主にこのセルギアールでは、個人的に投資もしていますから、内密の家族を十分養っていけると思いますよ」

「しばらくですか」オリバーは直ちに、重要な問題点を摑んで心配そうにいった。コーデリアは彼ならそう思うことをわかっていたのかもしれない。

「わたしは死ぬまで女総督として働くつもりなんかありません」コーデリアは穏やかにいった。〈アラールのように〉とは口に出さなかった。「わたしはベータ人です。わたしは百二十歳以上生きる見込みです。わたしは自分で望んで、生涯をバラヤーに捧げてきました。そろそろ……」コーデリアがワインのグラスを空けるとオリバーが注ぎ足した。「夫を亡くして少なくとも一年は、頭の中がごちゃ混ぜになってるから、大きな人生の決定や変更をすべきじゃない、とよくいわれるけど、それが真実だとわたしは断言できます。もっとも一年じゃなく二年かかったけど」

オリバーは寒々とした顔でうなずいた。

「ヴォルコシガン・サールーで夫を埋葬した夜から、このことをずっと考えていたんです」その夜コーデリアはアラールが愛していたウエストまであった髪を根元から切って、燃やすための火鉢に置いたのだ。一房の髪ぐらいでは、馬鹿げていてふさわしくないと思われたからだ。葬祭に参列した人々の誰もが、抗議しなかったし質問もしなかった。そのあとは、現在の指の長さ以上には伸ばしたことがない。「来月で三年になるのよ。だから……これが本当にやりたいことだから、やるのならいまだと思ったの。ベータ人であろうと、なかろうと、いまより若くなることはないんだから」
「あなたは五十歳ぐらいに見えますよ」オリバーはいった。それは彼自身に近い年齢だった。実際に彼はそう思っているのだ。お世辞をいっているわけではない。〈バラヤー人だからな〉
「そう思うのはバラヤー人だけよ。銀河人はもっとよくわかってるわ」彼女は七十六という自分の年齢を考えた。そんなこと……意味がない。この三年、コーデリアはときどき自分の年齢を生まれたときからではなく、死ぬまでの年数で数えることがあった——宝袋のなかの時間は増えることはなく縮むだけなのだ。〈使っても失くしても〉
給仕人がバット製のチキンと苺《いちご》のサラダとおいしそうなパンを持ってきて、次の言葉を考える間《ま》をくれた。オリバーは彼らしく、「なぜこんなことをみんなぼくに話すんですか」などと訊いたりしなかったが、単純に——いや、そう単純でもないだろうが——友人の打ち明け話として受け入れているようだった。そして決していやな話だなどとは思わずに。彼女はまた一口ワインを飲んでから、さらに残りを飲み干した。そしてグラスを置いた。
「基準以下のものを捨てると、使えそうな卵子は、それほどたくさんあるわけではないんです。わたしも何年にもわたって損傷を受けたので。でも全部で六人の娘は持てそうですよ」
オリバーはふっと笑った。「そうですね、セルギアールには女性が必要です」
「それに男性もね。そしていまいった以外にも……除核卵細胞として使える程度には健全だといえそうな卵子が数個あるんです。それらはいずれにせよ、わたしのミトコンドリアのＤＮＡを持ってます。そしてこの除核卵細胞というのが、まさに同性同士の試験管受精のホスト役に使われるものなんです」

オリバーは食べかけの口を止め、青い目を瞠《みは》って彼女を見つめた。彼の理解の速さがいままでも魅力のひとつだった、とコーデリアは思い返した。

「あなたがよければ――それが必要だと思われるなら――そのいくつかの除核卵細胞をあなたに提供するつもりなんです。そしたらアラールから遺伝物質をもらって、あなたは……あなたとアラールは、自分たちの息子を何人か持つことができるんですよ。複数の息子というのは、法律的な意味ではなく、生物学的な理由でいってます。アラールからX染色体、あなた自身からY染色体を取ったら、その子どもは法律的な議論の余地のないあなたのものです。名前のまえにヴォルといういやなおまけがぶら下がっていないとしても」

オリバーは口のなかに残っていたものを、ぐっと一口ワインを飲んで流し込んだ。「それは……正気とは思えません。ちょっと考えただけでも」

彼は実際に少し赤くなっていた。興味深い。もちろん、赤くなった彼はなかなかよかった。とはいえ、彼のことはいつも素敵な男だと思っていたのだ。〈これまでずっとそう思っていたわ〉と彼女は思い出して、微笑を抑えた。「ベータ植民惑星ではそんなこと普通よ。エスコバールとか、地球とか、他のどんな進んだ世界でも」そっちのほうが正常な惑星だとコーデリアは思っている。「あるいはコマールでもそうよ、本当に。この生物学の技術は何世紀もまえから用いられているわよ」

「そうですね、でもわれわれには、この……」彼はいいよどんだ。

バラヤーでは違うって、いうつもりね。でなければ……わたしとでは？

という代わりに彼はいった。「それではあなたには不用のものだけど、無駄にしたくない、ってことですか」

「ただそうしたいだけよ」

「そういう卵子が……いったいいくつあるんですか」

「四個よ。でも四人誕生する保証がないのは、わかって下さるわね。あるいは、何人でも。だけどとにかく、四枚の遺伝子宝くじがあるのよ」

「いったいいつから、こんな……とてつもないものを提供することをお考えになっていたんですか」彼はまだ瞠った目でコーデリアを見つめていた。「先日到着なさったときからすでにそんなお考えがあったんですか」

「いいえ、三日まえにドクター・タンと相談したときからよ。二人で余分の残りをどうするか議論しました。そういうことは、それまでわたしの頭にはぜんぜん浮かんでいなかったんです。ドクター・タンは、除核卵細胞をクリニックに寄付しないかといったの。それは役にたつし、あなたが興味がなかったら、そうするかもしれない。でもそのときに、それよりいい考えが頭に浮かんだのよ」コーデリアはその晩、あれこれ考えてほとんど眠れなかった。そして頭のなかのサークルを働かせて他のことを考えるのは諦めて、単にオリバーを昼食に誘うことにしたのだ。

「ぼくは考えたことがない――子どもを持つなんてことは――考えるのもてんから諦めてましたよ」彼はいった。「自分の仕事があったし、アラールがいたし、それに……ぼくたち三人が抱えていた問題も。子どもを持つことを夢見るよりも、そっちのほうが大事だったので」

「あなたには、想像力が欠けてるとずっと思っていたわ。もっとあっていいはずなのに」彼女はチキン・サラダを嚙み砕いて気持を強めた。「それにあってもいい欲が極端に少ないことを横においても」

「いったいぼくに、どうやって面倒を見ることができる……」といいかけて、彼は途中でやめた。

「実際の事柄を考える時間はたっぷりありますよ」コーデリアは請け合った。「わたしはただ、その考えをあなたの耳に入れておこうと思っただけなの」

オリバーは髪を摑むようなそぶりをしたが、べつにふざけているわけではないらしかった。

「そしてぼくの頭のなかで爆発させようってわけですか。コーデリア、あなたはいつも多少サディスティックなところがありましたね」

「いいえ、オリバー。たぶんそれは、独断的ってことでしょう。思い返してごらんなさい」

次のワインの一口を彼はむせそうになったが吞みこんだ。よかった。ところが、口から出た次の言葉は意外なものだった。「エヴァラード・ピョートル・ジョールか」

〈あらいやだ、もう名前をつけているの！〉とはいえ……コーデリアの仮想の娘たちには一年まえから名前がついていた。〈まあ……ずいぶん話が早いわ〉さいわい、考えをすすめる時間はある程度あるし、このあとずっと心配しなければならないことがなだれ込んでくるのを、コーデリアは経験上知っている。「わたしたちがいるのはセルギアールよ。伝統にこだわることはないわ。なんでも好きな名前をつけられますよ。わたしは最初の娘に、オーレリア・コシガン・ネイスミスとつけるつもりなの。じつは全員、コシガン・ネイスミスという名になる予定よ。もっともコシガンは本当のミドルネームで、ハイフンも何もつかないんだけど」〈それにヴォルみたいな尊称もね〉「娘たちが、あとで感謝するかどうかはなんともいえないけど」

「あのう、どう思われるか……ご子息のマイルズはこれをどう思われるでしょうか。ついでにいえば、クローン兄弟のマークも？」

「まだ一言も相談してないわ。事実それをはじめるまで、相談するつもりもないのよ。あなたには関係ないとはいわないけど、あなたが決めることじゃないとはいうつもりよ」

「あなたは――あるいはアラールは――ぼくたちの関係についてマイルズに話したことはありますか。彼は知っているのかな。ぜんぜんそうは思えないけど。つまり、彼は知っていてぼくを受け入れてくれていたのか、それとも単に知らなかったのか、ってことです」

疲れはてたあの大変な国葬の場で、コーデリアの二人の息子はオリバーと顔を合わせたが、そんな話を持ち出すような余裕はなかった。「ふん。知らないでしょ。アラールはいつだってこういうマイルズの頭が爆発するような話は、しなかったわ。わたしはそういう配慮にはあまり賛成じゃなかったけど、そのほうが簡単だってことは認めないとね」

オリバーはうなずいてそれを受け入れた。

コーデリアはちらっと彼を見て考えたあと、慎重にいいたした。「アラールはいつもあなたのことを誇りに思っていたわ。あなたにはそれを知っていてほしいの」

彼は息を呑み、それから視線を逸らした。そして固唾《かたず》を呑む。短くうなずく。それに数呼吸かかった。それからさきほどの考えに戻った。「この件を話しはじめられたとき、ぼくはたぶん名付け親か何かになってくれと頼まれるのかと思ってました――それはベータの用語では共同親っていうんでしょう?」

「共同親っていうのは、法律の用語で、普通は本当の親と共通の遺伝子がある場合なのよ――名付け親っていうのは、親が死ぬような出来事があったときに、遺児の法律上の保護者になるといったことね。それにそうねえ、新しい遺言を作らなきゃならないわね。さいわい、わたしはこの惑星の最高の弁護士と知り合いなの。それで結局、あなたは受け入れて下さるんでしょう?」

「アラール・コシガン・ジョール……」はじめて聞く言葉のように彼はつぶやいたが、聞いたことがあるのはコーデリアにはわかっていた。

「誰も不思議がったりしないわ」コーデリアは請け合った。「あるいは、オリバー・ジョール二世とか、なんでもお好きなように」

「子どもの母親のことは……どう説明したらいいんですか。というか母親がいないことは」

「知らない他人が寄贈した卵子を生殖体バンクから購入したといえばいいわ。ごくありきたりのことだから。しかも嘘ともいえないのよ。五十歳になったところで突然子どもを持とうと決めるってこともあるでしょ。きれいな赤いライトフライヤーの事故とか、あるいはなんでもいいけど、人生の半ばで重大な危機に遭遇したせいで」

彼は白髪まじりの金髪を手でさっと払い、あいまいな笑い声をたてた。「あなたそのものがぼくの人生の半ばで遭遇した重大な危機だと、思えてきましたよ、コーデリア」

コーデリアは面白がって肩をすくめた。「お詫びしましょうか?」

「いえ、ぜんぜん」困っているのに、最高の微笑《ほほえ》みで口元がきゅっと上がった。

とんでもない――この三年、二人は満足に会っていなかった。しばしばただ顔を合わせていただけだ。コーデリアもオリバーも、仕事やその他の任務のために夢中で走り続けていて、異なる惑星にいたり同じ惑星でも反対側にいるということが多かったし、何よりも寡婦の女総督という、新しいその立場では人の目が厳しく個人的なプライバシーなどまったく持てなかったのだ。振り返ってみると、アラールには元司令官という立場の冷静なプライバシーがあったのが羨ましい。それに彼の忠節というマントが、どれほどすべてを包み込んでいたことか。

彼女はポケットからカードを一枚取り出して、裏側にメモを書いて差し出した。「この人が、あなたが再生産センターに行ってあなたの生殖体を渡すときに会うドクターよ。わたしの大切なベータ人のドクター・タンです。あなたのことは、知らせてあります。ご都合のいいときにどうぞ、ミスター・ジョール」

オリバーは慎重にカードを受け取って、じっと読み、「わかりました」といって長い指で注意深くシャツのポケットに入れ、確かめるようにもう一度手で触った。「これは胆をつぶすような贈物です。こんなこと考えたこともありません」

「そうだろうと思いました。ではいま考えて下さい」といって彼女は口元をナプキンで拭った。

「そういわれなくても、他のことなんか考えられませんよ」彼の笑みはゆがんだ。「とにかく、仕事の週の真ん中にこんな爆弾を落とされなかったことを感謝しています」

コーデリアはかすかな笑みを向けた。

彼の目が温かくなり、真剣に彼女を見つめた。「そうか……ヴォルコシガンによって、ぼくの人生がひっくり返されて想像もしていなかった方向に送り込まれるのは、これで二回目です。こんなことを予想しているべきだったかもしれない」

「一回目っていうのは、アラールがあなたと恋仲になったときですか」

「いや、彼がぼくに恋をしたときです。まるで落ちてくる建物にぶつかられたようだった。倒れてきた建物じゃない——空から落ちてきた建物です」

コーデリアはにやっと笑み返した。「その感覚には馴染みがあるわ」といって彼女は好奇心を浮かべて眺めた。「アラールはほとんどすべてを話してくれたのよ——あなたが現れるまでは、わたしだけが彼のそういう問題を隠しておく安全な貯蔵庫だったんだけど——あなたがた二人がどういう経緯でそうなったのかを語るときのアラールは、いつもちょっぴりずるかったわ。当時の帝国は平和で、マイルズは安全に士官学校に閉じ込められていたし、政治的緊張はいつにもなく低かったので——そのままずっと続いたわけじゃないけど——わたしはベータ植民惑星の母のところに出かけていたの。口に出さない片思いよりも悪い事態は起きそうにないと思って。ところが帰ってみると、あなたたち二人は何やらの行動に走っているし、イリヤンは気の毒にメルトダウン寸前で――まるで岩棚越しに話すみたいだったのよ」アラールの完全に忠実な機密保安庁長官はお手上げ状態で、帰ってきたコーデリアを侮辱された配偶者ではなく冷静な盟友のように受け止めたのだ。安心のあまりすすり泣いたとまではいわないが満足に言葉にならないほどだった。〈わたしはアラールがバイセクシャルなのは結婚したときから知っていたし。彼だってわたしがベータ人なのはわかっていた。メロドラマになる可能性はなかったのよ、イリヤン〉「ひとつだけ驚いたのは、そもそもバラヤー社会の制約をどうやってくぐり抜けたかってことよ」コーデリアはアラールと、相手がオリバーであることについて理屈っぽく議論したことはない。

いつも表情豊かなオリバーの顔に、昔を思い出して面白がっているような色がひらめいた。「そうですか……ぼくはむしろ、ベータ的というよりバラヤーらしいとあなたが受け取るかと思ってましたよ。そこに話し合いがほとんどなかったのは確かですが、それを残念だとは思えません。秘密の守られる標準的な年数はいまでも五十年じゃありませんか。それももっともな気がしますね」

コーデリアは鼻で笑った。「じゃ気にしないで」

オリバーはこくりとうなずいた。「彼はそんなに何度もひそかな片思いをしたんですか。ぼくのまえにも」

「あなたとは取引すべきね」今度はオリバーが〝気にしないで〟というようなそぶりをしたので、コーデリアは笑みを浮かべた。「でも気の毒な気がするわ。いいえ、首都にはハンサムな士官たちがあふれていたし、彼は美しい夕日や立派な馬に見とれるように純粋に彼らを鑑賞していたのよ。彼はできればいつでも知的な士官たちを採用していたし、彼らがたまたまハンサムなら、それは結構なことよ。際立った人柄の士官は――めったにいないものよ。一つのグループのなかにせいぜい三人ぐらいよ」

オリバーがまた否定するようなそぶりをしたのを、コーデリアは払いのけた。「まあ、そんなことしないで。彼がはじめてあなたに会ったのは、勲章をあげたときじゃないかしら。すでに軌道上の事故の報告は詳しく読んでいた――そういう叙勲のときにはいつもそうしていたの――あなたの過去の報告も全部読んでね。他に何もなくても、あなたは皇帝が非常に高い費用をかけて訓練した百人ほどの男たちを入れ換える手間を省いたのよ」アラールが書類と医師の許可だけで、ほとんど即決でオリバーを採用したのも不思議ではない。もうひとつの〝採用〟はかなりあとのことだ。

オリバーは顔をしかめた。「その件についてはずっと不思議だと思ってましたよ。自分はほとんど覚えてもいない行為で叙勲されたんですから。当時は低酸素症で気分が悪かったんです。出血のことは別にしても。というかそのことは帝国軍病院の医師があとで教えてくれました。考えることだけはできたけど――もう一度やれといわれても、もうどうすればいいか覚えていません」やっと納得がいったというように彼は口元をゆがめた。「そうか、ぼくは若かったんですね」

「その年相応にはなっていたわ。わたしたちはみんなそうだと思うけど」といったあとコーデリアは好奇心にかられていった。「あなたはアラールのまえは、自分はモノセクシャルだと思っていたの？」

　彼は肩をすくめた。「十四歳のときの実験を数に入れなければね。ぼくは女の人と、仕事が許すかぎりデートしましたけど、そう多くはありませんでした。でもそれが、一度もうまくいかなかったんです。アラールとのことがあったあと、その理由がわかったと思いましたよ」彼は長い睫毛を上げてコーデリアを見上げた。「あなたのことは、最初はとても怖かったんです。頭を袋のなかに入れられそうな気がして」

「そうね、あなたと話せるようになるまでしばらく時間がかかったわね」

「それから国守夫人の有名なベータ式会話がどんなものかわかったんです。そのときまで自分が田舎者だとは思ってなかったんですよ」

　コーデリアはくすっと笑った。「ベータ植民惑星では、そのためにイヤリングを使うのよ。どこの宝石店でも買えるわ」

「ああ。あなたにお話ししたいことを思い出しました。三度目の護衛艦任務でベータの両性者《ハーム》の商売人に会ったときのことです。あなたの指導がなかったらぼくは失敗……ああ、いや、あれはとんでもない一週間でした」それは明らかにお気に入りの思い出らしく、ほんの一瞬だが彼は陽気な好色漢のような表情になった。そんな表情をたまに見たとしても、コーデリアにとっては驚くことではない。この三年間、二人ともアラールの亡霊の手引きでやり過ごしてきたのには何の不思議もないが、いつから禁欲的な生活が習慣になってしまったのだろうと彼女は思った。

「セルギアールで再会したとき、あなたが、あのう、恥ずかしさを乗り越えていてくれて嬉しかったわ」

「年月と修得した地位の感覚が助けになったんでしょう」

「確かに何かあったんでしょうね」といってコーデリアはあいまいだが、愛想よくうなずいた。緊張していたわけではなかったが、そこで言葉が途切れた。

オリバーはワイングラスをもてあそびながらまっすぐコーデリアを見つめた。「これは簡単なことではなさそうですね。あるいは単純なことでは」

「はじめてのことよ。なぜいまはじめるべきなのか、わからないけど」

彼の笑い声は低かったが本物だった。

二人は仕事の話に戻って――混沌とした植民地には仕事の話はいくらでもある――さらにもう少しそこにいたが、そのあといっしょに立ち上がった。本来なら腕を差し出すはずなのに胸いっぱいにこんな特別な思いを抱えている彼はそうはせず、コーデリアもあまり寄り添わずに歩いた。それから彼は地上車のまえをまわってきてコーデリアが乗るのに手を貸した。車が出たときコーデリアは振り返って、オリバーが大股に自分の車のほうに向かうのをキャノピー越しにじっと眺めていた。コーデリアの車が通りへ出るとき、彼は振り返ってもの思わしげな顔で小さく手を振った。そしてふたたび腕を下げる途中で、胸のポケットに手を触れた。

コーデリアはオリバーの身になって欲求不満の疼きを感じた。オリバーがそれを乗り越えられていないように見えたのだ。何よ、愛するのに価する男性がいるのなら……。とはいえ、アラールが死んだあとオリバーにそういう関係の相手がいたとしても、コーデリアは何も打ち明けられていなかった。もっとも彼には打ち明ける義務なんかない。コーデリアはこれまでバラヤー式の仲人口をたくさんやってきたが、うまくいったものも失敗だったものもあった。でなければ彼に対してもやってみたかもしれない。それにはっきりした理由があるし、とそれを思い返すと悲しくなった。アラールがオリバーに言い寄っていたときなら、そんな口出し余計だといったかもしれない。だけどオリバーは……複雑な人よ。だからこそわたしは、彼にこの件を打ち明けたんだわ、と彼女は思い返した。

次の角を車が曲がると、孤独な男の背の高い姿は彼女の視野から消えた。

2

ドクター・タンの予約の二十分まえに再生産センターに着いたので、ジョールはなかに入ることができなかった。そこで仕方なく横丁を行ったり来たりしていた。

現在のカリンバーグには、じつのところ、できてから三十五年ないし四十年経ている横丁がいくつかあるが、その年数はこの植民地が開かれたのがいつだったと規定するのかによる。バラヤーがこの新しい植民惑星に残した最初の足跡は、火山によって半ば覆われた軍事基地とシャトル港だ。この火山は古代の地殻変動によって片側が削られて、広大な平原に同じようないくつかの山とともに歩哨のように立っていた。まえに見たことのある、最初期のカリンバーグの絵に描かれていたのは、泥道に並ぶ古い野戦シェルターの群れだった。そのなかには、盗難にあった痕跡がはっきり見えるものもあった。その最初の原始的な時期の姿から、基地はゆっくりと改良されてきた。昔の地球《オールドアース》や《孤立時代》のバラヤーで、大きくなった村が砦《とりで》の役にたっていたように、この村もバーとか売春宿といったものをたっぷり提供していたが、最初の合法的な民間植民者がやってきたあと、帝国の総督が順次赴任してゆっくりと政府機能が浸透するにつれて、もっと活力のある入植地に転換していった。歴史に基づく適応が驚くべき速さでそこに加えられ、そういった薄汚れた初期の要素は、主にロマンティックな冒険譚の設定にうまく書き変えられていった。

現在の、というかここ十年ほどの、この土地のもっとも重要な政治的議論は、この大陸内のより厳正に選んだ地域か、五大陸の他のどこかに首都を移転しようというもので、これは現在の首都に主な投機をしている人々の烈しい拒絶にあっている。女総督は直接指示して移転のための科学的調査を十回以上行っているが、惰性や人間の本性を相手に、彼女にしてはめったにない負け戦を強いられているようだ、とジョールは思う。その一方で、カリンバーグではあらゆる方角に建設の騒音が広がり、原始的な都市が定着してきている。

ジョールはそんなことを思いながら、『カリンバーグ再生産及び産科クリニック』という看板の出ている入り口にまた戻ってきた。この長たらしい名前は人を怖じ気づかせるため、普通はケイロスという短い親しみやすい呼び名が使われている。建物はさすがに古い野戦シェルターではないが、目的にそった実用的な感じで、はじめはクリニックにしては緊縮予算で建てられた、といわれていた。といってもそれは現在のクリニックのことではない。現在の建物は最近になって建て替えられたものだ。

〝わたしにはできる。何であろうとわたしにはできる〟というのが、アラール・ヴォルコシガンに教えられた言葉ではなかっただろうか。ジョールは深呼吸をひとつして、扉を押してなかに入った。

……そうはいってもジョールは、受付カウンターの列に並んだとき、今日は階級章が重くついた通常軍服ではなく、気軽な平服を着ていることを嬉しく思った。カリンバーグの街路では帝国軍の軍服は珍しいというわけではないが。列のまえには数人が並んでいた――男が一人、女も一人、それに夫婦者。彼らはみな後ろを振り向いてジョールをじろじろ見た――彼は仲間がいて嬉しいのか、全員を忘れてしまいたいと思っているのか、どっちともいえなかった。一同は部屋の片側に並んでいる座り心地の悪そうな椅子に追いやられたが、ジョールが自分の名を告げると、受付嬢は飛び上がってあたりに響きわたる声でいった。「ああ、そうですね。ジョール提督！　あなたがお見えになることは、女総督閣下から伺っております。ドクター・タンはこちらです」受付嬢は短い通路の向こうの入り口に案内してくれたが、その入り口からはこれまで体調が悪いときに行ったどのクリニックにも共通した、消毒薬の化学物質のかすかな匂いが漂っていた。その匂いを不愉快だと感じるのは、たぶん以前の痛みや怪我の記憶と結びついているからだろう。

受付嬢に最初に案内された部屋には通信コンソールのデスクがいくつかあって、その半分ほどでは職員が席について仕事をしていて、しりごみしたくなるほど緻密なデータを端末に映し出していた。なかには派手なごたごたした画面もあったが、それは分子地図ではないかと彼は思った。実験着のさまざまな色や形は、帝国軍の制服や徽章《きしょう》のように、異なる機能や、階級や、責任を表すものかもしれない。だが、ジョールには手掛かりのない単なる記号だった。そこには個人的な物もたくさん置かれていた。実験着の下に制服以外の、明らかにベータの腰衣《サロン》とサンダルだとわかるものを身につけている若い人たちもいた。もっとも彼らが実際にベータ人なのかどうかはわからない。少なくともコーヒー・カップだけはどこにでもある物だった。受付嬢はすらりとした黒髪の若い男のデスクにジョールを連れていった。この男は膝まで覆う青い実験着の下にセルギアール風のズボンとシャツを着ていた。

「ドクター・タン、ジョール提督がお見えになりました」

「ああ、よかった。ちょっと待って……」彼は指を上げて、通信コンソールでやりかけていたものを終わらせ、不可解な光の線の映像を閉じてから立ち上がり、ジョールの手をしっかり握って笑みを浮かべた。受付嬢はすぐに立ち去った。

ドクター・タンは黄褐色の肌で非常に健康そうに見えたが、目鼻だちから先祖が地球のどこの出身か特定するのは難しかった——バラヤーは、六百年も孤絶していたのちほんの百年ほどまえに再発見されたのだが、それに反してベータ人というのは数世代にわたって遺伝子のクリーニングと再配列を続けてきたので、誰が先祖である可能性もあるのだ。「はじめまして、提督。ケイロスへようこそ。来て下さって光栄です。女総督閣下の友達はわれわれみんなの友達だと、請け合いますよ！」

ジョールは聞き慣れたコーデリアのベータ訛りが馴染みのない口から出るのにいささか戸惑ったが、とにかく握手をしてふさわしい挨拶を述べた。そしてドクターの訛りにおたおたしないように努めた——ここに来たのは自ら判断をするためだ……それともすでに心は決まっているのだろうか……動議を通過させるためのこういった手続きのすべてが、厳密にいっていったい誰のためなのだろう。

「ヴォルコシガン女総督閣下は、あなたはお聞きになりたいことがあるのだといっておられましたが、なんでもお答えしますよ。よろしかったら、この施設の簡単な見学からはじめられたらいかがでしょうか」

「あー……それはありがたいですね、実際に。お願いします。わたしが行ったことのある再生産センターは、開業まえのものでしたから」それはバラヤーの、ヴォルコシガン領の首都ハサダーでの開所式のことで、当時は首相だったアラール・ヴォルコシガンとその副官であるジョールが、そこで開業された首相の妻の多岐にわたる医療事業を公に支援するため出席したのだった。

タンは廃棄できる紙の衣服をジョールに着せて、通路の行き止まりにある二重扉のなかに案内した。見まわすと、そこは明るい照明の臨床実験室だとわかった――不純物を濾《こ》し出す通風孔の下には備品がごちゃごちゃ載った作業台があり、十人ほどの技術者たちが忙しげにスキャナーに屈み込んで余念なく働いていた。その様子は作戦室にちょっと似ていると思ったが、少なくともここでは退屈している顔は見当たらない。細かい作業をしている手袋をはめた両手の動きはなめらかで、的確だった。

一番手前の、とりわけ技術者たちが没頭している作業台では、この施設の中心である受精を行っているのではないかとジョールは思った。厳密に温度管理されている二つの貯蔵室には、初期の細胞分裂が行われている培養皿が置かれている。その先の作業台のラボ・ステーションは、ドクター・タンが〝質の管理〟と名付けている、遺伝子スキャンと修復が行われる場所だった。保温されている戸棚の二番目の列は、発達状況を綿密に観察するためのステージで、最後の作業台では認可された胎児と胎盤を人工子宮に植えつけて、その後九カ月間そこにいれておく作業が行われている。

次のドアを抜けると、タンは客の皺《しわ》になった紙の衣服と帽子を脱がせ、人工子宮そのものの棚を五層に積み上げた部屋のなかを案内していった。パネルには成長をモニターする数字が出ている。それまでの気持のいい音楽に替わって、上のほうに隠されているスピーカーからさまざまな自然の音が流れはじめた。記録された両親のやわらかな声が、個々のプラグの差し込み口からパイプを通して聞こえるようになっていて、話しかけたり本を読みきかせたりしてくれる。ジョールは気味が悪いが元気な声だと思った。それとも元気だが気味悪い声というべきか、どっちともいえない。これらはみんな、個々の人々——というか夫婦の——未来に託すもっとも熱烈な希望なのだと、ジョールは思い出した。これがセルギアールの次世代になる。こういう戸惑うような生物のかけらが、十五年もしたらみんな奇抜なファッションを纏《まと》ってカリンバーグの町を闊歩《かっぽ》し、迷惑な音楽を聴いたり、両親と政治的に対立したりするのだ。二十五年もすれば、現在では予想もできないような仕事につくだろう。もっとも何人かはこの場所へ戻ってきて、働いたり後継者になったりしているかもしれない。あるいは自分の生殖体を提供して、女総督の遺伝子宝くじにしているかもしれない。

自分の子どもたちもその群れのなかにいられるだろうか。

〈何をいってるんだ、そうさ、いられるさ〉

「妊娠が――赤ん坊が――取り違えられたことがありますか」そういう災難の話もあったけど……ほとんどが問題なく育つと、コーデリアは指摘した。それは再生産センターに対して、理由もなく反対している人々のいうことだと。

ドクター・タンは感情を害したような顔で微笑《ほほえ》んだ。「うちの技術者たちは非常に良心的ですが、そういう疑いを持つ人を宥《なだ》めようとすると、なんというか、生物学の教養の不足した人人がいて、子どもの遺伝子は、両親の頬を綿棒で二、三回こするだけでわかるんだろうとか、出産のときにスキャナーで二、三分間調べればわかるんじゃないか、といわれたりするんです。以前には実際に、人工子宮の羊水穿刺《せんし》で簡単にわかるといわれていました。そのサービスが無料で行われていて――というか余計な費用がかからなかったそうです」といったあと彼はいいたした。「それはあなたがたバラヤー人がよく訊く質問です。女総督はいつか、わたしたちの失敗する確率はおそらく統計学的に自然分娩《ぶんべん》よりも低いだろうといわれましたが、亡くなった総督閣下はそれはそのまま受け取らないほうがいいかもしれない、とつけ加えられたんです」

「わかりました」ジョールはいった。そしてもっと技術的にふさわしい質問をいくつか思いついて、医師の頭のなかの〝バラヤー人のIQの低さ〟を修正した。ジョールは銀河人の移民がセルギアールに増えていることを一般的には喜んでいるのだが、ときには非常に迷惑な場合もあると認めざるをえない。自分が遺伝子クリーニングを受けていない生体出産だったことを口に出しかけたが、それがなんの証明になるかわからなかったので言葉を呑みこんだ。

ところが口に出さなくても、その事実はすぐに明らかになった。ドクター・タンはジョールを連れて受付から離れた別の部屋に入ると、そこにジョールを残してうんざりするほど詳細な彼の医療履歴が保管されている無人の部署で検索をさせた。そこで彼はその退屈な検索に軍の医療記録をはめこんでスピードアップさせ、現在でも極秘の部分を調べて取り除いてから、それを昨夜の話に役立てるため腕通信機《リストコム》に保管した。このプログラムは、バラヤー軍事記録の秘密を扱うのにも使われている。さいわい基地にいた退役兵でここで同様に検閲したり、あとでもう一度ここに来た者はほんのわずかしかいない。コーデリアはアラールの履歴を補充しただろうか？　そうしたに違いない、自分のがすんでから。いずれにせよ、ジョールにそんなことを頼む者は誰もおらず、タンが戻ってきて連れ出してくれた。

「他にご質問はありませんか。次の段階に進むご用意はいいですか」タンは楽しげに尋ねた。

ジョールは舌で口のなかを探ったが質問は見つからなかった。いずれにせよ、タンはそれを待たず、このＶＩＰの客についてくるように手招きした。タンはジョールが反論するひまをまったく与えず、閉まっている別のドアのところに連れていった。その不愛想なドアには、〝父親の部屋〟という表示があり、スライド式の表示は〝空室〟になっていた。その横のマグネット式表示のひとつは〝清潔に〟と書かれていて、もうひとつは〝入室ご遠慮下さい〟と書かれていたが、タンはそれをぽんと弾いた。

「これがあなたのサンプルを入れる瓶です」と宣言してタンはそれを渡した。「ごらんのとおり、あなたの名前のラベルがついています。なかの溶液は、処置されるまで精液を健康的に生かしておくためのものです。ラベルの表示が正確かどうかごらん下さい」

ジョールは目を細めて、名前と番号が片側にきちんとついているのを見た。「正しい……正確、ってことです」

「この室内には、いわば、恥ずかしがる場合のためといいましょうか、多くの補助具が入っています。それから催淫《さいいん》性の鼻腔スプレーを一回分お渡しできます。以前は外のバスケットのなかに入れていたのですが、いつのまにか消えてしまうので、一回量にせざるをえなくて――もうしわけありません」タンは小さなアンプルを差し出した。ジョールはそれを慎重に受け取った。タンはいまやなんとなく催眠術にかかった思いで、ジョールはそれを慎重に受け取った。タンはドアを開いて彼をなかに入れた。

「必要なだけ時間をかけて下さい。おすみになりましたら、わたしの部屋にご自分でいらして下さい」とタンはいったが、その口調は明るく励ますようだった。

ドアは閉まり、ジョールはうっすら明るい静かな部屋に一人残された。スライド式の表示が〝使用中〟に変わるかすかな引っ搔くような音がした。

室内には座り心地のよさそうな肘掛け椅子と、まっすぐな椅子と、シーツを敷いた狭い寝台があった。棚にはセックス用の玩具が用意されていて、そのほとんどが他の場合ならとくに気が重くなるようなものではなく、すべて消毒ずみであることを示す紙のリボンがくるりと巻かれていた。この部屋にはホロビッド・プレーヤーもあった――ざっと調べると兵舎や船の生活で見た覚えのあるタイトルが多く、それに加えていくつか、そういう連中はまったく試聴しそうにないのもあった。彼はふっと、帝国女性士官学校の兵舎でもこれに匹敵するようなものがまわされたりするのだろうかと思ったが、それを質問できるような女性が身近にいるだろうか。ヴォルイニスはだめだろう。もっと年配の、あの大佐にならいっしょにたっぷり飲んだときにでも、訊けるかもしれない。ホロビッドには若い美人のスライドショウもあり、若くて美しい男のも、若くて美しい両性者《ハーム》のもあったが、なかでかなり目を惹いたのは、太った若い美人ともっと別な具合に発育した者で――これは銀河人の乗組員用にプログラムされたものに違いない。さらにいくつか映像のコレクションがあったがそれらはまったく厭《いと》わしく、まったく理解できないのもふたつあった。ジョールは自分は異邦人なのだと思った。その場では、とにかく興奮するようなものはひとつもなかった。ジョールはホロビッドを消した。

〈こんなこと、十三歳からやってきたじゃないか。難しいわけがない〉実際にこれは――いままでの人生で失敗したことなんかないのだ。

ジョールは寝台の端に腰掛けて採集瓶の注意書きを読み、鼻腔スプレーのことを考えてみた。それはいかさまのように思われて、勇ましい男盛りの帝国士官にはふさわしくない気がしたので脇に下ろした。まもなく五十歳になるが、たるんでいるところなんかないはずだ。

ロマンティックな場所とまではいわなくても、こういうエロスとまるで関わりのない場所でこういう行為をするのははじめてだ。いったいこれは、なんという奇怪な皮肉なんだろう。そもそもいままでにセックスをしたとき、生物学的な目的を達成するための行為だったことがあっただろうか。

〈これは二十歳のときにすべきことだ……〉だが三十年もきつい放射能にさらされてきて、さまざまな軍人としての経歴のあいだには何度も生物学的な危険にも出会ったし、さらに化学物質の毒性も摂取している。二十代に帝国軍病院に入院することになった宇宙での事故をはじめとして、彼の生殖腺にどんな障害が堆積《たいせき》しているかは神にしかわからない。さらにジョールは思い出した。訓練生時代に、実験的に電子兵器をいっしょに使っていた仲間が、おれたちには女の子しか生まれないんだぜといった、無責任な冗談の古い記憶のかけらも。たとえ、想像できるもっとも伝統的な関係を持っている場合でも、やはり手慣れたやりかたでやりたいと思うだろう。どんな父親でも、最初の息子……いや、仮定の子どもに与える誕生日の贈物として、避けようのない障害や病気を望まないのは当然だ。

〈何をくだらんことを〉彼自身の頭脳には、理性や記憶に、自分がいつか必要になるあらゆるイメージが蓄えられているはずだ。

ジョールはアラールのことを考えた。そこには確かに、想像しうるもっともエロティックな記憶の宝箱があった。あの人が試したがった事柄の境界は……。そしてそれは変なことでもとにかくふさわしいものだった。愛していたあの顔が過去から、いまのジョールのとんでもない出来事を面白がって笑いかけてくる。ところがたちまち、冷えた柩のガラスの下で最後に見た、冷たい土気色の虚《うつ》ろな顔の幻影がそこに被さった。まったくひどい……そういう擦り切れた思いをどこまでも螺旋《らせん》状に降りていったら、最後は自慰ではなくすすり泣きに陥ってしまうだろう。だめだ。

諦めて、ジョールは鼻腔スプレーの封を切り、両方の鼻腔に順番に差し込んだ。その噴霧は冷たく無臭で、何も起こりそうもなかった。それで次は？

呼びもしないのに、頭にコーデリアの映像がぽんと浮かんだ。ヴォルコシガン館のホールにベータのサロンのように一枚だけタオルを腰に巻きつけて、二階から降りてくる姿だ。彼自身は、狼狽《ろうばい》して扉から転がり出てきたところだ。どんな緊急事態だろう？　火災警報だろうか。爆弾の恐れか……。彼には思い出せなかった。そのタオルは覚えているのだ、そうとも。彼女は裸の皮膚をスペース・アーマーのように纏っていた。親衛兵士だか召使いだかが、残念ながら、すぐにタオルをもう一枚手渡した。もしかしたら一枚加えるのではなく、一枚剝ぎとったのでは……？　そのほうが……突然、もっと興味深く思われた。

ジョールの想像の劇場でコーデリアをスターにするのは気がとがめたが、ちくしょう、そもそも彼をこんな場所に来させた彼女が悪いのだ。自分でなんとかしてもらおう。

もっとも記憶の断片ではアラールの妻だった彼女は、長い赤い髪を揺らしていた。たぶん……髪の短い姿に描けるだろう。短いカールの髪で。そうだ、そのほうがいい。それにヴォルコシガン館の防火訓練で興奮している親衛兵士や召使いの姿も消去できる。それをいうならヴォルコシガン館そのものも消してしまえ。そこで彼の作品には、何もない真っ白な空間に立っているコーデリアだけになった。彼女は眉を上げて彼を見た。〈あなたはこれ以上のものを描けるわよ、坊や〉

そうさ、できるさ。ジョールはセルギアールで最初に手に入れた小さなヨットを、いつも走らせている田舎の湖に浮かべているところを想像した。どの岸辺からも遠い湖の中心で。日の光を斜めに受けて。風は凪《な》いでいる。いま彼には帆や舵柄を扱うよりも重要なことがあるのだから。コーデリアがまえの席に座って彼ににっと笑いかけ、タオルを開いて座るように勧める。ああ、それに二人ともリストコムなんか身につけていない。岸辺に置いてきたのだ。自分のオフィスにも彼女のオフィスにも連絡はつかない。

他に何か？　彼女は冷やした白ワインを飲みたいかもしれない。彼が渡したグラスを彼女は傾ける。そして、「極上だわ」といいはなつ。その判定が的確なのは確かだ。コーデリアはひどく面白そうな顔で彼を見上げる。そしてタオルを放り、身につけていた他のわずかなものもボートの真ん中に下ろす。そしてボートの竜骨に沿ってきちんと並べる。小さなボートとか他のあらゆるものに適用される物理学の法則に、彼女は鋭い眼識を持っているのだから。そして、社交の審判員であるバラヤー人の友人レディ・アリスには蔑《さげす》まれそうな動作で、その衣類の上に身を横たえる。コーデリアが猫のように光に向かって伸びをすると、その顔には緊張も悲しみも見えない。「オリバー」と彼女がささやくと、その口から出た彼の名前の一音一音に温もりがある。彼女は裸のからだの上にしっかりした腕を伸ばし、傲然と掌《てのひら》を返す。「こっちにいらっしゃい」喉声で彼女は命令する。

二十分後、ジョールはきっちり蓋を締めた瓶を手に持って、その小さな部屋を出てきた。明るい光に瞬《まばた》きして、ズボンのチャックを確認し、小走りにドクター・タンを探しにいった。酔ったような気分ではなかった。足どりは——安物の床のタイルの線で確認したが——完全にまっすぐだった。だが、歩いていると同時に、全身から魂が離脱したような感覚があった。〈あの薬を定量だけにするのはもっともだ〉

ジョールがタンのデスクの場所をつきとめたとき、タンは嬉しそうに「ああ」といって迎えた。そしてタンは瓶を受け取り、無造作に下に置いた。

「いつごろ、あー……成功したかどうかわかりますか」ジョールは訊いた。

「すぐに検査にまわして、結果は電話でお知らせします……たぶん今日は無理ですが、遅くとも明日の朝までには」

ジョールは医師に、自分の通信コンソールの番号を知らせた。

「うまくいくと思ってますよ」タンは顔の表情はともかく、口ではそう請け合った――ジョールはさらに落ち着いた態度を取ろうとした。「なんといっても三億対四というのはかなりの確率ですからね」といったあとタンはためらった。「残余のことですが――当クリニックでは、グレードが高く成功率の高い男性生殖体には、少なからぬ要望があります。あなたは年齢の割りには、肉体の健康や知性などが基準に達しておられるのは確実です。残ったものをうちのカタログに寄付して下さる気はありませんか。もちろん、匿名でですが」タンはにこやかに瞬きした。「あなたのお顔はかなり人気があるだろうと思いますよ」

ジョールは鼻白んだ。そうか、コーデリアはこういう会話になるのをそれとなく警告したのではなかっただろうか。「わたしの顔は、セルギアールではそれほど無名ではありません。わたしは……評判を第一に考えています」

「結構です。一応、考えておいて下さい、提督」タンは自分の執務室を出て、玄関ドアまでジョールを送ってきた。これは何かの合図なのだろう。

ふたたび日の当たる横丁に出たとき、ジョールはワームホール・ジャンプを通り抜けたような気分だった。それも後ろ向きに。そしてライトフライヤーに乗れるかどうか考えると憂鬱《ゆううつ》になった。あの噴霧薬の作用がからだから抜けるのにどれくらい時間がかかるかタンに訊くべきだったが、いまさらなかに戻る気にはなれなかった。頭はすっきりしていると感じるが、それは幻想かもしれない。他の物質で酔った場合のように、あたりを歩きまわるのが新陳代謝の助けになるだろう。彼は向きを変えて一ブロック先の大通りに向かった。

そのときになってやっと、コーデリアが自分はハイテクのベータで人工子宮によって生まれたと、何度かいったことがあるのをジョールは思い出した。ということは、彼女の父親の、当時のベータ宇宙調査隊員マイルズ・マーク・ネイスミス中尉が、ジョールが我慢して受けたのと同じようなことをかつて経験したはずなのだ。それに彼女の母親も女性側の同じ経験をしたのだろうとジョールは思ったが、女性版はもっと単純で医学的なものだろうと思われた。ぼんやり理解しているところでは、処置そのものはもっと手を加えられると思われるが、少なくとも協力するために性欲を無理強いされることはないだろう。そのほうがましだろうか、かえってよくないだろうか。それはともかく、彼らはその結果、契約どおりにコーデリアを手に入れたのだ。つまり……うまくいったわけだ。

いずれにせよ現実には、ジョール自身はまだデータを集めている段階だ。最終的な決定は明日の朝まで必要ない。あるいは彼が自分のサンプルを凍らせて保存することを選べば、もっとずっと先になるかもしれない。だからまだ、引き返せないところまで来ているわけではないのだ。

ジョールは横丁で若い移民の家族を追い越した。女は機嫌の悪い幼児を乗せたベビーカーを押しており、男は眠っている赤ん坊を入れた包みを胸に抱えていて、ぐにゃぐにゃした赤ん坊の小さな手が男のシャツに触れている。ジョールはふっと思った。九カ月の妊娠期間に子どもを腹に入れて運ばないですむ利点はなんだろう。そのあとはこんなふうに子どもたちを運ぶのだし、子どもが原野に逃げ出したり、さらにもっと重くなったりするのだ。とはいえ人類は、昔からずっとこうやってきたのだから、こういうことが好きらしい。ジョールは若い父親の身になって考えた。あれが自分の子どもだとしたら。孫じゃないのか、と頭のなかの皮肉な部分が指摘する。〈うるさい!〉

それから犬が電柱で用をたすのを待っている年配の紳士の横をまわった。犬か。犬のほうが簡単かもしれない。健全で……説明も簡単かもしれない。歴史に書かれた有名な年配の士官の多くの気晴らしは、ペットとか馬とか情婦とか植物とか……そうだな、植物はないか。もっとも人々にはある種のパターンがある。二十年あるいは二十年の倍の軍歴が終わると、彼らはガーデニングに夢中になったりする。植物のようにはなやかな生きているアクセサリーは、指揮権の奥義の一部というか支配地との良好な関係を示すように思われる。ジョールの旅行は常に身軽だった。

数ブロック歩くと、カリンバーグの中心の商業地域に出て、通りの先にいわゆる女総督閣下の宮殿が見えた。その名称は誤解を招きやすい——実際には背が低くてだだっぴろいただの家なのだ。そのまわりには実際に素晴らしい庭園があるが、これは女総督の、庭園以上に素晴らしい義理の娘の贈物で、このところ勢いよく育って色彩とプライバシーを、というかプライバシーの幻影をそこに添えている。門にはいまも、古い手書きの表札が出ている。

もともとの総督宮殿はシェルターを移したもので、最初の総督には不満が大きかった。後任の総督たちは不愉快そうにいくつかのシェルターを積み重ねた。これらは長年、醜悪きわまる砦まがいのプレハブ住宅として引き継がれた。現在の女総督は、夫と二人で統治していた最初の年にそれをつぶして更地に戻し、もっと穏やかではるかに優雅な設計のものに建て替えた。敷地の裏にあった兵舎は、ヴォルコシガン国守の存命中は個人的な親衛兵士たちの住まいになっていたが、いまは総督府のさまざまな事務所に作り変えられていて、一人だけ残っている親衛兵士は、主立った召使いたちとともに屋敷のなかで暮らしている。

ふと衝動的に、ジョールは道を横切って一人だけ立っている門衛に顔を見せた——門衛もアラール時代にはもっと何人もいたのに減らされたのだ。屋敷の現在の警備はまえより手薄で、はるかに慎重になっている。慎重という点ではジョールは一向に構わなかったが、警備が手薄になっていいといえるかどうかは、はっきりしなかった。

門衛はジョールを知っているので敬礼した。「ジョール提督閣下」

「こんにちは、フォックス。女総督閣下はご在宅で、客に会って下さるだろうか」

「ご在宅ですから、お目にかかれると思います。お入り下さい」

ジョールはカーブした車道をゆっくり上がっていった。そしてそこに駐車している車列が目に入ったとき引き返そうかと思った。車の多くにカリンバーグに領事館を置くさまざまな惑星の領事の外交ステッカーがついていて、なんらかの外交上の会合が催されているように見える――ああ、そうだ、今日の午後はエスコバール新領事の歓迎会じゃなかったかな。ジョールは自分がセルギアール軍の代表として参加するはずのその会合を、地上基地司令官に託したのだった。こういった会合は、セルギアール軍の士官とどこかの惑星の士官が、避けられない意外な事故にあった場合に役にたつ。たとえば実際にあった不幸な例を挙げると、非番の兵士たちが飲みすぎたところに、銀河人旅行者がバラヤー文化について細かい指導を受けずに出会ったための事故。そういうことを調停する必要に迫られたりするまえに、外交上の危険性のない場所で顔を合わせる機会を与えようと思ったのだ。最初に出会うのが病院とか、もっと悪ければカリンバーグ市警察のモルグなどより、女総督の庭園のほうがいいに決まっている。こういった優雅な夜会には、実際の機能以上の意味があるのだ。

あいにくの会合でコーデリアと話す機会を奪われたジョールは、いよいよ話したい気持が高まった。そこで家をぐるりとまわる歩道を歩き続けると、制服姿の警備兵は一人だけだがもう一人草取りをしているふりをしている者がいて、ジョールに気づいて会釈した。やがて聞き慣れた話し声とグラスの触れあう音が聞こえる方角に行くと、パティオとテラスのある場所に出て、そこから人々は庭園に流れていた。美々しく着飾った客がおよそ百人あまり、庭園内に散らばって小さな皿を手に話しこんでいた。さいわいまもなく、気持のいい午後用の軽く流れるような服を纏ったコーデリアが見つかって、すぐに彼女もこちらに視線を向けた。そして直ちにまわりを取り囲んでいた五、六人の人々から離れて、ジョールに向かって歩いてきた。

「オリバー」温かい声で彼女は訊いた。「再生産センターを訪ねていらしたの？　いかがでしたか」

「任務は遂行されました」ジョールは茶化すようにいったが、ふざけた様子はなく敬礼した。

彼女は驚きながら喜んでいるように眉を上げた。「ちょっと……お話があるのですが、明らかにいまはだめそうですね」

「パーティはまもなくお開きになりそうなんですよ。三十分ほどぶらぶらしていただければ、お客に帰ってもらえそうです。でなければ、出直していただいてもいいけど」

残念ながらジョールは夜には仕事の予定があった。「ぼくは制服を着ていません」どうかなというように彼はいった。

「あら、たまには思い込みの烈しい銀河人たちに、脅威を与えないバラヤー人士官もいるという経験をさせましょうよ。彼らの世界的視野を広げてあげられるわ」

「それはどうも逆効果のように思えますね。そもそもわれわれ軍人がここにいるのは、お呼びでない者に、われわれのワームホール・ジャンプ点からは勝手に入って来られないぞ、ということを示すためなんですから」

彼女はにやっとした。「あなたは立派に見えますよ。かっこいいところを見せておやりなさい。どうしたらいいか、あなたが知ってるのはわかってますよ」といって彼女が立ち去ると、ひそかな計画を持っているのか、さもなければ直接彼女に会いたくて来たらしい数人の人々が近寄ってきた。

ジョールはすぐさま、長いあいだの訓練による外交官付き士官の気分に陥った。まず基地司令官のヘインズ将軍を探すと、彼はこの場にふさわしい完璧な正装軍服姿で広い胸幅は壁のようだった。丈の長いブーツのなかは暑くて汗びっしょりに違いない、とジョールは思った。

「ああ、オリバー、おいでになったんですか」将軍はいった。「おいでになられるとは思いませんでした。何かあったのですか」それから、望みをこめて、「ではわたしは失礼してもいいでしょうか」

「いや、そうじゃない。ちょっと寄っただけなんだ」ちらっとパーティーを見まわすと、くだけたほろ酔いの雰囲気が蔓延《まんえん》している。「新しいエスコバール領事のことは、どう思った？」

「若いけど目端が利いてるように思えます。少なくとも、彼はありがたいことに、性はひとつしかありません」

ジョールの目はヘインズの視線を追って、いままさに女総督とうちとけてしゃべっている、ベータ領事の見慣れた姿に目を向けた。ヴァーミリオン領事は、ベータ植民惑星のバイオエンジニアの産物であるハームで……これはひとつの種だとも民族だとも呼べないが……ジョールは少数民族だと思っている。ハームがここに任命されたのには田舎者のバラヤー人の文化を変えようという意図が窺《うかが》えるが、女総督の面白がっている様子ではどうということもなさそうだ。

カリンバーグにある各領事館の職員には昇進に熱心な若者はあまりいない。セルギアールなんかにねじこまれなければ、もっと人気のある——そして結構厳しい——ヴォルバール・サルターナにある大使館に行くチャンスがあったはずだ。女総督は、ヴァーミリオン領事はグレゴール帝に外交上の提言のできる、ベータの次期大使になりそうだと、こっそりジョールに話したことがある。その考えを披瀝《ひれき》するとき、彼女の目はきらりと輝き、魅力的だったがやや危険な感じもした。

給仕が立ち止まり、ジョールに盆から飲物のひとつを差し出した。「いつものでよろしいでしょうか」

「ありがとう、フリーダ」ジョールは一口飲んだ。これは冷たい炭酸水で、バーにあるどんなものでも混ぜて味をつけることができる——首相の副官を務めていたころは、いかなる外交上の待ち伏せにあうかわからない場所では、アルコールは飲まないように心がけていた。それはいまでもしっかり身についている。

「ああ、あなたの部下のヴォルイニスって女の子がどっかそこらにいましたよ——ほらあそこです」といってヘインズは、帝国軍女性補助部隊の緑色の正装軍服を着た背の低い姿を指さした。この制服にはスカートも含まれていて、こんな暑い日にはズボンとブーツでいるより快適だろうとジョールにもわかった。彼女は庭園の向こう端で、味のよくない飲物を摑んでぎごちなく立っていた。「わたしは直前になって、彼女が女総督から個人的に招待されていることを説明しなきゃならなかったんです。じつは彼女のような階級の者は、今日の午後の出席者リストには入っていません」

「よかった。彼女は女総督とは先日ちょっと顔を合わせただけなんだよ。もう紹介してくれたのかい」

「はい、しばらくまえに。彼女は男の子みたいに舌足らずだと思いましたけど」

「そうだね、コーデリアがそのうち教育してくれるだろう。それに基地にも慣れるように見てやってくれたまえ。ぼくはこのあと……女総督閣下とスケジュールにない会談をする予定なんだ」

ヘインズはうなずいて、ヴォルイニスに値踏みするような目を向けた。「彼女の仕事ぶりはどうなんですか」

ジョールは肩をすくめた。「いまのところ問題ないよ。気が利くし、前回の任務ではヴォルバール・サルターナにいたから、多少洗練されているのは確かだ――あるいは首都では、ヴォルの血を引く者同士の会話があったからかもしれない」彼は考えてためらった。「資源や人員の配分など、セルギアール司令部は常にあらゆることで三番手なんだよ」

「わたしもそれは気づいていました」ヘインズはため息をついた。

「コマール司令部は常に一番だ。コマールは何かあったときには最前線だからという理屈だ。そして母国の艦隊は引っこんでいるから二番だ。双方が最高の人材を取ろうと常に腕相撲をしているのさ。われわれは残り物だ。ということで、最高の女性兵士がたくさん残っている。もっと送り込んでくれ、といいたいね」それから慎重にいいたした。「いやいや、この娘は持っていかせないぞ」

ヘインズは鼻を鳴らして、頭のなかで組織図の空欄に補充することを諦めた。ジョールは彼に丁寧《ていねい》に会釈して、自分を狙っている者には誰にでも機会を与えようというような、これ見よがしな態度でそこを離れた。もし厄介事を探しているのなら、そういう態度が厄介事を見つける早道になることが多い。

「ああ、ジョール提督！」と呼びかける声が聞こえた。ジョールは愛想のいい笑みを顔に張りつけて振り向いた。

現職の、民間出身のカリンバーグ市長が、取り巻きの市会議員の一人とともに近づいてくる。それを見て、まもなく行われる市長選挙の最有力対抗馬の二人が、同じようにこっちにやってきた。彼らはみんな用心深い親しげな会釈を交わした。

「あなたをつかまえられて、よかった」ヤーケス市長はいった。「教えて下さい、来年、基地を閉める計画だという噂は本当なんですか」

「もちろんそんなことはありません」とジョール。「どこからそんな話になったのかわかりません——あなたはご存じですか」

ジョールの言葉は会話の流れをくい止めるようなものだったが、ヤーケスは無視した。「民間の建設業者間の動きは、何かを示していますよ」

「陛下が第二基地を造る許可を与えられたのは、秘密でもなんでもありませんけどね」ジョールは、〈ついにスタッフ将軍が、国守評議会に予算案をごり押しして通したからね〉と考えながらなめらかな口調でいった。おそらく数年間は、国守評議会の大多数といっていい連中が、ヴォルバール・サルターナの銃撃戦に関わることになるかもしれない。「いつ何時だろうと地上基地がひとつしかないのは、防衛上十分とはいえないのです。自然災害を考えなくても。亡くなったヴォルコシガン総督閣下はセルギアールに足を踏み下ろしたときから、基地拡張の実現を急がせておられたんです。彼の未亡人がその構想を実現するのは確実でしょうね」

「そうですね、でもどこに?」マダム・モローが口をはさんだ。

「その問題はまだ協議中です」じつはそれをグリッドグラッドにするかニュー・ハサダーにするか、コイン投げで決めることになりそうだ。個人的にはジョールは両方とも欲しいのだが、そうはなりそうもない——確かに同時には無理だろう。最終的な場所の選択は、経済上の投機が突発してやむを得ず暴露《ばくろ》するはめにならないように、ごく内輪の人間しか知らない秘密になっている。

「もっと詳しくご存じのはずでしょう」

「たとえ知っていてもいいませんよ」

ヤーケス市長は苛立ちとともに面白がっている顔つきだった。モローと候補者仲間のクズネツォフは苛立っているだけだ。さまざまな形で、カリンバーグの中心にある軍事基地はいまだにその地域最大の経済的存在なのだが、いまや拡大し続ける政府事務所や、新しい植民者の絶え間ない流入を受け入れる場所として活動している多忙なシャトル港に追いまくられているのだ。いずれにしても、三人はさらに二、三の質問で探りを入れたあと、ヘインズのほうに方向を変えて立ち去った。無駄な努力だと思ったが、ジョールは彼らの試みに文句をいうことはできなかった。

ヴォルイニス中尉は、彼が熱心な市長候補の群れに取り囲まれる直前に、こちらに気づいていたらしくすぐにやってきた。「提督閣下、ヘインズ将軍からいっしょにいろといわれていたんですが……」

「それでいいんだよ、中尉」

若い女性士官は見るからに安心した顔になった。ジョールは軽く尋ねた。「それできみは、女総督閣下と言葉を交わす機会があったそうだけど、どう思ったかね？」

「思ってたほど怖い方じゃなかったです」それでもまだ信じられないというようにヴォルイニスはいった。「お孫さんがいらっしゃるのは知ってますけど、ぜんぜん……おばあさんのようには見えません。そういうことを超越していらっしゃるようです」

ジョールは笑みを浮かべ、「あの方はいつもそうだった」といったあとでいいたした。「だけどもっとまえに会っておくべきだったよ……」〈彼女の光が半減するまえに〉

「そんな機会はありませんでした」

「そうだね、確かに」といってジョールはヴォルイニスの制服のベレー越しに目を向けた。「おい、しゃんとしろよ。セタガンダ人に出会いそうだぞ」ヴォルイニスは彼が顎をしゃくった方向に、くるりと振り返った。

カリンバーグ駐在のセタガンダ領事はゲム貴族の身分にもかかわらず、この土地らしいくだけた服装だった――確かにくだけてはいるが、なんとなく他の誰よりも五倍は高価そうに見えるものを身につけていた。文官である彼の副官は、気の毒なことに、ヘインズ同様暖かい午後にはふさわしくない、黒っぽい礼服の重い上着を着ている。それにいかにもゲムらしく、一族を表す正規のフェース・ペイントを完璧に施していた――装飾的模様の金色を刷《は》いたブルーとグリーンの渦が、なんとなく水中にいるような印象を与えている。最近はさほど有力でない一族の地位の低いゲムは、たいてい、領事が現在そうしているように、衣装に合わせて頬骨に小さな色の模様を描くだけだ。領事はここでやっとジョールが来たことに気づいたらしく、部下の耳に何かささやいて引き連れ、ジョールのほうに歩み寄ってきた。

二人のゲム貴族が他の客をよけながら自分のほうにやってくるあいだに、ジョールは頭のなかで、あらゆることが宇宙に移っている最近の作戦計画について思い返したが、朝の報告ではすべてが静かでいつもどおりだということだった。セタガンダ帝国の八つの主惑星のなかでもっとも近いロー・セタへのルートである連続ジャンプのワームホールは、コマールとセルギアール間のルート上の、コマール寄りのところに末端が存在する。つまりそこは、断てばバラヤー帝国をセルギアールとその先にあるすべてのものから切り離す要所なのだ。コマール司令部はいくつかの何もない星系を含めてそのジャンプ点を軍で掌握し、ロー・セタ司令部が向こう側で同じことをしないようにルートの四分の三を押さえている。

この部分でセタガンダが最後に明らかな敵対軍事行動を起こしたのは四十年まえで、アラールが幼いグレゴール帝の摂政になったときから二年目のことだった。ヴォルダリアンが皇位簒《さん》奪《だつ》を企て――バラヤーにクーデターが起こり、アラールの新しい政権を揺るがし覆《くつがえ》しそうになったので――セタガンダが腕ずくでコマールと新しく発見されたセルギアールを、バラヤーの手からもぎ取ろうとしたのだ。だが攻撃軍は連続したジャンプ点を守っていたカンジアン提督によって阻まれ、そのあとすぐにアラール自身の率いる援軍が背後を守った。帰郷したアラールは英雄として歓迎されたが、一方でコマールの反乱も引き起こした。

　アラールの話では、その三つをすべて同時に起こすのがセタガンダ軍の計画だったのだそうだ。それが成功していれば二重三重の苦難はアラールでさえも圧倒したかもしれなかった。ところが、皇位簒奪の動きは人々の予想より数カ月も早く唐突に終わり、コマールの反乱分子は、セタガンダから援助は受けたいが、バラヤーの占領をセタガンダの占領に置き換えるつもりもなかったので、分裂して時を失った。というわけで、アラールはすべての危機を同時に迎えるのではなく、ひとつずつ対峙すればすむようになったのだ。地獄のような数年だったのだろう、とジョールは推察している。とはいえセタガンダ軍は、そのルートからは二度と攻めてこなかった。

　そしてアラールとコーデリアの息子のマイルズが、ソルトキシン毒ガスのために障害を被った個人的な悲劇は、そのすべての事柄の対比としてずっと続いたのだ、とジョールは改めて思った。自分が父親になる期待が生まれたために、こういうことが遠い問題ではなく、心に引っかかるようになったのだろう。

「ああ、ジョール提督、ここでお目にかかれてよかった」ゲム・ナヴィットという名から地位の低い貴族だとわかるセタガンダ領事がいった。「この機会に、新しい文官の副官、ミコス・ゲム・ソーレンをご紹介させていただいていいでしょうか」

ジョールは若い領事館職員と挨拶を交わしたが、相手はジョールのくだけた格好をやや疑わしげに見て、なんとなく斜に構えていた。ジョールは代わりにヴォルイニス中尉を紹介したが、彼女は背の高いゲム貴族を、犬と友達になれといわれた猫のような硬い疑わしげな目で見た。ゲム・ソーレンの正確に等級を意識した雑な礼も同じように疑わしげだった。セタガンダ軍にも女性の補助員はいて、セタガンダでは長く続いた伝統だが、彼女らはほとんどが平民で、遺伝子改良をされていないセタガンダ人なのだ。

ヴォルは歴史的に戦士の階級である。ゲムもそれは同様だが、社会的な発生経過はもっと複雑で、半分平民、半分ホートの中間の人々なのだ——平民より地位は高いが、ホートほどは高くない。その地位に内在する劣等感のために、ゲムたちは地位についていじらしいほど神経質になる傾向がある。ヴォルという階級にも独自のトラウマがあるが、ジョールのほとんど直感による意見では、通常は彼らがひそかに遺伝子の凡庸さを恐れるようなことはない。

フェース・ペイントとセタガンダ式の遺伝子操作で、ソーレンの年齢はバラヤー人の目には読み取りにくいが、ジョールは先週まわってきた機密保安庁の書類でこういった任命の標準的な評価を学んでいた。この副官は三十歳で、長命のセタガンダ人のあいだではこの地位にしては若い。昇進に熱心なのか？　〈馬鹿げたことというな〉生きているゲム・ロードなら野心家に決まっている。

「セルギアールにようこそ、ゲム・ソーレン卿。楽しい任務地だと思われるだろうと確信しています」

「ありがとうございます。ひとつだけ残念なのは、任命が遅れてあの有名なヴォルコシガン提督にお目にかかれなかったことです」

ジョールは短くうなずいた。「彼のことをご存じとは、名誉なことです」

「あなたがたの皇帝陛下は彼を失って、戦略に関する専門的知識を失ったことを心から惜しんでおられるに違いありません」

アラールの死のあと、こういう探りを入れるような言葉を、さまざまな銀河人の偵察員から百回も聞かされている。「彼を失ったのは本当ですが、専門的知識は失っていません。彼は偉大な人物でしたが偉大な教師でもあり、たくさんの若いバラヤー人に彼の発想や技術を教えて育てたのです。わたしにとっては二十年以上にわたる職務上の師でしたから、それはわたし個人の専門知識で証明することができます」〈解読しろよ、セタガンダの仔犬。わが軍でぼく以上にアラールの薫陶《くんとう》を受けた士官は少ないし、おまえのワームホール出口にはぼくが座って守っているんだぞ、そうさ。試してみようなんて考えるなよ〉

ジョールはなめらかに言葉を継いだ。「それにもちろん、いまもヴォルコシガン女総督閣下の幅広い経験と知恵を享受してるところです。非常に密接に仕事をしています。セルギアールを見学したら、女総督の庇護のもと、思いがけないような方法で啓発されてきたのがわかるでしょう」

「そう期待しております」ゲム・ソーレンはちらりと見まわした。「こちらの庭園はわがゲム・レディの手による庭園に近い価値があります」

〈それ以上なのさ、ゲム・ボーイ。おまえだってわかってるだろ〉セタガンダ人は芸術をスポーツのように——あるいは戦争のように——遺伝子の競争の対象にしている。「ご親切にそういって下さってありがとう。もちろんこれは女総督の楽しみのひとつです。ぜひとも、それを伝えましょう。大層喜ばれると思います」ジョールはわざとらしく指を彼の顔のほうに伸ばしていった。「ああ——あなたのフェース・ペイントが崩れているようですよ。ここは暑くて正規の服装には合いませんね。女総督閣下に会われるまえに、洗面所で直されたらいかがでしょうか。もちろん女総督閣下はそんなことは気になさらないでしょうが……」

若いゲムはたじろいで、派手な顔面に手を上げた。ジョールはそれを楽しんだ。ヴォルイニスはかすかに目を丸くしたが、口に出すのは控えた。領事は庭の向こうのいまは取り巻きのいない女総督を窺うように見て、もちまえの外交官らしい言葉でたくみに会話を終わらせ、新参者の副官を連れて立ち去った。

ヴォルイニスがいった。「完璧に色を塗ったゲム卿と顔を合わせたのははじめてです。ヴォルバール・サルターナの領事館近くの通りで、何人か見かけたことはありますけど」

ジョールは微笑んだ。「心配そうな優しい声でちょっとしたことを注意すると、たいてい生まれながらに不愉快きわまりない連中でも撃退するのに役立つのさ」

「それを拝見しました」

ジョールは少し考えてからいいたした。「ゲムには絶対に真似できないホートの卓越を褒め称える機会が運よく到来したら、それも同じくらい役にたつと思うよ」

二人はゲム・ソーレンが庭園の客用洗面所にこっそり滑り込むのを遠くから観察していた。この建物の世俗的な機能は、そこに配置されはびこっている植物やつる植物でうまく隠されていた。ヴォルイニスは少し唇を曲げていた。「ゲムに勝ったバラヤーの歴史をいうのもいいでしょうか」

「婉曲《えんきょく》にいうのならね。それとない数字で。ヴォルコシガン提督の話の続きでは、もちろん、声を大にしていう必要はないだろう」

「それ以上婉曲にはいえないでしょうね」

「当時はそれが役にたったのだ」〈もっともこれからは、別のことを考えないとね〉

ヴォルの女性は歴史的にいうと戦士ではない。もっとも少年に偽装した若い女性が勇敢な心で、兄弟や恋人や夫について戦場に行ったという唄や物語は何千とある。そのいくつかは実話で、当時の病院やモルグのテントで発見されたものだ。《孤立時代》の終了や、銀河方式を導入した医療が、その時代を終わらせた。とはいえヴォルの女性は戦士の母として称賛されるのがあたりまえだった。

たとえばこんなことで戦争を起こさずにすんだわけではないが、家に残されたヴォル・レディたちは英雄的に生活を守らざるをえず、ときには守りきれない悲劇も起こった。血なまぐさい世紀の中頃には、攻囲軍に子どもたちを人質にされながら欺いた、ヴォルイニス国守夫人の有名な逸話がある。彼女はスカートをひらめかせて狭間胸壁の上に立ち、広げた股のあいだから攻囲軍に向かって子どもなんかここからいくらでもまだ出てくるよ、殺せるものなら殺してみろよ、と叫んだのだ。攻囲は失敗し子どもたちは助けられたのだが、その世代の家族の活力は、安全な場所から見ても胆をつぶすようなものだったに違いないとジョールは思わずにいられなかった。そしていつかそのうち、現在のヴォルイニス中尉に彼女が直系の子孫なのかどうか訊きたいものだと思った。

パーティーの人波がやっとまばらになってきた。〈ようし！　みんな出ていくぞ。こんどはぼくが女総督閣下に用があるんだ！〉ジョールはヴォルイニスをヘインズのもとに戻らせて、もう一杯アルコール抜きカクテルを飲み、自分の機会が来るまで苛立たずに待とうと努めた。

3

外交官の歓迎会はうんざりするほど延々と続いていたが、飲んだくれたどうでもいい客を追い出す仕事は私設秘書に頼み、後片づけは館の非常に有能な職員にまかせて、ようやくコーデリアはオリバーを手招きした。さきほど、予想していなかったオリバーの姿が遊歩道からためらいがちに現れたとき、いつもどおり背が高くクールには見えたが、その青い目のなかのかすかな狼狽《ろうばい》の色に気づくと、偶然にまぎれこんだ乾燥機からいま出てきた猫というおかしな連想が頭に浮かんだのだ。コーデリアは先に立って、庭園の引っこんだ位置にあるお気に入りの場所に入っていった。外交使節がうっかりそこに迷い込んでいないか確かめてから、寝心地のいい長椅子に身を投げ、靴を蹴って脱ぐとふーっと大きな吐息を洩らした。「やっと終わってほっとしたわ。ああ、足が」

オリバーは微笑《ほほえ》んで近くの柳細工の椅子に腰を下ろした。「こういう厳しいお仕事のあとでは、アラールがよくあなたの足を揉んでいたのを思い出しましたよ」

「そうよ」彼女はため息をついて、もうそれほど心の痛まない思い出にちょっと心を休めた。そしてふと彼に期待する気持になったが、彼は以前観察したとおりに、つまり、彼自身で揉んでくれたりはしなかった。コーデリアは足を組んで座り直し、代わりに自分で足を揉んだ。

そしてさらにいった。「あなたがあのセンターで、ひととおりのことをこなしていらしたのがわかったわ――ありがとう。今日のパーティーでのヒット数はどう？　あなたのポケットを探って、ホテルのルーム・キーとか、ナプキンに書いた誘いのメモとか、ご婦人の下着とか探すべきかしら」アラールのハンサムな副官として知られていたころには、パーティーなどのあとでは、彼の制服を預かると興味深い驚きの品物がいくつか出てきたものだった。誰も触れるほど近くには寄ってこなかったと彼がいったときでさえも。

「女性用下着の謎があったのは一度だけです」彼は面白がりながらも憤慨している口調で抗議した。だがすぐに思い出したようにいいたした。「ああそうだ、二回です。でもそれはタウセチのバーでの話でみんな酔っていました。二回とも永遠の謎で――少なくともあなたがたは、彼らが通信番号を股のところにでも書いたと思うでしょうね。ぼくがシンデレラか何かのように、それを探すと思ったのかな」彼は犬が探るような顔をして、ほっそりした下着を持ち上げる格好をしてみせた。

コーデリアはけらけら笑った。愉快な気分だった。「でなければ、機密保安庁に送って調べてもらうとか」

「機密保安庁からは、ぼくには絶対になんだかわからない物を実際に渡されたことがありますよ。ときにはそういうもので、卑怯な企てを温めているセタガンダのグラマーな女スパイを狩り出せるかと思ったけど、そんな面白いことにはなりませんでした」

「まあ、いいわ」コーデリアは口元の笑みを拭い去り、座り直した。「それでドクター・タンとの面会はどうだったの？」

オリバーは肩をすくめた。「彼はとても親切でした。それに熱心でしたよ。そして呆れるほどベータ的でした」

「それはいい点なの、悪い点なの？」

「単なる特徴だと、思いますよ。あれは……いままでやったことのない奇妙な体験でした」彼はさらに何かいいたそうだったが、首を振って明らかに話を変えた。「彼がぼくのサンプルをしつこく手に入れたがるのを無視して、そのまま帰ってきました。ぼくの生殖腺がパン屋のケースだとでもいうようにね。次回は、もしぼくの配偶子がみんなからっぽだということにならなければ……そうですね、次回は相当に早くやってきそうです」

「どうなりそうか、いまわかってる？」

「だいたいはね。つまり、質問はわかってるけど、答えはわからないってとこです。いま決めなきゃならないのは、サンプルを凍結してすべてをもっとあとに延ばすか、それとも受精させて先に進むかってことです。それを決めると次の決定事項に導かれ、そこですべての接合子――胎芽《たいが》かな――を凍結するかどうか、あるいはひとつだけにするかを決定することになります。ひとつだけでなくってことだろうと、思います」

「マイルズは最初、わたしの未来の孫たちのためにこのテクノロジーを使おうと思ったとき、最初から十二人を一斉《いっせい》にはじめて、全部を効率よくひとまとめにしようって考えたの。自分の小隊を作るみたいに、でしょうね。わたしはエカテリンに、彼の頭が冷えてまともな考えができるまで交替で水のなかに浸けようかっていったんだけど、結局彼女はわたしの手助けなんかいらなかったのよ。素晴らしい人よ、わたしの義理の娘は。いまだにマイルズが彼女にふさわしいどんなことをしたのかわからないわ」

オリバーはくすくす笑った。「ぼくがマイルズを見てきたかぎりでは、想像できますよ。だけど、ぼくはだめです、ジョール小隊なんか。分隊程度でもだめです」

「手助けする人を雇えばいいでしょ。わたしなら絶対にそういう計画を立ててるわ」

「おそらく手助けは必要でしょうね。他に何が必要かわからないけど……。あなたは手始めに、六人のお嬢さんを一度に作るつもりじゃないでしょう？」

「まさか、そんな。でも子どもを持つときの親の最適な年齢については、ずっとまえに学んでいたのよ。まあわたしにいえるのは、娘は一人ではないってことね。あるいは、何を望むかによるけど、数人でしょう」

「いつ決めるんですか」

「娘っていっても義理の娘なら、すでに持っているわ。でもタンには、六個全部の受精を進めて下さいっていったの。もう処理中で——実際に行われたのよ。数日以内に、遺伝的な欠陥がないか二重検査を終わらせて、必要な修復を行い、五個は冷凍室行きにして、六個目をいわばオーブンに入れることになるわ。そしていまから九カ月たつと、オーレリアが……わたしの悩みの種になるでしょう」コーデリアは嬉しそうに口角を上げた。「ちょっと怖いけど、実際には、たぶんマイルズほど大変なことはないと思うわ」

　オリバーはよくわかるというように、苦い顔でうなずいた。「あなたのバラヤーでの最初の年のことを知れば知るほど、ここに留まられたことに驚きを覚えます」

「あのときはエスコバール戦のあと、ベータに帰るための橋をかなり徹底的に焼き払ってしまったのよ。でもそうなの。戦後直ちに、というか、十八カ月以内にね。わたしがアラールと会ったのは――ここ、この惑星で、もともとわたしが真っ先に発見した惑星だったの。だからあなたがたがここにたどりついたのが一年遅かったら、ここはいまごろは、ベータの第二植民惑星になっていたのよ。アラールと会ったあとわたしは、彼が軍の反乱を鎮めるのを手伝ってから逃げ出したんだけど、バラヤー相手の戦いにまた送り返されて、捕虜になり、母国に帰って、また母国を離れたの――母国から逃げ出したということでしょうね。アラールを見つけて結婚したけど、そのときは二人とも、引退して田舎に引っこみ子どもを何人か育てるという計画だけに、熱中していたのよ。そしてわたしは愚かにも、たった一回の妊娠に夢中になっていたの。それからエザール帝が彼を――わたしたち二人を――とんでもない摂政の生活に投げこんだのよ。それから最初の暗殺計画があり――これは話したかしら。音波手榴弾を投げられたけど、それは失敗に終わったの。だけど二回目の、失敗しなかったソルトキシン・ガス手榴弾では災難を受けたわ。それでわたしは緊急帝王切開を受けることになって、マイルズはまったく経験のない医者の手で戦場から盗んできた人工子宮に突っこまれて――きっとその医者はわたし以上に怖かったと思うけどね――それからヴォルダリアンの内戦が起こり、そのあとあらゆる混乱が続いたのよ。春になってやっとマイルズを人工子宮から出したときには、可哀そうにひどい損傷を受けていて、もちろん老国守のピョートルはまるで手榴弾攻撃のようにアラールを責めたてて、そのあと五年間は口もきかなかったけど、そのうちやがて……ああわたしのバラヤーでの最初の一年間の話だったわね。わたしが疲れきったのはあたりまえだわ」コーデリアはクッションに頭を乗せて、大きな吐息を洩らした。「でもわたしがアラールのところに来たのは、わがままで悪質な秘密の計画があったからよ。二人で子どもは六人持とうと考えていたの。ベータでは厳しい産児制限を行っていたから、それは恐ろしく反社会的な行為だったわ。彼はずっと……もちろんずっとそれを覚えていたのよ。それがわたしの夢だったのに、事件でついえてしまったことをね。それを果たしてくれなかったことを……それを手に入れるためにわたしが犠牲にしたものがあることを悔やんでいたのよ。一息ついたときに、配偶子を凍結したのはそのためよ」

「では彼は、あなたにもっと子どもを与えることをずっと計画していたんですね」

「計画というより、望んでいたのね。わたしたちは二人ともそのころには、かなり諦めていたから。結局うまくいかなかった」彼女は瞬《まばた》きした。「どうしてもだめだったの。そしていま……ここにいるのよ。四十年も遅れて。でもいまなんて、くやしい」といって彼女は乱れた髪を掻きむしった。「それであなたはどうしたいの？　実際にしたいのは何？　単に考えているだけならすごく慎重ね。もっと悪いのは、わたしが何を望んでいるのか考えていること」

「ぼくが考えているのは……」オリバーはふたたびためらい、それから言葉を続けた。「ぼくはあなたがなさったように、遺伝子に賭けたいと思っているんです。組みあわせるとか受精とかすべて進めるつもりです」

「あなたの要求を未来のための賭け金にするのね？」

「それで少なくとも、次の段階への不安をやり過ごせます。このことでは、ぼくはすでに疲れてしまったんです。あるいはこれがうまくいかなくても――」彼はいいかけた言葉を呑みこんだ。

もう用済みだというつもりだろうか。「選ぶだけでまだ用済みにはならないわよ。別の除核卵細胞を購入するという選択肢だってあるんですから。あるいは、接合子を合わせるための別の技術もいくつかありますよ。多少難しいけど」

彼は眉のあたりをこすった。「それはぜんぜん考えてませんでした。そうするともっと複雑になりますね」

「そんな不確実なことじゃないのよ。他の問題がなくても、実際の子どもたちが来れば理屈より実践になるわ。それにいらつく時間も……ときには息をする時間もないくらいよ」

「経験者の言葉ですか？」

「経験のある人のデータを集めても、永久に熟練者にはなれないのよ、まったく。現実には休んでいいはずだけど、わたしは待ちくたびれているの」

軽い足音が近づいてきた。フリーダが茂みのあいだから顔を出した。「何か必要なものはございませんか、マイレディ？　そちらさまも？」

コーデリアは考えた。「本物の飲物が欲しいわ。林檎《りんご》ジュースとか水なんかじゃなくて。白ワインのグラスをね。まだすっかり片づけてしまっていなければ。オリバーは？」

「いつものやつをね、ありがとう、フリーダ」召使いはうなずいて立ち去った。コーデリアが訝《いぶか》しげに眉を上げると彼はいいたした。「今夜はまだ勤務中だから。でなかったら、夜中までここにあなたと座りこんで酔っぱらうのが、何にもましてやりたいことなんですけどね。残念ながら、それは問題を解決する幻想しか与えてくれません」

彼女は謝るようにいった。「あなたに問題を与えるつもりはなかったのよ、オリバー。贈物のつもりだったの」

彼は鼻を鳴らした。「あなたはご自分が何をなさったか、的確にご存じだったでしょう」

コーデリアは首を掻いて苦笑いした。「おかげでわたしが次にすることを思いついたわ。あなたがふたたびシャトルに乗って軌道上の次の輪番に出かけるまえに、タンに次にやるべき受精を進めて下さいというつもりなら、最近親者への指示を書くべきですよ。というか、あらゆる接合子のための書類を保管しておかないと」

「その……なんの指示ですって？」

「接合子は、法的には配偶子とは異なるものなんです。配偶子という生殖体はもはやあなたのからだのなかになくても、もともとからだの一部だし所有物なんです。ところが接合子は訴訟のもとになるかもしれないものですよ。ほら、相続権の争点でしょう。受精の瞬間から、それらをすべて凍結することを選んでも、特別の一個だけ人工子宮で育てることを選んでも、あなたの子どもか将来の子どもの居場所を知る必要がある、という人がいるかもしれません。もしあなたが光の玉のなかで昇天したら、あるいは、もしかしたらシャワーで滑るとか、何かがあったとしても」

オリバーは苦い顔になった。「そのとおりです。あなたの父上はシャトルの事故で亡くなったと、いつかいってましたね。たまたま思いついた例ですが、コーデリア」

彼女は肩をすくめた。「わたしはいまでもシャトルに乗るわよ」

「ぼくは……あの。いえ、そんなことまで考えていませんでしたよ、白状します。あなたは最近親者として誰を選ぶんですか。マイルズでしょうね？」

「そうよ、なんの相談もなしに。でもそれは計画のうちよ。それでも完全に満足はできないの──わたしの娘たちをバラヤーで育てるつもりだったら、こういうことは、ここではなく向こうでやっているわ。もう一言いうべきね──あなたが正しい指示を出さなかったら、欠席裁判で子どもの保護者は誰だろうとあなたの最近親者になるわよ。それは誰なの？」

彼はあっけに取られたようだった。「母、だと思います。でなければ、長兄ですね」

「その人たちが、孤児になったあなたの子どもを育てているところを想像できる？」

「ぼくのですか。たぶんね。問題なく。アラールの……」彼は顔をぐっとしかめたが、それは解釈しがたかった。「ぼくがバラヤーの伝統的な結婚をして子どもを持っていたら、おそらくぼくは──いや、待てよ。ぼくの仮定の妻の家族がいて、面倒を見てくれているかもしれません。うーん」

コーデリアは拳《こぶし》の裏で目を拭った。「それでは、もうひとつ質問があるわ。このあと十年間であなたの仕事はどうなると思っているの。あるいは思っていた？　あなたはどこに行くのかしら」

彼の眉が上がった。そして用心深い口調でいった。「それはぼくがセルギアールで退職するという意味ですか。永久的な植民者としてここに留まって？」

「ここはわたしの惑星よ……。おわかりでしょう、いまいっていることはすべて最近になって考えたことなのよ。三年まえにわたしの生活は半分に裂けてしまったんですもの。そのまえは、以前はね、アラールが退役したら、二人でバラヤーのヴォルコシガン領に戻って、はるかな昔の銀河スタイルの医療に守られた生活をするつもりだったのよ。彼の父親は、革のような顔色のいやな年寄りだったけど、九十代の終わりまでたいした手助けもなく生きたのよ。わたしはなんとなく、アラールは新しい考えの人だったから、絶対にもっと長生きすると思っていたの。少なくとも百十歳ぐらいまで。ところがそのあと、頭蓋内動脈のとんでもない破裂が起こって、わたしの予想より二十六年も早く逝ってしまった」コーデリアはぐいっと肩をすくめた。「計画なんて。いつだってそううまくはいかないものね」

彼は両手を差し出したがその手は下がった。「そうですね」

そのあと彼は長いあいだ口をきかなかった。フリーダが戻ってきて、飲物を配り、不思議そうに二人を肩越しに見ながらふたたび立ち去った。

「ぼくは二回目の二十年勤続があと十年ほどで終わります」しばらくして彼はいいはじめた。

「三倍の勤続は考えたことがありません。退役後の新たな人生については、どんなものだとしても、たぶんあと六年か七年したら考えはじめるでしょう。そのときどこにいるかは……そうですね、ぼくはいま軍にいますが、ぼくにとってそれがすべてというわけではない。さっきご指摘になったように、明日生きていたとしてもそれがすべてではありません」

コーデリアは目を逸らした。「いつかアラールが、わたしたちが故郷に帰ったら領地であなたに仕事を見つけてあげようっていっていたわ。実際には、あなたが選べるようにいくつか考えるって。彼には計画があったのよ、ほらね」

「ああ」オリバーはアルコールの入っていない飲物を一口飲んだ。「アラールの計画には対応できたと思います」一息おいて続ける。「ぼくは、それほど強い絆はバラヤーにはありません。十八歳で士官学校に行くまでは家族とは親密だったけど、そのあとは次第に疎遠になりました。故郷のほうではずっと、それでかまわないようでした。ぼくは……気にしていたんだけど。父が死んで――覚えていらっしゃいますね――そのあとすぐ、ぼくはセルギアール勤務に任命されました。母はそれから数年間、亡くなるまで妹と暮らしていました。ぼくの故郷は発展して――数年まえ帰ったときには、子どものころ好きだったものがすべて建て直されて変わっていた。なくなってしまったんです。セルギアールは……じつは、かなりいいところだと思えるようになりはじめています」彼の澄んだ瞳がコーデリアのほうに向いた。「今回のことでは、ぼくのために教母になっていただけますか。だって……少なくとも、子どもたちは半分はあなたの子どもだから。半分よりちょっと血の濃い子どもですよね」

「完全にその気よ」コーデリアは請け合った。「センターではもう少し余分な選択肢を欲しがることを覚えておいてね。血筋の順番に下がっていく選択だから、あなたの家族をのけものにする必要はぜんぜんないのよ」

「指示したことはあとから訂正できますか」

「ええ、できますとも。センターでは毎年見直すことを勧めるわ」

「ほう。十分思慮深いやりかたですね」

コーデリアはもう少しワインを飲んでから小テーブルにそれを置き、椅子のアームを指で叩いた。「あなたがセルギアールで除隊するつもりなら――そう決めているのなら、子どもたちの互恵関係になって下さらないかしら」

彼は驚いたようにぱっと目を上げてコーデリアを見た。「なんですって？　マイルズより先にですか」

「少なくとも、バラヤーよりは先に」

オリバーは口をすぼめた。「でも……あなたが亡くなったら。ぼくはできない――そんなこと――想像するだけで困ってしまいます」といっても、彼の顔は困っている顔ではなかった。そして突然瞬きした。「待てよ。あなたは凍結胎芽のことだけを話していらっしゃるんじゃないんですね」

「今週以降は違うわ」

彼はふうっと息を吐き出した。「それはおそらく、いままでに提案されたことのなかで、一番重い責任を伴う可能性がありますね。船の司令官とか、首相のもとに押し寄せる問題に代わって立ち向かう立場は別にしても」そしてさらに目をぱちぱちさせた。「それをぼくに委ねるなんて、相当にとんでもない買い被りですよ、コーデリア。正気なんですか」

コーデリアはゆがんだ微笑を浮かべた。「そんなこと誰にもわからないでしょ？　いまのところ仮定にすぎないわ。覚えておいて」

「わかりました。だけどやはり……」彼はまだ「何を」といえずにいた。

オリバーはクロノメーターに目を向けて文句をいった。「ちくしょう。出かけなきゃ。これからまだ、基地に行ってやらなきゃならないことがあるんです。宇宙軍に入ったときには、建設業者と長時間交渉する必要があるなんて、ぜんぜん知りませんでしたよ。何キロトンものプラスクリートのことで。でも地上のどこかに、ぼくのシャトルが着陸する場所は必要なんです」彼は飲物を飲み干して、椅子につかまるような格好で立ち上がりコーデリアを見下ろした。

「コーデリア……」といいかけてためらう。

「何？」

彼は何か呑みこんだように見えた。そして出し抜けにいった。「いつかまた、ヨットに乗りませんか」

コーデリアは驚いて背筋をのばした。アラールは二十代のころのオリバーにヨットの操縦を教えていて、そのスポーツを楽しんだのだ。実をいうとコーデリアは、オリバーとのヨット遊びはかなり好きだった。コンドームを押しつける悪癖のある人のために、予定にない水泳をするはめになったりしそうもないので。昔の思い出に息がはずみ、コーデリアは瞬きしていた。「もう長いこと水の上には出ていないわ……覚えていないくらい。それはいいわね。わたしのスケジュールは調整できると思うわ」それからふと戸惑って言葉を切った。「あなたは去年ボートを売ってしまったといわなかった？」

「何か見つけますよ。あなたが時間を作って下さるのなら」

「そのためなら、時間を削り出すわ。楽しそうね。本当に、素晴らしいわ」コーデリアは長椅子のなかでもたもたして手をついた。「手を貸して起こして」と彼女は命令した。

彼の顔には奇妙な表情が浮かんだが、身を乗り出してコーデリアの手を摑み丁寧《ていねい》に起こした。コーデリアは地に足をついたあとで靴を見つけた。そして彼を屋敷まで送っていって、そこで別れた。〈あなたはそっち。わたしはこっち〉だがまもなく、コーデリアは気分よくいまの会話を思い返していた。

それからまた三日たって、ジョールは女総督と会う機会があった。特別扱いではなく士官食堂の夕食に誘い、水を注ぎにくるコマール人のいない時に基地のなかを歩きませんかと連れ出した。というわけでシャトルの滑走路の後ろを基地の反対側に向かって歩きながら二人とも沈む太陽に目を細めていたが、彼女はそのままどこまでも歩き続けそうだった。

「ぼくの担当の業務に影響のありそうなお話はありませんか」舗装面の端をゆっくりたどりながら、彼は歩きつづける彼女にもの問いたげに尋ねた。削り取られた遠くの山は、縁が輻射熱《ふくしゃねつ》で揺らいでいる。

「直接には何もないわ。普段どおりよ――彼らは特別なものを作った人とか、植民地の発展に寄与した人に、故郷のコマールと同じように特別な投票権を制定してくれというのよ。じつはそれって、自分たちのことらしいけどね。小数点をひとつ下げれば、全員に固定の投票権を十ずつ与えることになると反論したら、それではわたしが彼らを馬鹿にしていると受け取られるって助言者たちに拒否されたのよ。そうでしょうね。住民投票に持っていこうという動きが転がりはじめるまえに覆《くつがえ》したいんだけど」

「もちろん住民投票を許すほうが安全ですよ。その人たち以外の全員が反対するでしょうから。そうでしょう?」

「そうでないかもしれない。楽観的な人ってたくさんいて、自分たちはその恩恵を受ける側に入る可能性がある、という統計学的にはありえない考えにおちいりかねないのよ。現実をよく見れば、生まれつきのよほどの楽天家でないかぎり、自分の土地を離れてセルギアールまでわざわざ仕事をしに来たりはしないわよね」彼女はその言葉をぶらぶら歩きながらいい直した。

「昔のロシアの格言は別だけど。ロシア人は生れつき暗いんだとわたしは思ってるの」

ジョールは口の端を上げた。「ぼくは約束できると思いますよ。地方で芽生えてきた民主主義実験の問題は、ぼくの帝国軍基地まであなたを追ってはこないだろうって」

「嘘でしょ、でもかまわない……」二人が目的地に着いて足を止めると、彼女は無表情に見つめた。

「それじゃ、ここであなたには何が見えますか、コーデリア？」ジョールは目のまえの二メートルの高さに積まれた袋をそれとなく指すように手を振った。その袋の山は、舗装の上にあらゆる方向に何十メートルも列を作って並んでいて、何かの地質学上の大規模見本のようだ。点点と岩石の丘があり、そこに谷が溝をえぐっているいやな地形のようだが、形は規則的だった。でたらめのようにジグザグに歩いて、ジョールはコーデリアを迷路の中心に連れていった。

「ずいぶんたくさんの袋の山。わたしのものではないって、指摘するのが妥当ね」

「何カ月もまえに建設業者が運びこんだものです——というのが最初のヒントです——」

「もう建設業者が運びこんだの？　本当？　まるで酔っぱらいの幻覚みたいに聞こえはじめたわ」

彼は暗い顔でうなずいた。「ぼくはまだ飲みはじめてもいないけど。第二基地の新しい滑走路のためのプラスチック混合材になるはずのものですけど——その基地はまだ決定してないんですか」

「グリッドグラッドね」コーデリアは鼻に皺《しわ》を寄せた。「これが決まったら、住民たちはその村に新しい名前をつけたがるかもしれないわね。ありがたいことに、わたしには関係ないけど。アラールにちなんだ名にして、わたしにつまらない祝辞をいいにこいなんていわれないかぎり」

そこはカリンバーグと同じように赤道に近い過ごしやすい場所で、軌道に向かうシャトルにはネットのパワーの恩恵もある。ジョールは満足している。少なくともその点では。じつはその場所は惑星をぐるっとまわった十倍も遠くなのだが……。「そしてまだぼくらはグリッドグラッドからずっと遠くにいる。時間の上でも、距離の上でも。滑走路の基礎を掘りはじめる最短の計画でも少なくとも一年先です。現実的には一年半先ってことです」

「そしてまだ、わたしは問題を見つけられずにいるのよ。基礎の混合材はそのうちここからそっちへ送るんでしょ」といって彼女は疑わしげに膨《ふく》らんだ袋を覗き見た。「誰かが、グリッドグラッドに早急に新しい物質を製造する工場を建てはじめないかぎりは。でもそんな提案はまだわたしのもとには届いていないわ。そのうち誰かがやってくれると期待しているけどね」

ジョールは首を振った。「これはハイテク物質への変更がもっとも遅れた分野なんです。設置したときに非常に強いものでも、シャトルの発着のような大きな衝撃が繰り返された場合に回復力がないと使えないんです。技術者には容量と重さを半分にすることを認め、その結果、トンあたりの値段が高くなっても仕方ない。この適用基準は、千トンあたりってことだけど」

コーデリアは眉を上げてみせた。反論するときのコーデリアのいつもの癖だ。「それはプラスクリートなのよね。何世紀ものあいだ保つような。それに保管場所にも困らないようなってことでしょ。そんなのが欲しいのなら、未来の兵舎や滑走路のために、軍では数キロ四方の空いた基地を保有しないとね。でもご忠告しとくけど、カリンバーグの開発業者がすでに強欲に調べはじめているわよ」

「それが混合されて設置されてからが問題なんです」ジョールはもう一度手を広げた。「あなたの言葉には、〝最新の〟と〝ハイテク〟と〝刷新〟が抜けていますよ。従来の製法のプラスクリートでも実際に目ざましい耐久力があります。ところがこの糞ったれは、新しいときは素晴らしくても、活性剤抜きで消費期限まで置けば化学的劣化を被るのです。その期限というのがいまから一年以内です。製造業者が自分のところにどのくらい置いていたかは推定するしかありませんが、それはかなりの期間です」

「老朽化を想定されたプラスクリートですって」苦々しい驚きの口調でコーデリアはいった。

「そんなこと誰も知らないわ」

「残念ながら、先週それを基地に持ち込んだ補給係将校は知りませんでした。たぶん慌てていたんでしょう、すべての運搬車を正門に停めて、技術者の目を通さずに荷物の受け取りのサインをしました。第一の問題はもちろん、それが運搬されるべきなのはここではなく、これから公表される予定のグリッドグラッドだったことです」

「それでは、邪魔なものを移すことだけでなく、かなりの運搬経費も回避したのね。素敵だわ」

「しかも、基地の会計部門では、ここでも技術者に確認もせずに、ただ外に出て送り状に合うかどうか数を調べただけで、空前の能率を発揮して請求書の支払いをしたんです」

「もちろん、修正できる事故だわ。配達先の間違いだけなら、完全にあなたに法的根拠があるわ。業者を呼んで持ち帰らせ、あなたの負債を取り戻せばいいでしょ。アラールならそうするわ」

「アラールなら彼らを威してそれを食わせるでしょう——そして信頼させるんです」ジョールはちょっと言葉を切って、自分にはとうてい手が届かない、少なくともそんな能力は自分にはないといつも羨《うらや》ましく思っていたアラールの命令スタイルを思い出した。アラールの技術は、技術ではなかったのだ。「すでにその連絡はしましたよ。そうですね、食えとはいわなかったけど。業者はそんな移送をしたら破産してしまうと文句をいいました——来年まで運搬できないと置いていったんです。それだけ大量のものを取り除くとなると、他の業者も請け負いませんでした。そこで法律関係の相談に乗ってくれる者に相手の主張を調べてもらったんですが、それは相手のいうとおりだといわれてしまったんです」

コーデリアは眉根を寄せた。「その業者って——プラス・ダンじゃない？　バケツから飲むより、そこに小便する方法をよくわかってる連中、なのよきっと」

ジョールは政治に関わるアラールの昔の警句を思い出してにやっとした。もっとも残念ながらそれは公式の発言ではなかった。「そうかもしれないけど、これはいまの話です。それに民間の植民者たちのね。ということは、あなたの問題なんです——女総督閣下。だからこそ、個人的にあなたのお耳に入れたのです」といったあと彼の思考はひょいとずれた——彼女の個人的な耳は、この位置から見たところでは、乱れた髪のなかに格好よく収まっている。その髪が長かったときには、重みで垂れた髪は上品に結わえ生花で飾られていたのだが、いまは違う。

コーデリアは口惜しそうに顔をゆがめた。「いやねえ、そんなの嘘だってわかってるのに……。わたしにプラス・ダンを調べさせたいの？　わたしがもっとうまい彼らの扱い方を見つけられるかどうか、って」

「試す価値はありますよ。できれば、来年度のプラスクリートの供給に支障ないようにして下さい」

「わかったわ……」コーデリアは崩れゆく孤独の砦《とりで》を睨みまわした。「だからあなたはわたしをここに連れ出したのね。誰でも内緒話をしている気分になる〝無感円錐域〟ではなく〝自分でやりなさい〟っていう〝無感円錐域〟なんじゃないの？　散歩が楽しくなかったわけじゃないけど」

その午後はコーデリアのガーデンパーティーの日よりも暖かで、太陽が金色に傾くと空気はもっと明るくなった。自分といっしょに基地のこんな裏側まで連れ出して、彼女は足が痛くなったのではないだろうか。ちらと彼女の靴を見るととても気の利いたものに見えた。先日その足が誘うように裸足になったときに、足を揉みましょうかといわなかったのを後悔している。これでもう十一回目の後悔になるだろうか。けれどもあの再生産センターの見学のあとでは、まだ気持が落ち着いていなかったし、そんな図々しい申し出をしたらいったい彼女はどう思っただろう。それはアラールの役目なのだ。

「そうですね……いや。それだけではないけど」と彼は認めた。〈ぜんぜんそんなことじゃない〉プラス・ダンは単なる手近なカモフラージュだったのだろうか。とはいえそこにコーデリアを据えれば次のステップに行きやすい。「それとは関係なく他にも個人的にお話しすることがあったんです」

彼女は腕を組んでその積み荷に寄りかかり笑みを返した。「プラス・ダンのことはいつもこぼしているわね」

彼は一息吸った。「先日話しあったあと、ぼくは一歩先に進めて、受精を完成させてくれとタンに注文したんです」

「まあ、おめでとう。それじゃあなたは、ほとんどもうお父さんね。あなたは運送業者との裁決を片づけるまで、接合子を凍結しておくつもりだろうと思っていたのよ」

「じつはそのつもりでした。それはともかく、タンが今朝、最新情報を知らせてきたとき、ぼくは彼にそういったんです。ああ、そうじゃなかった。ええと……四個のうちのひとつはだめだったって、タンはいいました。この段階の自然減だって、いってました」

コーデリアは少しためらってから、認めるようにうなずいた。「わたしはバラヤーから持ってきた二十個の卵子ではじめました。微妙な理由がひとつふたつあって半分はだめだったんですよ。マイクロ・レベルのバイオロジーっていうのは、たいていの人が考えているより不安定なものなんです。それにもっと残酷なものなのよ」

だから彼の失った一個は、それよりましだったのだ。〈コーデリア、あなたはいつもぼくより先に経験するんですね〉「タンは素人がわかるように、あらゆることを嚙み砕いて詳しく説明したいと思っているようでした。分子のバイオロジーは絶対にぼくが守る砦ではありません。それは機械的なものじゃありませんから。それは……」

コーデリアは黒い影になった積み荷にゆったり寄りかかって次の言葉を待っていたが、彼はひどく緊張しながら考えていた。〈都合のいいときにどうぞ、ミスター・ジョールってことかな〉

彼は制服の靴に目を向けていった。「二週間まえには、このことは、まったくぼくの頭に入っていませんでした。先週お話を伺ったときには、単に……からだの力が抜けたような気分だったと思います。啞然としてました。でもその息子たちの影はあっというまにぼくの頭に根を張ったんです。ぼくは一人だけを考えていました。それから、じきにわかるだろうと思ったり。そのあと男の子には兄弟がいるべきだとよくいわれるから、二人って思ったんですけど、はたして自分に兄弟がいたら自分を認めてくれるかどうか不安でした。それから、もし……。今日の気持はこうです。つまりぼくに何ができるんだろう。どうしたらいいんだろう……」ジョールは言葉を切ったが、自ら絞った思考に当惑して舌が止まったわけではなかった。

「失った息子を悼《いた》んでいるの？」

彼はうなずいた。「まあそんなところです」その結果は意外ではなかった。開始するためふらりとタンを訪れたとき、心の一部で葛藤があった——というか希望かもしれない——もしかしたら全部失敗して、この実験が終わるのではないかということも頭にあったのだ。人生をふたたびゼロに再設定できる。宙ぶらりんな気持を終わらせる。〈早くはじめれば早く終わることができる〉だがそれでは、心のなかに隠していた望みも手渡すことになる……それを悲しみと呼ぶ権利が自分にあるだろうか。「それにこのことを話せるのは世界中にあなたしかいなかった。ここに出てきた本当の理由はそれなんです。本当のことをあなたにいうために」〈やっといいま〉

彼女は下唇を嚙んで、靴の爪先を赤土にこすりつけた。「あのねえ、オリバー……あなたはいま、ちょっとばかり自分の流儀に縛られているんじゃないかしら。こんなこと何も、法に触れるわけじゃないし、不道徳でもスキャンダルでもないのよ。セルギアールの未来にとっていいことってわけでもないわ。帝国政府を崩壊させることでもない。あなたのような実直な思慮深さは、その理屈も含めていまや過去のものなのよ。あなたは再生産センターに行って、寄付されていた卵子をひとつとか三個とか買ったのよ。大勢の人がそうしている。実際に、あなたはそれを誰に話してもいいのよ」

「いうは易く行うは難しです。理由はおわかりでしょう」

「まだ《孤立時代》とか創世のころから頭が抜けない人たちの批判を考えて、腰が引けているのなら――いくら《孤立時代》の人がみんなよりもまえに生まれているとしても――そうねえ……アラールならどうするか、って遊びをするつもりなら、〝公表なんかくそくらえ〟とかもう少しましな言葉で、彼がそんなことをいっていたのを知ってるでしょ」彼女は思慮深げに瞬きした。「確かに、彼が年を取ってまわりの助言者が若い人たちになったころには、そういう態度はいつも若い助言者を怖がらせていたわね。年配の者は、彼が二十代で最初の妻を残酷な形で亡くしたつらい時期に、ヴォルバール・サルターナでわめき散らしていたのを覚えているから……何を聞いても驚かなかったけどね。といってももちろん、若者は避けられれば頑固な老人に助言するなんてことしなかったから、彼らの幻想が壊れることもあまりなかったのよ」

彼女は息子のマイルズのことを考えているのだろうか、と彼は思った。顔を上げたコーデリアの青い目には、急いでいわなきゃという熱心な気持が滲《にじ》んでいた。「オリバー、あなたは大丈夫よ。何も問題ないわ。ここは新世界のセルギアールで、古いバラヤーではないんですもの。

実際に、話を聞いただけでかっとなって暗殺しようとする人なんかここにはいないわ」

「とはいえ、あなたは名前のわからない人が寄付した卵子なんていわれるけど」

彼女はふっと笑顔を横に向けた。「そうねえ……わざわざ問題を掘り起こそうとする理由は何もない、そうでしょ？」

ジョールは仕方なく少し笑った。

「試してごらんなさい」いつものように、馬鹿げて見えるほど前向きにコーデリアはいいはなった。「今度あなたがたが、冷水器のまわりで噂話をしているときに、あるいは基地や軌道上で何かしているときでもいいけど。〝五十歳の誕生日に、息子を持つことに決めたんだよ〟とかなんとかいえばいい。そうね、若い連中は理解しないかもしれないけど、年配の士官たちはたいてい自分も親でしょう。あなたはいままで存在することも知らなかったクラブの一員になったことに気づくわよ。彼らにアドバイスを頼みなさい——すぐに彼らは仲間になってくれるわよ」

その最後の説には、確かに納得できたが、なんとか厳格な顔を保った。「帝国軍の兵士は噂話などしません。任務の重要な情報を交換するだけです」

彼女は鼻で笑った。「つまりあなたたちはみんな、洗濯女のように噂話をするのね」

彼はにやっと笑い返した。どうしてかわからないが気持は軽くなった。「ただ、自慢や嘘がかなりたくさん混じりますけどね」

彼は自分が彼女のすぐ近くに立っているのに気づいた。すっぽり姿を隠す暖かくて涼しい袋の壁の陰で、彼女の頭のあたりに手を出して壁に突っ張っていた。めったにないことだが、たまにこういうふうに近くにいると、彼女が背の高い女性なのにもかかわらず、自分よりは低いことに気づいて、改めて驚かされるのだ。いまあたりは非常に静かで、遠くから軌道へ向かうか着陸しかけているシャトルがたてる、轟音《ごうおん》や低い唸りがかすかに聞こえるだけだった。ごつごつした火山の丘の向こうにいる人々とは百キロも離れているかもしれない。たぶんピクニックでもしているのだろう。ピクニックとは、週末に引っこむにはいい考えだ……。動かない空気にとらわれた匂いが、彼の鼻をくすぐった――彼女のうっすらかいた汗と髪の匂い、石鹸の香り、プラスクリートの乾いた埃の匂い。顔を傾げて上げ、謎めいたかすかな笑みを浮かべて彼を見上げている彼女の口元が気になってきた。さっきから彼女はじっと動かないが、どういう意味があるのだろう。それに彼の意志とは関係ないからだの一部が、女総督をプラスクリートの壁に押しつけて立たせたら、二人の午後が楽しいものになるだろうとしきりにそそのかしているのにも気づいた。

〈ちくしょう、あなたがいったんだ。女総督と何をしようと罪になんかならないって〉

それはともかく、このいまいましいベータの鼻腔スプレーの効果はいつまで続くんだ？

ぶるっと身震いしてジョールは一時的な催眠状態から覚め、唐突に一歩下がった。彼女はちょっと息を呑んだのだろうか。自分はそうしたに違いないが、彼女には隠せたと思った。「ところで」ジョールは明るい声でいった。「夕食に行きましょうか、女総督閣下」

コーデリアは壁から身を起こそうとはしなかった。顎を引っこめている。微笑が薄れるほどではなかったが、厳密にいうと少し硬い笑みになった――ホロビッドでは素敵な笑顔を見せているのに、ジョールには見せない。「そうおっしゃるのなら、オリバー、そうしましょ」

ジョールは腕を差し出そうかと思ったが、長くためらいすぎた。彼女はすでにさっさと歩きはじめていた。彼はあとを追った。

〈舟を見つけておかないとな。なんとかして〉


士官食堂のある建物に向かって歩きながら、コーデリアは顔をしかめそうになるのを我慢していた。オリバーが自分にキスしようとしたのはほぼ間違いないと思っていた。そして自分もそうしたかったのも、ほぼ間違いないと思う。そういう特別な状況は以前にもあった……。

〈女なのに、そんな馬鹿なこと思うのやめなさい。彼が男性のほうが好きなのはわかっているでしょ〉何十年もまえからそれは知っていたのだ。

〈わかっていたことかしら〉だとしたら、この三年間、彼はなぜ男性の恋人を見つけなかったのだろう。アラールを失ったショックのひどかった最初の数週間はともかくとして。とはいえ彼が両方の性から言い寄られるとそれを受け入れることは知っていた――それに来訪中の両性《ハー》者《ム》とも――ヴォルバール・サルターナ時代にそれは見ていた。そしてセルギアール司令部に任命されたあとも。最初の数日オリバーは、惑星で最高権力をもつ男の副官として手に余る仕事を覚えることに没頭していて、不器用なのでそれを隠せなかった。そしてそのあとに続いたのは、アラールに夢中になっていた興味深い時代で、他の者はほとんど誰も言い寄れそうもなかった。次第に、徳の高い忠実なヴォルの既婚婦人のように、ぼくに手を出すなという雰囲気を示すのが上手になっていたから。コーデリア自身もそんな雰囲気だったのかもしれないが、明らかに気が触れている者でもなければ、アラールの妻を望ましくない口説きで困らすようなことはめったになかった。もっともコーデリア自身が社交的に気の利かないところがあるので、ものごとを軽く受け流していたのは確かだろう。無駄な望みを持つ者がいてもコーデリアは意に介さず、機密保安庁に送って処理をまかせた。そしてそういう反応が世間に知れ渡った。

ということはコーデリアも、こういったたぐいの練習が足りないといえるかもしれないが、バラヤーでは最初から練習なしだったのだ。ベータの天体調査隊の艦長だったときすでに三十三歳になっていて、どう考えてもロマンスにはつながらない状況だったのに、アラールが、そう、わたしに恋をしたのよ――コーデリアはオリバーがまったく巧妙に言葉をいいかえたことを思い出して、口元をもう一度にんまりさせ、顔をしかめようとする気持を溶かした――それに彼女の人生では同じことの繰り返しは一度もなかった。

コーデリアはオリバーの内緒話についてよく考えた――煙幕のプラス・ダン云々のことではなく、本当の意図のことだ。彼は言葉やその概念を口には出さず、テクノロジー上の失敗といったもので処理しようとしたのではないだろうかと、いまになって気づいたのだ。彼自身の経験を包み込む方法はない。彼にとって失くした接合子は何だったのかはっきりいいなさい、といったほうがよかったのだろうか。あるいはバラヤー式の髪を焼いて死者を弔うやりかたの手伝いをしようと申し出たほうがよかったのだろうか。それともそんなことは、差し出がましいかしら。失礼なのかしら。それとも単に理解してないってこと？　いや、そんなことない――彼の口調に当惑と苦痛を感じたのは間違いないのよ。たぶん、いい聴き手になるだけで十分だったのかもしれない。打ち明けることのできる一人の友人として。〈いやだわ。わたしは嬉しい贈物のつもりだったのに……そんなことじゃなく〉

基地の士官食堂はふたつに分かれている。一階の、時間があまりない人々のための機能的なカフェテリアと、二階の、シャトル港を見晴らす大きな窓のついた、実用一辺倒でない食堂である。料理はどちらも同じ調理場から出されるのだが、この二階では食器も給仕も一階より上品だ。コーデリアはアラールといっしょに、植民地の問題で基地に来たときには、この食堂で軍人たちといっしょに何回となく仕事がらみの食事をした。中央の大きな食堂の両端に小さな個室があってたいていそこを使った。だが今日は、オリバーは普通の窓際の席にコーデリアを連れていった。通り過ぎる二人を振り返って見る者がたくさんいた。もちろんサービスは直ちに極上になった。さいわい下士官の給仕人は年配者で、提督と女総督が相手でも怖じ気づいてはいなかった。

コーデリアが知りたかった、新しい基地の影響力も含めて数千の実際的な問題のなかで何が第一になるかを議論しているあいだに、サラダとメインの料理は終わった。巨額な軍費と建設関係者を投入してグリッドグラッドの入植を後押ししたいというコーデリアの、あからさまな希望を、オリバーは明らかに面白がっていた。構造上活火山ともいえる、実際にはまだ死んでいない火山のことを考えても、〝論理を重んずる人なら〟カリンバーグの砂漠のような生態系から離れて、気候がもっと健康にいいし、水もたっぷりある、地質学的に安定しているグリッドグラッドに植民の中心を移そうと思うはずなのだ。

「ここは最初、植民地の候補にはなっていなかったのよ」コーデリアは主張した。「ここが候補になったのは、いまではセラ山といわれている場所の洞窟が、値打ちのある補給品を隠すのにぴったりだったからなの。昔の戦争屋があの狂気じみた愚かなエスコバール征服計画を画策していたとき、通りがかりのベータの天体調査隊なんかに見つからないようにね。認めるけど、その洞窟はそういう用途にぴったりだったのよ。当時のエザール帝の血に飢えた首切りには大いに役立っただろうと、保証するわ」

オリバーは反対しませんというように両手を上げた——以前にもコーデリアからそんな荒々しい言葉を聞いたことがあった。そのときテーブルの脇の、デザートを運んできた給仕とは別の動きがコーデリアの目を惹いた。そこで感情のほとばしる言葉の途中で周囲を見まわした。オリバーの副官のヴォルイニス中尉の姿が見えると、コーデリアは何か危機的な状況が出来《しゅったい》したのだろうかと心が騒いだ。だがその若い女性士官がためらいがちに、おどおどと敬礼するのを見て安心した。

「ジョール提督、今晩は。女総督閣下」コーデリアのほうに向かって敬意をこめて行った動作は、敬礼でもお辞儀でも会釈でもなく——昔ふうの女の子のお辞儀に近かった。「お邪魔して申し訳ありません」——ちらと空《から》の皿に目をやって、それほど悪いタイミングではなかったと思ったようだ——「でもこんなものを受け取って……これなんですけど、どうしたらいいかわからなかったんです。マーチン大佐にお目にかけたんですけど、彼女もどうしていいかわからなくて、提督にお聞きするべきだといわれたんです。提督ならこういったもののことは、たぶん知っていらっしゃるだろうって。そしてお二人がここに入っていかれるのを見たという人がいたので、だから……ここに来たんです」

彼女は厚手の紙の色封筒を掲げて突き出した。封筒の様式がどういうものかコーデリアは知っていたが、こんな場所で見るものではなかった。オリバーも気づいたらしく、眉を上げて受け取り、近くで見ようとした。「おや、おや。これは何かな、中尉」

「セタガンダ領事館のパーティーへの招待状ではないかと思います。でも言葉づかいが少々……遠回しでです。ゲム・ソーレン卿からでしょう。おそらく」と彼女は疑わしげな声でそっけなくいった。

「そうだな、そのようだね。きみ個人に宛てたものなのは、間違いないと思うよ。手書きでもあるし、まさしく出世街道まっしぐらの若いゲム卿にふさわしい文字だ。誰かに習って練習したような字だね。もし彼が焦ったりせずに、慣れた人に金を払って代筆してもらったりしたらばれたときはおそろしく、下品な行為だと受け取られるんだ。手漉《てす》きの紙で感触もいいけど、間違いなく買ったものだ」といってオリバーはカードを鼻の下に持っていって匂いを嗅いだ。

コーデリアは興味を惹かれて椅子に寄りかかった。「他に何か判断できることは？」

「シナモンと薔薇《ばら》と梔子《くちなし》の香りだと思う。特に微妙というわけではないし、おそらく領収書に対する支払いは認められているんだろう。ある程度の外交儀礼の範疇なんじゃないかな。あるいは本気なのかもしれないけど。やめてくれといいたいところだな。あなたならどうしますか、コーデリア」彼はカードと封筒をコーデリアに渡した。

「手紙は香水漬けにするものじゃないでしょう」ヴォルイニスは不愉快そうに尋ねた。「それとも領事館の招待状ってみんなこんなものなんですか」

「花言葉って聞いたことがあるでしょう、中尉」コーデリアは訊いた。

少女はぴんと背筋を伸ばして、長い睫《まつげ》を伏せた。「それは、《孤立時代》の習慣でしょう。花にはそれぞれ意味があるんですよね。赤い薔薇は恋、白い百合は悲しみという、ある種の変わった――約束事なんでしょう」

「そのとおり」とオリバー。「そうだな、セタガンダのゲム文化では、母国で使われるのは花だけに止まらないんだよ。物にも意味があるし、芸術的な選択とか、近くに置かれたかでもね。花は――当然――香りがあるからそれに名前をつける。すべて暗号メッセージを伝えるんだ」

「それじゃ、暗号なら基地の機密保安官に届けるべきでしょうか。どう考えたらいいか」

「いや――普通は、社交的な暗号のメッセージだよ」とオリバーははっきりさせた。「プラズマ大砲を使えばゲムのいいたいことはもっと直接に伝わるだろうけど。彼らの美的感覚を苦しめるのは確かだ」

「ああ。美的感覚」ヴォルイニスはいった。その口調は暗号のようにあいまいではない、直截な疑いを示していた。

オリバーは続けた。「だからこの手紙を理解するために観察しなければならない要素は、紙とインクと、特に手書きの様式と言葉づかいだけど——それ以外ではあいまいな詩的引用とか——配達の方法とか——ところでこれはどうやって届けられたんだね」

「誰かが門衛に渡して、そこから基地内便になったんだと思います」

「なるほど」

ヴォルイニスはまだコーデリアが手に持っている紙に首を伸ばした。「それじゃ、この配達には、どんな意味があるんですか。人の手で運ばれてきたのは」

「さて、まず第一に、これは正式な形だから、個人としてでも職業としてでも、基本的な敬意を示しているね」とオリバーは分析しはじめた。

「あるいは、エチケットのマニュアルの指示に従う基本的能力があるってわけね」コーデリアは口をはさんだ。「それは若くても不可能ではないわよ、気をつけて」

コーデリアは手を伸ばして手紙を返し、オリバーはもう一度裏返してみた。そしていった。

「紙自体は比較的ありきたりで、封筒とカードは配色のいい色だ。だから隠れた敵意は見つからない。手書きの書体は見慣れたものではなくても正式で、事務的ではない。ところが香りは……おや」

「何なんですか」ヴォルイニスは泣きそうな声でいった。

コーデリアが口をはさんだ。「シナモンは温かみを示すもので、配合された他の香りを解釈するヒントになると思うわ。薔薇は——セタガンダ人が昔の地球《オールドアース》の伝統に従うのなら——薔薇の色によって恋とか欲望とか友情になるのよ」

「その香りから、どうやって薔薇の色を判断するんですか」ヴォルイニスがいった。

「セタガンダ人はできるんだよ」とオリバー。「セタガンダ人以外でも訓練によってできるようになった例はたくさんある。特殊な能力じゃないよ」

「そして――あらあら、梔子を忘れていたわ。オリバーこれは？　手伝って」

「それは希望だ」と彼は青い目の目尻に少し皺を寄せて、顔はまっすぐなままでいった。「ゲム・ソーレン卿はきみにデートを申し込んでいるんだよ、中尉。きみが受けることを期待しているのさ」といって手紙を彼女に返した。

ヴォルイニスは手紙を受け取ると、いかにも当惑しているように顔をしかめた。「困ったわ、なぜでしょう」

コーデリアはその言葉を聞くと眉をしかめた。それはゲム卿にとってもヴォルイニス中尉にとっても悪い前兆には聞こえなかったのだ。しりごみするべきか、深く座り直すべきか、面白がって見守るべきかわからない。とりあえず、深く座り直した。

「そうだね、ゲムというのは勝ち気なんだ」とオリバー。「ゲム・ソーレン卿のことはほとんど知らないけど、一般的に考えて彼がきみに会いたいのか会いたくないのか、想像することはできる」

ヴォルイニスの顔はまだしかめたままだった。「招待を受けるのがいいかどうかわかりません」

オリバーは唇を撫でて考え込んだ。「その反面、軍人でない副官が非公式のスパイ役を演じるのはこれまでにも例があるよ。副官とのデートより、その上司を見張るのが本意だなんて、なんて狡猾なんだろう」

ヴォルイニスはむっとしたように顔をしかめた。「提督！　わたしは絶対にそんな手にはのりません！」

「きみがするなんていってないよ、中尉」

「もちろんそれは、二股をかけることになるでしょう」コーデリアが口をはさんだ。「今週はセタガンダ領事館に食わせてやりたい虚偽の情報でもあるのかしら。オリバー？」

中尉はさらに顔をこわばらせてコーデリアの言葉について考えている。

「いや、特にないけど。何かありますかコーデリア？」

「即座には思いつかないわね。考えてみないと」

「でもこれはどうすべきなんでしょうか、提督」ヴォルイニスは……ラブレターかもしれないものを振り回しながらいった。餌だろうか。セタガンダ人はそんじょそこらの人間とは違う、遺伝子改変された人類なのだから、結局そこの花もやはり普通ではないのだろう。

「いまのところ、セタガンダとは戦争中ではないし、外交面でも特に緊張状態はありませんね」

オリバーの標準では確かにそうだろう、とコーデリアは思い返した。

「中尉、それを受け入れようと断ろうときみの好きにしていいよ」

「だけど、あなたが特別なやりかたで断りたいのなら、ジョール提督が役にたつ引用文などを教えて下さると思うわ」コーデリアは横からいった。

「ああ、セタガンダ帝国の外交軍事基地に対応する軍属のためには完璧なマニュアルがあるけどね、きみは単なる一般的な常識で考えればいいんだよ、中尉。もっとも熟練した者でなければそのマニュアルを読むことは勧めない。あまりにも興味本意になるからね」といったあと一呼吸おいてまたいった。「第一、あのマニュアルは非常に長くて細かいんだ」

「提督はそれをお読みになったのですか」

「ぼくはそのいやなやつを、首相の副官になったときに暗記せざるをえなかった。結局予想していたよりもすぐに必要になった。ヘーゲン・ハブ戦があっただろう」

「わかりました」ヴォルイニスは眉をひそめて、考え込んだ。「それでは提督はこれは……軍歴を育てるのに役にたつとおっしゃるんですか。敵を知るという意味で」

「ヴォルコシガン提督のモットーは、すべてのことを知るということだった。それは誰にでもできることではないが、彼の周囲では努力を惜しむ者はいなかった。注意するようにというぼくの忠告を、きみは理解したと思う。そのあとは自分でなんとか考えられるだろう」

「はい、提督。提督も女総督閣下も、貴重なお時間を割いていただきましてありがとうございました」中尉は多少励まされたもののまだ不安だというような笑顔を返し、別れの敬礼をして、ふたたび手紙を振り回しながら立ち去った。

コーデリアは上品に笑いを隠していた手をすぐに外した。「オリバー、あなたはあの女の子を鼓舞してしまったわよ」

「でもね、それは指導者であるぼくの仕事ですよ。それどころか、ぼくは気の毒なゲム卿に情けをかけたことになるかもしれません」

「ヴォルイニスを彼に向かわせたことが、情けのある行為なのか、わたしにはぜんぜんわからないわ」

「そうですね、おそらくそうでしょう。そのうちわかりますよ。少なくとも、あの子はあとでぼくのところに報告に来るでしょう」

「彼女が噂を広めてくれるといいわね。さてさて、どうなるでしょうね」

「町なかの泉で、洗濯ブラシを持ってあとで会うべきですか」

「あなたが汚れた洗濯物を持ってくるのなら、わたしも持っていくわ」

彼は面白そうな顔になった。「その比喩をもっとふくらませるのはやめておきましょう」さいわいそこにデザートが運ばれてきたので、その比喩を続ける必要はなくなった。それでも顔を上げてヴォルイニスが立ち去った方角に目を向けると、彼のかすかな微笑みは軽いくすくす笑いに変わった。

「冗談めいた話があるのね？」コーデリアは催促した。

「彼女に来たいい匂いの手紙で、アラールの逸話を思い出したんです。おやおや。それをお話しすべきでしょうか。目撃した者はもうぼくしか生きていません」

「それじゃ、あなたが突然死んだら、その話は歴史の記録から消え去るの？　話してよ、オリバー」こんなふうに笑顔になるのなら、ひどい話ではないはずだ。

「たぶん、あなたになら話せる。ヴォルイニスといっしょに楽しむのは想像できませんけどね。

じつをいうと他の誰とでもそんな気にはならない」彼はシャーベットを一口呑みこんだ。「いいでしょう。それでは……ヘーゲン・ハブで戦いが終わったあと、ぼくらはかなりの時間、ヴァーベイン軌道に足止めを食わされたんです。地上に残っていた若いグレゴール帝が、有利になるようにヴァーベインと交渉しているあいだに、アラールとぼくは現況を詳しく調べて——戦火を抑えて停戦し平和協定に持っていく方法を、六種類も叩き出したんです。ところがここに、いまいましいセタガンダの外交使節が一人いて、負け戦だったにもかかわらず、われわれを引き回せると思ったらしかったんです。彼らはよく手書きのこういった手紙を寄越すんだけど、非常に仰々しく形だけの敬意がこめられていて、それをあわれなやつがバラヤー語に翻訳するはめになって——」

「それをやらされた人ってご自分じゃないの?」

「ええ、ぼくもしょっちゅうやらされましたよ。少なくとも、あー、強烈なやつをね。だからこういう香料の染みた手紙が大量に、さっきのよりもっとぷんぷん匂うやつが——十二種類の香料を一度に使ったやつとかあって、ときには化学薬品分析の研究所に送らなければならなかったんです。香料の正しい意味を調べるとほとんどは——われわれが分析できるとやつらが思った理由はわからないけど——ひどい侮辱を並べたものだとわかりました。アラールはくそ生意気なゲム野郎にますます苛立ってきて、ぼくが一番新しいやつを解読したとき、とうとうこういったんです。『そのけしからん手紙をこっちに寄越せ』それをぼくの手からひったくると、彼は便所に入っていきました。便所で彼は、あー、自分自身の匂いづけによって香りを修正する処理を行ったんです」

コーデリアはナプキンを口に当てて噴き出しそうになったのを抑え、上品なくすくす笑いに変えた。「わかったわ」彼女にはわかった、はっきりとわかったのだ。実際には、おしっこを引っかけたのね。

「『連中が、この報復を解釈するのは困難ではないだろう』とアラールはいいました。そしてそれを送られてきた封筒に収め、ぼくにセタガンダの旗艦に届けさせたんです。外交使節がアラールの返事の意味を理解したときの表情を間近に見られたことは、得がたい喜びとしてぼくの頭に刻み込まれています。その男のフェース・ペイント越しでも、はっきり血の気が失せるのが見えたんですよ」

「あら、まあ。それからどうなったんですか」

「外交使節は一言もいいませんでした。ですが明らかに、アラールは彼から一本取ったようでした。その馬鹿者は外交代表団から姿を消しました。そして次の書簡ははるかに穏当なものでした。それに、そのう、香料抜きで」

「おっしゃるとおりね、その話は初耳だわ」

「ああ、そのやりとりは公式の記録には残りませんでしたから。ぼくの知るかぎり、どちら側の記録にも。あれは完璧だったと思うけど、あのときの衝撃を完全に理解なさるには、その場にいてそれまでの経緯を知ってなきゃならないと思いますよ。この一件で、アラールはバラヤーのためならなんでもやる男だということがよくわかりました。限界なしに」

「それは……本当よ」

「アラールはそんな行動をいささかも恥じていませんでしたが——それがセタガンダ人を怖がらせたのは確かです——彼はあとで、自分が冷静さを欠いたことを多少恥じていたのではないかと思います」

「ああ、そうよ。彼はそういうところがあったわ」アラールらしい逸話ね、とコーデリアは思った。アラールのどっしりした複雑な存在がこういう逸話にゆっくり縮んできている。「わたしは彼について話すのが大嫌いなの」コーデリアはため息をついた。「こぎれいな小さな四角い箱に言葉を収めて、汚い言葉はふさわしくないと弾き出してしまうと、彼を小さく単純にしてしまうみたいな気がするわ。みんな彼を偶像にしたがっているのよ」

「たぶん人々には偶像が必要なんでしょう」

コーデリアは首を振った。「わたしも含めて、真実を語るのに慣れたほうがいいと思っているのよ」

オリバーは苦い顔になった。「当時は黙っていることが重荷に思えたことがたくさんあったけど……」

あなたが口に出さなかったのはどんなことかわかるわ、というように彼女はうなずいた。

「——ちくしょう、ぼくだってそういう話をしないですむのを喜んでいるわけじゃありませんよ」

「そうね」

4

翌朝ジョールは、永遠に続くかと思われる長時間の極秘会議で缶詰にされていた。新しい基地の建設に対して、さまざまな建設会社が入札した金額を検討するための会議だ。予算兵站部《へいたん》がまず見積もりを出したが、最終的な承認は全てヘインズとジョールに委ねられているので、予算兵站部の士官たちがなんとか自分の要求を通そうと策を弄しているのだ。セルギアール司令部の予算兵站部が必要としているものと、皇帝にとって必要なものはだいたいにおいて一致しているはずだが、常に同じとはいえない。彼らが声をあげてさらに明るい色で数字を強調したりすると、ジョールは自分がどちら側の人間なのか思い出さねばならなかった。

遅めの昼食休憩を取ったとき、ヘインズとジョールはいっしょに士官食堂まで歩いていった。広い中庭を横切るときヘインズは額に手を翳《かざ》して、遠くに見えるプラスクリートの藁蒲団《わらぶとん》のような丘に顔をしかめた。「プラス・ダンの野郎との交渉はいくらか進んでいるんですか」と彼は尋ねた。

「女総督閣下が、配下の司法会計担当者を何人か派遣すると約束してくれたんだ。閣下に何ができるかそしてそれがいつになるのかにもよるけど――ぼくは来週のはじめごろを期待している——何か役にたつことを考えつくことができるだろう。長い目で見れば、プラス・ダンへの報復なんかでなく、プラスクリートの利用法を考えることが必要だ」

ヘインズはしぶしぶ同意するように唸った。「数日待てば、連中すべてに銃を持たせても人を撃つことは許さないような仕組みができますね。それで気分はすっきりしますよ」

ジョールはいちおう同意するように鼻を鳴らした。

おおまかにいうと、ジョールはフィオドール・ヘインズを気に入っている。この将軍はここに任命されてまだ二年にしかならないが、こつこつ働くタイプの士官なのはわかったし、最初の二十年の倍の四十年勤続まであと五年ほどだ。となると、だいたいのところ、すべてを片づけて不必要な失策もなく勤めあげそうだ。こういうタイプは実は現在のような平和な時代の軍務では、御しにくい軍人タイプよりもずっと好ましい。頑固な軍人なら民間の建設業者を遠ざけたがるだろうが、ヘインズは違うのだ。

ヘインズの家庭生活にはいまのところ、よくわからない混乱が生じているようだ。長年連れ添った妻は、彼がセルギアールに任命されたあとは、表向きは年を取った病気の両親の世話をするためバラヤーに残ったことになっている。だが、もう一度軍楽隊のドラムが鳴って彼が異動することにでもなったら、突然別れを宣告されるかもしれない。息子二人のうち、一人はバラヤーで一人はコマールで大学に行っていて、それがヘインズの出費のほとんどを占めて質素な生活の原因になっていた。娘のフレデリカ・ヘインズは、数カ月まえにセルギアールの父のもとに渡ってきている。これが妻もじきにあとを追ってくるという印なのか、娘が父親をスパイする目的で来ているのか、ジョールにはよくわからなかった。スパイだとすると妻が疑うのは見当違いだ。結婚の誓いに対するヘインズの忠誠心は浮気を思いとどまらせるほどではなさそうだが、感情的にかっとなるのは嫌いだから、浮気などしそうもない。

二人がカフェテリアの端を通って窓際の小さなテーブルについたとき、ヘインズがいった。

「話は変わりますが、わたしは偵察の任務を命じられましたよ」

「偵察って?」ジョールは紙ナプキンを広げながら、形の崩れたサンドイッチを眺めた。といっても定番のシチューと固くからまったパスタには、今日のような暑い日にはサンドイッチ以上に食欲をそそられなかった。

「どうやら配下の士官連中は、提督の五十歳の誕生日を祝うパーティーを企んでいるらしいんですよ。わたしはパーティーの案そのものには賛成したんですが、提督は不意をつかれる企画はあまりお好きじゃないだろう、といっておきました」

「それはかなり的確な予想だね」ジョールは同意した。とはいえ内心気持を動かされずにはいられなかった。企んでいる連中の本意が、酒を飲んだり花火を揚げたりすることなのが見え透いているにしても。企みといってもこれは謀叛《むほん》などではない。「実際にはそのどちらもあまり気がすすまない。自分では誕生日は無視しようと思っているんだ。年寄りになるだけだ、とかなんとか冗談をいって」

「無視したって、どのみち年を取るんですよ」ジョールより五、六歳年上のヘインズは、同情のかけらもなくいった。

ジョールは眉をひそめた。「そんなことを計画するのは、まだ数カ月早すぎるようだね」

「彼らの考えにはちょっとやりすぎなところがありますね。時間を先取りしたがってるんですよ」

「退屈してるのかな。もっと仕事を見つけてやらなきゃいけないな」

ヘインズは口元を曲げた。「連中が何か計画したとき、それを基地内で実行することの利点は便利というだけでなく抑制がきくってことです。それに伴う損害があっても、カリンバーグ市警の警察官より、基地の担当保安官のほうがうまく処理しますよ」

「五十キロも離れた砂漠の真ん中で何か企んだとしても、焼き払うことなんかできないだろうね」

「ケイタリングには不便になりますけどね」

「野戦訓練だと考えればいいのかな」

「そうですね、おそらく」とヘインズはいったが、目を細めた表情から判断するとその考えに惹かれているようだった。

「どっちみち、カリンバーグの警備兵に内緒にはしておけないだろうね」とジョールは指摘した。「男も女もデート相手を連れてきたがるとすると、合同作戦と呼ばなきゃなるまい。きみがカリンバーグの繁華街の会場も頭に入れているとほのめかしたら、彼らは都会ではなく田舎での計画を一生懸命進めることになりそうだ」

ヘインズはくすくす笑った。「ときには、そういうあなたの考え方はいいと思いますよ、オリバー。議論になったらぼくがあなたと意見が違わないことを思い出させて下さい」彼は分別ありげにシチューを一匙《さじ》口に運んでからいいたした。「それに家族もね。安定剤として妻や子どもをピクニックに連れていくんですよ」

「いい考えだね」

「あなたもデート相手を連れていけますよ」

パーティーのプランが突然魅力的に感じられた。「ヴォルコシガン女総督閣下をお誘いできるね」

ヘインズは思慮深そうに唇をすぼめた。「それはデートの相手とはいえませんが、確かに色合いを加えられますね」

そうなのだとしても、ヘインズが真面目に望んでいるイメージとは、まったく違うかもしれない。といっても、ヘインズはコーデリアのことをそんなにはよく知らないのだが。

「だけど、それでは賭けの対象にはなりませんね」ヘインズは重い口調でいいたした。

ジョールはわざとわからないふりなどしなかった。「なんだって？　ぼくが女性を連れてくるか男性を連れてくるか、賭けるっていうのかい」彼の口調は少々意地悪くなった。「きみと共謀して、賭けをつぶす方法はわかってるぞ。ヴァーミリオン領事を誘って、全員を負かすのさ」

ヘインズはいわなければよかったというように片手を上げた。「わたしには関係ないけど、まるでわたしが知っていたようにみんなに訊かれそうですね」

「ぼくは……そんな賭けには気づかなかった」ジョールはそれを認めた。とはいえ弁解するにはどうしたらいいのかわからない。〈そもそもぼくにはどっちもいないんだから〉

実際からいうと、個人的なドラマを抱えると仕事に影響しがちなので、バラヤー軍の上級士官のあいだでは悪影響を与える可能性を切り捨てるために、異性との安定した結婚という形が推奨されている。といってもジョールの見解では、上官にはドラマなどなくても、普通とは違う子どもがいるだけでも話の種になるはずだ。いろいろ意見があるのなら、もちろん知っておくべきだろう。ドラマ性がないという点はいっておくべきだと思った。

「こんなこと訊くのはいやだが、ぼくの私生活についていまどんな噂が流れているんだい」

〈それとも私生活が欠けていることについて、かな〉

ヘインズは肩をすくめた。「彼らはあなたのことを、夜に吠えることもできない犬って呼んでますよ」

「なんだと?」

「わたしを睨まないで下さいよ! 文学的な比喩として使われたんです。おそらくけしからん意味はないでしょう」ヘインズは疑っているように顔をしかめた。「お聞きになりたいのならいいますが、少々セタガンダふうの意味でしょう」

「わかった」もっと悪いのかもしれない。噂にじっくり考える手掛かりを与えないと、自由に飛びまわってどんなでっちあげでもされかねない。「金魚鉢のなかみたいに見え見えですよ、ジョール提督、ってところだね。だけどそれはコマール司令部での悪口ほどひどくないぞ。あるいはバラヤー本隊内でのね。いやなやつらなんだ」ジョールは以前は、帝国の最前線であるコマール司令部に憧れていた。そしてまさにそこで、最後の数年に若い野望を摘み取られたのだ。自分はこのセルギアールで……満足しているのだろうか。

「まったくですね」ヘインズは同意した。

ジョールはヘインズのことを考えた。彼は結構公平な人間で、経験豊富な父親でもあり、標準的な士官のよい見本だ。それに彼は口を閉じることを知っている。何かを試す相手として、コーデリアなら疑うことなく選ぶだろうし、理想的といっていいだろう。ジョールは声を出さずに内心でつぶやいてみた。そして自分の疑いを——狼狽《ろうばい》を——抑えてその言葉を口から出した。「じつはぼくは、五十歳の誕生日に息子を持つことを考えているんだ」

〈ヘインズの眉は上がったが、たとえば座り心地のいいカフェテリアの椅子から転げ落ちるというような大げさな反応はしなかった。「それにはまず、いくつか準備することがあるんじゃありませんか。それとも興味津々の観察者の目をうまく隠してきたんですか」

「そんなに考えるほどのことじゃないんだよ。女総督閣下が」——〈そうそうコーデリアのスカートの陰に隠れればいい〉——「繁華街にできた新しい再生産センターに紹介して下さってね。ぼくがしなきゃならなかったのは、ただそこへ行って、寄付された卵子を購入することだけだった。そうだな、自分の人物証明をするというか、購入者の資格があることを証明するために、いくつか火の輪をくぐらなきゃならなかったんだけどね。だけど、他のたくさんのややこしい手続きは省略できたんだよ」

「つきあったり、申し込みをしたり、結婚したりしないで？　法律的に可能なんですか」ヘインズの口元が曲がった。「なんだか、ペテンみたいですね」

「銀河人は、それが普通なんだそうだ」それが常態だといったら、おそらく技術的な意味では正しくないだろう。

「そうですね、銀河人はね」ヘインズはあいまいにいった。

「その筋書きを考えているとき、男の子を、そうだね、七歳くらいの子を頭に思い浮かべていたことは認めるよ。理屈のわかる年齢だし、他のこともいろいろと。話しあえる年齢だから、いっしょに何かできるだろう。だけど、たった一個の細胞の段階からそこまで育つにはどうすればいいのか、見当もつかない」

ヘインズは肩をすくめた。「赤ん坊を連れて乗り物に乗ったら休む暇がないですけど、武器の分解を覚えられる男なら、誰でも襁褓《むつき》の取り替えぐらいできます。子どもは不発弾みたいに、優しくそしてしっかり扱えばいいんです。昔の騎馬隊の時代に、泣く子をどう扱っていたかわかりますか——当時は、一トンの肥料だと思えっていわれたそうです。わたしは自分の手を汚すのをいやがる男には我慢がなりません。それに少なくとも、赤ん坊はほぼ置いた場所から動きません。そしてよちよち歩きになると……男の子でも女の子でも、自殺したいのかと思うほど危ないことをするんですよ。うちではその段階を過ぎてほっとしてます」彼はアイスティーをごくりと飲んだ。「オリバー、あなたが——どんな好みにせよ——なぜお相手を持たないのか知らないし、わたしには関係ないことですが、いっておきたいのは、親になるのは、チームワークだってことです。背後を守る者というか、予備軍が必要なんです。認めますけど、わたしの場合、そのころはわたしよりも妻の家族とか基地の女性たちの手伝いの力が大きかったんです。どこにいたかによって違いますが。あなたの戦闘プランではそれが大きな欠点ではないかと思いますよ」

「女総督閣下は手伝いは雇えるっていっていたよ」

ヘインズは鼻を鳴らした。「セルギアールでですか。最近セルギアールで誰か雇ったことがありますか」

「百人ぐらいの建設労働者を雇ったけどね？」

ヘインズはまいったというように手を振った。「そのとおり。だけどもっと人数を小さくすると容易じゃなくなるんです」といって彼は薄目になった。「わたしは娘に何かアルバイトをしたらどうかと提案したことがあります。娘はわたしがけちで小遣いをくれたくないからだと思ったようだけど、わたしとしてはアルバイトをしたら忙しくて変なトラブルに巻きこまれないだろうと思ったんです。でも娘はアルバイト代で何をしますかね。酔っぱらうための資金になるだけでしょうか。赤ん坊を育てるのは単に何かを試すことです。でもティーンエイジャーは悪夢ですよ。先のことを考えて下さい、オリバー」

「ぼくは……一度に一歩ずつやったほうがいいと思うんだが」

「まあ、それが正しい方法ですね。たぶんうまくいくでしょう」それからヘインズはいいたした。「その再生産センターに対してわたしが複雑な気持でいるのは否定しませんが、娘のためにはいいことは認めます。たまにそう思うだけですが。うちの娘が男の子とつきあう必要がなくなるでしょうからね」彼は言葉を切って、それが空想上の魅力的な恋愛を指しているのか、まったく恋愛なんかしないということなのか、考えているようだった。

「きみは娘さんに言い寄る者を威嚇《いかく》できる有利な立場だと思うよ」

「ですけど、わたしが個人的な目的でプラズマ大砲を使うのを許されないことは、誰でも知ってますよ」

サンドイッチの最後の一切れを口いっぱいに頬張っていたジョールは笑いで喉を詰まらせた。

「きみの娘はまだ――たった、十五歳じゃないか」

「それは、当然わかっているべき事実ですが、わかっていることが役にたつかどうか」といってヘインズはため息を洩らした。「恐ろしい年齢ですよ、十五歳というのは。あるときはまだパパの可愛い末っ子の小さな王女さまですが、あるときは、なんの警告もなしに――敵意のあるエイリアンに頭脳を占拠されたみたいになるんです。一分まえには頭のなかは仔犬やリボンでいっぱいだったのに、次の瞬間には――戦闘モードの雌狼になっているんですからね！」ヘインズは爪を剥き出して唸る真似をした。こんな格好をするヘインズをジョールははじめて見た。「いまのところ、風呂場が戦いの場です。先週は友達の半分とセタガンダ領事の息子をそこに連れ込んで、ゲム貴族のフェース・ペイントの模様を覚えようとしてました」

「それは――セタガンダの文化らしいよ」ジョールは慰めるような口調でいった。

「ああ、あなたならそう考えられると思いましたよ。でも、完全に理屈をいいきかせてから洗い流させたときは、わたしはまさに狂人皇帝ユーリの再来みたいに見えたでしょうよ」

「きみは、風呂場がふたつある部屋を申請できないのかい」

「基地の住居はいまのところ混みあっているんです。そのためには、他の士官の家族に交渉してそいつの住まいの格を引き下げなければなりません」

「階級を下げるのかい」

「うーん、それは同時にその士官の妻の階級にも及びますからね。となると、批判が拡散する結果になりますよ。基地の女房たちには、彼女たち独自のなんというか——女総督閣下なら文化と呼びそうなものがあるんです。わたしは、それを一揆のネットワークとでも呼びたいですね。あなたに関する噂の危険性もそこにあるんです」といってから彼はいいたした。「もっともわたしは、広い部屋の空き待ち名簿に自分の名前を入れていますけど」

「それは大層良心的だね」

ヘインズは肩をすくめた。「自分の立場をはっきりさせろ、と女たちはいってます」そのあと彼はちょっと考えたあとで意見をいった。「例の人工子宮の唯一の問題は、胎児を保存しておける数が十分でないということです。二十こっきりですよ！　ベータの科学者の誰か、空きがいつも二十になるように常備できる方法を考えつかなかったんですかね。絶対買い手はありますよ」彼はアイスティーをぐうっと飲み干し、氷を嚙み砕いた。

予算兵站部との午後の再対決のために中庭を通っているとき、ジョールは目に見えない親たちの会があるというコーデリアの言葉は正しかったと、思い返していた。この一時間で、これまで五十時間もつきあってきた仕事中心の部会会議よりも、この将軍の内面を深く理解できたのだ。ヘインズはジョールを親たちの会の暫定的だが将来見込みのある会員として考えようとしているように思われた。その考えには不思議なほど励まされた。もっとも、惨めな者は仲間を求めるということなのかもしれない。いままではジョールにとって、他人の子どもなどまったく興味を惹かれない存在だった。子どもを受け入れる心の状態が変わり、新しい視界が開けたのをジョールは感じた。その視界には少々不安な部分もあったが。

バラヤーの戦艦には、通常は家族は乗せられない。はるか彼方の宇宙ステーションは主に、重要ではあるがいろいろな問題を含むワームホールを守るために設置されていて、そこに付属する高価な住宅に住むなど、家族は気乗りしないのだ。だから軍人の家族は、ヘインズのように地上のシャトル港付属基地に集まっている。宇宙での勤務中には、ジョールはそういう遠くにいる家族の問題を、仕事中に技術者や隊員の気が散る要素として扱ってきた。ジョールが最初に思ったよりも、もしかしたらこの地上勤務の将軍は、宇宙軍の提督に教えることをたくさん持っているかもしれない。

今になって彼は、コーデリアがあんなふうに近親者の形にこだわったことが、まえより理解できるようになっていた。バラヤー近代史には、アラールが摂政を務めた数年について詳しく述べられているが、それは同時に彼の結婚生活の最初の数年でもあった――もっともヴォルダリアンの内戦を、コーデリアがヴォルダリアンを切り刻むことで終わらせた驚愕の事実は、ほとんどまったく記載されていない。といっても当時、一番彼女の手を煩わせていたのは赤ん坊のマイルズで、この息子が生きていけるかどうか医学的に不安な期間でもあった。それにたとえば、後に第三次セタガンダ戦争と呼ばれるようになった、ロー・セタ・ルートのワームホールをめぐる命懸けの烈しい戦いにアラールを送り出したときも、コーデリアは自分で選んだこの世界に、外来人の寄寓者として一人取り残されていたのだ——義父のピョートル国守は、その時点では助けになるどころか危険な存在だった。そのあいだ、コーデリアに愛する息子を委ねることができなかったら、アラールにとってどんなに辛い時期になっていただろう。

マイルズが唯一の負傷者ではなかったかもしれない、とジョールは疑っていた。

人は子どもが生まれることで自分の未来が作られると期待する。その一方で自分の過去も再整理できるのだとは、誰にも聞いたことがなかった。まだ胞胚《ほうはい》にもなっていない自分の息子たちが、手の届くほど近くにいる気がしてきた。ジョールは首を振って、ヘインズのあとを追って官庁ビルに入っていった。

数日後、ジョールは個人のライトフライヤーを女総督宮殿のまえの舗装道路に停めて外に出た。ところが玄関に足を向けるまえに、ドアが少し開いてコーデリアがなんとなくこそこそした様子で出てきた。ブーツを履き、青磁色のシャツと丈夫な茶色のズボンを身につけた、田舎へでも出かけるような装いで、キャンバス地の大きな鞄を肩にかけている。彼に手を振ってそそくさと近づいてくる。ジョールは乗客側のドアを開けて彼女が安全に乗り込むのを手伝ってから、パイロットの席に戻った。

「誰かがわたしをつかまえて、〝すみません、もうひとつだけ、閣下……〟なんていい出さないうちに、飛び出してちょうだい」

「ご命令どおりに、女総督閣下」ジョールはにやっとして、空中に飛び上がった。「閣下の秘密の御用はどこを目指すのか、伺ってもいいですか」

「ローズモント山よ。正確な座標を持っているから近くに行ったら見せるわ」

ジョールはうなずいて、素直にライトフライヤーを傾けて向きを変えた。ローズモント山は二百キロ南東にあって、カリンバーグ市がくり抜かれている山の連山のなかでももっとも大きく壮観な火山だ。座標などなくても簡単に見つかる。さほど高くない現在のライトフライヤーの高度からでもよく見えていて、地平線に左右均等に広がる、雪を頂いた頂上は西日を浴びて墓標のように輝いていた。

「ライトフライヤーを出して下さってありがとう」コーデリアはいいたした。「本当は、この件にはぜひとも連れが欲しかったんです。それもただホロビッド・カメラを持っていくだけではない人をね」

ホロビッド・カメラを持っていくはずだったのだろうか。興味深い。「閣下には連れになる人はいくらでもいらっしゃると思っていましたよ。ライコフとか機密保安官とか、完璧なお供ではありませんか……」実をいうと、普通はこういった人々をうまく確実にかわすことが彼女には必要なのだ。

コーデリアは顔をしかめた。「そういう軽い意味の連れじゃないわ」

「それじゃ、ぼくはお望みどおりの連れなんですか」励まされる考えだ。

コーデリアはうなずいて座席に凭《もた》れたが、それは肉体的な不安から解放された動作のように見えた。カリンバーグの街はたちまち背後に飛び去り、街を取り巻く川沿いの居留地も同じように小さくなっていった。まもなく人々が侵略したあらゆる痕跡が、半ば砂漠化した平たく赤っぽい茂みのなかに消えた。

「それで……鞄の中身はなんですか」すぐに彼女が先を続けなかったので彼は訊いてみた。

コーデリアは笑うような唸り声をたてて、鞄のなかに手を入れ口を閉じたプラスチックの袋を引き出した。一キロぐらいの中身がありそうだが……。

「砂よ」ジョールが不審そうに眉を上げると彼女は答えた。

「砂って？」

「ベータの砂よ。二日まえにジャンプ船で運ばれて届いていたんだけど、わたしは今日やっと休みが取れたの」それからすぐにいいたした。「夕食はもうすませたかどうか訊いてなかったと思うけど」この言葉は、彼女が予定の詰まったスケジュールをやりくりしてこの休暇を作ったことを示唆していた。

「いいえ、まだですけど、まともな食事時間に戻れない場合を考えて、トランクに医療具といっしょに糧食バーを入れてあります」そしてもし帰れるようなら、いっしょに食事をしようと誘えるかもしれない。カリンバーグにはたいして多くの選択肢はないが、士官食堂よりはましなところで。

彼女はくすくす笑った。「まあ、いつも用意がいいのね、オリバー。いまでは習慣になってしまったんでしょうね」

「まあそんなところです」彼は同意した。「ところで。セルギアールにも砂はありますけど」最近の建設業者との経験から判断すると、砂といっても当惑するほど種類も等級もさまざまだ。「なぜベータ植民惑星から輸入しなきゃならないんですか」

「送られてきたのよ」コーデリアはため息をついた。「わたしとアラールがこのセルギアールで最初に出会ったときのことを、あなたも多少は知ってるわね？　まだセルギアールという名じゃなかったけど。わたしの調査日誌には、アルファベット順の番号だけつけて、驚くべき発見だと書いてあったわ」

コーデリアが話す気をなくしてしまわないように彼はうなずいた。その話はアラールからも彼女からも何回も聞いているが、それぞれの記憶に多少違いがあった。どの場合にも奇妙な新事実がぽんと出てくる気がして、何度聞いても飽きるということはなかった。「あなたのお母さんと出会ったのは」というような話ではなく、いまだにわくわくするところがあるからだ。

アラールの話は、遠いバラヤー司令部から遠征を命じられて、ヴォルクラフト将軍号という巡洋艦の艦長として、侵略のための補給品貯蔵庫の見張りをしているところからはじまっていた。当時のアラールの経歴は、政治的見地から見ると深い闇にはまっていた時期だった。そのときアラールは計画に則《のっと》って、エスコバールまで連なるワームホールの短い鎖を通って偵察に出かけていたのだが、軌道上の観測点に戻ってみると、留守にしていたあいだにベータの天体調査艦が別のルートから忍びこんでいて、陽気に店開きしているのを発見したのだ。確実にではあるが平和的にベータ人たちを拘禁しようと思ったのに、その目論見は政治的意図を持った部下の反乱分子によって完全につぶされた。彼らは、アラールがコーデリアの率いる調査隊を捕えるため部下とともに地上に降りた機会に乗じて、反乱を起こしたのだった。二人のそれぞれ異なる観点からの話でも、その後はとんでもない展開になったという点では共通しているが、コーデリアの話のほうはいつも大部分が編集されていた。つきつめるとこの話は、二人が多少意味合いは違うがそれぞれ艦長だった艦から見捨てられたあと、協力してヴォルクラフト将軍号を取り戻してアラールの命を救い、いまでは伝説になっている素晴らしい結果にたどりついた、という顚末《てんまつ》を物語っていた。だがほとんどの伝説がそうであるように、世間で語り継がれるあいだに変形してしまっている。

「わたしの副官のレグ・ローズモントは最初の混戦のあいだに撃たれて死んだの――神経破壊銃だったから、どうしようもなかったのよ。わたしはずっと、彼がバラヤー‐エスコバール戦の最初の犠牲者だと思ってきたわ。そうね、彼と真実がね」

〝戦争の最初の犠牲者は常に真実である〟という古いことわざがある。だがジョールには、その言葉に異議を唱えたい理由があった……特にあの戦いの場合には、普通よりさらに真実がねじ曲げられていると思っていた。彼はうなずいた。

「調査キャンプを引き揚げるまえにレグを埋葬したんだけど、それがアラールとわたしが協力して行った最初の仕事だったの。レグはわが隊の宇宙地質学者で――これは話したことがあるでしょ——頭のいい人だった。まったく、損失はいろいろあったわ。昨年あらゆる山の名を地図の碁盤目で公式に特定したときに、彼を埋めたＨＪ２１という場所にわたしは彼の名をつけ直したの。そのことは……なんといったらいいか。大事なことなのよ。セルグ皇太子が死んだあとは、他の名なんか絶対につけられそうもないわ」

「そうですね」ジョールはいった。セルグの時代には、ヴォルバール・サルターナの政治は蛇の穴のなかで行われているようなもので、そのため皇太子はエスコバールで死んで英雄に収まったのだ——しかもそれは帝国にとっては幸運だったらしい。ジョールは、自分の経歴がずっと先まで続かなくてさいわいだとアラールにいったことがあった。アラールは、自分もそうだ、とだけいった。

「そこでわたしは、ベータのバラヤー大使館を通して、探し出せたレグの家族に彼の名をつけたことを伝えてもらったの。ベータではしっかり伝えてくれたようね。その結果、二日ほどまえに」といって彼女は鞄を持ち上げた。「これがレグの妹の手紙といっしょに、宮殿宛に送られてきたのよ。その妹さんには一度か……二度会ったことがあると思う。どうやら家族のなかでレグを覚えているのはその人だけらしいわ。なんといっても、四十五年くらいまえのことだから。可哀そうなレグの墓を掘って残っているものをベータに送るという計画は考えられないから、これが次善の策ではないかと妹さんはいうの——ベータの土を少しばかり彼にかぶせてあげようって。彼の墓にこれを置いて下さいと頼まれたの。その作業をホロビッドに収めて、送ってあげようと思ったのよ」コーデリアは膝に載せた鞄に目を向けて顔をしかめ、昔のベータの調査隊の口調になっていいたした。「もちろん、微生物の消毒はしてありますよ」

「それでその人は、セルギアールの女総督宛に寄越したんですか」

「いいえ、レグの昔の艦長宛、だと思うわ」

「それは……バラヤー人と似てます。ベータにもそんな旧式な絆があるんですか」

「似たようなものね。一般には関心も薄れて忘れられてるけど、とにかく手に入るものってことね」

地上の暖かい一角から上昇気流が吹き上げ、フライヤーがぐらりと揺れた。ジョールはフライヤーが落ちないうちに修正装置で姿勢を直し、顎を切り落としそうなすごい速さでもとのコースに戻した。熱とともに舞い上がってきたのはぼんやりした渦巻き雲だった。それは小さな星のような形をしたものの群れで、どれも指先より小さく、シャボン玉のようにきらきらしている。困ったことに時速数百キロでその群れのなかを進んでいくとそいつらは音をたててキャノピーにぶつかり、シャボン玉というよりは鼻くそのように飛び跳ねている。ジョールが顔をしかめてキャノピー・ソニックスをつけると、ぬるぬるしたものは横に流れて飛び去った。

この星形のものはなんらかの寄生虫のたぐいらしく、嚙みついて血を吸う虫の一種でこの地域の固有種なのだが、動きは非常にのろいので、人間にくっついても簡単に皮膚から払い落とせる。だがその場でぴしゃりと叩いて殺すと、本来の嚙みあとよりもやっかいな腐食性の強い残骸が残る。カリンバーグへ帰ったら、すぐにライトフライヤーを水洗いしなければならないだろう。「げっ」

コーデリアは横を向いてにやっとした。「わたしだってああいうものが好きでないのは認めるわ。でもわたしは、大きなものにぶつかるよりは小さなものとぶつかるほうがいいわ」

この言葉は、爆破とか大量に押しつぶすのはよくない、と警告しているように思われた。

「まったくですね。人間の考えた新しい防護策によって、セルギアールのどの固有種が最初に絶滅するか、という賭けをしているやつがいるんじゃないかな」

「そんな賭けには誰も乗らないと思うわ」といったあと彼女はいいたした。「人は身を守るためにプラズマ・アーク銃を使おうとするけど、実際にはそれじゃ殺しすぎよ。スポーツにもならないわ。ああいう吸血虫の大きなのは、火のついた棒で駆除できますけどね」そしてちょっとあとにいった。「髪を焦がすとか文句をいわなければね」さらにゆっくり考えたあとで、「でなければ、レーザー・ポインターを使うこともできるわ」

ジョールは笑みを返した。「レーザー・ポインターですって？　本当ですか。どうしてそんなことを知っていらっしゃるんですか、コーデリア」

「実験をしたのよ」彼女は取り澄ましていった。

「生物学の実験ですか、それともスポーツとして？」

「そうねえ、両方かしら。わたしは生物学としてやったのよ。アラールはスポーツとして考えていたわ。もっとも、彼も焼き殺された小さな吸血虫は嫌っていたけど」

大地が近づきはじめて高度が絞られると、低い雑木の生えた土地からまばらな森に、さらにしっかりした森林へと変わってゆき、空気中の水分が増えてきた。コーデリアが正確な座標を伝えると、ライトフライヤーは上り坂を避けて、いくぶん山をまわりこんで向こう側の平地に出た。森はふたたびまばらに途切れていて、あたりは高台の冷え冷えとした夜になっていた。

「以前にもここにいらしたことがあるんですか。つまり、最初のとき以来ってことですけど」

ジョールはナビ装置が正しい位置だと示した場所で、コーデリアと安全な着陸範囲を探しながらいった。避けねばならない急峻な谷もあるし、でこぼこの斜面もあり、セルギアール特有の木々を通り過ぎたときにライトフライヤーには枝が引っかかっていた。いずれにせよ昔の地球《オールドアース》やバラヤーの森林とも共通している一般的な森はあるが、ここでも灰緑色の原則は変わらない。

「セルギアールに着任してすぐにね。ここまで上がってきて、二人でバラヤー式の御供物を焼いて、この場所をさまよっている神だか幽霊だかを鎮めたのよ。墓標はそのときのままそこにあるわ……十三年まえだと思うけど。でも土地は沈下したり移動したりしているかもしれないわね、それに動物や他の……そうね、いまにわかるわ」

「ふむ」暗くなってからこんなことをするはめにならなくてよかったと思いながら、ジョールは開けた部分を見つけて、そこそこ平たい地面にライトフライヤーを降ろした。そして腰の武器を点検して――ただのスタナーだが、四の五のいわせずにセルギアールの危険な野生生物を倒すにはこれで十分だ――下生えを踏んでコーデリアのところにいった。彼女はあたりを見まわし、前後に行ったり来たりしはじめている。そしてじきに薄い空気に息を切らしはじめた。何か印を探しているのかもしれない、ジョールはそのあとを追って広い範囲に目が届くように見まわしていった。この場所は深い平和に包まれているようだった。

「ああ」とやっとコーデリアがいった。彼女が立ち止まった場所に、三十ないし四十年まえにはバラヤー軍の標準的な墓標だったものがあった。錆止めの金属にローズモントのフルネームと階級とナンバーと日付をしっかり彫り込んだ質素なものだ。カモフラージュを兼ねて数本の若木で覆われていたが、木はジョールよりも背が高くなっている。コーデリアはその若木に顔をしかめ、自分の腰の武器を抜いた。スタナーよりもがっしりしたプラズマ・アーク銃だ。それを細いビームにセットすると、あっさりと若木を地面の位置から切り取り道を開いた。それから広域ビームを低パワーにセットし直して墓標のまわりをまわり、パワーを抑えて焼きはらい広い場所を空き地にした。作業を終えるとそこは暗くすっきりして、はじめから墓地だったような雰囲気になった。

彼女はズボンのポケットからホロビッド・カメラを取り出して、ジョールに渡した。「わたしはここで演技できると思うの。墓標のそばまで近寄って、まわりをぐるっとまわって撮影してほしいの。しくじったらやり直せるけど……そうね、しくじらないようにやってみるわ」彼女は手に砂の袋を持ち、墓標から少し離れて顎を上げ、姿の見えない相手を心の目で見てメッセージを録音するときのように首を傾げた。ジョールはファインダーを覗き――最近は、こういう小さいものに集中しなければならないことが多いな――いいですよ、というように彼女にうなずいた。

「こんにちは、ジャセタ。おわかりでしょうが、わたしはあなたのメッセージと贈物を無事に受け取りました」そして砂の袋を掲げて、「ここローズモント山の、標高三千メートルのレグのお墓のところに立っています」そこでジョールが墓標の写真をしっかり撮影するまで待ってから、「おわかりでしょうけど、ここはとても美しい場所です」これは嘘ではない。ジョールは遠くに聳《そび》える大きな峰の肩にカメラをまわして撮影してから、ゆっくりとその向こうの広い平原に焦点を合わせた。そしておまけとして、コーデリアの掃除の手を逃れたすぐ近くの、もっとも魅力的な背の低い自生植物の近接撮影をした。それから彼女に焦点を戻して、先を続けるように促すと、彼女はまたメッセージに戻って亡くなった士官の思い出を褒め言葉をまじえていくつか語り、ベータの砂を高価な香油ででもあるかのようにゆっくりぱらぱら撒いた。この三年間に行われた記念行事で、彼女は何度もこれに似た言葉を繰り返していたので慣れているのは確かだ。儀式が雑に聞こえないように気をつけているらしく、セルギアールの売り込みの口上を少し変えたものだとジョールには思われる言葉を続けているあいだ、ジョールはさらにぐるっと全体を撮影して現在の美しい風景で色を添えた。人が死んで埋葬されるとしたら、セルギアールのこの場所は申し分のない秘密の墓所だと、ほのめかしているように思われた。ジョールは反論はできなかった。

　話を続けて、人にはわからない目的地に向かって言葉を押し出そうとしたとき、コーデリアの目はいささか緊張してきたように見えた。ジョールはもう締めくくったほうがいいと、指を丸めて合図した。彼女はそれに従ったが、最後にはベータ軍の敬礼に似た格好をせずに、ただ両手を合わせて無言で頭を下げただけだった。祝福だろうか。謝罪だろうか。ジョールはホロビッドを切った。

「なんとまあ、死というものは本当に疲れるわ」と彼女はふうっと息を吐いていったが、それが薄い空気に対していったのか自分に対してなのか、はっきりしなかった。そしてぎゅっとつぶっていた目を開くと、渋面のままため息をついて、駆け寄ってホロビッド・カメラを受け取り、空《から》になったプラスチックの袋とともに鞄にしまった。「レグの妹さんに、こんなことというのはひどいと思うけど。彼女の思い出をゆさぶりおこしたのはわたしなのよ。いい行いというものは、結局罰せられるのよ」

それが何かはわからないが、彼女が思い出した哀しみを、もっと実質的に慰めたいと思ったが、それを愛撫で表しても癒しにはならない。アラールが亡くなった直後に一度だけ、愛撫でお互いの絶望を癒そうとしたことがあったが、涙にくれてしまっただけだった。彼女は性的な興奮を感じなかったし、彼の興味もじきに消えて、その間気《かんき》が散ってふさぎこんだ。宦官《かんがん》が二人で性交しようとするようなものだった。セタガンダの遺伝子操作で無性にされたバーは、そもそもどうやって作ったのだろう？　と彼はちょっと不思議に思った。彼らにも性生活や性的衝動があったのだろうか。思い起こすと、自分とコーデリアはそう思われるような訓練をしていない。一度も、本当に二人きりで愛を交わしたことがないのだ。アラールに対して、またはアラールのために愛しただけだった。二人のあいだにはいまだにアラールの幽霊がいる。それ以来二人はともに、相手を非難することなく許しあい、慰めのセックスはよくないこととして退けて、封じてきたのだ。〈それとも単にときが来てなかったのだろうか……〉

かつては恐怖が蠢《うごめ》いていたこの静かな場所で、彼女の目の奥ではどんな記憶が去来したのだろう、とジョールは思った。何かを思い出したのだろう、彼女はほんの一瞬墓標を見つめていった。「そうね。あなたとレグはどことなく似ている、いえ、似ていたわ。顔形は違うけど、背丈や髪の色がね。彼もあなたのように明るい色の髪だったの。いままでそれに気づかなかったのはなぜかしら。たぶん……彼が生きていたら、いまのあなたのようになっていたかもしれない」といって彼女は、売り物のホロビッド映像の服を自分が身につけたところを想像するように、彼の姿に新しい顔を乗せて見ているような表情になった。「彼はわたしより三歳ぐらい下だった。いまは、時間が凍結されてるからわたしより四十歳ぐらい若いわね」さらにちょっと考えてから、彼女は供物を焼き砂を撒いた場所をじっと見つめた。「この下では、彼はきれいな骨になっていると思うわ。棺に入れるものが何もなくて、それどころか冷酷に……生きている者のために彼の衣類を奪ったのよ」

その亡くなった副官とはどれほど親しかったのだろう。ジョールは疑問に思った。そして四十五年の歳月でも気持が回復できないのなら、自分にはどんな希望があるのだろうか。「とても長い年月ですね」

コーデリアは、彼女らしい苛立った仕種で髪を掻きむしった。「わたしたち、以前に髪を焼いているのよ。それが死者を埋葬するのに十分な行為だったはずなのに、この砂が送られてきて蒸し返されたの。こういうことが回復に役立つのかどうかわからない。忘却があるだけよ。人は……楽になるまでゆっくり亡くなった人を忘れ続けなきゃならないのよ」

彼の思いを谺《こだま》にして返す言葉に、彼はちょっと苛立っていった。「それでは人は二度死なねばならないみたいですね」

「そうよ」と彼女がいった。二人ともどの人のことを考えているかはいうまでもなかった。彼女がジョールのほうに身を寄せると、二人は腕を組んで数分間、山の美しさが心に染み込むまで空き地のまわりをゆっくり歩いた。コーデリアは震えていなかったし、他の老いによるストレスが増したような兆候も表には出さなかった。だが口元はまだ固かった。

「あなたは引退したら、景色を眺められるように山の上に家を持ちたいと思いますか？」広々としたあたりを眺めている彼女の表情を見てジョールは尋ねた。

彼女の口元が少しゆるんだ。「わたしじゃないのよ。山が好きなのはマイルズよ。マイルズはこの場所が大好きなの。わたしは、水の上がいいわ。わたしには計画があるのよ……いつかその場所をあなたに見せてあげたいけど、そこは少なくともカリンバーグから一日かかるのよ。二日かもしれない」

「それは面白そうですね」ジョールはそういった方向の考えを促したかった。仕事から一日か二日離れていられるなら、この辛い思い出の場所より歩く時間があっても疲れないだろう。それはなかなか……いい。ジョールはそこには特別な名はつけたくなかった。オープンにしておきたい。〈なんだ、逃げるためか〉今はほとんどどこにも行く気はなかった。

彼女はこの告白を恥ずかしがっているように微笑《ほほえ》んだ。「じつは、それはただの計画じゃないのよ。数年まえ、海辺の土地を個人的な投資として買ったの。わたしたちはバラヤーに帰るものだと思っていたから投資だったの。そうね、それにその土地にわたしは一目惚れしてしまったからなの。第二大陸の東側の、木の葉のような形をした天然の港が突き出た部分にあってね。現在の首都からでも計画中の首都からでも、はるかに離れているのよ」

実際にその大陸に植民が認められてから、まだ数年しかたっていない。そこは今も懸命に働かねば暮らしていけないような村落がいくつかあるだけだ。

「親としていい考えだと自分にいいきかせたの。だって、マイルズとマークの子どもたちが帝国のなかのどこに行くことになるか、誰にもわからないでしょう。誰かがここに住みたがるかもしれない……そして、そのあと計画は変わったの。なんでも変わるのよ。そういうものでしょう」

「そうですね」彼は慎重にコーデリアの肩のあたりを抱いた。これならあまり意識しすぎではないだろう、と思いながら。彼女はほんの一秒ほど頭を預けてきた。いまだに日が落ちきっていない高台に二人は立っていたが、下の平原では夕闇がたちこめて灰色に形をなくしている。

下で何か濁《にご》ったオレンジ色のものが見える。薄闇にまぎれてはいるが、その光のあたりから羽毛のような細い煙が上がっている。「おや。火事だろうか」

コーデリアは首を伸ばして目も細めた。「そうらしいわね。山火事かしら。あの方角には入植地はないはずよ」そしてすぐにいい直した。「登録された入植者は」

「向きを変えてあのあたりを通って調べたほうがいいでしょう」どっちみち二人も移動する時間だった。この高さまで夕闇が迫ってくると、歓迎できない土着の生き物が目を覚まして朝食を探しに出てくる。その連中は人間を料理することは知らないが、なかに機嫌の悪い乱暴ものがいたら何をするかわからない。それにやられた人をあとから吐き出したり放り出したりしても、被害者にとっては慰めにもならない。

「火事は」コーデリアはベータ風の淡々と読み上げるような口調でいった。「自然の生態系の一部です。でも」カリンバーグの方角に目を向けると、細かいことはわからないがこの距離でも都市の明かりがぼんやり見えた。「わたしたちの行く方角とそれほど離れてないわね」

無言で了解しあって、二人はライトフライヤーに向かって戻っていった。

5

山火事は地を這ってすでに消えかけていたが、まわりの赤い輪にフライヤーが近づくころには、すっかり闇がたちこめていた。コーデリアは首を伸ばして覗いた。炎は浅い川の縁を越えた先では、おそらく燃えるものがないからだろうが自然に消えている。いまはちょうど雨期の終わりにさしかかったところで植物には湿りけがあり、下流でも上流でもすでに鎮火の過程に入っているらしく思われた。いくぶん川を遡《さかのぼ》ったところの土手に駐機している、焦げあとの見えるエアカーは……どうやらいまはもう燃えてはいないようだ。損傷したものを囲む歪《いびつ》な円形の中心に、謎の答えと思われるものが見えてきた。流れのなかの砂州に屈み込んでいる数人の人の姿がある。ライトフライヤーはそこに向かって急降下した。

「ちょっとあそこにライトを当ててよ、オリバー」とコーデリアがいうので、彼はうなずいて着陸スポットライトで彼らを照らした。その人々は突然の照明に、上向いて目に手を翳《かざ》している。一人がこちらに向かって夢中で手を振り、それを他の者が止めようとしている。がっしりした体格の者が足を踏ん張って立ったまま、むっつりと見上げている。他の二人が……何かを挽《ひ》いている、とコーデリアには見えた。とはいえ二人だけで挽く器具をどうやって作ったのかは謎だった。彼らは女二人男四人のように見える、いや――女の子二人に、男の子四人だ。

「あれはカリンバーグの子どもたちよ。あら、いやだ、あそこにいるのはヘインズさんとこのフレディーじゃない？」それは上を向いて睨みつけていた者の一人だ。「きっと基地から来たガキどもね。そうだとすると、あなたの担当よ、オリバー」

　オリバーの視線も眼下の様子をかすめた。「あのひょろっとしたやつは、セタガンダ領事の息子のロン・ゲム・ナヴィットじゃないかな。そうすると、これは外交問題になりますよ。あなたの担当でしょう、コーデリア」

「あら、それはどうも」と彼女はつぶやいたが、まわされた役は受け入れた。「あの砂州の上に降ろして下さらない？」

　オリバーは示された着陸場所を不愉快な気持で見つめた。「着陸ですね、はい。そのまま、また飛び上がるかも――着陸地点の硬さによりますよ」

「そうねぇ、あそこは流砂ではないわ。流砂だったら子どもたちはもう首まで埋もれているはずよ」

　彼はうーっという声でそれを認め、できるだけ砂州の真ん中あたりに慎重にフライヤーを降ろしたが、人を下に巻きこむほど近くではなかった。着陸音は堅い音ではなかったが、フライヤーは大きく傾いてはいないのでまずまずだと思われた。歩いて機内から出ていければいい着陸だという基準を、コーデリアは思い出していた。

　二人はフライヤーのそれぞれの側から滑り降りて、機のまえに並ぶ人々のほうに向かった。

手を振りながら一心に駆け寄ってきた男の子がきゅうに立ち止まり、彼らが誰かわかると二、三歩後退った。「女総督閣下だ！」男の子はお世辞ではない仰天した声で叫んだ。

フレディー・ヘインズの腕を摑んでいる別の女の子もうろたえている。「それにジョール提督もよ！」フレディーは息を吞んだが、姿勢は変えなかった。

コーデリアは頭のなかでどういう声を出すべきか考えたあと、きりっとした司令官とも心配そうな母親の声とも違う、皮肉っぽい声でいった。「それで、いったいぜんたいこれは何事なの？」

フレディーの女友達はそれとなくフレディーをまえに押し出し、彼女の背後にまわった。残りの二人もフレディーのほうを見て、口には出さなくても代表者に選んだようだった。ここにいる子どもたちのなかではフレディーの親が軍人としての階級がもっとも上だからだろう、とコーデリアは察した。あるいはフレディーが仲間のリーダーだからかもしれない。もちろん両方かもしれないが。

フレディーは唾を吞んで、声を調えた。「わたしたち、吸血風船がどんなふうに揚がるか、ロンに見せたかっただけなんです」

しゃべるべきかどうか迷っている顔つきで、セタガンダ人の少年はただうなずくだけだった。成人するまえのゲムが他の十代の子どもたちと同じように愛想が悪いのを、コーデリアは思い出した。この種族は背が高くなるので、十五歳のロンはすでに身長が成人並みだ。だが身長以外の成長はまだ遅れているように見えた。それやこれやを総合するとこの男の子は、小学校の実験で光を十分与えずに育てた三番目の豆が、ひょろひょろと長くて青白くほとんど直立できない結果になるのと似通っていた。

膝に顔をうずめて丸まっていた少年が顔を上げると、辛そうな声で叫んだ。「ママのエアカーが！」

オリバーが厳しい声で口をはさんだ。「ここにいるみんなのことが先だ。それで、誰か怪我をした者はいないか？」

オリバーの冷たい視線を受けてフレディーは緊張した。「ここにいる全員に責任があるんです。みんなで川を渡ろうとしてました……火事が起こったときには」自然発火したんです、とほのめかしているようだ。

「アントはちょっとした火傷ですけど」女友達の一人が、砂の上にうずくまっている少年を指さして自分からいった。「わたしたちには、もう手に負えないっていってたんです」

すぐにその経緯が見えてきた。セルギアールの素晴らしい田舎に遠足しようという思いつきだったらしい。少なくとも非常に退屈していれば、ここはかなり面白い場所だろう。爆発する星形生物《ラジアル》。最大のものは、パーティー用風船ぐらいの大きさで、水路に群がり風のない夜にぞろぞろ出てくる。この生き物は、もちろん自然に爆発したりはしない。

この遠足は親の許しを得ているのだろうか。コーデリアはフレディーの腰につけた脇ホルスターに、軍支給のプラズマ・アーク銃があるのを目にとめ、親にはいってないなと判断した。とにかく六人の子どもたちは、オリバーのライトフライヤーの後部席には入りきらない。

腕通信機《リストコム》を持っている者も数人いる。「誰かもう、親御さんに報告したの？」コーデリアは尋ねた。静まり返ったのがその答えだった。コーデリアはため息をついて、自分のリストコムを口に当てた。

カリンバーグの市警司令官は自宅で夕食をとっているところなのがわかった。それを聞くとコーデリアは自分が何も食べていないのを思い出し、明るい声で情け容赦なく食事の邪魔をした。オリバーが火傷をした少年をライトフライヤーのなかに入れて救急道具で手当てしているあいだに、コーデリアはぶっきらぼうに簡潔な言葉で状況の説明をして、腕白どもをカリンバーグに送り返して身元を調べ、送り出した者か、少なくとも家族のもとに戻せるように、大型の警察フライヤーをこの場所に直ちに向かわせるという約束を取りつけた。コーデリアはさらに子どもたちと親の名前をつけたして、相手から抵抗する気持を取り除いた。子どもの中で二人ほど自白薬《ファーストペンタ》でも話すもんかとふてくされた顔の子どもがいたが、女総督の非常に冷ややかな瞳に出会うと、他の子どもたちはすぐにべらべらしゃべった。アンナと、アントニアの短い呼び名のアントという兄弟は基地の子どもだった。他の二人はカリンバーグ市民の子どもで、もちろんロン・ゲム・ナヴィットは一人だけ別の階級だが、カリンバーグ中学で他の者と同じ教室で学んでいた。だから仲間なのだ。

火傷のあるアントがオリバーとともに戻ってきたが、少年の赤く腫れた顔には抗生物質の痛み止め軟膏《なんこう》が厚く塗られて光り、火膨《ひぶく》れのできた両手も同じように軟膏を塗られてガーゼで包まれていた。オリバーはアントを心配顔の若い仲間のもとに連れ戻した。

「それほど危険な状態じゃないけど、ものすごく痛むのは確かです」オリバーはコーデリアに小声でいった。「落ち着かせるためにサイナージンを投与しました。エアカーでは多少乗り物酔いするでしょうね、当然ですけど」

「いまはそれで、いちおうもつでしょう」コーデリアも小声で答えた。「市警がリフトヴァンを寄越して引き取ってくれるそうです。三十分以内に着くでしょう」

オリバーはほっとしたようにうなずいて、もう一度落ち着かない小グループのほうに目を向けた。それから顔をしかめて、フレディーを手招きした。

フレディー・ヘインズは父親にかなり似ているが、さいわい瓜二つというほどではなく、髪は黒く、健康的なからだつきでぽっちゃりしている。少々そばかすがあるが、大人になるにつれてきっと消えるだろう。これまでにコーデリアは、この少女を二、三度見かけたことがあり、自信もありこの年齢にしてはそう内気でもなさそうに見えたが、現在の状況は誰かの背に重荷を負わせそうだった。少女は背をまっすぐ伸ばしていたが、コーデリアには緊張が感じられた。オリバーは少女を見下ろして、いうべき言葉をしばらく探していた。フレディーはその沈黙を不吉なものに感じたのか、叱責《しっせき》を予期して固唾《かたず》を呑んだ。

「それはお父さんのプラズマ・アーク銃かね？」と彼は尋ねた。この場にしては優しい訊き方だとコーデリアは思ったが、フレディーは悄気《しょげ》返った。

「はい、閣下」やっとそれだけ答えた。

「基地から持ち出すことを許可されたのかね？」

「父は、武器を持たずに田舎に行くべきではないといってました。六足獣がいるから」彼女は答えた。オリバーは、明らかにこのあいまいな返事は受け入れがたいという顔つきで聞いていた。フレディーは厳しい目で睨まれて身を縮め、一旦口を開いてから閉じ、そのあととうとう真実を洩らした。「いいえ、許可されてません」

「そうか」

素早く頭のなかで携帯兵器に関する規則を思い返すと、この少女は不幸な事故ではなく不法行為の線を越えてしまったように思われた。複雑な状況ではあるが、子どもだからといって大目には見られない。フィオドール・ヘインズにとっても、幸運とはいいがたい。

「でもこれを持っていてよかったんです！」やけっぱちな口調で少女は抗議した。「こんな大きな六足獣のスケータゲータがわたしたちのあとを追って島に上がってこようとしたから、砂に向かって発砲したら怖がって逃げたんですよ！」

オリバーは眉をぴくぴくさせたが、なんとかそれ以上譲歩する気配は見せなかった。スケータゲータというのは、この土地特有の背の低い肉食の鰐《わに》のような両棲類《りょうせいるい》で、川にはびこっていて、ときにはその小さな頭脳が誤った反応を起こすと人間を襲うこともある。味覚と嗅覚が間違った獲物に反応すると、たいていの場合かなりめちゃくちゃな結果になる。プラズマ・アーク銃の明るい光線が濡れた砂に打ち込まれ水蒸気爆発が起これば、その動物は慌てて濁《にご》った水のなかに逃げ込むだろう、とコーデリアは確信した。そうしたことをしないでその動物を一匹撃ったりするのは、よくない行為なのだ——怪我をした動物や死骸を放置したりすると、たちまち仲間の肉食獣や腐肉食いの動物が引き寄せられることになる。コーデリアは、決してやるべきでないことを行った際に、少しでもいいことをやった子どもを褒める難しさを考えて、やりとりを見守っていた。

「それはわたしに渡したほうがいい」オリバーは手を出していった。「きみが父親に返す手間を、わたしが引き受けよう」

「はい、ジョール提督」フレディーはホルスターを外して、兵器を正当な現職の軍人に渡した。

オリバーは見た目では、熱いじゃがいもを扱うような格好もせずに、静かにライトフライヤーの底に銃を収めた。彼がやったことを少女が感謝しているのかどうか、コーデリアには疑問だった。たぶん少女は、あとで父親からそれを指摘されるのだろう。コーデリアは壁の蠅《はえ》にでもなってその会話を聞きたい気がしたが、なんともいえない。彼女がオリバーに無言で同意するようにうなずくと、彼はライトフライヤーの向きをもう一度回転させた。そして彼女に感謝するようにうなずいた。

そのあとほんの数分で、市の警官のリフトヴァンが到着してその場の片をつけた。コーデリアたちもそれに続いて町に帰った。

親たちのなかで最初に到着したのはフィオドール・ヘインズだった。オリバーが市警察本部の後ろの駐車場で、円形の駐機場所にライトフライヤーを降ろしたほんの数秒後に、ヘインズは車をまわして入ってきた。ヘインズは地上車を彼らの横につけた。男二人は外に出て挨拶し、ヘインズは女総督に向かって軽く敬礼した。

「これは何事なんですか、オリバー」ヘインズは心配そうな声で訊いた。「子どもたちは誰も怪我はしていないっていってますが――そうなんですか？」

オリバーは事の次第を素早く要約して話し、あたりを見まわして誰も聞いていないのを確かめてから、ホルスターに入ったプラズマ・アーク銃を手渡した。ヘインズは悪態をつぶやきながら車のなかにそれを入れた。

「くそっ。ありがとうございます。それを娘が持っていったのを知りませんでした」

「きみは携帯兵器を、宿舎の鍵のかかるところに入れてないのか」

「男の子が若いころにはそうしていましたが、女の子は、人形を好むのかと思っていたんです」

ヘインズは腹立たしげにいって、歯ぎしりした。

「わたしには、フレディーは人形を好むタイプには見えませんよ」コーデリアはいった。「女の子を育てたことはありませんけど。でもそもそも、あそこで子どもたちがやっていた馬鹿げた真似はともかくとして、事が手に負えなくなったあとお宅の娘さんはかなり冷静だったように見えましたよ」

ヘインズは唇をこすって、慰めを受け入れた。「はあ。いってきかせねばなりませんね。少なくとも一週間ぐらい宿舎から出さないで」

「それくらいが、まあまあ適切な処置だと思いますよ」コーデリアは用心しながらいった。

「そうですね、わたしの宿舎ってことですけど」彼は失望に顔をゆがめていった。おそらくむっつりと取り乱したティーンエイジャーと二人だけで、一週間缶詰になるという状況を思い描いたのだろう。「腹立たしいけど、母親にこっちへ来てもらいたいと思ってます」彼は首を振ってとぼとぼと警察の裏口のほうに歩いていった。

コーデリアとオリバーもなかに入った。このときコーデリアは、自分がまだここにいなければならない唯一の理由は、ロン・ゲム・ナヴィットが事実を故郷の人々に報告して戦争を誘発させたりしないことだと思ったので、過ちを犯した子どもたちを半狂乱になって引き取りにきた他の親たちの列の外から眺めていた。そこでコーデリアが感じたのは、カリンバーグの警察官は本物の死体を手の届きにくい場所、つまりつぶれたライトフライヤーとか気持の悪いスケータゲータの口から引き出すことには慣れているが、こういう事例にはあまり慣れていないらしいということだった。それでも彼らはかなり格好よく、厳格でいかめしい態度で事件に関わるあらゆることの始末をつけ、こういう出来事が二度と起こらないようにうまく収めた。子どもたちを威しはしたが、正式の告発は行わなかった——それには、市に住む少年の一人が、警察署の女性事務員の息子だということも助けになったのかもしれない。

コーデリアが耐えられないほどの空腹を感じてここから抜け出したくなり、セタガンダ領事は息子を人生勉強のために一晩拘置所に置く計画なのだろうかと思いはじめたころ、文官副官のゲム・ソーレン卿が先週のコーデリアの園遊会の際と同じフェース・ペイントと服装でやってきた。彼は風変わりな化学薬品のような香りを漂わせていた——香水だろうか、一種の酒の香りだろうか。酒だとしても、バラヤーでは使われないアルコールだ——そして彼はいささか迷惑顔だった。彼が手を伸ばして少年の鼻柱を叩いたことで、ロンの本当の親でないことはコーデリアにははっきりわかった。

　コーデリアはすっと割って入り、疑わしげな表情の巡査部長に、ゲム・ソーレンは領事館の士官だからそういうことをする法的権限があるのだと保証した。

「今夜は、ゲム・ナヴィット卿夫妻はどこにおられるのですか、ゲム・ソーレン卿？」コーデリアは軽く尋ねた。

「領事館で月見の歌会の催しをしております、女総督閣下。エータ・セタの天空庭園では秋には月見の宴を行いますが、いまはちょうどその時期なんです。向こうではいま秋ですからね。夫妻は宴を中座できませんから、わたしを寄越したのです」

　となるとゲム・ソーレンは信頼されている親友なのだろうか、いやな役目を負わされた負け犬なのだろうか。後者だとコーデリアは断定した。そして同時に、普通なら勤務時間後に領事館で酒を呑んだりしないのに酒の匂いがする理由もわかった。オリバーは納得したような面白そうな顔になった。学校で実験した〝三番目の豆科植物〟はまったく抗議もせず、代理人が来たことに失望するより、むしろほっとしたような表情だった。どちらにしても、ゲム・ソーレンが話をつけた地元の官憲からはそれ以上の妨害もなく、ソーレンは少年を連れて重い足どりで出ていった。

　勤務時間からいえばとんでもない遅い時間だが、コーデリアにはまだ朝の会議のまえに読んでおかねばならないいくつかの報告書があった。そこでオリバーにエスコートしてもらって中央通りを歩き、少し回り道して夜も開いているサンドイッチの店に寄った。カリンバーグの繁華街でも、こんなどんよりした天候のウィークデイの真夜中に開いている店はごくわずかだった。二人は包みからサンドイッチを摘まみながら女総督宮殿に向かって歩いた。ケイロスへ行く脇道の角で、彼女は手のなかで包み紙を丸めてごみ箱のなかに落としこみ、それからちょっとためらったあと、照明を半分に落としている再生産クリニックの正面を見つめた。

オリバーはコーデリアの視線を追って、ゆがんだ笑みを見せた。「ちょっと寄ってオーレリアに会いたいんですか」

「あそこは夜間勤務の人もいるけど、いまは訪問する時間ではないわ」

「あなたが特別扱いなのは確かだと思いますよ」

「そうだと思うけど、そんな特権を濫用すべきじゃないわ。それにじつはまだ、拡大モニターで見るほどに育ってないのよ。この段階では、単なる染みみたいなものだわ」

オリバーはその無関心を装ったうわべを信用しなかった。そんなに彼女はわかりやすいのだろうか、それともオリバーだから見抜けるのか。「それでもそうしたいんでしょう」

「じつは……そうなのよ」

オリバーはしっかり彼女を脇道のほうに向けた。「今日は長い一日だったし、明日もいろいろ忙しいんです。楽しみはできるときに摑んだほうがいいですよ」

「無理をさせている部下のために、わたしはご機嫌でいなきゃならないと思っているの？」ふたたび歩きはじめながら、彼女は彼の腕につかまった。

「きゅうに私利私欲に目覚めたのかもしれない」

「ふん」

数分後に玄関のブザーに出てきた医療技術者《メドテク》は実際に、一目でコーデリアだとわかるとためらうことなく二人をなかに入れた。メドテクは記録をしっかり調べてから、なかのドアをいくつか通り抜け、きちんと並んだ人工子宮の貯蔵所で正しいモニターを探し出して二人を案内した。モニターの明るい画面は静かで、映像は本当に、海の生き物のようにごく小さくて染みのようだった。

オリバーは疑わしげに彼女の肩越しに覗き見た。「なんて奇妙なんだろう。そもそも驚くべきものですね」そしてどの冷凍庫に自分の未来の希望が貯蔵されているのかというように、ちらりと見まわした。とはいえ彼は勇気が足りずに訊くことができなかった。

「そうね」と彼女も同意せざるをえなかった。

「微笑《ほほえ》んでいますね」

「ええ」それは認めざるをえない。さらに笑みは広がり、オリバーの目に微笑みが映ってきらめいた。メドテクでさえも、二人を外に案内して扉を閉じたときには、コーデリアの力のこもった笑みが伝染したように笑み返していた。そしてふたたび表通りに出たときには、疲れきっていた足どりはオリバーに追いつくくらいに軽くなっていた。

宮殿の門で、コーデリアは就寝時間までつきあわせたことをオリバーに詫びた。「今日の外出で、こんなにいろいろなことが起きるなんて予想してませんでしたよ。誰にも予想できなかったでしょうね」

「予想できたら、こんなことにはならなかったんじゃありませんか」
彼女は笑っておやすみなさいと挨拶した。

コーデリアは短い時間で目覚めた。最近はそういうことが多いのだが、古い記憶が夢のかけらから浮かび上がってきた。そして声にならない当惑の吐息に揺さぶられた。

二十代の彼女は早く大人の人生に進みたがっていた。天体調査隊ではクラスのトップにいたが社交的付き合いが下手で、やっとはじめてのセックスの相手ができたことに興奮していた。二人はベータ天体調査隊の任務に許された範囲でときどき会っていたが、同じ所属になって数カ月の航海を同じ船室で過ごし、下級士官の任務をともに務めたとき、その恋は絶頂に達した。二人は将来の計画を立てた。愛も生活も同等だと彼女は思っていたが、二人とも昇進の時期がめぐってきたのだ。

彼が先に昇進することにしよう、と二人は決めた。子どもを二人与えられたら彼女が地上で育て、そのあとに彼女の昇進の番が来る。彼女はその計画どおりデスクワークについたが、なんとなく共同親の地位と受精の宣言には進まなかった。とはいえ彼女は卵子を取り出して強制的な親のコースにサインした。ところが彼は最初の艦長の任務で出かけるまで、そういったことにたずさわる時間がなかった――あまりにも多くの義務が積み重なっていたのでもっともなことに思われた。

彼が最初の航海から別の女性を連れて戻ってくるまでには、あらゆることが計画から流れ去っていた。その女性は外来化学物質学者の少尉で、子どもを持つことには興味がなかった。「ぼくらは間違いを犯したんだよ」彼はコーデリアのナヴィの計算間違いを指摘するような口調でいった。「実際には誰の過ちでもないんだ」

コーデリアが泣きわめくようなタイプだったとしても、彼が慎重に告白に選んだ公の場では抗議はとうていできなかった。嘘は見つけられないだろうと思って彼がするりと逃げるにまかせた。まるで彼に戻ってきてほしくないかのように。彼は調査隊のなかでしっかりした経歴を築いていた――最終的に、子ども二人というのも、何年かすれば相手がコーデリアでなくても別のパートナーとのあいだで実現するだろう。それに次の年には、レネ・マグリット号の艦長という運がコーデリアに開かれた。そのとき彼がいった言葉が本当なら、彼の艦より上級の艦だ。だから何も傷は残らなかったのよ、そうでしょ。

そしてそのあとの航海で、コーデリアはこの惑星とアラールを発見し、それ以降のことは文字どおり歴史に書き込まれている。

前の恋人が二股かけた話は、ここでの厳しい徒歩の旅のあいだにアラールに打ち明けた最初の秘密だった。お返しに彼のほうの話も聞いたが、それは血の染みついた相当に忌まわしいものだった。アラールが正直にその劇的な物語を贈物にしてくれたことは認めなければね、とコーデリアは思い出して微笑した。彼は八十歳になってもその物語に踏み込むたびに、部屋中の人をびりっと感電させることができたのだ。

思い返すと、コーデリアにベータの血を裏切らせたことこそ、アラールが彼女のためにしてくれた最高のことだ。彼に礼状を書くにはもう遅すぎるだろうか。自分の心のなかで彼の顔がぼやけているのと同じように、彼の心のなかでもわたしの顔はぼやけているのだろうか。彼の顔でいまも脳裏に残っているのは妊娠中の下腹に痛みを感じたときの彼の顔で、痛みそのものでさえない。それは彼女の魂の中心を貫いた傷なのだ。その映像は奇妙なほど鮮明だった。

コーデリアの悲劇的な出来事の古傷は、アラールの望みに反して修復することはできなかったが、数十年あとでアラールは確実に自分で修復する方法を彼女に授けた。彼女がその気になれば。アラールを信じてまかせていれば、暗黙の約束でも大きなものになるのだと。

この話はオリバーにはできない、とコーデリアは気づいた。いまだろうと、おそらくいつになっても。彼は誤解するかもしれない。実際には、そのことは誰にとっても、自分にも、なんの役にもたたない。いまはどうなのだろう。ため息をついてコーデリアはその記憶を頭の奥に畳み込み、暗闇のほうに向かった。

翌朝ジョールが地上基地に着いたとき、彼の副官は遅刻もしていなければ二日酔いでもなかった。

「昨夜のセタガンダ領事館のパーティーはどうだったかい、中尉?」彼女がうやうやしくコーヒーを差し出したとき、ジョールは尋ねた。「何か面白いことを教わったかい?」

「奇妙なことばかりです」ヴォルイニスは不愉快そうに鼻に皺《しわ》を寄せた。「食べ物が……変でした。それに彼らは匂いを嗅ぐためにこんなものを回してきたんですけど、わたしは息を吸う真似だけしました」それは行儀作法というより妄想を示しただけではないか、とジョールは思った。「それからデート相手だと思っていた人が、わたしを途中で置き去りにしたんです。だからたった一人で、一時間半も座って変な詩の朗読を聞かねばならなかったんですよ。ゲム・ソーレン卿が戻ってきたときには、彼は自分の朗読の順番を抜かれたためにすっかり腹をたてていて、話もろくにしませんでした」

ジョールは笑みを抑えた。「あのね。それは彼が悪かったわけではないと思うよ。ロン・ゲム・ナヴィットが昨夜、郊外で級友といっしょに、あー、引き起こした事件のあとカリンバーグ警察に連れていかれたんだ。警察では両親にとって迷惑きわまりない事情聴取を片づけるまで子どもたちを放してくれなかった。どうやらゲム・ソーレンは、上司から若者を引き取りに行けといわれたらしい。やむを得ぬことではあったけど、彼は全面的にまかされて不愉快だったらしい」

「まあ」これを聞くとヴォルイニスは目をぱちぱちさせた。とはいえ「どうしてそんなことをご存じなんですか」とは訊かなかった。単純に、提督は全知だとでも思ったのだろう。けれども、彼女の腹立たしげな表情がやや薄れた。「それ以外の話題では、彼は主にわたしに自分の家系図を話したがっているようでした。彼にはバラヤー人の先祖がいるってことをご存じでしたか。女系だろうと思いますけど」

ジョールは驚いて眉を上げた。この男についてジョールが読んだ機密保安庁の簡単な報告書のなかにはそんな面白い逸話は書いてなかった。ゲム・ソーレンの故郷の小さな惑星世界は、それより重要なセタガンダの首都惑星エータ・セタの、バラヤーから見た奥にあり、そこには申し分ないセタガンダ風の発音の名前の両親がいるのだ。「いや、知らないな。話してくれ」

「彼の父親側の曾祖母は、占領時代にバラヤー人の協力者で、セタガンダ人が引き揚げるときに家族といっしょに連れていかれたそうです。その人がヴォルなのか平民なのか、召使いなのか情婦なのか他の何かなのか、わたしにはわかりません。彼は第三夫人と呼んでいましたが、わたしには一種の妾《めかけ》のように聞こえました」

「うむ、とにかく召使いではなさそうだね。妾というのは独立した権利のある公の地位だけど、子どもたちは他の半兄弟より低いランクになるのは確かだ」ジョールはこの魅力的な情報から、もっと何か引き出すためにはどう質問したらいいか考えながら、コーヒーを啜った。「それで彼がきみに訊いたのはどんなことだったのかい？」

「彼はわたしに、バラヤーでは馬に乗っているのかって訊きました。すべてのヴォルが乗ってると思ってるようでした。つまり、日常的に乗りまわしてるのかって。それに馬車も」

「それで、あー、きみは乗れるのかい？　スポーツとしてだよ、むろん」遠い昔のことだが、週末にヴォルコシガン・サールーに出かけたとき、アラールは馬の乗り方を教えてくれた。もっとも二人ともヨットに乗るほうが好きだった。彼は亡くなった父親のピョートル・ヴォルコシガン国守ほど、乗馬がうまくなくてすまないと謝り、ジョールに乗馬の優れた教師をつけてやれなかったことを残念がった。シモン・イリヤンは「それが悪いとはかぎりませんよ」とつぶやいただけだった。

「実際には、乗れるというほどではありません。従兄弟のところを訪ねていったとき、二回ほど乗っただけです。わたしの家族はクエスト・ハガートに住んでいるんです」それはヴォルイニス家の領地の首都で、政治の中心地で商業密集地の都市だとしたら、どこの領地でもみな似たようなものだ。「父は領地内の道路及び橋梁《きょうりょう》を管轄する役所で働いています。主にライトフライヤーの交通管制システムで。父は軍にいたころは、軌道上及び空中交通管制官でしたから、その仕事についたんでしょう。わたしがそう話すと、ミコスはなぜかがっかりしたようでした」

「ほう、そのゲム卿は歴史の愛好家なのかい?」

「そうですね、それもひとつの解釈ですね」彼女は認めた。

「その反対に……?」

「馬鹿なのかしら」とはいえそう決めつけている口調ではなかった。

「うむ」ジョールはその意見にまだ賛同しかねて尋ねた。「バラヤーとの関わりが理由で、この職務に任命されたのかな。それとも逆に――自分のルーツを調べようとして希望したんだろうか」

「そこまではまだわかりません」

「それに、あの年齢の卿の位のゲムが軍人でなく文官なのは、それが理由なのかとも考えられるね。遺伝子にある小さなバラヤーの染みのせいで、軍の仲間に入れてもらえないのだろうか」

「それもまだわたしにはわかりません。もしかしたら……彼のことはそんなに短絡的に考えるべきではないのでしょう」新たな疑問を感じたように、ヴォルイニスは顔をしかめた。「たぶんお返しに招待すべきかもしれません。何かすべきなんでしょう。もう一回機会をあげて」

ジョールはあいまいに肩をすくめた。「どうということのない野外活動にでも招いたらいいかな、たぶん。きみにほのめかした、そう、ほのめかしておいてしていないことの失策を修正するための機会を与えよう」もっとも、夜の吸血風船狩りは、バラヤー人の花火好きの文化を体感する機会だったとしても、できればやめたほうがいい——これ以上山火事を起こす必要などないから。コーデリアにいわれた、レーザー・ポインターを使うという助言を彼女に教えたくなったが抑えた。それどころかそんなテクニックを女総督から学ぶには金がいるぞと考えていた。

ヴォルイニスの細い眉が下がった。「そのへんのことは考えてみなければなりませんね、提督」

といったところで彼のコーヒー・カップは空《から》になり、そろそろ計画表を掻き集めて次の素材調達会議に行かねばならない時間になっていた。ジョールは窓から光に包まれている基地の朝の仕事に目を走らせて、若いころに抱いていた軍人の栄光の夢がどうしてこんなところに行き着いたのだろうと考えていた。その一方で、現在のここでのありきたりな仕事が、栄光を手に入れて煙草をふかしている未来の男の役にたつかもしれない、とも考えた。そいつは〝いったいどこにこれをやればいいいんだ〟などと、一心不乱に考える必要はまったくないはずだ。目には見えない勝利だな。

〈アラールならわかってくれるだろう〉

コーデリアがジョールのオフィスに通話を入れてきたのは午後も遅い時間だった。外のオフィスにいるヴォルイニスに、邪魔するなと伝えるキーを叩いて、ジョールは自分の椅子にゆったり寄りかかった。ホロビッド盤上に浮かんだ彼女の顔は親しげではあったが、口元はきつく引き結ばれていた。

「何かありましたか、女総督閣下」

「残念ながら、たいしたことではないわ。あなたの関わっているプラス・ダンについて、わたしの部下から中間報告が届いたのよ」

「ほう？　ぼくが利用できるようなものですか」

「まだいまは、どう扱うべきかわからない。彼らはその面倒なミキサー業者の、あなたなら一代記とでも呼びそうなものを、炙《あぶ》り出すことができたんですって。昨年、製造の途中で顧客が安い製品に鞍替えしてキャンセルになった注文があったそうなの。プラス・ダンは製品を相手に押しつけようとしたけど、できなかったのね。そこで製品が邪魔になって頭にきたようね。ところが部下の頭のいい者がそれをあなたたちにまわすことを思いついて、彼らとしては問題を解決したわけよ。もう何も問題はないと思ってるらしいわ。あるいは少なくとも行動に移せることは何もないってね。それはわたしたちも、確かめたわね」

ジョールは顔をしかめた。「少なくとも、どんな行動もぼくらは起こせませんね。もし仮に、供給業者が軍の創設以来の顧客に高値のがらくたや、だめになった製品を押しつけようとしてるんだとしたら、誰を怒らせているのかもっと慎重に考えるはずだと思いませんか」

「われわれ、というかあなたとわたしは、この惑星で最大の権力を持つ顧客だということを思えばね。ふうむ、その線で押したら彼らに何か仕返しできるかもしれない。彼らのたくらみは先見の明がないわ」

「われわれ二人の権力はセルギアールでは最大かもしれないけど、必ずしも彼らの利益にはつながりませんよ。多くの民間事業でわれわれよりも高値をつけたがる、というか実際に高値をつけた者がいたことを、最近になって聞いているんです。プラス・ダンのすべての事業が儲けの少ないわれわれの巨大事業に関わっていたら、特別な利益を絞り出すことはできないでしょう」といって彼はためらった。「だから連中がグリッドグラッドへの移転を邪魔しようとしているんじゃないかと、思わずにいられないんです。少なくとも遅延させようとしてるって」

コーデリアは唇を叩きながらこれをじっくり考えた。「遅延っていつまで?」

「もっと扱いやすい新総督に代わるまでかな?」

「うーん、でもわたしはあなた以外には辞任の計画の話はしてないわ。他の誰がそんなことを予想できるのかわからない」

それは……嬉しい言葉だった。多少警戒すべき面はあるが。「グレゴール帝にもまだいってないんですか。あるいはマイルズにも?」

「グレゴールを驚かすのはそのあとよ。オーレリアの四週目健診が無事にすんだら、と考えているの。八カ月もあれば、グレゴールがわたしの代わりを見つけるには十分でしょう。たぶん多少長すぎるくらいね——宮殿には赤ん坊一人分の余裕はあるけど、オーレリアの最初の妹が生まれるまえにどうしてもあそこを出たいの。グレゴールがここに馬鹿者を送ってくるわけはない、と思うでしょ。ヴォルバール・サルターナから追い出したい政治的に怠惰《たいだ》な者のはずはない。とはいえ、能力があるだけでなく意欲のある候補者をしっかりきめておく必要があるわね」

ジョールはかすかに笑みを浮かべたが、コーデリア以外の文官の上司とともに働かねばならないというのは、足元の道路に思いがけない穴があいたような気分だった。そのことをいままで実際に考えていなかったのだろうか。「考えていらっしゃるより、困難かもしれませんよ。あなたはいままで、セルギアールでは皇帝の指図なんかなしに、ご自分のやりかたを進めていらしたんですから。コマールの皇帝顧問官ははるかに細かく注意を受けていましたよ」

「そうね、コマールはね」彼女は肩をすくめた。「肝心なのは、娘が生まれる九カ月のゴールまでにいろいろやる余裕があるってことよ。たぶん、わたしが立ち去るまえに新しい総督が入ってくるんじゃないかしら」

歴史上では、このての司令官の交替はもっと事務的に行われたはずだ、とジョールは思った。よく思案し、練り上げられた公式の委譲の儀式をへて。それにもっともな理由を添えて。「べつに時間をかける必要はないかもしれませんよ。同じ惑星にいれば、いつでも通信コンソールであなたを呼び出して相談できるんですから。やめることはできるけど、姿を隠すことはできません」

新たな嫌悪感を懐《いだ》いたように彼女は唇を曲げた。「それは考えてなかったわ。あらいやだ、彼らはまだわたしにスピーチを頼みたがると思う？」

ジョールは笑いを咳でごまかした。「かもしれませんね。断ることを覚えないといけませんよ、コーデリア」

「わたしは四六時中断っているのよ。でも彼らはぜんぜん気にしないの」

「あなたが現在、カリンバーグ内のたくさんの資産やエネルギーの投資に関わっているのは事実です。それにあなたの長期計画は、秘密にしていませんよね」

コーデリアは髪を両手で梳《くしけず》った。「〝活火山のすぐ横に惑星の首都を置くのはやめよう〟っていう考えの、どの部分が困難に思われるの？　この場所は自然保護区にすべきなのよ。そうね、そのあとはここは歴史公園になるかもしれないわ。だけどあの怖い山が今度噴火したら、単に何十人何百人が被災するだけじゃない、何百万人もの人たちの命に関わるのよ」

「それには決して反論しません」彼は彼女を宥《なだ》めた。「ぼくは帝国軍地上司令部のすべてを移築して、新しい基地の経済効果をそこに移すつもりでいます——新基地ができしだい。土地を掘り返すまえでも、経費がどれだけかかろうとその目的が達成されないことはないと指摘しておきます」くそっ、まだグリッドグラッドは開発中じゃないか。基幹施設がまだないなんていうのは控えめないいかただ。

コーデリアは疑わしげに鼻に皺を寄せた。「プラス・ダンの押しつけが致命的になりそうなの？」

「いいえ……じつはそれほどではありません。もっと困ったことを避けられずにやってしまったとしても、耐えねばならないと思ってます。それにプラス・ダンだって、同じくらい気づいているのは確かです。ぼくの気に障るのは、やつの悪賢い計算なんです」彼は顔をしかめた。「初期の工事でそれを利用できる方法はないのかしら。少なくともいくらか経費の足しになるような。それともまえに土地を掘り起こしたところとか」彼女はしまり屋の主婦のように鼻を鳴らした。「滑走路はいま作るの？」

「そのつもりです。物資の問題というより、労働力なんですよ」

「人手なら、あなたには軍隊があるでしょ。労働力を提供できそうなものが」

「ええ、それを使う予定ですけど、彼らは訓練されていないというか、軍隊としての訓練しかされてないので、あまり役にたたないでしょう。彼らを監督する経験のある人々が必要だし、機械で怪我をしたりしないように訓練しなきゃなりません。看板によく書いてあるように、〝安全に金がかかると思うよりは、事故が起きたときの費用を考えろ〟ってことなんです。それにこれは複数の部品を厳密な順序で組み立てなければならないものなので、重要なピースや人が欠けたら、全体の列がつぶれて止まってしまいます」彼はそのことを改めて考えて口元を引き締めた。「そして今回のは、大きな事業ではあるけれど比較的寛容な環境のなかの寛容な計画です。これまでの軍歴では、ぼくは部下を信頼してジャンプ船を動かしてきました。部下の製造したものも信頼してね。現在ぼくが知っていることを、当時は知らなかったのを喜んでいますよ。知っていたら、恐怖で動けなくなっていたでしょう」

これを聞いて彼女は笑った。「帝国は最低の入札者によって建設されるものなの？　そう聞くといろいろなことの説明がつくわ」彼女はため息をついた。「わたしがもっとお手伝いできなくて申し訳ないわ。もっといい考えが浮かんだら、お知らせするわね」彼女は軽い敬礼をして通信を切った。

ジョールはふうっと息を吐いて椅子の背に寄りかかった。もっと巧妙で悪意のある筋書きにしたい気持になっていたのだが、連中は巧妙を通り越したことをやりかねない。〝単純な馬鹿者〟の裏をかくのは驚くほど困難なことかもしれない。英雄的な方策があったとしてもだ。

確認しておこうとカレンダーのキーを叩くと、来週のよく知っている日付に目がとまり、心臓が冷たく半分に縮みそうな気がした。〈もう九二年になるのか〉もちろんコーデリアはその日が近づいているのに気づいているだろう。もちろん口に出したりはしない。ジョールが知るかぎり、ありがたいことに市の公式な式典はもはや計画されていない。一年目の忌日には奉納式やスピーチがあり、彼は寡婦になった女総督の付き添いとして出席したが、それ以来、終わったあといっしょに飲む機会は一度もなかった。昨年は二人はそれぞれの道を走っていた——彼はワームホール軍用ステーションの巡回査察の予定が入っていてエスコバール方面に出かけていた。彼女は地上にいて、その日に起きた植民星の重大な局面に対峙していた。今年は、この日のための伝統行事は、二人のあいだでは公式にも私的にもない。だからぼくらは自由になんでもできるんじゃないかな？

たぶんその日は、彼女をヨットに連れていってもいいかもしれない……。いや、その日ではない。その日のことを忘れてしまえる日にしたいのだ。今週末ではどうかかな？　それなら日にちが近すぎることはないだろう。

〈おいオリバー、ヨットに連れ出すって厳密にどういう意味なんだ？〉彼の口元に薄く笑みが浮かんだ。一度試してわかったように、慰めのセックスはぜんぜん慰めにはならないのだ。ただお互いに別れが悲しくなるだけだった。そして思い返せばめったにありえない、アラールとともに経験した驚くべきすべてのこと――なんと異常なスケジュールを求められたことだろう！――アラールとともに行ったセックスは、はたして本当にジョールとコーデリアのあいだのものだったのだろうか。彼女は一度でも、それが自分の欲望だと示したことがあっただろうか。一度も口には出さなかったが、肌と肌を触れあっているときでさえ、奇妙な意識下で、彼女は常にわずかな距離を保っていたのではなかったか。彼女のためだったのか、彼のためだったのか、あるいは彼のためだったのだろうか。

そしていま、もう一度それを望んだら、コーデリアとの長いあいだの友情を確認することになるのだろうか、それとも友情を危険にさらすことになるのだろうか。彼は口元をゆがめた。いや、あの率直なコーデリアならメロドラマめいた対応なんかしないはずだ。ただいやだというか、あるいはもっと可能性のありそうなのは〝結構です〟というにべもないいいかたで、さらに運が悪ければ、陽気で恐ろしいベータ式の心理的冷湿布を傷口に当てられることになりそうだ。とはいえその予想は、ジョールの途方もない危機感覚では、危険というほどではなく、単なる賭けにすぎなかった。

彼は通信コンソールに手を伸ばしてアドレス・ファイルを出した。何年も使っていなかったが、まだあることはあり……自分の指は自然に反応して動くような気がした。自分の小さな冷たい心臓が喉に上がってきたりしないように、しっかり簡単な文を綴った。

〈こんにちは、ペニー軍曹。きみはまだあの場所を所有していますか、それに貸しボートも。もしまだあるのなら、この週末にひとついい舟を申し込みたいんだけど、可能ですか？　特別なお客をもてなすつもりなので……〉

6

エアカーが旋回してセリーナ湖が視野に入ってきたとき、コーデリアは夢中になってキャノピーに顔を押しつけていた。カリンバーグ南方に細長く横たわる谷には、いくつもの湖が散在する。そのなかでセリーナ湖は一番小さくて浅いが、生物学的にはもっとも興味深い湖なのだ。これまで開発の手を逃れてきたのは、町や基地からの距離が三番目だからというだけのことだが、コーデリアは勝手ながらまだしばらくはこのままでいてほしいと思っている。この湖は四十三年まえ最初に見たときの、広々として何もない、両手を広げて迎えてくれているようなセルギアールを思い出させる。といってもやがて、これらの湖にはいくつかの（何百種もの）生物学的罠が存在することがわかった。各地に散って植民した人々がすでに罠をすべて見つけたかどうかわからないが、いまだにそれらと格闘しているのは確かだった。こんな言葉を、ネクサスの近隣惑星の医学校の卒業生に呼びかけたらどうだろうか。『美しいカリンバーグに訓練にいらっしゃい。ここでは退屈することがありません！　それにあなたの研究を完成できますよ』と。全員にこれが有効でなくても、トップから最下位にいたるまで学生はいろいろいるから……。

「この小旅行はすてきな計画ね」彼女は同じように隣で首を伸ばして見ているオリバーにいって、気取った笑みを浮かべた。

「ペニー軍曹がまだここにいて嬉しいですよ。二艘目の船を手ばなしてからは、ほとんど声をかけたことがなかったんですけど」

オリバーの二艘目のヨットというのは一艘目より大型で、海洋に出る気のない客――というか骨の軋《きし》むような年取った客――が町に近い大きな湖で楽しむのにふさわしい、フェリーボート程度のものだった。アラールが死んでからはほとんどその船に乗っていなかったはずだが、ほうっておいたあいだに、ある民間シャトルのパイロットがマリーナの倉庫で埃をかぶっているのを見つけて熱心に頼むので売ってしまったそうだ。オリバーに新しい興味が湧いてきたことをコーデリアは喜んだ――外に出かけるのはオリバーにとっていいことだ。生きたまま彼を呑みこんでしまいそうな仕事の重みから逃れるだけではない。彼はいつだって細かいことまで行き届く人で、それはある時点までは結構なことだが――あの国葬の大騒ぎのあいだ、五隻の艦の乗務員の葬列が彼一人の命令で時計じかけのように正確に動き、コーデリアはあれほど消耗していなかったら彼の足にキスをしに行きたいほどだった。といっても、止まれと命令する者がまわりにいなかったら、彼はそのまま止まれなかったかもしれない。

エアカーが傾くと、西の湖岸にあるセルギアール自生の林と、生化学上の組成は違うがそれに匹敵する地球産の木立の向こうに、建物が見えてきた。〝ペニーの家〟は、最初は古い樽の上に浮かせた板張りの桟橋と、水面に影を落としている崖の上の安普請の小屋ひとつだけだった。現在ある、以前の小屋よりは大きくてましな二軒の小屋は、建て替えたというより建て増しされたものだ。この土地の材料を使ってきれいな広いベランダをつけた背の低い横長の家が、いまは海岸線までヤドカリの捨てた貝殻のように続いている。それが二十年勤続兵の生活に、ペニー・ママが加わったことを示していた。キャンプ料理程度だった食事の質もよくなっているのだろうと、コーデリアは察した。夫婦はペニー・ママが育てた庭を客に見せたり、休日に古い小屋を貸し出したり、ペニーの船に乗りたがる文句をいわないカリンバーグの平民たちに貸したりして、ペニーのつましい年金にかなりのものを加えている。

ライコフ親衛兵士が家の脇の砂利道にエアカーを降ろしたとき、ペニー自身が迎えに出てきた。よれよれのショートパンツとすり減ったスポーツ・シューズ姿のペニーの日焼けした手足には、この土地特有の虫の刺しあとが見える。ペニーは愛想よく手を振っている。オリバーより十歳ほど年上のずんぐりした男で、この土地で入隊することで初期の入植者のなかでは早く昇進してきた。コーデリアとアラールが十三年まえにここに着任したときでさえも、ペニーはすでに古いセルギアール軍の一員で、二つ目の小屋を建てているところだった。もっともコーデリアは、オリバーが自分のヨットを繋留するための安くて人目につかない場所として、ここを見つけるまでペニーには会う機会がなかった。コーデリアの見るところでは、ペニーのさまざまな長所のなかで一番好ましい点は、オリバーがときどき連れてくるお忍びの客に、カリンバーグの平民の週末の客とまったく変わらない対応をすることだった。

「やあ、おいでんさい、オリバー提督。あんたさんも。それにライク、ずいぶんと久しいね」

一同がかたまってエアカーから降りてゆくと、彼は土地訛りの言葉で迎えた。オリバーとコーデリアには引退した兵士の敬礼に似たそぶりをして、親衛兵士とは握手をした。この二人はいつ会っても仲がいい。同じような年齢で経歴も似通っている。おそらくライコフは、このあと湖のまわりをひょこひょこ偵察して本来の任務を果たしたあと、ベランダでビールでも出されて今回の任務について情報を交換し、だぼらと嘘をまじえてあれこれ愚痴ったりするのだろう。

今回の個人的な訪問についてざっと説明したあと、礼儀として供されようとした食べ物を——自分たちのピクニックの食べ物は持ってきたので——断り、二人はゆっくり桟橋のほうに降りていった。するとコーデリアが急に振り返っていった。「あらまあ、このきれいなものはなんなの、ペニー？」

木挽《こび》き台に載せられているそれは疵《きず》ひとつないガラス製のカヌーのように見えたが、外殻を叩くと強度のあるプラスチックらしい鈍い音がした。

ペニーは満足そうに微笑《ほほえ》んだ。「義理の息子が持ってきてくれたんだよ——一番最近のだっていってたな。透明な外殻は透き通って外が見える——これを作ったニュー・ハサダーのやつはいろんな形のを作りたがっててね、じきにその見本ができるんだとさ。このプラスチック・カヌーはちゃんと浮いて、沈めようったって沈まない。お客にとても人気があるんだよ——じきにあと二つできるけど、在庫がないんだと」

「今日は使えるの？」

ペニーは湖の向こうを見て目を細めた。「たぶんあとでならね。とにかくいまは風が強すぎる。でもセイリングにはよさそうな風だね」

　実際に、風が強くなりかけていた。軋む桟橋に足を踏み入れたとき、髪が吹き上げられるのがコーデリアには心地よかった。オリバーは西のほうを向いて顔をしかめた。たぶん彼が期待していたほどの爽快な風でないのに失望したのだろう。コーデリアはほぼ理想的な風のような気がしたが、アラールだったら静かすぎるといったかもしれない。

「あんたの古いボートはちゃんと保管してあるんだよ、提督」ペニーとライコフに手伝ってもらってそのヨットに乗りこむとき、ペニーがいった。「あれはおれんとこの貸し出しにぴったりさ――とても安定してるから、素人が亀みたいにひっくり返して、おれが救助に行くはめになんかならないからね。いまいったニュー・ハサダーのやつに、次のデザインのモデルとして貸してやったら、儲かるだろうさ」

「手入れがいいんだね」と感謝するようにオリバーはいった。

　ライコフが椅子にフロート・ベルトをかけろと厳しく指示するので、二人はおとなしくベルトをかけた。長年親衛兵士に従ってきた小さな了解事項はたくさんある。無事に過ぎているかぎり、親衛兵士がうるさくいうこともない。ヴォルバール・サルターナから女総督の警備に送り込まれる、緊張しすぎの若い機密保安官と違って、ライコフは少なくとも何が危険で何が危険でないかの感覚を身につけている。機密保安官たちのほうはときどき、彼らのルール・ブックで死ぬほど叩いてやりたい気持になる。今日はついてくるなと、階級を笠に着ていわねばならない。〝私生活よ。どういう意味かわかってる？〟そう、自分の流儀を通そうとしたらそうしなければならない。ほとんどいつも我慢の限界なのだ。

オリバーが主帆を上げコーデリアが三角帆の世話をしていると、昔覚えた動作がよみがえってきた。三角帆を風上に向けると、ペニーとライコフが船を押して岸から十分に離してくれたので、コーデリアはセンターボードを船底に落とした。オリバーが帆桁を締め舵柄を持つと、コーデリアが三角帆の紐を引いて索止めまで下ろし、船は水の上を滑るように出発した。「完璧！」コーデリアはまえの席に後ろを向いて落ち着き、背後のオリバーに呼びかけた。湖水は美しいし、遠くの横筋のある崖も素晴らしくて目を惹くが、オリバーがシャツを脱いで宇宙暮らしの色白（最近はオフィスばかりでなおさら白い）の肌を日にさらすと、目のまえのこっちの景色のほうがよくなった。そうねえ、彼はもう二十七歳じゃないけど、わたしだってそうよ。それに彼をひ弱だと感じたことなんか一度もない。こんなにリラックスして幸せそうな彼を見るのは嬉しい。明かりに目を細めた目尻の鴉《からす》の足跡は、ウインクしているように見えた。

「腕通信機《リストコム》を置いてこられなくて残念だな」自分のリストコムを見ながらオリバーはいった。

コーデリアは自分のを上げてみせた。「あなたのは知らないけど、わたしは〝火山〟にセットしてあるわ」

「なんだって！」彼は笑った。

「部下を躾《しつ》けてあるのよ。邪魔をすることに、五段階の区別をつけてるの。一番は〝知らなきゃならない用事〟、二番は〝外交上の危機〟、三番は〝緊急の医療に関わること〟、そして四番目が、〝火山が噴火するような緊急事態のみ〟」

「それじゃ、五番目っていったいなんですか」

「〝家族〟よ」コーデリアは歌うようにいった。「といってもたいてい、みんないくつものワームホール・ジャンプの彼方にいるから、そこでは安全だわ」

「ではグレゴール帝には、どのレベルを適用するんですか」

「あら、彼も家族よ」

「ああ、そうですね。そうなるんでしょうね」

風がヨットを押し出してスピードに乗ると、コーデリアはうきうきした気分になってオリバーに笑いかけ体重を横に移したが、バランスを取るために彼が馬鹿げた細いロープで船端から自分を吊したりしないのはわかっているので安心だった。つまり漕ぎ手座に足指を丸めて引っかけ背中を反らして、馬を走らせるときのように黒い水が尻の下を滑っていくような体勢にはならないということ。セルギアールの湖は、水に入りたくない理由がいくつかあるのだ。

オリバーが回るよと手で警告すると、二人とも全体重を移して向こうの岬を通り過ぎる体勢になり、広々とした湖の中心に出ていった。〈快晴のセイリングだわ、ほんとに〉コーデリアは舵柄を渡されると受け取った。彼は舳先《へさき》のほうにからだを伸ばして眠そうに笑いかけ、それから未来を読もうとするように帆と空を見つめた。あるいはもしかしたら、単に軌道上にある十億トンもの心配事を思い返しているのかもしれない。それならあまりよくない。逆効果でさえある。

それからしばらくしてコーデリアは西のほうに目を移して顔をしかめた。数キロ先の地溝の壁の上に好ましくないものがじりじり上がっていくのが見えたのだ。「あの雲はかなり黒いわ。そういう予報だった？」

「前線が近づいてくる予報はなかった。調べたんだけど」彼は身を起こして彼女の視線の先をたどった。「あの地域に飛び出した雷雲だと思いますよ」

「南のほうに通り抜けるんでしょうね」

「いやあ……」

互いに口には出さずに意思疎通して、二人は岬をまわってペニーの家のほうに戻るコースに切り換えた。こうなるといまの微風が好ましくない変わり方をした場合には、船がジグザグに動いたり急発進したりすることが多くなる。まだ岸辺にたどりつかないうちに風が水面を叩いて白波を立てるようになり、空が暗くなって、ついで冷たい雨が烈しく叩きつけシートのなかまで入ってきた。それでもオリバーはこの古い船を三角帆だけで向きを立て直して、たいしてぶつけることもなく桟橋につけた。ペニーとライコフが心配そうに待っていて舫《もや》い綱に結ぶ紐を受け取ると、声をあげているコーデリアに手を貸して滑る桟橋の上に引き上げた。

「あとで日に干しますよ」ペニーが風の音より大きな声で叫んで、帆を下ろそうと苦労しているオリバーを手伝った。「この風は長くは続かないからね。タイミングがぴったりで残念だったね」

「まったく！」

船を繋ぐと、みんな土手の平たい踏み石に這い上がって、とりあえず烈しく揺れている木々の下に逃げ込んだが、それからさらに雨脚が烈しくなると用心して、最初に作られた古い掘建て小屋の入り口に入った。

コーデリアが震えていると、オリバーが心配そうに目を向けた。「寒いんですか、コーデリア？　濡れたままでいるのはよくないな」

「ここから上の家にも入れますよ」ペニーがいった。また一陣の風雨が通り過ぎると、雫が入り口にも吹き込んで顔に当たった。ペニーは口をすぼめていった。「それとも小屋のなかには火種も用意してあるから――そのほうが早く温まることができるかもしれないね」

「それはよさそうね」コーデリアは、ペニー・ママに最初に会ったとき、位の高い人々に無頓着な夫に不満そうだったのを思い出したので、びしょ濡れのお客が入っていったらどんなにあたふたするかを考えてそういった。

オリバーは驚き顔になって雨に濡れた顔をこすった。そして「いい考えだ！」といってすぐにコーデリアを抱えて小屋のなかに入ると、野面《のづら》の石を積んだ暖炉に火を起こしながら、すでにびしょ濡れのライコフに、ピクニック用品のクーラーボックスを取ってきてくれと使いに出した。これだけ長くバラヤーにいても、コーデリアは〝木を燃やして温まる〟という発想にはベータ人としてどきどきするのだ。暗く湿っぽいなかにオレンジ色の炎が景気よく上がると、火ににじり寄って燃える熱で凍えた両手を温めた。

ペニーの最初の小屋は、コーデリアにアラールの領地のデンダリィ山地で見たたくさんの古い小屋を思い出させたが、この一部屋だけの小屋はそれよりさらに狭かった。海岸線に沿って原始的なものから、基本的な設備をととのえた心地よい田舎風の建物まで何軒も連なっているなかで、この小屋も最低限の材料で建てられているようだ。一枚板のドアにはロープで鍵がかけられていて、窓は古い瓶のかけらを枠にはめたものだった。といっても屋根は、プラスチックや金属のかけらを適当に剝ぎあわせて葺いてあり、雨は降りこまない。いまのところここにある家具はベッドひとつと、洗面台としても使うテーブルと、いくつかのぐらつく椅子だけだった。一方の壁には針金が巻きつけられていて、どうやら以前にペニーが服を干していたらしい。オリバーはその針金を暖炉の上に伸ばして反対側の壁に留め、その本来の目的どおりに自分のシャツをそこに広げた。

「あなたは……」彼はちらっとコーデリアに目を向けた。

コーデリアは野営の基準に即して、上半身はスポーツブラだけにして、彼の着衣、というか何も着ていない裸に倣った。さらにきゅうきゅう音をたてている濡れた船内靴とぐっしょり濡れたソックスも脱いで、靴は暖炉に置き、靴下は針金に吊した。オリバーはよしというようにうなずいてそれを真似た。

ドアをノックしたあと、ライコフがクーラーボックスと、ビニール袋で保護した乾いたタオルを持って入ってきた。それらを手渡すと彼はこの部屋に留まることを丁重に断った。どうやら嵐のせいで母屋での昼食が中断されたところだったらしい。コーデリアが彼をビールを飲んでいた仲間のところに送り返すと、ペニー・ママからさらに乾いたタオルが届けられた。

二人は暖炉のまえにテーブルと椅子を引き寄せて、サンドイッチと果物をそこに広げた。魔法瓶が二本あって、温かいコーヒーかお茶を選べた。オリバーは満足したようにため息をついて、濡れた白い足を伸ばした。「これも悪くないですね」ねじれた笑みを浮かべて横目でコーデリアを見る。「こんなことぜんぜん予想してなかったけど」

「今日の指令は、〝カリンバーグから出よ〟ってことだったでしょ。そのあとのことはおまけよ」

何か考えながらオリバーがもうひとつサンドイッチを差し出したので、コーデリアは受け取った。彼はいった。「食欲が戻っているようでほっとしましたよ。だいぶ体重が減ったような気がしていたんですよ。あのときから」

「そうね……そうなのよ」コーデリアはサンドイッチにかぶりついた。オリバーは指先でテーブルを叩いて、また薄い笑みを向けた。そして普段と違う沈黙が続いた。ふたたび彼はため息をついたが、今度はためらっているような感じでさっきほど満足感がなかった。コーデリアはお茶を啜ってさっぱりした心地よさを口に流し込み、彼の様子を観察した。そして三年たつま、オリバーが口にできなかったことを想像しようとしてぼんやり彼を見上げ、それから不思議そうにいった。「何を考えているの、オリバー?」

彼はちょっと投げ捨てるような動作をした。「あのう……じつをいうと……あなたのことです」

コーデリアは眉を上げた。「わたしが何かした?」

「何もしてません」

「えっ。何かすべきだったの？」彼女は口に出し損ねた仕事があったのではないかと反省したが、彼はしっかり首を振ってそれを否定した。

「いいえ、ぜんぜん」

コーデリアは途方にくれて相手を見つめた。彼は落ち着きなく木製の椅子の上で身をよじった。彼女はまたお茶を飲んだ。彼もまたお茶を飲んだ。

オリバーは立ち上がると別の丸太を火のなかに放りこみ、それから腰掛けてまた見つめた。

「あれからあなたは、誰も見つけられなかったでしょう。つまり、自分の身近に。自分だけの人を。最近はって意味です。もっと以前のことは知りませんが、そんなことぼくに説明する必要はないですね」

〈何をしてないって？〉その言葉を解釈するのに一瞬間があいた。彼のいうのは……恋人とか、パートナーとか、ベッドフレンドとか、配偶者とかなの？　とにかくそういった一般的な方向を指しているんだろう。「あら。驚いたわ、いないわよ。考えたこともなかった、ありませんよ。それにどこからそんな時間を見つけられるの？」

「そこですよ」彼は同意するように首を振った。

彼女は瞬《まばた》きをして彼を見た。「あなたはどうなの？」

「えっ？　ないですよ！」といってから彼はためらった。「それはつまり……いいえ。見つけようとしてません」

彼女は顔をしかめた。「見つけたくないの？」

「そう思ってました。最初はね、おわかりでしょう」彼女がうなずくと彼は言葉を続けた。「でもこのところ……考えているんです。新しい考えです。おわかりのように」

おわかりではなかったけど、彼女はその言葉を理解したいと思った。なんといっても、彼はオリバーなのだ。自分の家族以外の誰よりも、コーデリアにとってはオリバーの幸せは価値がある。コーデリアは急いで思い返してみたが、若い士官でも外交上の人物でも、彼がカリンバーグで出会いそうな価値のあるどんな人物でも、以前のようにオリバーを降参させるようなダンスを踊る者など気がつかなかったと思った。最近は。最近はそんな人にはぜんぜん気づかなかった。「それはよさそうに聞こえるわ。つまり……回復の兆しみたいよ、実際に」〈本物の回復よ〉

相手が首を傾げたので、この発想は新しいものだったらしいが、快いものとはいえなかったらしい。「えっと……たぶんね」見つめる彼の眼差しが懇願するような色合いになった。

〈ごめんなさい。今日はわたしのテレパシーは壊れているみたいよ〉ちょっと待って。彼がそういうことを進めるのは好ましくないと、わたしが思うかもしれないと心配しているのかしら。

「そんなふうに思える人を見つけたの？　オリバー、それは素敵なことだと思うわ。でもわたしに許可を求める必要なんかないわよ、わかってるでしょ！」コーデリアは背筋を伸ばしてじっくり考えた。「それにアラールだって――あなたがそんな馬鹿げた不安を抱いているのなら、いまここではっきりいうわ――アラールだってあなたが幸せを見つけることを望むはずよ。いつもそうだったでしょ」

バラヤーの偉人にも、何年ものあいだ彼女にだけは打ち明けても他の者には隠し続けていた秘密はいろいろあった。ところが歴史のある時点を越えると、彼の足元に立てた台座を倒すことは誰も望まなくなり、疑問点も含め恐るべき人間であることを許したのだ。コーデリアが抱えていた疑問のなかには、オリバーにとってアラールとの長いあいだの熱烈な関係が、職務上でも個人的にも、なんらかの形で足を引っぱることになるのではないかという懸念があった。つまりアラールが、もっと正当なよりよい運命からオリバーを逸らせてしまったのではないかという懸念だ。そう、なんにせよもっといい運命から。バラヤーの標準からいって、オリバーにはもっと正当な経歴があってもいい。バラヤー以外の標準でも、とコーデリアは無念な思いで認めた。ベータ人は一般に性に関わることには瞬きもしないが、年齢と階級の格差には砂を嚙む気持になる。コーデリアも最初はかなりそれを警戒していた。

そうではないというようにオリバーが首を振った。よかった、そんな気持を彼に無理強いする必要はない。ところがそのあと彼はあいまいに手を振り、コーデリアがとびつきたいような気持にぴったりのことをまだ口にしていないのを示していた。彼の感情を想像するゲームほど面白くなくても、雨に降りこめられた時間をまぎらす遊びはいろいろある——といっても、バラヤーの男性をそういうことに関して、あんなに、いかにも、まさしく……バラヤー人らしくうじうじさせているのはなんなのだろうか——オリバーがもっと率直だったらずっと楽なのに。

ところで彼はいま何をいおうとしているのかしら。愛情の対象を見つけたということなの？　でもそれがうまくいってないってこと？　うまくいかないわけないじゃないの。彼が目をつけたのが特別難しい相手でなければ。それに彼は少なくとも一人の生きた人間で、困難を乗り越える方法を経験しているのは確かだ。何をいいたいのかわからないわ。

　コーデリアは椅子に寄りかかり腕組みして口元をすぼめ、彼をじっと見つめた。彼の顎が自然にその挑戦に応えるように上がった。それにしても、その顎はいつもなんとほっそりしていたことだろう。「あのね、いまごろなんだけど、あなたは実際に人を誘う訓練をしたことがあるのかな、ってふと思ったの」

　彼は目を見開き、それから細めて伏せた。「もちろんです、コーデリア。ぼくはセックスレスなんかじゃないですよ」

「そんなこといってない！　あなたはこれまでに会った人のなかで、一番セックスレスとは無縁の人よ。わたしにとって謎なのは、この年月のあいだに、もともと無駄なのにあなたに言い寄った人たちのことよ、可哀そうな両性者《ハーム》とか。異常者とか」それは明らかに両方とも半端者のことなのだ。「でもわたしはむしろ考えていたのよ——あなたは単に誘惑しようとした人たちを選別していたんじゃないかって」

　彼はむっとしたように口を開いた。それから閉じた。それからきゅっと締めた。そのあと用心深く小さく開いてつぶやいた。「それは……別の見方です。ぼく自身としては——あなたにはそんなふうに見えたのですか」

「わたしが見たのは、一回の成功と、たくさんの失敗で、それ以外のときは、通商船団護衛の任務中だったわ。そのあいだは、あなたは必然的に一人の人を守っていたんじゃないかしら」

「あのう、いや、でも……ぼく自身は引っかけやすい人間だとは思わないけど、仕事で熟慮することがたくさんありましたからね。特に艦長の座を手に入れたあとは」

彼は艦長の仕事を非常に良心的に務めていたのだろう。それに艦の任務をやりくりするあいだは、他のことに長く関わる余裕はないはずだ。「それで——あなたが手に入れたい人はどんな人なの？」

彼はゆったり腰掛けて腕を組んだ。そして嚙み切るようにきっぱりいった。「ヴォルコシガン家の人たちです。どうもそうらしい。この好みは進化論的にいって、狭い範囲ってことになりますけどね」

コーデリアはため息をついた。〈わたしだってアラールが恋しいのよ〉「それを責めることはできないわ。でもいまあなたに可能な相手だとどうなるの。そうといえる相手は？」

「なんだか今日は、驚くほど口に出しにくいんですよ」

彼女は手を振った。「そう、ではね、その問題にちょっと別の角度から取り組んでみましょうよ。あなたの理想的なパートナーをイメージしてみましょう。あるいはちょっとした情事でも。どんな人か、想像してみましょう。年齢とか、肉体的なタイプとか、感情を見せるやりかたとか、なんでもいいけど。名前、階級、登録番号は……？　つまり——これは重要な任務の情報であるかもしれないでしょ？」

表情から判断すると、彼はコーデリアが意地悪をして楽しんでいると思いはじめているようだったが、信じられないというように首を振っただけだった。とはいえ、こういいたした。

「ご存じのように……アラールとつきあったあとでは、ぼくの好みは男性だと考えていましたが、それ以前は女性の恋人もいたんです。多くはありませんが、一人か二人運命の人だと思ったこともありました。他の人はたまたま出会っただけです。それから、あのハームもいましたね。あのソーン艦長って、独自のものを持っている驚くべき人物でしたが、おわかりになりますか——一番よかったことは、たったの一週間の恋で、自分の持っていたつまらないカテゴリーを気にしなくなったことです」といったあと、彼は突然それに気づいたように瞬きをして顔をしかめた。

「それじゃあなたは、本当にバイセクシャルだと思うの？　アラールのように」

「ぼくには……そのほうが、ハームに対する気まぐれよりはまともに思えます。それ以降は、もっと別の人を探すようなことはなかったみたいですね」

コーデリアは別の糸口を探した。「それでは……あなたが最初にのぼせた相手は誰だったの？」

すると彼は大声で笑いだしてコーデリアを驚かした。「ぼくの何ですって？」

「あなたはいま気まぐれっていったでしょ。たいていの人には初恋があるわ。それは精神にしっかり編み込まれたものなの。軽い好みなんかじゃなくて、思春期以前のルーツのわかるものよ」

彼は髪の毛を摑むような格好をしたが、まだ笑っていた。「おやおや。これは例のベータ風の会話のはじまりじゃないんですか。でもいっとくべきですが、あのハームはベータ人にしては悪くなかったですよ。もっともバラヤーとバラヤー人については、奇妙な質問を果てしなくしてたけど」

「でもオリバー、わたしはお手伝いしようと思ってるのよ！　できればね」と彼女は言い繕った。それからいいたさずにはいられなかった。「だけどあのハームとのいきさつは、本当にもっと訊きたいと思っていたの」

「それじゃまるで、エッチなゴシップ好きみたいですね」

よくわかったわねというように、コーデリアは明るく笑った。「そうなのよ、でもわたしがそういう性格だってわかってくれる人はほとんどいないわ」

「なるほど」彼はにやりとしかけたのを呑みこみ、もう一口お茶を飲んだ。

「最初にのぼせた相手は？」彼女はしっかり促した。

「そういう対象を、しっかり覚えている雄なんかいませんよ。テリア、ぐらいかな。男がそんな過去のことを覚えていると、どこから思われたんですか」――息づかいがかすかに乱れ、突然妙な表情が彼の顔に浮かんだ――「ずっと昔のことなのに……」

「話してよ」彼女は背もたれに寄りかかり面白い話を聞く準備をした。

「思い出の小道で酔っている気分です。あなたはどうしてわかったんですか。そうなんです。領立小学校時代に、クラスの他の男の子が三番目の列のきれいな女の子に仔犬のようなふざけた恋をしてくすくす笑っていたとき、ぼくはいつも自分の先生に猛烈にのぼせては――この言葉は正確な意味で使っているんですけど――苦しんでいたんです」そして小声でいいたした。

「まったくオリバー――誰が知っていただろう……」

「ああ、そう!」コーデリアは嬉しくなっていった。「そういうのは知ってると思うわ。権威者に対する変な憧れね、オリバー。あるいは力に対する憧れかもしれない」おやまあ、それならアラールに気持が向かったのは無理ないわ。「それなら……思い返すと、いろいろと意味がわかるわ」

「あなたにとっては、そうなのかも」

「先生って男性ですか、女性ですか」

「あー……両方です。実際に。いまはそれを考えられます。いままで考えたことがなかった。ここ数年間は」彼はまるで、それがコーデリアのせいだといわんばかりに、責めるような目で見た。

「そうね、いろいろな突拍子もない考えがまっすぐセックスにつながっているわ。みんな人間のセックスの好みというたったひとつの縦軸に乗った、三つ以上のカテゴリーがあるのに気づくんじゃない? あなたはそのカテゴリーの近道で悩むのかもしれないと思うわ」

「それでいま思ったんですが、ぼくは多すぎるカテゴリーに悩まされてきたんだと思うんです。縦軸はひとつ以上あるんだろうか。あなたがたベータ人は、どうして想像の数から――そんなグラフを思いつくんですか」

「可能性よ。つまり、専門のセックス療法士のことはよく知らないけど、その人たちが美しい複雑な数学を使うことは知っているのよ。とにかく、ある年齢とランクに上がると、内在する構造的な問題が出てくることはよくわかるわ。少なくとも今のバラヤーの社会的な年齢のピラミッドではね。あなたの上にある権威のプールは縮み続けて、可能性がどんどん小さくなっていくのよ。そしてあなたが部下に感動しなくなると……」

彼は大きく首を振ったが、それが同意なのか反対なのか、コーデリアにははっきりしなかった。

「それから、あなたには面白くもないし、なんの可能性もない、気もそそられないようなことばかりたくさん残るのよ。たとえば現在の将軍たちや、国守評議会や、閣僚会議の面々を頭のなかで思い返してみて。ドラゴンのような奥方たちはいうまでもなく」コーデリアは、その頑固な一連隊の遺棄されたような忌まわしい時間を思って顔をしかめた。

彼はどうやら同じような強烈な人格を思い描いたらしく、その恐ろしさを面白がっているように目尻に皺《しわ》を寄せた。「悪夢ですね！　まさに同感です」

コーデリアは頭のなかで仮定が強まると、自分の洞察力が嬉しくなって説教するように指を振った。まだわたしの感覚は錆びてないわ。「オリバー、あなたは何ひとつ悪いところはないわ。いまは小さな目標を持っている気がしている、それだけよ」

「しかも照準はごく短いんです」

「なんですって？」

彼は木製のテーブルの上にカップをしっかり置いた。それから立ち上がり、テーブルを回ってコーデリアの横まで来ると、彼女の顎を摑んで顔を上向かせ、背を屈めてキスした。

「うわ……」目をまん丸に見開いてコーデリアはいった。この距離では彼の顔はぼやけて二重に見えたが、どっちみち彼はキスを深めながら青い目を閉じていた。コーデリアは自分も反射的に目をつぶったが唇は開いていた。彼は太陽と雨とお茶とオリバーの味がした。とてもおいしい……。

一分後……あるいは二分後……あるいは三分後に離れたとき、彼はささやいた。「ああ、それではこれが、ベータ式のデータが氾濫するのをアラールが抑えた方法だったんですね」

「そうじゃないとはいわないわ」彼女は彼の笑顔に向かってささやき、そのあと数秒揉みあううちになぜか彼女は彼の膝の上にいて、二人分の重みがかかってぐらつく椅子は不吉な軋みをたてていたが、探査をするのにもっといい角度になると彼の背中に危険は及びそうもなかった。

数分……さらに……このまま数分たつと、彼女の視線はほんの二メートルほど離れたところのベッドに磁石のように吸いつけられた。オリバーはその視線を追った。

「たまたま、ここにベッドがあるのが見えるわ」コーデリアはいった。

「ぼくにも見えますよ。ここに入ってきたときから気づいてました。帝国軍の士官は常に観察力がなければなりませんからね」

「この椅子よりは具合がよさそうよ。この椅子は変な音をたてているわ」変な声を出しているのはわたしもだろうけど。「あまり広くないとは思うけど」

「だけどボートの底よりは広いね」

「何より広いって？」

なかった。

船から船への人間の移動は、オリバーが指令してくれると思ったとおりに、何事もなく果たされた。古いベッドも二人が端に落ち着くとキーキー音をたてたが、危ないほどぐらつきはしなかった。

「気にしないで……」

オリバーは次の息継ぎのあとで、ためらいながらいった。「ちくしょう、ぼくは最近練習不足だなあ。あるはずなんだ……三回目のデートのやりかたといったような何かが。正しい敬意のための？　以前は知っていたんだよ。連中はいつもルールを変えてしまう。くそ餓鬼ども」

コーデリアは濡れた目を瞬きした。「ドッキング・ベイの出迎えがあったわ。それにガーデンパーティーの日も。そして士官食堂での夕食。だから実際には、船遊びで四回目になるのよ。そうよ、わたしたちうまくやったわ。うまくっていう以上よ」

「ああ。まったくそのとおり」といって彼はまた迫ってきた。

「それにそれだけでなく、わたしの機密保安庁の付き添いたちは、みんな百キロも離れたカリンバーグにいるのよ。こんなことそうしょっちゅうはないわ」

「無駄遣いはしない」オリバーの口はコーデリアの首を下に向かっていきながら、息を切らしていた。「作戦による好機だ」

「ずいぶん率直ね」

とはいえ都合のいい体の向きになるため、コーデリアはからだを起こし片手を上げてリストコムを叩いた。それから当惑顔になったオリバーに首を振った。

「ライコフ。ヴォルコシガンです。わたしにかかってくる通話はすべてあなたのほうに回すわよ」といって小さなホログラフの映像に手を振った。「わかった？」

「はい、マイレディ」ライコフは驚いた声で返事した。

「誰か〝火山〟以下の用でかけてきたら、わたしはジョール提督と会議中で、終了時間は定まっていないっていって。妨害はやめてちょうだいね」

「はい、マイレディ。了解しました」

ほんとにわかったのだろうか。ライコフはアラールに誓いをたてていた昔の親衛兵士と似通った忠実な男だが、口の堅さは武器を持った仲間と同じ程度だ。あとになってから、長いあいだ噂話の種になるかもしれない。ずっとあとで。

「ヴォルコシガン終わり」オリバーが耳元でながながと上手に唇を震わせるので、コーデリアは喘いでいた。そのあとに続いたキスはいままでになくおいしかった。

「ああ、オリバー」少したって呼吸を取り戻すと彼女はささやいた。「わたしのからだは、これはいままでにない素敵な考えだと思ってるわ。わたしの脳は……それほど確信はないけど」

彼は首の反対側を下のほうへ愛撫し、さらに下へ向かった。「それはベータ式の投票ですか。ぼくのからだの投票はあなたと同じです。ぼくの知力は……そうだな、慎むやつと反対するやつの両方、といおうかな」

「あなたは女総督拒否権に期待しているの？」

「あなたには権力がありますよ、閣下」それからためらい、彼は片肘をついてからだを丸め彼女の顔を探るように見た。口角は上がっていたが、目は真面目だった。「だけどこんなことをもっと続けていたら、一、二分後には外に出なきゃならなくなる」

「外は雨よ、寒いし」

「それが問題なんだけど」

「それに一人きりよ」

「それもそうですね」

「わたしが自分にこんなことしろっていってるのよね」

「うむ」

「うむって何？」

「ぼくはあなたの邪魔はしてませんよ」

コーデリアは無理に笑みを引っこめて宣言した。「わたしは大人よ。二人とも大人よ。こういうことをしていいのよ」

「ぼくの記憶にあるかぎり、そうです」

彼女は動きを止めて彼の温かい唇に指を上げた。「いいえ、記憶はなし。新しい出発よ」

オリバーはその言葉をちょっと考えてからうなずき、深く息を吸い込んで率直にいった。「はじめまして、コーデリア。ぼくの名はオリバーです。いまはじめて、あなたと愛を交わしたい気持でいます」

コーデリアの唇はぴくぴく上がった。〈ばかねえ――こんなこと、誰がわかっていた？〉彼女は彼の顔の骨格を、というか鼻梁《びりよう》を見つめた。オリバーらしさの中心をなす例の素晴らしいサファイア色の目が、底知れない好奇心を浮かべて見返している。いま、この年齢で、この場所で。二人ともいままで来たことのない場所で。

「そうよ」彼女はささやいた。「そうよ……」

肉体の状態はいつものようにぶざまで馬鹿げていたが、この感触は、ああ、こういう触れ合いが欲しかったのよ。だけどなぜいままでなかったの。そしてああ。「ああ……もっとやって」「はいはい、閣下」彼は驚くほど敏感になっている乳房を、口いっぱいにくわえながらささやいた。

〈だけどなぜ〉「人間はDNAを交換するために、こういう奇妙な行動を進化させたのよね。それともDNAがわたしたちを進化させたのかも。ずるい分子がね。でもわたしたちそのプログラムを乗っ取れるわ。生物学的略奪よ」彼の口がもっと下の港を見つけた。コーデリアは威厳に欠ける声を出したと思った。〈威厳には用がないの。いらないわよ、ここではあなたの出番はない、あっちにいって〉「ああっ！　おーいその船、提督……」

彼は首を上げて彼女を見た。「コーデリア……また横道に逸れているね」

「我慢できないのよ」彼女は喘いだ。「あなたはわたしのニューロンを掻き回すのが上手なんですもの」

オリバーはため息のなかから微笑んだ。「よかった」すまし顔でいう。「ぼくは自分の人生にはもっと横道が必要だと思ってる」

「いいわよ」

「ようし……」

もう一度言葉が必要になるまえに、外では太陽が千切れ雲の下に滑り込み、水平線に触れるあたりまで落ちていた。

7

　翌日の早朝、ジョールは古いベッドの上でコーデリアを片腕に抱いて目覚めた。コーデリアは骨が抜かれたようにぐったりして、鼾《いびき》というには上品すぎる寝息をたてており、胸はゆっくり上下していた。ジョールは枕の上の隣にある顔の、なめらかな肌と髪の温かい匂いを思い切り吸い込んだ。いまの感情に名をつけるなら〝意気揚々〟というところだ。興奮と同時に多少の恐れもある。様々な意味で、彼は自分がもはや少年ではないことを喜んでいたが、それでも自分のなかに野生児が、年齢や経験の層に埋もれてもまだ生きていたことがわかって胸が熱くなっていた。

　とはいえ若いころの不安定さはない。その部分がなくなっているのは嬉しい。昨日は上出来だった。思い返せば——最初に考えていたのはまるっきり現実味のない、やんちゃな子供が想像するような船遊びだったが、実際は想像をはるかに超えてしまった。現実が想像を打ち砕くことはしばしばあるが——今回は違う。大丈夫そうだ。あるいは少なくとも……いまのところ大丈夫だ。ジョールはコーデリアにキスして目覚めさせ、昨日のことが双方にとってまぐれではなかったことを確認しようとした。彼女は眠くてたまらない仔猫のような声で応じ、手足は彼を迎え入れそうな感じだったが、実際にはひょいと身をかわした。その動きはいかにもコーデリアらしかった。

そのあとそこそこの時間がたってから、彼女は寝返りを打って彼から離れ、音をたてて床に降りるとつぶやいた。「おなかが空いたわ」

彼はこの一番古い小屋に、今年じゅうずっといたい気がしていたが、滞在延長は計画になかったので、二人のクーラーボックスには一日分しか食料が入っていなかった。《孤立時代》の軍隊のように、近くの民間人から徴発するほかなさそうだ。ところがペニー・ママがこの徴発に対して申し分ない用意をしていたことがわかった。結局玄関先でピクニックをすることになって、ゆで卵とバタつきパンと、ドライフルーツと、自家製のコーヒーケーキと、クリームを添えた濃い紅茶をたっぷり供された。

その朝は暖かく風もなく、湖面は鏡のように遠くの岸辺や雲ひとつない空を映していた。もちろん出発まえにもう一度船遊びをする計画はなかったが、コーデリアは昨日目にした珍しい透明なカヌーに乗れないのは残念でたまらないと、熱心に訴えた。ライコフとペニーが手伝って木挽《こび》き台から降ろし——カヌーは驚くほど軽かった——水に浮かべた。ライコフがパドルを手渡したとき、ジョールは親衛兵士が寡婦である女主人の生活が変ったことにどんな意見を持っているのか読み取ろうとしたが、相手はいつもどおり無表情のままだった。たぶんそこに意味があるのだろう——こういうことを認めるのだとしたら、実際に笑みを浮かべていたかもしれない。だがこの男がときには笑みを浮かべることもあるとは、聞いたことがない。それとは逆に、彼が真面目くさってこんなことは絶対に認められないと思っているのなら、現在までにひそかに妨害したり干渉したりする方法はいくらでもあったはずだ。ライコフは……そうだな、ライコフはコーデリアの部下で、ジョールの部下ではない。彼をどう扱うかは、コーデリアがわかっているはずだ。

コーデリアは後部席を取った。こちらのほうが外殻越しの眺めがいいし、この持ち場では操縦が仕事になる。彼女が選んだ方向は湖岸沿いで、静かな淀みを進み湖の入り江に向かっていた。ジョールは湖岸沿いにゆっくりカヌーを進め、太陽のキスを顔や薄いシャツの下に受けるのを楽しんでいた。一匹だけで水を飲んでいた赤い毛皮の六足獣の動物が、首のない頭を上げ四つの目で瞬《まばた》きもせずにこちらを見つめた。そいつは数回三角の嘴《くちばし》を鳴らし、それから急いで深みにもぐっていった。湖の端の浅いあたりで奇妙な色の水生植物を通り抜けると、かさかさ外殻に当たって音をたてた。小さな星形生物《ラジアル》の群れが出てきて、虹色の雲になって浮かび今朝の二人を祝う紙吹雪のように舞い上がった。

「ああ、こういうものをみんな見てもらいたかったのよ」さっきから黙っていたコーデリアがはじめて言葉を発した。「ぐるっと回ってよく見ましょう」

ジョールはパドルを収めて筋かいを摑み、非常に慎重にカヌーを回した。まるでカヌーから落ちて泳ぐはめになるのはごめんだと思っている、めかしこんだ紳士のように。だがカヌーは舟幅が広く、このクラスにしては安定している。はじめは船殻を通して眺めていたが、少したつともっと近くで見えるように彼の膝に身を寄せた。そしてさらに、彼の両手と両膝にすり寄った。

異世界の森を眺め下ろしている鳥になった気分だった。幹の影を三種類の異なる小動物が通り抜けていく……六種類、いや、八種類だろうか。地上で馴染みのある六足獣標準形だけでなくもっといろいろな形のものがいて、珍しい繊細《せんさい》な赤や青や銀色やオレンジ色で、縞模様とか水玉模様とか山形とかもある。さらに大きな卵形のものが通り過ぎ、近くで急停止した。その食べ物だろうか……金色のきらめきとブロンズ色の煙の雲に入っていったものがあり、ジョールは半ば驚き半ば喜んで笑いだした。「こういうものはみんななんだろう? なんて名前なのかな」それになぜなんだろう、この湖の水面をいままで何度も通ったが、こんなものには気づかなかった。

「わからないわ。おそらくほとんどがまだ名前もついていないのよ。基本的な科学調査をしている人々の数もまだ十分ではないの。発見されて四十年以上たっていても、まだこの惑星のほとんどが謎のままなの。いまいる生物学の研究者たちは、たいてい提供された植民場所の危険を探し評価することで手いっぱいなのよ。それだって見つかるのはときどきよ。といっても最初の植民者たちは独力ですごい仕事をしたわ」コーデリアはいかにも女総督らしいため息をついた。

ジョールはまだ下を眺めながらにやっとした。「これは童話に出てくる魔法の鏡を見るようなものですね。この下には地上とはまったく別の、秘密のセルギアールがあるみたいだ。それを誰も知らないんだ」

「ええ」彼女の声には彼の喜びをともに喜ぶような温かさがあった。

さらに数分間眺め下ろしたあと、ジョールはあいまいに手を振った。「もっと連れまわって下さい。もっと見ましょう」

「はいはい、提督」

彼女がパドルを下ろすとさらに奇妙な光景が滑り過ぎた。いまや彼はプラスチックの船殻に鼻を押しつけていた。鰐《わに》に似たスケータゲータ――ジョールの腕よりも小さなやつだ――がすぐ下を滑るように通った。この透明な船殻がまったく障壁ではないというように、手で触れられるほど近くに感じた。そいつは不思議そうに船底を突き上げ、というか少なくとも竜骨に反応したが、それからゆらりと離れていった。カヌーが湖岸近くの小石の棚のうえを通ると、生物の形や色がまた変化した。そのあと水の森を通りぬける別の長い流れに乗り、最後にもっと深い水路にはまるとふたたび光は神秘のなかに消えた。

彼はトランス状態から覚めたように瞬きし、うなじに感じる痛みはあとでひりひりする日焼けになって残るのではないかと思っていた。コーデリアはセルギアールの驚異に夢中になっている彼を笑顔で見ていたが、彼女が見ているのは水中の驚異ではなく彼だった。「なんですか」と彼はいった。

「こういうものが好きなのね」

「ええと……そうですね」といって彼は振り向いた。「ぼくは、いままでこの水の上で過ごしていたときに、こういうものを見損なっていたのを不思議に思っていたんです」

「あなたは風の強い日にばかり出ていたんでしょう。水面が荒れて見えなかったのよ。深い部分に感覚が引きつけられたんでしょう?」

「そうだと思います」

彼女は高く昇って暑くなってきた太陽をちらっと見上げ、腕通信機《リストコム》のクロノメーターを見た。

「もうお開きにするべきだと思うわ。後部座席をうちまで持って帰りたいわけじゃないでしょ」

「もちろんです」

ジョールは身を滑らせて竜骨の上で仰向けになった。コーデリアは両方の筋かいを摑んで彼の上をにじりながら、通りがけに止まってキスした。「カヌーのなかではだめだと思うわ」彼女は残念そうにいった。

「二人とももっと若くないとね」

「ふん」彼女は彼の口に向かってにやっとした。彼女の笑みの味は……とにかく素晴らしかった。

二人ともそれぞれの席で座り直したあと、ジョールはパドルを絹のような水に下ろし、ペニーの家のほうに向かった。「こういうガラスの舟みたいなものが手に入らないかな」

コーデリアは年を取ってやや張りをなくした肌の下のいまだに細身の腕の筋肉をなめらかに動かしながら、ちらっと後ろを振り返った。「ペニーに訊いてみて。でなきゃ義理の息子に。確かニュー・ハサダーの人っていったわね?」

「ああ、そうですよ」

「帆船用の船体とボートを、一度に両方とも頼めるんじゃないかしら」

「うむ、たぶんね。ときにはあらゆる目的に適うっていうのは、どんな目的にも適わないってことになりがちですよ。何が第一の目的かによるんでしょうけど」

「あなたの第一の目的が、湖でヨット遊びをすることでなかった場合はね」

〈一時間まえの場合のような?〉この考えは……不意に浮かんだので、あのシャボン玉に似たラジアルのように飛び上がったりしないように、もっとじっくり考えてみる必要がありそうだった。「とにかく、もっと時間ができるまで決められませんね」

「残念ながらそうね」

〈時間か、そうさ〉二人はぎりぎりまで時間を使って、おそらく過ぎてしまうだろう。〈燃えかすたち、ダンスは終わりだぞ……いまはもう〉二人は背中をまっすぐにして漕ぐ速さを揃え、湖の真ん中あたりから遠くの桟橋を目指した。


ペニーへの注文にはたいして時間はかからなかった。ジョールは気前よく余分の注文にはボーナスを加えた——そして、口外しないように配慮を頼むと——ペニーは手を振ってにやりとし、またお客を連れてきて下さいといった。ライコフはすでに、わずかしかない持ち物をエアカーに積んでいた。ジョールとコーデリアはふたたび後部の仕切り席に滑り込み、キャノピーに顔を押しつけて背後に消え去るセリーナ湖の好ましい風景を眺めていた。

ジョールが近寄ってコーデリアの肩に腕を滑らせると、コーデリアが寄り添ってきた。太陽の赤い日差しも彼女の鼻や頬を撫でていた。二人とも予定の変わった休日のあとで、ペニーの宿のシャワーを浴び顔を洗ってはいたが、服は昨日のままでキャンプ特有の匂いがしていた。

「今度会えるのはいつですか」彼は軽く訊いた。

コーデリアは瞬きした。「今週は確かいくつか委員会があったと思うけど、あなたのいうのはそれではないわね」

「そうです、ぼくら二人ですよ、十人ではなくて」

彼女の唇の端がかすかに上がった。「人目につかないように、でしょ」

「そうではなくて」といったものの彼の笑みは別の考えに呑みこまれた。「どうかな、あのう……ぼくらのあいだの合図をはっきりさせたほうがいいと思うんです。この件を大っぴらにしたいんですか」

「この新しい間柄を？　新しくて古いおつきあいを？」

「新しい間柄です」とはいえ彼は古い間柄を捨てる気などなかった。そして我知らず脇に考えがずれた。「あのう……あなたは、いまでもベータの古いセックス玩具のコレクションを持ってますか」正確にいうとすべてがベータ製ではないが、ベータは遠くはるかなので、役にたつものなのに不足しているのだ。

「ほとんどないわ。なんだか発作的に――たぶん、鬱《うつ》になって――二年ほどまえに捨てたのよ」彼女は睫毛《まつげ》越しに彼を見上げた。「あなたは自分のを持っている？」

「ほとんど持ってません」彼は認めた。「同じような理由で」

「ふん」それは笑いでもなかった。「たぶんそのうちに、いっしょにカタログで注文すればいいわ」

「いい考えですね」彼は自分の鼻の下にある彼女のカールにキスした。「それで、いつ会えますか」

「今週は予定が詰まってるわ」

「わざと詰め込んでいるんですね」彼は静かに訊いた。

「そうよ」

彼はうなずいた。「ぼくもです」といってもグリッドグラッド基地計画が急速に進んできたので、わざわざ別の時間と思考に没頭するための仕事を探す必要はない。そうさ、こんなこといまにはじまったわけじゃない。若いころは自分から進めた恋愛はめったになかったが、一旦そういう仲になると忘れがたいものになりがちだった。「三人より二人のほうが、プライベートな時間を作り出すのはたやすいはずです」

彼女は顔をしかめたが、彼に向けてではなく宙に向けてだった。「そんなにプライバシーが必要になるだろうとは思わないわ。これからわたしたちがやるのはなんだと、考えているの？」

「ぼくは……あのう……」

「あなたが考えている言葉がデートなら、オリバー、それは不道徳でも、不法でも、無茶でもないわ。いっしょに食事に出かける回数が多すぎなければ」

「デートって言葉は……ちょっと若者風に聞こえますけどね」

「では会うっていうのは？」

「あいまいです。それは……制限のない推測を招きそうだ」

「求愛中ってのは？」

「あまりにも《孤立時代》的ですよ」

「ファッキングは？」

「まさか、やめて下さい」

「そうね、それを丁寧《ていねい》にいうと性交ですけどね。実際にわたしは、新聞発表を計画しているわけではないのよ」

「ほっとしました」

彼女は面白そうに、だが警告するように彼を突《つつ》いた。

「ぼくはこういうことをどう表現するのか考えているだけなんです」プライベートということを除けば、こんな楽しく驚くべきことを誰がどう表現しようとかまわない、と彼は思った。

「これもあなたが分類するために必要なの？　ほとんどの分類は恣意的だと思うけど、人々が分類することで安心するのは認めるわ」

「いま探っているのは、ぼくらがどういった安全レベルにいるかってことです」

「そう」彼女はジョールの腕のなかから抜けだして顔をしかめたが、もしかしたら操縦しているライコフの頭が見えたからかもしれない。もっともさいわい、二人の会話は二枚の防音キャノピーでゆがむから聞き取れないだろう。

「わたしのいいたいのは、こういうことをなし遂げるには」彼女はちょっと間をおいていった。「以前なら実際に安全レベルが必要だったのを認めるわ。もちろんいまは違う。わたしは四十三年間、自分をバラヤーに捧げたけど、返済しろとか賠償しろとかはいわない。でもこのあとの四十三年間は自分のものよ。そのあとなら、バラヤーと協議してもいいわ」

「あなたはいつになっても、公共の存在でなくなることはないでしょう」

彼女の拳《こぶし》が空を切った。否定する仕草だ。「いいえ、わたしは逃げ出すの。みんなじきに忘れるわよ」彼女はもう一度椅子に座り直した。「あなたが古いバラヤー人全員に説明したいのなら、わたしはあなたの情婦だといってもいいわ」

彼は思わず鼻を鳴らした。「ぼくを吊し首にするつもりですか。それにあなたの甥のイワンの恋を引き合いに出さなくても、それは単なる過ちです」

コーデリアは顎を上げて考えた。「あなたの模範にすべき人たちがいるわ。アリスとシモンよ。二人はそういう関係ではなかったのに、ある日、それまでずっと恋人同士だったということになったのよ。とてもスムーズな転移だったわね、あれは」

コーデリアの長年の友人であり三十年近く皇帝の外交上の女主人を務めていたレディ・アリス・ヴォルパトリルと、ほとんど同じ年月をアラールの機密保安庁長官だったシモン・イリヤンは、イリヤンが医療退役したあと時をおかずにロマンティックなニュースの種になったことでよく知られている。「まえからずっとそうだったかどうかなんて、あとあと推測されたことですよね」あるいは、たぶん遠慮のない憶測だろう。ジョールは二人とも、ずっと以前からアラールの仕事の関わりで会っていたし、もっとあとでセルギアールを訪れた二人に会ったこともあるのだが、それでも何も気がつかなかった。とはいえ互いに、目をふさがれていたわけではない。シモンがジョールのすべてを知っていたのは確実だ。かつては。そのあとはすっかり事情が変わった。

「うーん、あの二人が長いあいだ互いに大切な存在だったことは認めるわ。でも残念だけど違うわね。二人が正しいみだらな噂を——というのは撞着語法かしら——されても仕方ないことをはじめたのは、シモンが記憶チップを失くし三つの惑星帝国の機密に対する関心を失ったために、アリスがそういう機密と張りあわなくてすむようになってからよ。わたしは、あの二人が心が張り裂けるほどの幸福のチャンスをそれまで無駄にしていたと思っていたけど——でもそれはわたしが決めることじゃないわ。少なくとも二人はいま幸せそうよ」コーデリアは古い友人たちのため心から喜んでいる様子でにんまりした。二人は実際にはジョールにとっても古い友人たちだ。

少ししてから彼女はいいたした。「どうしてあなたは、大っぴらにすると落ち着かないの。単なる習慣？」

「安全のためです」

「いいかえれば習慣よ。そのほうが理性にとって受け入れやすいってことね——気分が変わるだけよ——大っぴらにするほうが安全だって指摘したいわ。そもそも何も秘密がなければ、恐喝だのスキャンダルだのの種にはならないのよ」

彼は敵意を持とうと決めた人々がどんなことを思いつくか、彼女は考えが及んでいないのではないかと思った。それに彼女だからこそ敵意の的になる可能性が大きいことを。数十年アールの隣にいたらそうなるのかもしれない、とジョールは思い直した。

彼女は眉をひそめた。「それともいまのは、こんなことは一回きりにすべきだとあなたが感じているのを遠回しにいったの？　臆病になっているの？」

「違います！」彼は慌てていった。

「そうね、そうは思ってなかった……」彼女の目にじっと見つめられると、彼はちょっと当惑して身を引いた。「ではあなたの最初の質問に戻るけど、今週の終わりまで協力できる機会がないかどうか探ることにしましょう。そしてわたしは、宮殿の屋根に登ってカリンバーグのみんなに、〝ジョール提督は大嘘つきよ〟って叫ばないように我慢するわよ」

「ありがとう」彼は厳粛にいった。

「そしてわたしたちが口を閉ざしているあいだ、わたしは退屈だけど慎み深くしてることを保証するわ」

「あなたが正直でないなんていってませんよ」彼は弱々しく抗議した。「ただ……」

「調整ね。わかってるわ、あなた」彼女はため息をついた。「わかってるのよ」

カリンバーグが地平線に見えてきた。まもなく到着しそうだ。この週のあいだにちょっと言葉を交わすぐらいの時間はあるかもしれないが、キスはおそらく無理だろう。彼は彼女を引き寄せて、町の端の上を通り過ぎるまで、もっと有効に時間を使った。

女総督のエアカーはジョールを基地の宿舎の正面で降ろした。彼はなんとか努力して、週末会議という重要な任務から上司とともに戻ってきた士官にふさわしい厳粛な顔をつくって、建物までの通路を歩いていった。彼の放埒な夢を乗せて背後から飛び上がったエアカーではなく、通信コンソールに詰まっている任務のことを考えているような表情で。

女総督宮殿に着いてコーデリアが真っ先にしたのはシャワーを浴びることだったが、そのあとは夕食の時間まで通信コンソールに溜まったものを片づけるのに没頭した。セルギアールに、こんな忙しい週末を過ごす人が他にいるかしら。夕食の時間になっても仕事が終わらないので、机のところまでサンドイッチを持ってくるように頼んだ——サンドイッチはフリーダではなくライコフが運んできた。いつもどおり軍隊式の正確さでサンドイッチとお茶を並べたが、一歩後ろに下がって咳払いをした。「お聞きになりたくないようなことをお伝えしなければなりません」という意味をほのめかす伝統的な咳払いだ。

「はい何、ライコフ？」彼女はかまわずにサンドイッチを頬張った。

「失礼します、マイレディ、こういうことはお耳に入れておいたほうがいいのではないかと考えたものですから。あなた付きの機密保安官中尉が、ジョール提督の機密保安官としての訓練は時代遅れなのでもっとふさわしい外部の人材と取り替えたほうがいいと、機密保安庁の上司に提言する正規の抗議書を提出したそうです」

「あのちびのぼんくらが！」コーデリアはサンドイッチのかけらを吐き出しながらいった。そして口のなかのものを嚙み砕きながら、吐き出したかけらを集めて上品に皿の上に戻した。機密保安庁から女総督宮殿に派遣された警備兵たちは、着任したときにはセルギアールの女総督を警備するということで大いに興奮しているが、民間から雇った警備員でもできそうな仕事だとわかるとたいていがっかりする。それに民間人のほうが安くすむ。セルギアール機密保安庁の高位の士官たちの目は女総督より隣人に集中しがちだ――セタガンダ、エスコバール、他の旗を掲げた商業船など――それに軌道上ステーションとワームホール警備隊は、ほとんどがオリバーの管轄なのだ。オリバーは昔シモン・イリヤンに仕込まれていたから、あらゆることを騒ぎ立てずにいつもどおり能率よく片づけていて、コーデリアには簡潔な要約を伝えるだけで煩わせたりしない。

「非常にがっかりしたわ」彼女は一口の紅茶とともにかけらを吞みこみながらいった。「それに本気で当惑しているわ。オリバーはあの子がおむつをしていたときから、アラールの右腕にふさわしい最高の人物だったのよ」そして下唇を突き出した。「それをいうなら、彼はあなたのことも同じようにいったかもしれない。彼はその……主張にあなたを含めているのかしら」

「いえ、マイレディ。でもそこまでは考えつかなかっただけでしょう。当然わたしもそれを指摘はしませんでした」

「あなたの自制心を褒めたいわ」

彼は肩をすくめた。「それが賢明だと思われましたので」

彼のいうとおりだろうとコーデリアは思った。アラールの公的な生活のあいだじゅう、というのは結婚以来ほぼいつもといえるが、ヴォルコシガン国守としての彼に誓いをたてていたお仕着せの家来たちは、広範囲の任務に伴って機密保安官とも密接に働く必要があった。アラールがしばしばデンダリィ領地生まれの退役兵を親衛兵士として採用していたのは抜け目のないやりかただった——ライコフはまさにその一人で、二十年兵として勤め上げたあと退役して、二十年まえに個人的に国守に仕える仕事についたのだ。といっても機密保安官と親衛兵士は常に別個の命令系統に属していて、そこにはあらゆる緊張と秘密の連絡規定が含まれている。

ライコフの公的な——それに個人的な——忠誠心は、ヴォルコシガン国守未亡人に捧げられているのであって、セルギアール女総督に対するものではない。そうね、いまは厳密にはマイルズ国守に対してでしょうね。といってもライコフは、アラールが総督に指名されたときいっしょに連れてきた親衛兵士のなかでも、ほとんどマイルズに仕えたことがなくマイルズのことはよく知らない。ライコフは妻と生育中の四人の子どもを伴ってきたが、子どもたちは素早くセルギアールに順応し、いまでは成人して、この地で生活を営んでいる。だからライコフ夫妻は寡婦となったコーデリアとともにこの地に残ることを願い出たのだった。マイルズは母の勧めもあってすぐにその望みを許した。

ライコフが最初にヴォルバール・サルターナのヴォルコシガン館に入ったのはアラールが首相だった時代の中頃で、そのときオリバーとの関係はすでに定着していた。ライコフは、当時の親衛兵士司令官や兄弟親衛兵士から、ヴォルコシガンの三面結婚による特殊な秘密の取り決めをこっそり教えられたそうだ——というのは当時でも、アラールもジョールもこんなベータ用語を使うことはなかったが、コーデリアはあらゆる意味でジョールを共同配偶者だと認めていたからだ。

ライコフが昔気質のバラヤー人としてどんなショックを受けたにしろ、少なくともコーデリアには一切示されなかったし、彼は館の取り決めにすぐに馴染んでいった。あのころは誰もがもっと大きな心配を抱えていたのだ。

「この週末のことについては」ライコフはふたたびいいかけて、いいよどんだ。「……遠慮なくお話しするのを許していただけますか、マイレディ？」

「過去二十年のあいだに、あなたが遠慮なく話していなかったとしたら、わたしびっくりするわ」彼女は無表情にうなずいた。

「わたしが気にすることではないのですが、今回は別です。外聞といったようなことで」

コーデリアは大きな息を吸って我慢した。「了解したわ」

「つまり一回かぎりのことなのでしょうか、それとも今後も続くのでしょうか。以前の関係の再開でしょうか、あの、制度として」

オリバーに訊かれたのと同じ質問ではない。あれはこんな不愉快なものではなかった。〈バラヤー人って〉「続くと思いますよ。以前の制度という点は……全体のひそかな謀《はかりごと》がひとりひとりの親衛兵士まで到達したら、あなたがたはそれを制度と呼ぶのかどうか知らないわ。そういうほうが、あなたには受け取りやすいの、それとも受け取りにくいの？」

「よくわかりません、マイレディ。どこまで続くんですか。どんな終わりになるまで？」

「わたしたちだってまだわかってないのよ」ちょっと悲しくなったあと彼女はいいたした。「だけど、わたしはもうバラヤー式の結婚はしないわ。といっても――それはオリバーのことを考えてではないけどね――ただ……しないってことよ」

彼は短くうなずいた。〈当然です〉

「いい、それはオリバーだからってことじゃない、いえ、わからないわ。それじゃまるで庭仕事をする男の子とか、セタガンダのスパイとか、そういう人とわたしが駆け落ちしようとしてるみたいじゃないの。彼は年季の入った忠実なバラヤー士官で、二十三年間親切ないい友人だった人よ。ああいう古い《孤立時代》の人たちだって望ましい関係って呼ぶわよ」

「紳士ジョールって兵隊たちは呼んでます」

コーデリアは笑った。「そうなの？　そうね彼がこんなことというのを聞いたことあるわ。『カクテル・パーティーから偶然戦争がはじまるなんてことは決してない』レディ・アリスなら間違いなく賛成するでしょうよ」

「だけど彼は平民の生まれです」

「わたしだってそうよ」

彼はそれには同意しかねるというように首を大きく振った。「ベータ人は……同じではないですよ」

「それをいうなら、あなただって平民の生まれでしょ」

彼は当惑したような顔になった。「それはわたしがいおうとしていることとは違います、マイレディ。それはわたしの考えとは違うし、他の人たちもそうは思いませんよ。何が起こっているかわかったとたんに――もしわかれば――それはいつからいつまでなのかと考えはじめる人がいるんですよ」

「可哀そうなシモンとアリスの場合のように？　続くっていったって、わたしのはいまのところこの週末だけよ」〈そしてとても素敵な週末だったわ〉「あらゆる意味において、ほんとのことよ」

ライコフは我慢するように大きく息を吸った。「マイロードもしょっちゅう不注意でした。わたしたちはいらいらしたものです」

コーデリアは肩をすくめた。「数年にわたってわたしたちが抱えていたバラヤーのあらゆる深刻な政治上の秘密のなかで、そんな小さなこと――個人の秘密なんて――五番目にも入らないわ」と過去に向かって顔をしかめて、「十番目にも」そしてまた間をおいて、「十五番目かしら」

彼の眉がぱっと上がった。「その十五項目を見て、あなたの順番を二十番にするんですか」

彼女は肩をすくめ口をゆがめた。「二十で止めなきゃならないかも」ため息をついて、「わかったわ、ライク。その誰とも知れない人たちがあなたに近づいたら、いつもどおりの訓練だと思って。噂なんて確かめることも否定することも、承認することもできないのよ。他のことをしても意味ないのよ、人々ってどんなひどいことでもとにかく信じたいことを信じるんだから、ちくしょう！」

ライコフは飛び上がった。いや、少なくとも悄気《しょげ》返った。

「これは危機なんかじゃない、それが本当でも作り話でも」コーデリアはかっかとしていった。「連れ合いを亡くした男だろうと女だろうと、もう一度デートしたっていいのよ。あるいは、そうね、多少の穏やかな間をおいてね。一般的にいえば、友人たちは喜ぶわ」

「全員があなたの友人ではありませんよ、マイレディ」

彼女は半ば抵抗するように、半ばそれを受け入れるように掌《てのひら》を上げた。「ベータ式の投票をしてもらうのは断るわ」といって手をデスクの上に戻した。「ここまでは、すべて仮定の話でしょ。だからいつものように聞き耳を立てていて、何か具体的なことを聞いてわたしが知るべきだと思ったら、話してよ。できれば誰も聞いていない場所でね。わたしが悲鳴をあげるかもしれないから」

彼は軽くうなずいた。

コーデリアはもう少し考えた。彼が目に見えて心配そうなのは、個人としてだけでなく職業もあるのだろうか。「前にも話したように、六個の胎芽《たいが》はこの先の生存が保証されていて、わたしは一年以内に総督を辞職する予定なの」ライコフ親衛兵士は必要があって、コーデリアが冷凍ケースをバラヤーから持ち帰ったときから関わっていた。それでもオリバーについての付録の部分は、そのあとも口にしていなかった。ライコフには今後まったく関係がないとはいえないのだが。

またうなずく。

「そのときはあなたの選択にまかせるわ――このセルギアールで退役するか、あるいは、いままでと同じように、個人的にわたしの家庭で雇われるか。もっとも、いまのような賑やかな家庭より小規模で退屈なものになるのは確かだけど」〈そうなってほしい〉「でも望めば、あなたの場所はいつだって保障されてるわよ」ライコフ・ママといっしょにだが、この親衛兵士の妻はすでにカリンバーグの小学校の先生という独立した職業を持っている。いつでも転勤できる仕事だ、とコーデリアは思い返していた。近在では、もっと教師を集めようと苦労していて、定期的に総督事務所の門を叩いて陳情にくる学校の名を、十校以上挙げることができる。

彼が心配しているのは自分の身のふりかたではないかと、コーデリアがほのめかしたと思って、彼はやや憤然として背を反らした。「そんな心配をしたことはありません」

「じゃあいいのよ」

そのどこかあいまいな言葉で彼は引き下がった。コーデリアはサンドイッチを齧《かじ》りながら、もう一度通信コンソールに腕を伸ばして、ライコフが入ってくるまえは何をしようとしていたのか思い出そうとした。仕事を終えられたら――次の週末にまた休みを絞り出せるかもしれない。ふん、いまはそれは夢だけどね。この仕事は捨てるか、あるいは、そう、死ぬかしなければ終わらない。透明なカヌーのなかにいるジョールを思い出すと口の端が思わず上がってきて、彼がまるでセルギアールの水底で新しく発見した男の子であるかのように、うっとりしてその幻影を見つめた。〈ああ素晴らしい新世界、そんな人たちがいる世界……！〉

「ありがとう、ヴォルイニス中尉」ジョールは自分の席にゆったり座り、朝のコーヒーを受け取りながらいった。「で、週末はどうだった?」

「よくわかりません」カヤは鼻に皺《しわ》を寄せていった。「ご指示どおりにしたのですが、思ったようにうまくいったとは思えないんです」

「ぼくの指示だって?」何をいったんだろう、また……。

「野外で過ごすときのことです」

「ああ、そうか」〈そうだな、確かにぼくのほうはうまくいったけど……〉

「だからわたしは、ゲム・ソーレン卿を射的場に誘ったんです。彼はひどく興味を惹かれたようでした。でも慣れていないようでした。すぐに上手になりましたけど」と彼女は譲歩した。

「射的場かい!」ジョールはびっくりした。「それは意外だね」

「小銃の基本からまず入ったんです」カヤは説明した。「だけどゲームなんかでは男の子に勝ってはいけない、そんなことしたら二度と誘ってこないって母にいつもいわれていたので、彼を射的場に連れていって思いっきり勝ったんです。それにまわりにいた人たちにも勝ちました。ところが彼は誘ってこないどころか、カリンバーグの郊外で馬を貸してくれるところを見つけてきて、もう一度出かけようっていったんです」

ジョールは口元に浮かんだ不作法な表情を拭い消した。「うーむ……それじゃ、逆効果だったんだね」

「たぶん」

「他には、うちの基地や軍事装備なんかに、特に興味を示す様子はなかったかい？」

「とくに申しあげるようなことはありませんでした」カヤは対諜報のちょっとした冒険を試して失敗したこと以上に、がっかりしているように見えた。

ゲム・ソーレン卿がスパイらしく行動していたら、中尉はもっと興味を示していたかもしれない、とジョールは思った。どっちみちそのことで何かがわかるわけではないが。優秀な諜報員は、傍目にはそう見えないものだ。

カヤはとりなすような口調でいいたした。「彼がフェース・ペイントを落としたほうがずっとハンサムなのはいっておきたいです」

ゲム・ソーレン卿に地元の服を着たほうがいいと誰かが助言したに違いない。「ゲムは——ホートもだけど——一般に整った顔だちなんだ」ジョールはそれを認めた。

「あなたの週末はいかがでしたか、提督」カヤは礼儀として訊き返した。

「なかなかよかったよ。ぼくは女総督閣下と長時間の会議をしたんだ。セリーナ湖まで飛んでね」

ヴォルイニスは不思議そうに首を振った。「お二人にはお休みってないんですか」といったあと、彼女にとっての狭間胸壁である外のオフィスに戻っていった。

ジョールは笑みを呑みこんで通信コンソールに屈み込み、この週の最初の苦情メールを仕分けした。拘束ビームでコマール司令部から苦情がひと山来ていた。

数分後に彼は半ば意識的に声に出していった。「いったい何事だ？　こんなこと間違いに違いない！」

ヴォルイニスがドアのところに現れた。「提督、わたしが何か失敗をしましたか」もしそうなら直ちに改めます、とその態度は示していた。

「いや、そうじゃない……本当にそうじゃないんだ。だけどきみは、これに印をつけているね……」〈緊急か？〉いや。「特別な注意って」彼はあいまいに言葉を止めた。「彼らはプリンス・セルグ号を解体しようとしているんだぜ！」

「ええ、そうです、それをごらんになったんですね」彼女はうなずいた。「でもその古い戦艦の解体計画は、規定に則《のっと》っているんだと思っていました……」

バラヤーの戦艦は引退後に長期間保存されることはあまりない。年配の将軍幕僚たちは、飢餓の生き残りが食べ物を隠匿《いんとく》するように——おそらく同じような理由だろうが——兵站《へいたん》に対してもそれと似た態度を取ることがよく知られている。ネクサス軍がスクラップ場に直接送ってくる船は、冷蔵庫の隅に隠れてめったに見ることのない危ない食べ物のように、司令部の誰かが——というか、司令部の成功者が——最終的に無理に引き出すまで、そのまま置かれて古くなっていくのだ。そういう象の墓場のような場所がジョールの分担のひとつなのだ。引退した戦艦はこっそり人目につかぬように数回ジャンプを繰り返したあと、どこに通じるかわからないワームホールの闇に隠すことになっている。いつか絶対権力者がそこに入って最後にはそこを博物館にすることだろう。

とはいえ彼の口からこんな言葉が飛び出した。「そうだよ、だけどその船は——それはヘーゲン・ハブ艦隊の戦艦なんだ。アラールがコマールの宇宙ドックから出せと命じたときには、民間乗組員が乗っていてまだ建造中だった。その乗組員の一部はポルに残そうとしたんだが、間に合わなかった。戦闘が終わったときも、まだ装備をつけたり修理したりしていたんだよ」

たちまち記憶が甦《よみがえ》った。「それは当時としては、射程がもっとも長い重力槍を発射できるはずだった」

「でも、いまでは短いと思われそうですね」ヴォルイニスは用心深くいった。

「確かにいまでは、考えられないくらい短い。セタガンダ人はおそらくわれわれが、彼らを槍で突こうとでもしているんだと思ったんじゃないかな。当時は出血するような刃がついていて、彼らも仰天するようなものだった」ジョールはうなずいて、そのとき復帰したヴォルコシガン司令官のもとで、作戦室にあがった大きな鬨《とき》の声に満足したことを思い出した。これはアラールにとって軍人として最後の司令官任務だった。アラールはそのことが勝利のなかで一番うれしかったことだろう。

「でも、セルグ号って二十年以上まえの船でしょう！」ヴォルイニスはぼんやり抗議した。

〈あれはぼくにとっては一番新しい船だった〉現在のヴォルイニスとたいして年の変わらない中尉のときだ。〈ぼくらはみんなうずうずしていたんだ〉ところがいま、ほんの少し時間が過ぎて、ぼくの指揮系統下になろうとしている。

艦の兵器や小さな装置は外されてシールされ、コマールのドックにしまいこまれる。その処置にどんな小さな儀式が行われても、結局そこで終わるのだ。骸骨の乗組員が骸骨の船をセルギアールに持ってくる。セルギアール艦隊の提督が、それを見届けねばならない正式の義務はない。

「うむ。とはいっても……その、昔の戦艦《ビースト》の宇宙での検閲予定が決まったら知らせてくれ。ただ……このあたりを通り過ぎるときに。ぼくらの誰もが、ひどく手間取るようなことのない時間をそこにはめこんでくれないか」

「かしこまりました」ヴォルイニスはあっけに取られた顔で、だが従順にそういって引き下がった。

8

その週のあいだに、ジョールがカレンダーに印をつけていなかった辛い記念日が来た。その日は、グリッドグラッド基地の基礎構造について、いや正確にいうと基礎構造ができていないことが誰の責任になるのかという件で、軍と民間技術者が話しあう連絡会議があったので、顔を見ただけだったがコーデリアに会うことは会った。会議は長かった。それが終わったあとの玄関で、彼女は通りがかりにそっぽを向きながら彼の手に触れた。その手を捉えて握りしめると、手はふたたび離れるまで震えていた。

「今夜は大丈夫ですか」彼はささやいた。

彼女は軽くうなずいた。「ベータ領事館で夕食会。そこでは陳情がありそうだけど、情け容赦なくはねつけることになると思う。移民の問題でね。あなたの予定は?」

「作戦司令部から来た一連の拘束ビーム報告を読まなきゃなりません。返事の必要なのもあるし。今週は、ジャンプ点ステーションの兵站《へいたん》について、デスプレインズと腕相撲しているところなんです」

「うまく彼を抑えておけるといいわね。わたしはうちに帰る途中で再生産センターにちょっと寄るつもりなの。あとで、ほんのちょっと寄るだけよ。ただ……」彼女の喉が動いた。

「……見たいから」

「そうよ」

こんな場所では、うなずくことしかできなかったので、ジョールはうなずいた。彼女の唇が無言の了解を示すようにぴくっと上がった。微笑にしてはそれはおかしな形だった。だが了解を示すには、今日はそれで十分だった。


その週末、ジョールはもう一度セリーナ湖の視察の旅を予定に入れることができた。といっても日帰りだったが。残念ながら微風があって透明なカヌーを出すのには向かなかったが、嬉しいことにその風によって小さな帆は船脚を得て半島の風下にまわった。するとそのあたりで、水のなかまでカーテンのように枝を下ろしている木があって、その陰に船を舫《もや》うことができる隠れ家のような場所が見つかった。まるで木で編んだ四阿《あずまや》のようで、親密な時間が欲しくて湖の真ん中を舵なしで漂うよりは、絶対に好ましい。最近売り出された、星形生物《ラジアル》が忌避《きひ》する噴霧薬が結構効いて、その狭い場所に素早くその香りを満たすと、舞踏室よりも好ましいキャンプのような匂いがした。残念ながら先日の夢のような一夜とは違って、ボートは明らかにあの日のベッドより居心地が悪かったが、気分が高まり、くすくす笑ったりしながら協力していると、あらゆる障害が消え失せた。ジョールは肘を擦りむいたが性交のあとの至福のうたたねの邪魔にはならなかったし、彼の腕を枕にしたコーデリアは満足して静かな瞑想にたゆたっているようだった。

しばらくして二人がボートの底から立ち上がったとき、広い湖を横切っていけるくらいの時間の余裕があった。向こう岸に近寄ると、水面を力強く打つ音が聞こえてきた。

「ペニー軍曹には隣人ができたみたいね」コーデリアは手を目に翳《かざ》しながらいった。

「ほんの五キロほどの距離ですね」ジョールは同意した。「そのうち軍曹は、セリーナ湖が混みはじめたと考えることになりそうですね」

彼女の口元がにっと上がった。「それは彼のせいよ。自分の家を貸してカリンバーグの人たちにこの湖のことを知らせたからだわ」

カリンバーグは、ヴォルバール・サルターナの標準でいう立派なレストランを誇れるほどの町ではないが、週の半ばに先日コーデリアが配偶子の提供を伝えてジョールの人生をひっくり返した、あの同じテラス・レストランをなんとか予約できていた。ここはあまり仕事がらみらしくない食事をとることができる。素晴らしくきれいな夕日をつまみ代わりに話しあいながら、頭上の星と競いはじめている町の光を眺めた。星はまだ瞬《またた》いているが、おそらくまもなく町の光に負けるだろう。

ジョールのちょっとしたいいまわしに思わず笑いだしたとき、コーデリアは手を伸ばして彼の腕を摑んだが、そのあとジョールの肩越しに、機密保安官のボディガードが近くのテーブルに注意深く身を潜めているのに目を向けると、ため息をついて手を引き姿勢を正した。

「アレグレ長官がわたしのところに付き添いとして寄越している機密保安官たちは、男の子も女の子も熱心だし、何もかもがいやだってわけじゃないけど、ときどき土牢にでも放りこんでやりたくなるわ。なぜここには土牢がないのかしらね」といったあと急に思いついたようにいたした。「総督宮殿を建てるときに土牢も設計できたのにね。簡単だったはずよ。先の見通しが甘いのよ」

ジョールは笑った。「そんなことしたら綽名《あだな》がふえそうだ」

「わたしに綽名があるの？」

「聞いたことないんですか。連中は〝赤の女王〟って呼んでますよ」

コーデリアは瞬《まばた》きして、ワインの最後の一口を空けた。「それって〝首を刎《は》ねよ〟って叫びまわっている、チェスの駒じゃないの。それともバイオ革新のことでも示唆しているの？」

「その血に飢えている女王はトランプの女王だったと思いますよ。チェスの女王のほうは全力疾走で有名ですね」

「ときどき昔の地球《オールドアース》では何を食べていたんだろう、と不思議になるわ。でもそうね、わたしは同じ場所を留保するために全力疾走しなきゃならないのは確かだわ。もっとも、その綽名はわたしの髪のせいだと思ってもよさそうね。それはお世辞のつもりかしら、それとも逆なの？」

「その綽名をいうときの声の調子から察するに、穏やかなものに思えますよ」といったものの彼の頭には、あえてこっちに聞こえるようにその綽名を使ったある不平分子の顔が浮かんでいた。

「でもね……バラヤーの歴史上では、もっと悪い政治的な綽名があったわ」

「うーむ」ジョールは反対しなかった。安全のことをいうのなら、ジョールは機密保安庁セルギアール支部の地区担当コスコー大佐から、〝あなたの機密安全診断は何年もまえに受けたきりだから受け直す必要があります。よく知られているように女総督閣下はそういう問題には無関心だから、閣下がご自分で熟慮なさった判断を優先させて下さい〟というやけにていねいな覚え書きをもらっていた。そんな手紙を寄越したものの、コスコーは顔を合わせる機会があっても自分の口からじかにそれをいおうとはしなかった。そういう批判を上司の耳に入れるのは好ましくないだろうと敏感に判断したのか、あるいは神経質に文書で残したがる質なのかもしれない。「だけど、彼らの目のまえであなたが殺されるのを見たとしても、一旦軍事法廷で結審しその書類が作られてしまったら何も言い訳できません。彼らにできるのは神経破壊銃を口にくわえることだけですよ。全員揃ってね」

コーデリアは苦い顔になった。「昔、ヴォルバール・サルターナでアラールが暗殺されていたら……」その先を口に出すことはできなかった。出す必要もなかった。

「おそらく」彼は肩をすくめた。「ぼくの気持も同じように複雑なものです」

彼女は今度はしっかり彼の腕を叩いた。否定を示すそぶりだった。「セルギアールは安全よ。少なくとも組織化された計画はないわ。組織化されてない場合は、そうね……」

「それはいかれた奴が、あなたに自分の人生を奪われると思い込んで、結果も考えずに事を起こすような場合ですね。ここではいかれた奴は不足してませんよ」

「他のことだってありそうに思えるけど」彼女はため息をついて同意した。

「まったくだ。そういえば、ご子息のマークにグリッドグラッドに資材の企業を立ち上げないかと誘ったそうですが、何か返事がありましたか。土地を提供してくれとか？」

「彼はそのうちきちんと返事をするといってるけど、その土地には道路とか、建物とか、公共施設とか労働力とかが含まれないように思えるし、それなら飛びつくほどではないといっているわ」

　夕食がすむと、女総督の地上車を慎重なボディガードに運転させて二人は女総督宮殿まで戻った。このおまけは玄関の二重ドアのところまでついてきたが、そこでライコフ親衛兵士にそつなく締め出された。コーデリアはジョールを二階の個人執務室まで連れていった――彼女の公務執務室は現在は裏庭の兵舎に移されている。気持のいい散歩をして仕事に行ける距離だ。

「わたしはこれから提督と相談があるのよ、ライク」彼女は執事でもある親衛兵士にいった。「妨害レベルは、そうね、レベル三だと思うわ」

〈緊急の医療班だけ入れるということだな〉とジョールは思い出した。それでいい。

「はい、マイレディ。では提督」ライコフがいつもの無表情を保っているので、ジョールにはありがたかった。コーデリアは明るい笑顔でドアを閉めた。

　ジョールが、秘密の相談のメモを渡されていたのを忘れたのだろうかとか、コーデリアの通信コンソール・デスクに作り手が思いもしなかった目的で彼女を乱暴に押しつけようかとか思いめぐらしていると、コーデリアは奥の部屋に彼を招き入れた。そこから大きな浴室にもそのまま行けるし、その先には裏庭を眺め下ろすささやかな寝室もあった。

「ああ」と彼はすぐわかった。「引っ越したんですね」といっても廊下の反対側からにすぎないが。
「ええ、あの大きな続き部屋は」――アラールといっしょに、そしてときにはジョールも加えて、使っていた続き部屋だが――「大きすぎるのよ。ヴォルコシガン館で何代も使っていた調度を少し持ってきて、そこを客間にしたの」
「ぼくはここには、入ったことがありませんね」〈実際に間違えてうろうろ入ったりするところではない〉
「入ったことがあるかもしれないけど、内装を変えたの。アリスとエカテリンの勧めでね」だから上品な感じなのだ。コーデリアらしく、普段使いの品物がごたごたあった室内を変えたのだ。両方のイメージを思い浮かべると胸がほんわり温まって、彼は躊躇《ちゅうちょ》なく彼女のひろげた腕のなかに飛び込んだ。

ライコフが、ジョールを正面玄関に送っていったのは真夜中過ぎだった。彼のライトフライヤーは車道の向こう側に停めてあった。宮殿まで来てくれたらいっしょに夕食に行きましょう、と彼女にいわれていたからだ――それが当初の計画だった。うれしい展開になった。

「コーデリアから、今夜はきみの仕事はもうないと伝えてくれと頼まれたよ。戻っていいって」

「わかりました、提督」ライコフはちょっと躊躇してからいった。「こういう女総督閣下との会議をもっとたびたびなさる計画ですか」

〈そりゃあ、そうしたいさ〉ジョールはなんとか余計なことをいうのを抑えた。夕食後の早い時間にも酔うほど飲んではいなかったが、それでも少々酔っぱらった気分だった。「コーデリアは……」ちょっと返事をいいよどむ。「もっと大っぴらにしたがっているけど、ぼくは慎みを」――それは破りにくい習慣だ――「求められると思っている」〈少なくともいまはね〉「わたしはいつも」ライコフはまっすぐ見つめてきた。「慎みを好んでおります」〈それは味方ということか？〉きみの仕事をいまよりやりにくくするつもりはない、などというのは馬鹿げている気がしたので、ジョールは同意するようにうなずいただけだった。

その後基地内の自分のアパートに入りながら、ジョールは新たな思いでまわりを見まわした。前任のセルギアール艦隊提督は家族を伴っていたので、基地から離れているもっと大きな家に住んでいた。ジョールは提督に昇進したあとでも、年長の独身士官が住むかなり質素なアパートにいたが、そこはこの宙域に最初に任じられたときに住んだ場所でもあった。まあいい、ここは三階の角部屋で窓も多い。それ以外では、居間とひとつだけの寝室と風呂と小ぶりなキッチンというのは、標準的な間取りだから決して広くはない。眠って、シャワーを浴びて、衣類をしまって、朝食をかきこむだけの場所だ。基地の清掃サービスとクリーニングを利用しているので、彼の地位なら当然いるはずの当番兵の経費が省かれている。誰かをもてなすには士官食堂とか、さまざまなカリンバーグの会議場とかを使い、ときには宮殿で女総督といっしょに公式行事に出ることもある。とにかく彼の時間の四分の一は仕事に費やされているのだ。

仮にいま、ここに会議と称してコーデリアを連れ込むことを想像してみた――アラールも二人の都合が合えばときどきジョールの宿舎に来ることがあった――想像ではなく現実に。だが私用の場合にはライコフに警備してもらうわけにはいかない。第一コーデリアは親衛兵士を伴っているだろう。その男をどこに押し込んでおけばいいのか。アラールの場合は、ときどき斥候に出した者が戸口に訪ねてくることがあっても、情け容赦なく、そして自分では意識していないらしいそれなりの礼儀とともに締め出した。架空の危険を理由づけて斥候に送り出すこともあったし、一階のロビーで読書をしていろといったり、帰ってこいといわれるまでなんでも好きにしていていいといったりした。厳密にいうとそのやりかたにヴォルの傲慢《ごうまん》さは感じられなかったが、傲慢でなくても、平民のジョールにはそういう芸当はできない。まして……思い違いかもしれないが、自分が女総督と二人きりでいるのは、総督と二人きりでいたのとは違うのではないかと、ジョールは感じていた。

コーデリアをここに連れ込むのを想像して無理だと思ったあと、ジョールは突然ここで子どもを育てるのがどれほど場違いかに気づいて打ちのめされた。子どもが三人というのは別にしても。そうだ家族用の宿舎、基地の家族用宿舎に引っ越さねばなるまい。どんなふうに自分たち――ジョールと息子たち――はそこで暮らすことになるのだろうか。世の中には一人親というのは結構いるはずだ。その連中はどう暮らしているのだろうか。そうそう、フィオドール・ヘインズと手に負えない娘のフレディーがいたっけ。だがフレディーは十五歳だから自分で外出もできる。あの将軍は――もちろん、その当時は将軍ではなく中間の士官だったが――そもそも自分で子どもを育てようとはしていなかった。

コーデリアを模範に考えるのが役にたつだろうか。いや、二人の立場はまったく同じには考えられない。コーデリアが個人的な資産を持っているのかどうかはよく知らない。国守未亡人の寡婦手当はそんなに少額ではないはずだが、法と慣例に照らしあわせて、一般の寡婦年金の最小額より下回ることも最高額を上回ることもないだろう。アラールが妻のために、最低の選択をしなかったのは確かだ。もしかしたらコーデリアがもっと子どもを持ちたがるかもしれないということまで考えて、自分が早めに死んだ場合に備えて、そういう準備をしていたのかもしれない。

ジョールにはそんなことは想像のほかだし、このテクノロジーを選んだ場合のヴォルの伝統とか慣例とかにはまったく不案内だ。だが、ヴォル貴族の場合なら、ときには認証している私生児のためにさまざまな条項をつけ加えることもあるだろう。とはいえジョールの息子は、紆余曲折をへて改定されたバラヤーの法律によって、法的に問題のない嫡出子として正しい父親が証明されるはずだ。ジョールはそう思うと、皮肉めいた面白さを感じて口元を曲げた。

バラヤーの提督の俸給は、民間や銀河軍の基準と比べて特に多いとはいえないが、家族を養えるだけの考慮がされているし、一般的な提督は実際に家族を養っている。提督を引退したあとの半額の給付でも、ジョールが育った平民の家庭の収入を下回るほど少なくはない。ジョールは質実に暮らしてきたので普通以上の蓄えがあるが、いままではそれを使う時間がなかった。何もせず注意深く管理してきただけだ。子どもを作ってもいい。〈支払いに見合う程度のものは手に入る〉だから今回金をかけることに踏み切れたのだ。

いまジョールに不足しているのは父親としての養育費ではなく、母親として子どもを育てる労力だった。

ジョールの育った家庭には召使いはいなかった。ベータ植民惑星の中流の平民で、召使いもいない家庭で育ったコーデリアにしても、もちろん女性ではあるけど、自分一人で育てる計画は持っていない。七十六歳というのは、その点いささか問題があるんじゃないか。あるいは単に常識から考えてもだ。

それはともかくコーデリアは、ヴォルコシガン家のかの有名な人材を抱えている。ジョールにとっては子育てのための手伝いを探すのが一苦労だとしても、四十年間ヴォル・レディとして暮らしてきたコーデリアにとっても、子育ての経験があるとはいえ、大変な仕事になるのは確かだ。明らかな解決法は、コーデリアに人を探してもらうことだ――ああ。〈よし、問題解決〉人に任せる能力を得ずにジョールの階級まで上った者はいない。そう考えて彼はにやっとしたが、たちまちその笑みは消えた。

自分の仕事の質には、微妙な問題がある。現在の皇帝に対して、自分の労力も最大の努力も、必要なら自分の生命も、あらゆることを捧げる誓いをたてている。二十年を基準にした自分の仕事で、そんな膨大な責任をどうすればまっとうできるのだろうか。その一方で、どんな親だろうと、予期せぬときに地上車に轢《ひ》かれるような事態はありうるのだとも思う。これは結局、民間人と軍人のふたつの立場の違いなどではなく、人間として本来内包している危険性かもしれない。だとしても、手に負えないのは同じだ。

ジョールは服を脱ぎながらあたりを眺めて、もし、大きな賭けを選ぶとしたら、いままで住みやすいと考えていたこの場所が、自分の未来を支えるには狭すぎることに気づいた。

次の週の最初の朝、コーデリアは上々の機嫌で、庭を横切って女総督執務室に歩いていった。この週末には、あの一番小屋でジョールと一晩過ごすことができて、錆びついた喜びが繰り返しに耐えられるだけでなく、前の関係があったので魅力が増すことがわかった。実際に予定どおりセイリングを一回楽しんだし、クリスタル・カヌーで夕方出かけて夕日を眺めるとともに、この湖の動物相の調査も行った――オリバーは観察図鑑を持ってきていて、コーデリアが静かな浅瀬にゆっくりカヌーをまわすと、下に見える珍しい生き物をホログラフで見つけた映像と照らしあわせようとしていた。もっとも彼は、この遠足のあとでデータベースがまるで使えなかったと怒っていた。彼女は穏やかに同意して、こういう詳細な知識に目を開かれた彼は、これまでの生活で得た科学をどうかわしていくのだろうと考えていた。以前の彼女が、バラヤーによる苦しみや必要性をかわしてきたように。きっとそうだ。いつかこのあと朝早く、彼女が幸せに包まれて眠っているとき、彼は一人でもう一度カヌーを出すだろう。二人にとってこれはいいことだと、コーデリアは思っていた。

「おはよう、アイヴィ」外のオフィスに入っていきながら彼女は執務室長に元気に挨拶した。

アイヴィは通信コンソールから顔を上げ、眉を上げて笑みを返した。アイヴィ・アトキンは、二十年ほどまえに配偶者の技術士官が当地に任命されたときいっしょに来たので、古いセルギアールの一員といわれる資格がある。彼女は五年ほどまえからこの職についており、最初は引っ込み思案で神経質だったがゆっくり仕事を身につけてきた。それに彼女は、コーデリアがアラールの死後、惨めなストレスに苛まれていたとき命を救ってくれた恩人なのだ。彼女の子どもたちはいまはほとんど大人になっているが、軍人の夫の補助をしながら子どもを育てた経験があるので、すべてやりとげた人に特有のきびきびした能率のよさを手に入れている。軍人の妻の生活は、いつ何時次の緊急事態に阻まれるかわからなかったからだ。そのことがアイヴィを女総督執務室長にふさわしい人物にしたのは確かだった。それに彼女は仕事を家に持ち帰ったりしない方針で、逆に自宅の問題を女主人のもとに持ち込むことも決してなかった。

「今朝の予定表の改定版がそちらのコンピューターに入っています」アイヴィが報告した。「三十分後に、水質問題の会議があります」そして立ち上がると、なかのオフィスについてきた。「ブレイズさんはすでにこちらに見えていますわ」

コーデリアはこの言葉で上々の気分が削がれないように努めて、部屋に入っていきながらブレイズ・ガッティにアイヴィに向けたのと変わらない笑顔を向けた。携帯読書器《リーダー》を読んでいたブレイズは彼女の姿を見てぱっと立ち上がった。そして三人は三方を庭を見下ろす窓で囲まれたいつもの席に落ち着いた。コーデリアは朝の会議に備えて気持を引き締めた。

ブレイズは新人で、報道担当士官になってまだ一年にしかならない。しかも三十歳になったばかりの若さだ。つまり、エネルギーがあふれている。この青年には半分コマール人という興味深い側面がある。コマール・ドームのなかで、コマール人の父親とフランス語圏生まれのバラヤー人の母親とのあいだに生まれ、成人するとコマールのニュース・サービス社をいくつか転職したあと、ライザ皇后のトスカーナ一族の推薦によってここに来た。つまり身内贔屓《びいき》というのはバラヤーだけではないことが立証されたのだ。若い植民地には若い人間が必要だろうと誰かが考えたのかどうかはわからない。とにかく、混血という立場はここではあまり問題にならないし、コーデリアはアラールとマイルズに長年つきあってきたので、活動過多の人間の扱い方は心得ている。

以前の、アラールが存命中の報道士官は年配の男性で、バラヤーの公共放送から引き抜かれたため、その格式ばった習慣が残っており、厳密にいわれたことしかしなかった。彼が引退したあと、興奮するようなことを一切持ち込まなかった彼の資質をもっと評価すべきだったとコーデリアも思い知った。ブレイズのほうは……コーデリアはいまだに、彼の仕事は女総督の世評を広めることではなく、むしろそうした世評を取り除くことだと、わからせようと努めている。彼が自分の身分を最高位だとか、位をきわめる階段の途中だとか思っているのかは不明だが、そのうちセルギアールという場所が他の多くの者と同じく彼をそそのかしたとしても驚きはしない。〈わたしにもしたように?〉

「先週以降で入ってきた問題は」アイヴィがいいはじめた。「まず、〝憂慮《ゆうりよ》する両親のカリンバーグ委員会〟と名乗る会からの嘆願書です。虫を使って故意に皮膚に傷をつけるのは軽犯罪だと、女総督閣下に宣言していただきたいそうです」

コーデリアはその習慣を耳にしていた——近頃急にこの土地で流行りだした若者の馬鹿げた

ファッションだ。虫といわれているのは、セルギアール特有の寄生虫で人間の宿主の皮膚の下にもぐりこむのだが、宿主が外来人だと生化学反応が強いので、虫のライフサイクルが狂ってしまうのだそうだ。従来なら、新たに卵を産むとあとは死ぬだけだったのに、幼形で宿主のなかに落ち着きそのまま肥厚《ひこう》するように変化してきた。自然の環境では小さかった体軀が、脂肪組織のなかで育って長さ数センチで厚みもあるものになって、通常はゆっくり動いているのだが、なかには飛び跳ねるものも記録されている。手術で除去してみると長さ三十センチ重さ一キログラムというものまであった。宿主に及ぼす影響は全般的にからだが弱ることに加えて、なんらかのアレルギー反応、皮膚の腫れ、嫌悪感や恐怖などがあるが、さらに厭《いと》わしく恐ろしい影響は、素人が虫を抉《えぐ》り出そうとしたときに危険な二次的伝染病が加わることだった。年配のセルギアール人は、消えた虫の傷が手に並んでいることでセルギアール出身だとわかる。効果的な駆虫ワクチンを開発し配布するように指導したことが、女総督としての自分の初期の成果のひとつだったとコーデリアはこれまで思ってきた。

ところがセルギアール人の若者のなかには、この目ざましい僻地特有の傷痕がつく機会を奪われたと感じて、わざと虫を皮膚の下に入れて芸術的な模様を作らせようとしている者がいるのだ。コーデリアは虫を入れた結果にできた絵も見たことがある。もっともそれを見て強く感じたことは、整形外科に投資をしたいという気持だった。確かに、猛烈に目を惹くような人間パレットも、ひとつ二つはあった。もちろん、厭わしいものではあったが。厭わしさもひとつの目的なのだろうと思う。

「ほら、アラールとわたしは虫による疫病を根絶したくて苦労していたでしょ……」そしてセルギアールを横断したあの辛い徒歩の旅がもっと遅い季節だったら、自分でその虫を見つけていたかもしれないが、その識別は占領した初期のバラヤー軍に委ねられてしまった。気の毒に。

アイヴィは同情するように肩をすくめた。

「だからといって、そんな余計な遊びを禁止する法律を公布するはめになるなんてごめんだわ。それにそれを動物虐待と呼ぶつもりもないわよ。なぜそんな問題がわたしのところに来るの？カリンバーグ市議会で扱うべきじゃないの」

「そうしたんだ、と聞いています」とアイヴィはいった。「連中が逃げたんです」

「ああ、そう」コーデリアは顔をしかめた。若者の流行なんてもともと短期間で消えるものだ。この流行がそのうち自然消滅するのは確かだろう。そう、オーレリアがフレディー・ヘインズの年齢になるころには。

ブレイズが口をはさんだ。「これは活動的で責任感のある臣民が反対意見を表明するのを、後押しする機会になるかもしれませんね」

「何いってるの、両親が子どもにいうべき仕事を代わってやってほしいってことでしょ？　それに迎合する変な法律に強制力があると考えているの？　まったく意味のない政治資金の無駄使いになりそうよ」

ブレイズは顎をこすって、素直に方向転換した。「反対に、嘆願を拒否すれば、若い人たちが自分で決める権利を暗黙のうちに認めることになると思います。それは人気も出るでしょうしね」

「若かろうとどうだろうと、愚かになる権利なんかわたしは認めないわ。彼らが他人を傷つけないかぎり、このスポーツ――過激な芸術かしら――は命に関わるようには見えないから、それを止めるのは実際的でないというだけのことよ。でもそれはわたしの担当じゃない、とオリバーならいうでしょうよ」

「では……どう返事をなさりたいんですか」

コーデリアは力をこめて、文字どおりに答えた。「あなたたちには、いまやるべき本物の仕事はないんですか?」

ブレイズはぎょっとしたような顔になった。「ぼく……本物ですか、女総督閣下」といったあと、一瞬間をおいていった。「あのう……なんのことですか」

アイヴィは情け深く口を押さえた。

「どれでも全部よ。でもいまのは冗談よ、ブレイズ。本気でもあるけど」コーデリアはため息をついた。「〝女総督執務室では、そんな嘆願には聞く耳を持ちません〟という標準的な返事をしておきなさい、アイヴィ。コメントはいらないわ。他の文を作りたい気持はそそられたけど」

「かしこまりました、女総督閣下」アイヴィはたちまち笑みを消して頭を下げ、メモを書き込んだ。それから顔を上げた。「二つ目はＳＷＯＲＤの創立十二周年記念日の招待で、祝辞をお願いしたいということです」

「えっ、何ですか?」ブレイズが訊いた。

「〝セックス労働者の権利と尊厳協会〟のことよ」コーデリアが意味を明らかにした。そのあとお気に入りの逸話を思い出して微笑した。「わたしとアラールが共同総督としてここに来たときには、基地の外の汚い道には軽犯罪が渦巻いていたのよ。すごくいやな男たちがセックスの商売を牛耳っていて、誰にとっても面倒な状況になっていたの。兵士の妻たちは苦情を訴えるし、士官は部下が堕落するのを不快に思っていたのよ。殴り合いになったり、混ぜ物をした飲物や悪質なドラッグや不正な賭けごとがはびこり、おきまりどおり殺人も二回あったわ。アラールは基地の側を治め、わたしは市民の側を担当したの。そこでわたしは、もっとも手早くて長続きする解決策は女たちに労働組合を作らせることだと考えたの。もちろん男性も何人か入れてね。その考えが行き渡るには少し時間がかかったけど、自分たちが本当に保護されることに気づくと、労働組合ってものを理解して自分たちで上手に組織をまとめたわ」

「そんなことして、危険はなかったんですか」ブレイズはコーデリアを見つめて尋ねた。

「ちょっとした手を打つ必要はあったわね。間抜けな悪党に目撃者のまえで実際に威しをさせたの。それをやった時点で、公式に反逆罪を犯したことになり、それまで考えたこともないとんでもない窮地にはまったのよ。機密保安官がときどきそういう手を使うの。二、三人、多少利口なやつが場所を変えて行動しようとしたけど、それは残念ながら、死を招くことになった。一番利口なやつは、寝返って協力し、それからもずっと仕事を続けていて、結局彼も組合に加入したのよ。新しい規則を考えついて、他の者よりうまく組織をまとめられることがわかったわ。

一日最初の争点が落ち着くと、ベータ植民惑星から労働組合と組合員のためにセックス実践療法士を短期契約で呼び寄せて、一から十まで教育してもらうことにしたの。それにベータでの顧客も呼んでね。顧客の大部分は新しい形を気に入っていたわ――何より安全だったから。それに他のやりかたより上手くて気持よかったんだと思うわ。驚くことじゃないけど、確実にそれまでより健康的だったし。ただし兵士のなかには馴染まない人もいて、上官に不満を訴えようとしたの。昔馴染みの見張りに手伝わせて、自分の責任でチップを渡そうとしたのよ。アラールは親切にそっちを引き受けて片づけてくれたわ。会議を開いてね。しゃべったのは彼だけだから、会議というより指令ね。言葉も数語だけで、セルギアール基地の最初の司令官の公開処刑の短いホロビッドを見せたの。その士官の罪状は、あの戦争のあいだにここで宿営していたエスコバールの捕虜の虐待を許可したことだったのよ」コーデリアはその記憶が急に鮮明に甦《よみがえ》ってきて顔をしかめた。しかも彼女がそれを見たのはホロビッドではなかったのだ。

「ビデオが終わったとき部屋は静まり返ったと、彼はいっていたわ」

「へえ」とブレイズ。「あのう」とぼうっとしていたあとで彼はいいたした。「その事件はSHEATH（コンドーム）と呼ぶべきじゃないんですか」

「ふん。事件を頭文字にしようとしているのね」

アイヴィがクロノメーターに目を向けた。「そろそろスピーチのお時間ですね？」

コーデリアはため息をついた。「わたし、スピーチの種が尽きたわ。もっといいスピーチをすべきなのよ。タチアナ博士に何かいい話はないか聞いてみて」滞在しているベータの療法士の一人だった。タチアナというのは職業名だが、博士号は本物だ。彼女はコーデリアのお気に入りのベータ人熟練者で、宮殿の行事でパーティーを賑わす役が欲しいときにたびたび招待している。

執務室長はちらと手元のパネルを見ていった。「上訴された赤い入り江殺人事件の裁判は次の週に延期になりました」

コーデリアは朝の光がいささか薄れたような気がした。「そう聞いてうれしい気持もあるわ。早く終わってほしい気もするの。このへんのところで終わってほしいわ」

ブレイズが口をはさんだ。「総督庁まで上がってきそうですか。そうなると大ニュースですね」

セルギアール人の標準からいえばね、とコーデリアは思った。そして肩をすくめた。「たいていの首都の事件はそうなるわね、ここが最後の上訴だから。普通はそれまでに、許しを請願したり話し合いで解決したりするのよ。ヴォルが反逆罪で告発されたときは例外で、その場合はヴォルバール・サルターナまで行くことになるけど、さいわいそんなことはいままでなかったわ。セルギアールの法廷は事実の究明をかなりうまくやっているわよ。自白薬《ファーストペンタ》にはとても感謝しているの。悪事を犯した者を正しく判断できなかった時代には、どんなとんでもない決定が下されたか想像できないわ」そしてさらにいいたした。「さいわいなことに、ここが犯罪都市になるような事件はめったにないわ。アラールとわたしが扱った殺人事件は、せいぜい年に一件あるかないかだった。セルギアール人が仲間を殺すことがあっても、たいてい故意ではなく事故なのよ。でも殺人の数は人口が増えるにしたがって、増えざるをえないでしょうね」

赤い入り江事件はなかでも醜悪だった。しかも、こういう場合にありがちだが、愚かしい事件だった。男が口論の末に恋人を殺したのだ。そこまでは単なる痴情のもつれの犯罪だった。コーデリアが見た報道番組から判断すると、その女はだらしない生活で自ら事件を招いたようだった。ところがそのあと男は、家のなかで殺人を目撃した幼い二人の子どもも殺し、家を焼き払って死体を隠そうとしたらしい。この事件の最初の裁判は地方裁判所で簡単に判決が出ている。男は上訴したが、望みがありそうには思えなかった。

ブレイズは用心しながらいった。「ではそれも〝総督庁は耳を貸す気はない〟ってやつですか」

「あら、アラールとわたしはいつも、裁判所や他の情報源から提供されたあらゆる情報をしっかり調べたわ。最初は別々に、それから二人いっしょにね。ファーストペンタによる訊問の録画も見たわよ。確実にするために、わたしたちで訊問をやり直したことも一度あったわ」その不愉快な記憶が甦るとコーデリアは唇を噛んだ。「〝耳を貸さない〟というのは、〝法廷の裁定を覆《くつがえ》す気はない〟ということを簡単にいってるだけ。アラールとわたしはかなり烈しい口論をしたことすらあるのよ。わたしたち二人は、いわば二つの異なる法慣習の出身だったから。

ベータ人はこういうことを、意志とは関わりのない社会病質者の治療の問題だと考えるのよ。潜在的な肉体の欠陥が発見されると、神経疾患の配線のやり直しもすることになる。もちろんベータでは、こういう事件はそもそもはるかに少ないんだけど」――わたしたちの文明では、といいかけたが、ヴォルダリアンの内戦以降は、もはやベータがコーデリアの文明ではない――「ベータの文明では、もっと早い段階で治療が行われるから。アラールによると、バラヤーの法理論では、人間は生まれつき復讐する権利を持っているんですって。だけどそれだと血の確執を招くから、臣民はこの権利を、復讐と関わりのない君主に譲るんです。そして君主が代わって、正義の裁定を行うのよ。その結果血の確執は避けられるけど、今度は君主が実際に正義を与える義務を負うことになる。だから君主としてはすごく真剣に受け止めるのよ」

「この議論で、あのう、勝つのは誰なんですか」ブレイズは訊いた。

「勝つという概念はここにはないわ。立派な賞品なんかぜんぜんないのよ。多少の話し合いで方向がわかることもあるわね。一度、テストケースにする気持が固まって――有罪になった男をベータ植民惑星に送るつもりでいたの。費用はわたし持ちで強制的な治療をやってもらおうと、すっかりその気になってね。セルギアールにそういう制度を輸入する可能性を示そうと思ったのよ。ところがその罪人は送られる日の二日まえに、困難なはずの自殺を実行してしまった。理屈抜きに怯えていたからか、単にバラヤー人だからか、はっきりいえないけどどっちだって変わりはないかもしれない。「だから、いまもテストケースを探しているのよ」とはいえ、赤い入り江事件がそのテストケースになるかどうかははっきりしない。〝引き金を、わたし自身が引くことになるのかならないのか〟というのがそれを判断する正しい基準になりそうだ。「わたしは次の罪人には死を受け入れるか治療を受けるか自分で選ばせたいと考えているけど、それでは皇帝から委任された責任を完全に回避することになるんじゃないかって気がするの」

ブレイズがゆっくりいった——ゆっくりなのは彼の場合にはいいことだ——「ぼくならその優越的な立場にいて、そういうことは思いつかなかったでしょう。自分の手に人の生死を握っているなんてどんな感じなんでしょうか」

コーデリアは椅子のアームを指先で叩いて顔をしかめた。「わたしはあなたの年頃にはベータの天体調査艦の艦長の椅子を手に入れていたわ。調査艦のパイロットが、どれほど結果の見えないワームホール・ジャンプをするときでも、実際に行う決定をしたのはわたしだった」死に向かってジャンプするか、素晴らしい科学的発見を手に入れるか。もちろん、ジャンプしても何もなかったり、さらにふたたびジャンプすることになる場合も多かった。だからコーデリアが賭けごとに興味を持てなかったのは不思議ではない。「もちろんパイロットたちは志願者だった。わたしたちはみんな志願して宇宙に行ったのよ。それは……大量の専門知識が必要な、管理職レベルの職務なの」軍人はたいていみんなそうだと、彼女は思っていた。

ちょっと言葉を切ったあとで、さきほどのブレイズの言葉を思い返すと、コーデリアの頭にある言葉がひらめいた。「だからといって、この総督庁が命を超越した場にならないわけではないわ」ああ、これは数十年まえにアラールがいった言葉じゃなかったかしら。

ブレイズは苛立ったような顔になったが、反論はしなかった。アイヴィはちらっと彼を見て、クロノメーターを叩いた。

「週間ニュースによると」ブレイズは素直に報告しはじめた。彼の仕事のひとつは——コーデリアの見解ではそれが彼の主な仕事だが――地域の民間ニュースをじっくり観察して、供給されたなかから女総督が知る必要のあるものを濾《こ》し出すことなのだ。この仕事は彼女よりブレイズ自身にとって役にたつもので、彼の鼬《いたち》のような注意力にぴったりだ。その背後で機密保安官も似たような仕事をしているのだが、ブレイズとは焦点が異なっている。「リストのトップに来るのは、セリーナ湖の噂です」

コーデリアは瞬きした。今度は彼女のほうが緊張した声になった。「セリーナ湖の噂って？」

「最近閣下がジョール提督と繰り返し行かれた査察旅行のことです。噂はいくつかあります。第一のは、新しい開発の地として計画されているのだろうということです。おそらく軍事施設だろうと。まず最初に土地の思惑買いの騒ぎがありました――おそらく、まもなく大量の申し出が総督庁に送られてくるのをごらんになるでしょう」

「二つほど今朝、わたしの通信コンソールに飛び込んできました」アイヴィがそれを補足した。「どこから来た噂なんだろうと思っていました」彼女は警戒を含んだ興味の目でコーデリアを窺《うかが》った。

〈わたしたち、ちょっと休暇を取っただけなのに！〉コーデリアは抗議の言葉を呑んで誘導するような声でいった。「ふうん、それで……」

「次のは、そちらの方角で新しい危険が発見されたという噂です。生物学的、または火山性のものです。発展中のカリンバーグ共同体は大声でそれを否定しています」

「そう、そうね、でしょうね。それはほうっておいていいと思うわ。他には何か？」

「なあに、セリーナ湖は二酸化炭素の逆転層があることが発見されているっていうんです。スチュワート山の南にある不気味な湖のように」

コーデリアはその湖を地図上では〝死の湖〟と名付けていた。入植したがる気持を抑えるために。科学的にいえば、非常に魅力的な湖である。〝死の湖〟は下から火山ガスが浸潤している深い湖なのだ。上にある水の重みがソーダ水の瓶に蓋をするような効果があって下にガスを閉じ込めているのだが、五十年か百年ごとに突然、なんらかの連鎖反応による地殻変動が起こってガスが洩れる。色も匂いもない重いガスが水から噴出して、あたりの低い土地に広がり、不幸にもたまたま生存していた動物を窒息させる。風のない状態では特に危険だ。

「まさかそんな、セリーナはずっと浅いからそんなことはないわよ」

「ぼくにその効果を論破しろっておっしゃるんですか」

「とんでもない。陰謀の理論家なら夢中になるでしょうけど、そんな結末は聞いたことがないわ。大学の科学者にその訂正はまかせましょう。というか科学者にやってもらいましょう」セルギアールの唯一の大学は、そう、ペニーの最初の小屋ほど原始的ではないが、研究者たちはわずかな予算で大きな教育成果を上げようと頑張っている。コーデリアはできるだけの支援をしている。「威厳のある沈黙こそが成功への切符よ」

ブレイズは蹴られた仔犬のような顔で、頭のなかで書いていた報告を止めた。「ではいったいぜんたいなんだったんですか。秘密なんですか」

「なんでもないのよ。ジョール提督がご親切に……わたしを船遊びに連れていってくれたの。

昔、アラールといっしょによく楽しんだのよ。いい天気の日に外に出るのは人を健全で幸せにするのに役立つからね。だからほら、今週もわたしはここに出てこられたし」――と彼女は建物となかの仕事を示すようにあたりに手を振った――「そしてユーリ皇帝のように狂ってもいないでしょ。考えてみると……あれは水上の治療とでもいえそうね」〈わたしたちはデートしてたのよ、くそっ〉その部分が噂になっていないことに、ほっとしたような、腹立たしいような気分だった。

アイヴィは何か訊きたそうな目を向けたが、もう話を切り上げて〝水争い〟の面倒を見にいく時間だった。コーデリアは、それが言葉での争いだけでなく本物の水を掛けあう喧嘩ならいいのにと、それだけを思っていた。もっと言葉を投げあうなんてうんざりよ。

9

先々週の、テラス・レストランの夕食のあと女総督宮殿で秘密会議をするというやりかたが成功したので、今週の半ばにもう一度試した。〈今夜もうまくいった〉と考えながらジョールがセックスの靄《もや》のなかからもがき出ると、腕の下に温かい裸のコーデリアを抱きかかえているのがわかった。頭を上げると薄明かりで、彼女の細く開けた銀色に光る目が見えた。眠ってはいないが、たったいまどこかにいきそうもないのは明らかだ。ジョールは、自分の鼻をくすぐっている彼女の髪の向こうの、ベッド脇のクロノメーターを横目で睨んで不満そうな声を洩らした。

「何?」コーデリアはそのまま動かずに訊いた。

「起きて帰らなきゃ。そうしたくはないけど」

「じゃあ、やめれば」といって彼女は彼の腕のなかにしっかり戻った。

「うーん……」彼は基地のアパートの空《から》のベッドを思ってため息をついた。最近はそれが小さく冷たく感じられてしようがない。「行かなきゃ」

「ねえ、二人の関係を公にすれば他にもいいことがあるわ。あなたはここに一晩中いられるし、もっとゆっくり眠れるわよ。朝にはずっとさわやかな気持で仕事に行けるしね」

「誘惑するんだなあ。あなたは男の感じやすいところをよく知っているんだね」

彼女は眠たそうに微笑《ほほえ》んだ。「わたしの男のだけよ」

彼は彼女の髪のなかでにやっとして、頭のてっぺんにキスをした。「また週末にセリーナ湖に行きますか」

彼女は疑わしげに口をすぼめた。「それは人目につくようになったから、やりかたを変えるべきかもしれないわ。わたしたちが繰り返し出かけたことがいろいろな憶測を呼んだらしいんだけど、それが思いもよらない内容なのよ。どうやら三十歳以下の人って、五十歳以上の人間がセックスをするなんて考えられないらしいわ。だから創意に富んだ解釈を引き出して、憶測は人々を迷わす方向に進展したのよ」

彼はがっかりして唸った。そのデートを型にはめてしまうだけで、二人の関係を変えられると単純に思っていたのだ。だから自分が飽きるまで、結構長いあいだ同じことを繰り返せると想像していた。少なくとも数カ月は。たぶん数年でも、と。誰も苛立ったりしない、予定の行動として。それなのに……。

「どっちみち、セリーナ湖で週末を過ごすのは変えなきゃならないんですけど。ぼくは来週、宇宙業務の輪番になるので」この宇宙業務というのは、二カ所の、空もしくは空だと思われているワームホールを警備しているステーションの、完全に慣例化している査察業務だ。この査察の仕事は、はじめてのときには興奮したが繰り返すうちにたちまち退屈になってきた。とはいえステーションを運営する任務そのものほどに退屈ではない。地区司令官になればいちおう一時的には興奮するにしても、そのうち自分の担当のワームホール砦《とりで》に勤務している男たちを確認することだけが関心事になる。他の任務と比べれば、宇宙ステーションで退屈するなんて結構なことだから、考えるべきは士気の問題だろう。退屈して死ぬ人間はいない、という確かな前提があるし、現実の問題が暴露《ばくろ》されるなんてめったにない。こういう査察はある程度はやりがいのある仕事なのだ。ジョールはいままで査察がいやだと思ったことはない。

今度はコーデリアががっかりしたような声を出した。「ああ、それはそうね」彼女が寝返りを打つと、ジョールは素直に背を向けて肩に彼女の顔が乗るように姿勢を変えた。コーデリアは、自分のものだというように彼の胸に腕を乗せた。「ホロビッドのセックスなんかごめんよね。どっちみち数光年のタイムラグがあるんじゃ、どうなるのかわからないいし」

ジョールはくすくす笑った。「まさかね。そうだな、どんなことになるのか見たくないってわけじゃないけどね」

「あなたでも機密保安官でも、誰だろうと、拘束ビームのリピータ・ルート上で、そのリンクに触れる許可のある者が……」

「まさにそれを思っていたところなんだ。同じことを考えないで」彼は重みのかかっている腕で彼女を抱きしめた。「少なくとも……ぼくが宇宙に出ているあいだにあなたに何か起こったら、今度ばかりは自分に帰宅命令を出しますよ」

彼女は眉を上げて見た。「どういうこと？」

「ぼくは、二度目の通商船隊ツアーのあいだに起きた恐ろしい事故を思い出していたんです」

彼はそのアテネ号で副官に昇進した。新しい船だし望ましい地位だ、と思っていたのだ。「そのときは、このルートのなかで一番遠いジャンプをして、ほぼ地球を通り過ぎたところだったけど、そこでヴォルコシガン首相の心臓発作が起きたという知らせを受けたんです。知らされてもそこから動けず、何もできなかった。しかも誰も詳しい話をしてくれなかった。そうそう、政治的な噂や憶測はたっぷり入ってきたし、それにもちろん、ぼくがそのころ彼の側近だったのは知られていたから、みんなぼくに根掘り葉掘り訊いてきた。そうとも。そのことにぼくは苦しめられた。ぼくにとっては彼は偉大な人物であるだけでなく友人だということを、知っている者も多少はいたけどね。特別な休暇を望む根拠はなかったし、船隊が故郷に帰るのに先立って帰郷する方法もない……脱走なんかとんでもないし」

コーデリアはため息をついた。「わたしの報告があんなにそっけなくてごめんなさいね。ヴォルバール・サルターナでは何もかもめちゃくちゃだったのよ。マイルズは行方不明のままで死んだと思われていたし、マークは風邪が治ったばかりで、いろいろ医学上の心配があって……ヴォルダリアンの内戦ほど悪かったとはいいたくないけど、それを思い出してしまったくらい」

彼はさらに力をこめて抱きしめた。「ぼくにとっては、あなたから届いた数回の報告は救いの神みたいなものだった。それを繰り返し眺めていましたよ。行間を読もうと努力し、それから行間を読みすぎるのはやめようと努めて。アラールの心臓移植が行われたあとで最後に受け取った報告では――あなたは消耗した顔だったけど、日の光がさしたみたいだった」といって彼は微笑んだ。「そしてその次のはアラール自身からで、そのあとは……もう大丈夫だった」少なくとも、そのときは大丈夫だったのだ。とはいえ望みもしないのに、死と喪失と何ひとつできない苛立ちをそのとき味わわされたことが、すべての処理が終わったあとまもなく、ジョールが仕事をセルギアール宙域に変えたことの理由だった。

ジョールが聞きたかったのは何か、何を聞く必要があったのか、コーデリアにはわかっていたのだ……彼女が個人的に送ってきた最初の拘束ビーム通信は、認識できるかぎり、災厄の起きたその日のうちの眠るまえに、矢のように放たれたらしく思われた。これまでに彼女から受け取ったメッセージはあいまいなものでも直截なものでも、どれも誠実だったが、そのメッセージとそのあと次々に送られてきた一連のメッセージからは、ジョールを夫の気まぐれの相手としてベータ人らしく我慢するのではなく、あらゆる考慮に価する同等のパートナーとみなして、真摯《しんし》に思ってくれている気持が伝わってきたのだ。それ以前の彼は、いつでもちょっぴりコーデリアに恋していた。アラールの周辺にいる男たちで、まったく彼女に恋していない者などいただろうか。とはいってもそのあと、彼女に恋心が増したわけではない。それらのメッセージとともに足元に流れこんだ、目には見えない深く揺るぎない信頼が、二人が再会したときに新しい立ち位置を与えてくれた。そのあとに続いたのが……そう、いまの彼の人生なのだ。

〈ぼくが一人になって恐れていたとき、あなたはぼくを慰めてくれたね〉ジョールは彼女の顔を仰向けて、いまの気持にふさわしいキスをした。ほんの十五年ほど遅れたが。彼女は当惑顔ではあったが嬉しそうだった。彼は説明しようとはしなかった。

ジョールは服を着ながら週末の計画に気持を戻した。彼女は寝返りを打って、ベッド脇のテーブルから腕通信機《リストコム》を取ってはめ、カレンダーを呼び出して顔をしかめた。「ああそうだわ、気になっていたのよ。午後に町の周辺のどこかに穴をあけるための会議がふたつあって……ずっとまえに約束してあったの。アイヴィにいって今後は週末にはもっと警備を強化してもらうようにいわないといけないわ」

彼は自分のリストコムを持って彼女の横に腰掛け、二人はカレンダーを見せあった。そしてその結果にがっかりした。

「出かける前の晩に、ここで夕食と〝会議〟ではどう?」そこを指さしながらコーデリアはいった。「ここで夕食をとれるわよ。エカテリンの庭園で——素敵でしょ。他の人たちが誰も、わたしたちがどこにいるかわからなければね。少なくとも、ペニーのところの部屋を他のお客用に残しておけるわ」

コーデリアはペニーの家で過ごしたのが偶然の出来事ではなく、ジョールが頼んで警備を遠慮してもらったことがわかったとき、ペニーに悪いことをしたといった。ジョールは、ペニー夫妻は小さな部屋に泊めただけで実際には何もサービスしなかったのに、丸ごと借りた場合と同じ代金を支払ってもらったのだから何も悪くはないと弁解した。

「その晩はあまり遅くまでいられないんだ。翌朝は、早く飛びたたなきゃならないんです」

彼女はわかったとうなずいて、予定を消し厨房の者に渡すメモを書いた。ジョールは明日の朝の予定を思い返しても、帰るための積極的な動機にならず、慰めにも助けにもならず、愚痴をこぼしても誰にも同情してもらえそうもないので、精いっぱい気持を奮いたたせてカリンバーグの夜のなかに姿を消した。

オリバーが宇宙の輪番に行ってからまだ半週しか過ぎていないので、たったそれだけで自分が退屈になるなんてなぜだろうとコーデリアは思った。退屈で、しかも落ち着かない。個人執務室の通信コンソール・デスクの黒いガラス面を指で叩きながら、雨の夜の裏庭を見つめた。植栽のなかと歩道の低い位置にある赤いライトが、薄暗いなかで一風変わった楽しげなアクセントになっている。

いろいろすることがないわけではなかった。一日の厄介事の上っ面を通り抜けると、いつもまたその下に厄介事の層があり、下ではさらに細かくなる。そしてさらに三番目の層も出てくる。仕事を避けるための一番のごまかしはさらに仕事をすることなのだろうか。そのパラドックスをじっくり考えると、当然のことだが、それこそが仕事の避け方だという結論になった。ちょっとしたおまけはあっても、特別な仕事をひとつだけにする。「ばかばかしい」とあの楽しい義理の娘ならいうだろう。このことはもう何カ月も、何年も考え続けている。ある意味で何十年もだ。いま最後の結論を出すときになって、突然大変な気がするなんて意味がない。

コーデリアは機密拘束ビーム通信記録プログラムを呼び出すと、もっとしっかり椅子に腰掛け背筋を正して、顔に安心させるような微笑みを浮かべた。

「こんにちは、グレゴール。べつに危険な問題があるわけではありません。ただ個人的な内容を含んでいるので陛下だけに見ていただきたいし、それも確実にお手許に届けたいのです」というのは、このあとマイルズにメッセージを送るつもりでいるので、息子と養い子がメッセージを見比べる可能性がないともいえない。グレゴールが不意打ちを食ってはいけないと思ったのだ。「最初にお知らせすべきことは、わたしが一年以内にセルギアール女総督の辞任を申し出るつもりだということです。ほぼ一年くらいのあいだに。ですから、代わりの人をお探しいただくことになると思います。あるいは探すというより後任を選ぶということになりそうですね。というのは総督を務める意志のある人たちのリストには、最高の能力があってその仕事にふさわしい人材が何人も含まれていそうですから」彼女は一旦メッセージを記録するのを中断して、頭のなかで〝わたしの惑星〟の責任を引き継いでくれそうな人々のなかから、もっとも好ましい人材を何人か思い浮かべた。彼女がはじめた事業、というか現在も進行中の事業を台無しにしないような人物——セルギアールの事業は何もまだ終わっていないのは確かだ。しかも変えるといっても、そういう事業の方向を変えることはできないのではないだろうか。アラールが摂政を降りて、グレゴールを皇帝に据えたときから今の体制ははじまったのだが、それからおおよそ三十年たち、全体にいい効果が生まれて、多少の揺さぶりや問題があっても排除できた。それらの問題点をコーデリアは思い出さないようにしており、母親役としても他の面でもグレゴールを支えてきた。ヴォルドロズダとヘスマンが企てた醜い悪夢も、結局砕かれて何事もなく終わった。ヘーゲン・ハブ全体があやうく災難になりかけたこともあるにはあるけど。ああ、そうそう。そのどちらも、グレゴールはコーデリアよりは長く感じたことだろう。

コーデリアは残念そうに首を振り、彼女の弾丸の――ありがたいことに最近は本物の弾丸ではない――狙う先のリストをメモしてその半分に線を引いた。それからさらに何人か篩《ふる》い落とし、もっとも関心のある三人に絞った。結局、あとで詳しく議論することになるだろう。それからふたたびメッセージを記録する作業に戻って、何十年も報告書で研ぎ澄ましてきた能率のよさでまとめた。そのあともう一度ちょっと考えた。そしてふたたびはじめた。

「有能な候補者が何人もいるということが、わたしが辞任する正当な理由になります。それはともかく、わたしの健康状態は上々で何も問題ありません」彼女は急いでいいたした。皇帝がその点を懸念するかもしれないので、心配を抑えるために。三年まえにアラールの死を知らせた最初のメッセージで何をいったか、彼女はほとんど覚えていない。記憶を呼び覚ますために、ファイルのなかからそのメッセージを取り出して見ることはできるだろうが、それとキャンプファイアに手を突っこむことのどっちかを選べといわれたら、火のほうを取るだろう。〈いまはどうでもいいことだわ〉「そういうわけで、いまこそのびのびになっていたわたしの望みを実行するときだと決心したんです」

以前にオリバーに説明したのとほとんど同じ言葉で、こっそり生殖細胞を取っておいた事情や、それらの法律上の位置づけや、セルギアールまで持ち帰ったことや、オーレリアとまだ凍結されたままの五人の姉妹のテクノロジー上の概念について次々に話を進めた。オーレリアはいま六週目で――コーデリアは昨夜再生産センターに行ったばかりだった――この嬉しい知らせを送ることを心にきめた時から二週間たっている。

歴史をひもとくと、こういう知らせは妊娠の三カ月後というのが標準になっていた。そのわけは、ひとつには早く希望を持ちすぎると早産でついえてしまうことがあったからだが、信頼できる妊娠テストができるまえの中世時代には——なんていったかしら——そうそう、胎動を感じるのが最初の確実な証拠とされていたのだ。彼女は、なんと、四十二年たったいまでも、マイルズを妊娠していたとき下腹に感じた、かすかな奇妙な蠢《うごめ》きを覚えている。つまり、胎動こそ未来を予測する言葉だったのだ。コーデリアは少し笑みを浮かべると、記録を中断して、オリバーの潜在的な息子たちをこの報告のどこに入れようかと考えた。マイルズの半兄弟になるのだ、科学的には。

このことは大勢の人とは関わりがない。関わりのある他人の短いリストがあるとしたら、一番上はおそらく例によってグレゴールになるだろう。彼女はため息をついてまた記録に戻った。「これから話すことは、当分のあいだは、厳密にあなたとわたしだけの秘密です」彼女は残っていた卵殻について説明し、それをオリバーに提供しようという自分の賢明な思いつきについて語った。そしてバラヤーの法制では父と息子のあいだで特別に保護される権利があることを強調し、母と娘のあいだでも同様だろうといった。「このためマイルズには法的な関わりはまったくありませんが、わたしたちから家族の礼儀としての正しい扱い方を伝えられると思います。といっても、オリバーが将来どう選択するか、そして選択の時期はいつか、といったことはまだはっきりしません。ですから、その点の発表は控えます」そして次のメッセージを、コーデリアは決心し直してから口に出した。

「そして最後にもっと個人的なことで、嬉しい話ではあるんですけど、オリバーとわたしが、あのう、おつきあいをはじめたということを、おそらくお話ししておくべきでしょう」どういう言葉を使ったらいいいかオリバーと議論したことを思い出して少し口の端が上がりかけたが、あのときの冗談をグレゴールにも話すべきかどうかはなんともいえなかった。グレゴールは心の深いところにユーモアのセンスを宿してはいるが、皇帝という重圧のせいでそれをかなり抑え込んでいる。気の毒に。「わたしたちは二人とも、このおつきあいが今後長いあいだにどうなるか予測できないので、そのことについては訊かれても答えられないのですが……とにかく二人とも少々元気が出たということは知っていただきたいのです」〈死に向かう途中で、命に手を伸ばしているのよ。公然と抵抗をしてね〉エカテリンなら焼け落ちた場所からもがきながら矢を放とうとしているというような、素敵な比喩を使うかもしれない。コーデリアの気持はまさにそういう、優しく瑞々《みずみず》しく傷つきやすいものだった。彼女は口元のほころびかけた微笑みが、単にのぼせているだけでない楽しそうなものに見えればいいがと思った。それ以上つけたす言葉を思いつかなかったので、彼女はサインをして終わらせた。

それからもう一度メッセージを見直したが健全なものに思われた。嘘いつわりがないし簡潔だ。最後の笑みは確かにちょっとのぼせた感じではあるが、表情を変えようとすればおそらく緊張した顔になるだろうから変えないほうがいい。グレゴールがもっと知りたければ訊いてくればいいのだ。コーデリアは最高級の機密コードをつけてメッセージを送った。そしてこのデータ・パケットが女総督宮殿から軌道リレー・ステーションへ、そこからコマール・ルートのジャンプ点へ、そしてコマールを通り過ぎて、ジャンプ点からジャンプ点へ光速で縫うように渡りバラヤーそのものの袋小路のルートに旅をしていくところを頭に描いた。バラヤー政府の軌道通信ステーションから、皇宮内のグレゴールの通信コンソール・デスクに届くのだ。そこが皇帝所有の、やはり庭園を眺め下ろす近代的で地味な執務室だ。着くのは昼間だろうか夜だろうか。いまはとても疲れているので、その時間まで配慮をする気にはならなかった。

さあそれでは、短いリストのなかの次の人物に出すメッセージだ。彼女はグレゴール宛で練習しておいてよかったと思った。最初に考えた〝いいニュースよ、マイルズ！　あなたに小さな妹ができるのよ！〟という、陽気に切り出すメッセージはすぐに却下した。ひとつには、マイルズにはいいニュースどころか驚愕以外の何ものでもないだろう、と思われたからだ。それに兄弟というものは一般にどこかひずんだ存在なのだ。実際には、オーレリアにとって、マイルズは遠くの伯父さんのようなものだろうし、マイルズの子どもたちもちょっと年上の従兄弟のようなものだ。時間的にも空間的にも、住む場所の離れた家族がどれくらい顔を合わせることがあるだろうか。現在マイルズは国守として父祖の地の義務に縛られて、外世界に旅することがいよいよ少なくなっているし、コーデリアにしても皇帝から与えられている旅行用の小型ジャンプ船があっても、毎年恒例の女総督の報告をする必要がなかったら、いったいどれほどバラヤーまで旅行をしたりするだろうか。そうね、時がたてばわかることだけど、例によって自白薬《ファーストペンタ》を使うという手はある。彼女はふたたび次のメッセージの記録作業にとりかかり、虚空に乗り出した。

「こんにちは、マイルズ、そしてエカテリンもいっしょに聞いているかしら。どっちみちマイルズがあなたに再生してくれるでしょう。何よりもまず、この機密コードにびっくりしないでね。危険があるわけではなく、個人的な内容だというだけだから。それはそうと、わたしの健康状態は良好です。でも、わたしは一年以内にこのセルギアールでの地位を引退するつもりなんです。その理由は……」彼女は言葉を切って、さきほどのメッセージのはじまりの言葉を思い返した。「まず最初に、ちょっとした過去の話からはじめるけど……」配偶子の話は練習ずみで口に出しやすくなっている。そこから自然な流れでオーレリアの発表ができる、とコーデリアは思っていた。これは領地の業務に関わることで、娘たちが成長するまでは総督夫人の寡婦給付が出るのでそれで育て続けられる、という自分の計画を詳しく話した。「この件では、銀河人としての寿命はぜんぜん考慮していません。でもこれまでにレディ・ヴォルコシガンとして、そのあとヴォルコシガン国守夫人としてやってきたことに対して――期待されたことも期待されていなかったこともあるけど――夫の給与の十分の一も受け取っていないことを思えば、年金は納得のいく報酬だと思われるのよ。ところであなたが新しい企画を探しているのなら、国守評議会に出すべきものがありますよ。国守夫人たちの給与です。きっと魅力的な議論が沸騰《ふっとう》するでしょう」といって彼女は出かかった皮肉な笑みを抑えた。きっとずるい狐のように見えただろう。

いまのところオリバーの胎芽《たいが》のことは出さなくてもよさそうだ。オリバーとわたしはおつきあいしている、という部分も、もう少し待ってもらえるだろう。べつに破廉恥なことだと思っているわけではない——コーデリアの考えでは、オリバーを手に入れたのはどんな基準からいっても素晴らしいことだから——単に……ちょっと恥ずかしいだけだ。女総督が恥ずかしがるなんて許されることだろうか。愛する伴侶のいる生活が復活したことを話しあう場面は、マイルズよりエカテリンとのほうが想像しやすかった。それはもっと先のことだ。

コーデリアは最後に、この混沌とした植民地で最近起こった、愉快な短い逸話を二、三話してからメッセージを閉じた。

マイルズのクローン兄弟であるマークと、パートナーのカリーンに宛てたメッセージはもっと短かったし、おかしなことに気楽だった。マークは標準とはほど遠い、作り物の家族という複雑な家庭で育てられたのは確かだった。〝それであなたがたは、いつ子どもを作りはじめるの？〟という言葉が口から洩れないようになんとか抑えた。〝将来の不測の事態に備えて配偶子を取っておけば、あとで喜ぶことになるのよ〟といいたい気持はかなり強かったが。マークの事業が遠方まで発展しているので、彼とカリーンがいま帝国内にいるのか外宇宙にいるのかわからないが、信頼できる彼の通運事業がこのメッセージを彼らに届けてくれるだろう。

これであとバラヤーにいる、アラールのもっとも古くて親しい友人のなかで残っているのは、シモン・イリヤンとアリス・ヴォルパトリルだけだ。少なくともこの二人には、同じメッセージ、同じ宛先、同じ機密保護ですむ。

辞任の知らせ、配偶子の話、そしてオーレリアが生まれるという発表はみんな同じだが、繰り返すうちにそれまでより詳しく、打ち明けるような口調になったような気がした。言外の意味を彼らがどう読み取るのかはわからない。数年まえに、この二人に親になるのに年を取りすぎていることなんかないと勧めたことがあったが、それからいつのまにか時は過ぎ去り、その一方でアリスの息子のイワンがテユという妻を得て、アリスが長年望んできた孫の誕生もまもない。イリヤンは何十年も仕事と結婚してきたのだ。そもそも彼は遺伝子による子孫というものを考えたことがあるだろうか。それはまったくわからない。コーデリアは自分が成功したケースを、なんのコメントも加えずに述べることに決めた。そしてオリバーが自分の子どもの可能性を二人に伝えたいなら、それは彼自身が決めることだろう。あの二人はオリバーの友人でもあるのだから。

コーデリアはもう一度休止キーを叩いた。これはわたしの効率のよさが邪魔しているんだわ、と思う。本当はアリスにオリバーのことをしゃべりたいのに。といっても、オリバーのことをシモンとしゃべったりしたくない。シモンはオリバーが好きだしその本当の値打ちを評価しているが、目のまえで何年も続いたオリバーとアラールの個人的な関係を、シモンが機密として保ってきた職務上の緊張感が、オリバーのイメージに瑕《きず》を残していることは否定できないだろう。しかもシモンは、コーデリアがホロビッドのメッセージを休止して考えた部分の、わずかな足踏みに必ず気づくはずだ。彼女はいらだってため息をついた。

そして最終的にメッセージをこう締めくくった。「それから、もうひとついいニュースがあるんです。オリバーとわたしはつきあいはじめました。これは砂漠で水を見つけたようなものなんです。どちらにとってもそうだと思います」
彼女の短い宛先リストのなかで、アリスとシモンは、この単純なメッセージにどれほど複雑な気持が隠されているかを、もっともよく理解してくれそうだった。コーデリアは言葉を止めた箇所にそれを含ませたのだ。

やがてジョールは、今回の軌道上の輪番は二十代に病院で過ごした期間も含めて、生涯で一番時のたつのが遅い八週間になりそうだと判断した。セルギアールと無限の宇宙のあいだにある軍事ステーションを査察してまわるだけなので、そんなに仕事が多いというわけではないのだが。途中のステーションでそれぞれ異なる緊急訓練をさせていればある種の有意義な娯楽にはなる。相手が訓練があると予想しているところで、ときどきわざと実施しないこともあるのだ。

普段と同じように、事務仕事も拘束ビーム通信で軌道上まで追いかけてくるので、ヴォルイニスが秘書兼副官としてついてきている。この仕事は宇宙任務として記録に残るので、彼女は見るからに意気揚々とこの輪番に取り組んでいた。それに彼女は不意打ち訓練を企むのが結構うまいのがわかって、ジョールは喜んでいた。
「準備が行き届いているかどうかをテストするだけではなく、そして単にメカの観察をするだけでなく、メカを改良する方法を探しているかどうかも見るんだ」演習の合間にジョールは彼女にいった。「このレベルでは、ぼくが興味があるのは、それぞれの上官が部下をどう扱っているかだけだ。特に何か不都合なことが出来《しゅったい》したときにね。それが今後の候補者の昇進を決める、あー、目星をつける過程の一部なんだよ」

「個人的な輪番で士官が失敗したら、それは酷というものじゃないですか」と彼女は訊いた。

「つまり失敗したのは、その人のせいではないかもしれないでしょう」

「われわれは失敗の芽を早めに取り除き、さほど重要でない地上勤務に送るようにしている。ヘインズにとっては、不公平だったね」と彼は思い返していった。「だけどどんな士官でも、部下に恵まれれば優秀そうに見えるものなんだ。だから部下運があまりよくない場合にも最大の効果を引き出せたら、最高のテスト結果になる」昔アラールの船につけられていた綽名《あだな》は何だったかな。〝ヴォルコシガンの疫病船〟だった。もしあの危険な時代に、アラールの疫病のように嫌われた部下たちが、軍事面の失敗のように政治的にも失敗していたらどうなっただろうか。

彼女は眉をひそめて考えた。「それで、その目星をつけるってことですが。どうやって……決め方がわかるんですか。訓練の成績だけでないとしたら」

「練習だよ」彼はため息をついた。「観察を繰り返すことだ。アラールはそれをヴォルの本能でやってたみたいに思えたけど、たぶんぼくが会うまえにしっかり練習していたんだと思う」

ジョールは意識的に判断してきたように思うが、少なくとも近頃ははるかに早くできるようになっている。

女総督からの通話は、短くて回数も少なく、個人的な内容もなくて、憂鬱《ゆううつ》なほど事務的だった。最初に持参したセルギアールの生物学についての二冊を読み終えて、別の評判のよい本をビーム通信で送ってくれと頼むと、驚いたことに他にはないといわれた。そして代わりに大学出版部から出ているもっと専門的な雑誌を探してくれた――これも、そういうテーマでは唯一のものらしかった。ここ十年のあいだの――たった十年間？――出版物で、少なくともしばらくは気がまぎれそうだった。

再生産クリニックで凍結されているあの三個の胎芽のことは、頭の片隅の痒みになっているが、掻いたりしないようにしっかり気をつけている。それを除いても、バック・ナンバーのなかで再生産バイオロジーの記事が最初に目を惹いた。セルギアールの動物相の再生産戦略は――さらにいうなら、わけて考えられるなら植物相も――風変りだった。それらは、彼がしようとしていることを――何をするか考えるとか、あるいは考えないとか――見通しているように思われた。

ついにこの輪番があと数分で終わるところまできた。自分の気持で余計に長引かせていたのだが。ずっと時を数えていた。宇宙にもっといたいという申し出はしていない――それどころかこういう切り詰めた暮らしのあとでは何日か休暇をもらえるはずだ。もっともいままでもめったに休暇は取ったことがなかった。しかしコーデリアから、ヘインズといっしょにグリッドグラッドに出かけているところだと聞かされて、計画は変わった。基幹施設について地元の人人と揉めているらしい。コーデリアの言葉を借りれば、あなたが軌道上から直接落ちてきたら、連中はあなたの血から石を絞り出すことになるわね、ということだった。

ほんのちょっと手を握ってものいいたげな顔を見ただけで、そのあとジョールはずっと委員会をはさんで彼女といっしょにいた。そのおかげで、一瞥してというより手を握っただけで、グリッドグラッド基地建設の進み具合が報告書よりもよくわかった。もちろん報告書はあとで読んで比較検討しなければならないが。カリンバーグに戻る低軌道シャトルではヘインズの部下や彼女自身の部下に邪魔された。最初の数人は基地で別れたが、他の数人はもう少しで女総督宮殿というところまでくっついてきた。だが彼女はしっかり全員を帰宅させた。彼がふさわしいお帰りなさいのキスをしてもらったのは、腹立たしい玄関ドアが閉まった直後だった。彼はしっかりキスを受けたまま、広い玄関ホールを踊りながら横切った。

「やっと二人だけになれた」彼がささやくと、「やっとね！」と彼女も彼の口のなかにささやき返した。

「先に夕食？」彼女は指で彼の髪を大切そうに梳《くしけず》りながらいった。「それとも秘密会議？」

「会議さ」彼は味わいながら、彼女の額にキスを点々と押していった。「夕食はライコフにお盆に載せて持ってきてもらおう」

「能率がいいのね、提督」

ジョールはそのあとの数秒でからだを寄せ、片手を臀部《でんぶ》に這わせてコーデリアを引き寄せた。あからさまとはいわないが、キスのあいだの暗黙の約束に彼女はにやっとした。両手で彼女を撫でていると、日中の緊張がほぐれていくのが感じられた。残念ながら、彼女を抱え階段を運び上げるというのは物理的に不可能で、そんなことをすればベッドにたどりつくというより救急病院行きになりそうだった。二人はその代わりに、ゆっくりダンスしながら階段に向かった。

そのとき、息をはずませた嬉しそうな子どもの声が呼びかけた。「おばあちゃま！」

彼の肩越しに見つめたコーデリアの目が丸くなった。「あら、やだっ」ジョールにしか聞こえない小声で、彼女はいった。二人はあわてて離れた。

ジョールは振り返り、飛びついてきた二人の子どもの小さなからだの衝撃から彼女を支えた。アーチ通路から飛び込んできた子どもたちが、コーデリアのウエストにわがもの顔で腕を巻きつけてきたのだ。彼の居場所がなくなった。

金切り声で飛びつく子どもの第二波がそれに続いた。最初のより幼い子どもとさらに小さな子どもが、兄弟と争っておばあさんの腰に飛びつこうと駆けこんできたのだ。兄や姉が何をそんなに興奮しているのか、そして背の高い二人の大人が誰なのか、どうやら完全には理解していないが置き去りにはされたくないらしい、よちよち歩きの子どもが二人そのあとに続いている。

ジョールがこのまえこの子たちをじかに見たのは、ヴォルコシガン家の一連隊がもっと小さくて関心もなかった三年まえだったが、そのあとコーデリアのホロビッド・メッセージで見ていたのでそれぞれ見分けることができた。黒髪の男の子と茶色の髪の女の子はアレックスとヘレンで、いまは十歳ぐらい。人工子宮が開かれた日にちが同じなので双子のようなものだ。六歳のエリザベスと四歳のタウラは、自然なというか少なくとも伝統的なといえるぐらいの間があいている。セリグとシモーヌは双子ではないが同い年の二人組みだ。この二人はアラールの葬儀のあとまもなく受精された最後の家族だとジョールは理解している。たぶん父親のマイルズが首筋に死の息吹を感じたからだろうと、コーデリアは解釈していた。彼らの目は、全員灰色から青のあいだの色で、明らかに両親の遺伝子が自然の役割を果たしているようだ。ジョールの思いはたちまち再生産センターの凍結胎芽に向かった。だがすぐ気持を引きもどした。

「ママとパパはどこにいるの？」コーデリアは子どもたちの群れに尋ねた。「いつここに来たの？」

ヘレンが代弁者を買って出た。「二時間まえに着いたの。パパが、これは奇襲だぞっていったの。びっくりした、おばあちゃま？」

コーデリアは素早く気を取り直して、その挑戦を受けた。「真夏の〈冬の市〉みたいにね」そういって彼女は片手でヘレンの髪をいとおしそうに撫で、もう一方の手でアレックスの頭を撫でた。「それにほら、〝霜父さん〟も、来たみたいよ」

ジョールが彼女の視線を追ってアーチ通路のほうに向くと、やや猫背の非常に背の低い、四十代前半と思われる黒髪の男性が杖を振りながら、同年配の背の高い黒髪の女性といっしょに入ってくるところだった。「喜ぶだろうと思ったんだ！」マイルズは嬉しそうにいったが、この言葉に完全に同意しているとは思えないエカテリンの詫びるような表情は、半ばマイルズの頭に隠れていた。

「母上、ごきげんよう」マイルズはコーデリアに近づきながら言葉を続けた。だが母を抱きしめることは、コーデリアの両腕にぶら下がっている乱暴な子どもたちに阻まれた。そしてコーデリアのほうも、強ばった笑みを浮かべていてそれを返す気分ではなさそうだった。

気分。そうとも、ジョールは夜にふさわしいおやすみのキスを期待していたのだ。〝失われた希望〟というのがこの運の悪いいらだちにぴったりの言葉ではないだろうか。からだの火照った部分から血液がゆっくり脳に戻り、奇襲とは、いったいどんな奇襲なんだろうと考えた。ヴォルコシガン聴聞卿がグレゴール帝に代わってときどき行った秘密の査察のことだろうか。マイルズがセルギアールの危険な調査にたずさわるはずはないし、そこに家族を連れていくなんてありえない。どこか途中で家族を降ろす予定でもなければ。もし彼らが足の速い政府のクーリエ船で公式に旅行しているのなら、たとえ予定にない旅でも、ジョールは船がセルギアール宙域に入った時点で聞かされるはずだがそんな話はなかった。奇襲というのはジョールに対してなのだろうか。数年まえに発覚した悪質な軍事窃盗《せっとう》の記憶もまだ新しい。「あのう、こんにちは。ヴォルコシガン国守及び国守夫人」彼はなんとか微笑を浮かべて丁寧《ていねい》に頭を下げた。「何事もなく到着なさったのだと思いますが、旅はいかがでしたか」

エカテリンが答えた。「わたしたち、乗客用の定期商業船で来ましたのよ。ときには趣向を変えるのもいいかと思いましたし、家族に会うための旅ですから、帝国軍の船に乗るまでもないと思いましたの」ジョールに向けた彼女の微笑みは、夫の笑みより心がこもっていた。「子どもたちは小さなクーリエに閉じ込められるより楽しそうでしたわ。将来の計画をいろいろ持っている、たくさんの興味深い植民者に会えたんですよ」

「事前に、どういう生活をしている人々か詳しく訊問してもらいました」マイルズははっきりいった。「機密保安庁職員を借用したから、料金を払わないといけないと思うな」

「そうなの、パパ?」ヘレンがいってくるりと目を回した。アレックスは一瞬口元を締めただけだった。

つまり、この子たちはそういうことのわかる年齢まで成長したのだ。数年まえまではこの年長の双子でも、月を吊しているのはパパだと思っていたのに。思春期になるのも時間の問題だろう。

コーデリアにとっては彼らが唯一の家族であることや、彼女がバラヤー国守の母親であることや、皇帝にとっても養い母であることを考えているうちに、ジョールの多少皮肉っぽかった微笑が消えた。たとえば、グレゴール帝がセルギアールの女総督の頭がおかしくなったと思ったら、ヴォルコシガン聴聞卿を調べに寄越すのではないだろうか。

〈彼女はおかしくなったわけではない。ベータ人だというだけのことだ!〉ジョールはそう抗議したかった。

しかしいまは自分を抑えて黙っているときだ。

「ニッキもごいっしょなんですか?」ジョールはエカテリンに向かって丁寧に訊いた。彼女の最初の結婚でできた息子で、いまは……そうか、二十歳に近いか。いやもっとかも。

彼女は首を振った。「学校が忙しくていっしょに行けないっていってました。まもなく卒業するのでいろいろ大変になっているんだと思います」

「もう卒業ですか」ジョールはいった。

「ええ、そうなんですよ」彼女は膝にまといつく幼児を振り払いながら、皮肉っぽく微笑した。そして腰を屈めて一人を抱き上げた。もう一人の幼児は彼女のズボンの脚にしがみつきながら、ジョールを疑わしげに見つめている。

「あのう、コーデリア、今夜はぼくはここには必要がなさそうですね」ジョールは別れを告げた。「ご家族との再会を楽しんで下さい」

コーデリアは緊張した笑みを彼に向けて、申し訳なさそうにかすかに目を瞠《みは》っただけだった。

「打ち合わせのスケジュールはたて直さないといけませんね」とコーデリアはいって、邪魔にならない位置にいたライコフ親衛兵士を呼んで、ジョールを基地まで送り返す車を用意させた。誰も彼を引き留めなかった。

彼女は見送りに出たようなふりをして、家族を二人から遮断するようにドアを閉めた。

「ご家族の訪問を驚いていらっしゃらないようですね」彼はいった。

「そうね、ぎょっとしただけよ」苦い顔で彼女はいった。「あんなふうに姿を現すなんて思わなかったの。ごめんなさい」

彼はこの言葉を弁解というよりは素直な言葉だと受け取って、悲しそうにうなずいた。

「じつは、あなたが宇宙に出かけた最初の週にマイルズにホロビッド・メッセージを送ったのよ。新しい姉妹ができることを話したの。反応があるころあいだったわ」

ジョールは頭のなかで時間とスピードと距離をすばやく計算した。六人の子どもと妻と随員の移動にかかる余分な時間をそれに加えて。相当急いで対応したことになりそうだ。「それで、あの……兄弟のことは？」

コーデリアは首を振った。「まだよ。グレゴールにはいったわ、極秘として」

「でもマイルズにはまだいってない？」

「女の子のことだって、すっかり話したわけではないの。彼らに話すのにあなたの承諾が必要だった？　それともむしろ、もっと先になってあなたは自分で話したかったかもしれないわね？」

ジョールはそういう微妙な話は彼女から話してもらいたいと思った。「今夜は子どもたちがはしゃいでいて、秘密の話をするような時間があるとは思えませんね。しばらく待ちましょう」といったあとすぐいいたした。「グレゴールやマイルズにどう説明したらいいか……アラールが隠していたぼくらの関係を説明せずにね」

「わたしたちが最初から大っぴらにしていたら」と彼女はかなり烈しい口調でいった。「こんなこと、いまごろになって問題にはならなかったわ」

彼は宥《なだ》めるように唇に指を当てた。「そうしたら当然別の問題があったでしょう」

彼女の笑みはゆがんだ。「苦しい試練ね」

「時間と距離という自然の法則がありますよ」ジョールがどういう経緯で、凍結されているマイルズの半兄弟の三個の胎芽の父親になったのかという説明は、マイルズがいくつものワームホールの彼方に行ってしまったらさほど拒否感なく受け取れるだろう。「ご家族につきあってヘトヘトにならないで下さいよ。すでに長い一日だったんだから」

「あなたのほうが長かったでしょう」

彼は肩をすくめて同意するしかなかった。とはいえ、三十分まえにはまったく疲れを感じていなかったのだ。さっき女総督が、はっきりそういったように。くそっ。

そのとき地上車が到着したので、彼はおやすみのキスをする機会を失った。そこで彼女の手をぎゅっと握っただけで引き下がった。

10

　コーデリアの予想どおり、疲れて興奮しきった六人の子どもが最終的にベッドに入ったときには、というかおやすみのキスをして、もう一度起きあがろうとするのを天罰が下りますよと威して寝かせたときには、すっかり遅い時間になっていた。これには四人の大人が総力で当たらねばならなかった——コーデリア、マイルズ、エカテリン、それから子どもたちを世話するために連れてきた親衛兵士の娘。娘が受け取るのは、たっぷりの報酬と素晴らしい外世界の旅だ。

「気絶させてしまえばよかったわね」コーデリアはやっと息を切らしてドアを閉めながらいった。「スタナーがあるんだから……」

　子どもたちの大好きなパパは、コーデリアが期待したほど子どもたちを落ち着かせる役にはたたなかったが、こう答えた。「それは気持をそそられるね、だけどエカテリンが反対するだろう」

「いいえ、反対しないわ」エカテリンも力なくいった。

　実際にエカテリンは疲れきっているように見えた。マイルズは……万全の調子に見えたが、それが彼のやる気のないときの様子なのだ。コーデリアは夕方のもやもやした気持の名残も袋に入れてベッドに押し込めてしまいたいと思っていた。

「さて！」マイルズはなんとなく練習ずみのような元気な口調でいった。「やっと大人が座って話しあえるときが来たぞ」

コーデリアの記憶から、心配なことばかりして、まったく捉えどころのなかった若いときのマイルズの思い出が、次々に浮かび上がった。だがすぐに抑え込んだ。〈そんなこともう赦して忘れなきゃ〉とにかく、そう努力するのよ。彼女は裏庭のお気に入りの隅っこに二人を連れ出したが、途中で台所に寄り、昼間の使用人がみんな帰宅してしまったので、自分でワインのボトルとグラスを三個取ってきた。低い位置にある赤いライトの光だけの薄闇で、小テーブルのまわりにクッションのきいた椅子を引き寄せて、マイルズにワインを開けて注いでもらった。マイルズは自分のグラスにしぶきをたてて注ぎ、コーデリアのグラスには縁近くまで注いで渡してくれた。エカテリンのグラスには半分ほど入れて、というか半分は空《から》のままで渡した。エカテリンは苦い顔でためらったあと、自分で縁まで注いだ。

「あなたの作ってくれた庭で毎日過ごしているのよ」コーデリアはエカテリンにいった。「おしゃべりを楽しむときも、外世界の人のもてなしにも、仕事にも使うし、ときには座って休むときもあるの。素晴らしい場所だわ」

エカテリンの笑みは本物だった。「ありがとう。手直しをする機会があったらいいんですけど」

「じつは、あなたがここに来ているあいだに見てもらいたい別の計画があるのよ。グリッドグラッド基地の計画が進んだら、わたしがまだこの地位にいるうちにこの惑星の首都を移転するのを次の目標にしているの。移転させたら他のこともいろいろ必要だけど、新しい女総督宮殿がいるでしょう。この半砂漠とは違う気候の地域に、新しい庭園をつけてね」

「それは興味深いお話ですね」とエカテリンは同意した。「もっとも、今回の旅行でいつまでここにいられるか、わかりませんけど。それに子どもたちの世話をこちらのスタッフに負わせたくないんです」

つまり、エカテリン自身が働くのにもスタッフが足りないだろう、という意味だとコーデリアはすぐに理解した。「そういう運びになったら、土地の協力者を集めてあげますよ」といってコーデリアは靴を蹴って脱ぎ、疲れた足をもぞもぞ動かした。「マイルズ、素晴らしい不意打ちの訪問で、みんなに会えて嬉しかったわ。でもいまは、スケジュールが詰まっているのよ。普段だと、家族旅行の数週間まえに知らせが来るから、時間を空けることができるんですけどね」オリバーとの個人的な時間にとっておいた余裕を、まず犠牲にしなければならなくなりそうだ。いやだわ。

エカテリンはちらっと夫のほうを窺《うかが》った。彼はワインを飲んでおらず、足を楽にしてもいなかった。彼女は夫に忠実なので、「だからこの訪問はいいプランじゃないといったでしょう」とはいわなかったが、たたずまいからそれが読み取れるとコーデリアは思った。

コーデリアは続けていった。「チョコレートの箱は素敵な贈物だけど、わたしに本当に必要なのは杏子《プラム》バーの箱なのよ。つまり配管工《プラムバー》ってこと。マイルズ、まさか袖のなかに建築材料の業者を隠してなんかいないでしょ」

「すみません、隠してませんよ」と息子は答えた。「それはマークに訊けば？」

「もう訊いたわよ。まだ役にたつ手段は持ってきてくれないわ」

「ほう」マイルズは不愉快そうに足を動かした。おそらく、話を切り出す方法を探しているのだろう。どんな形か知らないが。エカテリンはゆったり腰掛けていて、明らかに助け舟を出す様子はなかった。

はっきりほのめかされたわけではないが、マイルズはふざけた口調をあらためた。「それでは、あー……マークにも女総督を辞めることを話したんですか。それに、えーと個人的な、計画のことも？」

じつは一番関心があるのはあとの話題だろう、とコーデリアは察した。「ええ、あなたとエカテリン宛のメッセージを送った同じときに、拘束ビームで彼とカリーンにも送っておいたわ。それについでにいうと、グレゴールとアリスとシモンにもね。あなたがたは、もうそのことで話しあった？」

「マークは外世界にいるから」と彼は弁解した。

問合いがどことなくぎごちなかった。確かに。コーデリアは穏やかに突っこんだ。「それでグレゴールとアリスとシモンはどうなの？　何か伝言を預かっていない？　それを伝えてくれたら、代わりにプラム・バーをあげるわよ」だいたいそんな気分。

「グレゴールとは話しましたよ。彼がいったのは、ぼくはきみ以上に何も知らない、きみが自分で母上と話すべきだ、ってことだけです」

〈いい子ね、グレゴールって〉コーデリアは微笑した。大人になったグレゴールが、最大の後ろ楯であるアラールの複雑な私生活について知らされたのは、いつなのだろう。はじめのころのヴォルバール・サルターナ時代ではないだろう、と彼女には断言できた。アラールがオリバーに経歴を積ませるために手放した時期よりあとでもないだろう。それは変則的な浮気だと見なされていたけど、七年間というのは単なる浮気じゃない――と彼女は、無念な思いで、穏やかに、注意深く結論づけた。ではその関係をグレゴールに報告したのは誰だろう。わたしはいってないわ。シモン？　アラール？　他の誰か？　アラールがそれを裏書きしたのは確かだ。シモンはほっとしたことだろう。グレゴールは、そうか、グレゴールがすべてを聞いてどう思ったかは、グレゴール自身しか知らないのだ。とはいえセルギアールでふたたび二人が結ばれたことは、彼の耳には入っていない。

マイルズは話を続けた。「いったい何がきっかけでそんなことを決めたんだろうと不思議でした。娘たちを作るなんて、つまりいまになって」

「それはみんな拘束ビーム通信で説明したと思うわ」

「ええ、でも……」

マイルズは失語症になったのだろうか。コーデリアはクッションに頭を預けて観察した。

「ねえ、いいい？　あなたがベータ流の率直な話をしてくれたら、わたしたちみんなもっとまえに寝られたんだけど」

「いい考えだわ」エカテリンがつぶやいた。そうとも、マイルズがいままでどおりベータ式に率直な気持を吐露《とろ》していたら、エカテリンもおそらくそうしていただろう。この人はマイルズに抑え込まれている。ヴォルバール・サルターナはいま春で、エカテリンの庭園デザインの仕事にとって一番忙しい時期ではないだろうか。彼女をそこから引き離すのは、自然の力しかないはずなのに。マイルズが泣いて頼めば別だけど、とコーデリアは思った。

マイルズはまっすぐに背筋を伸ばして、気持を固めたのかぶっきらぼうにいった。礼をいうように。「でも母上にはすでに六人の孫がいるじゃありませんか。それで十分じゃないんですか」そこからなんとなく声が小さくなって——声を下げているのにコーデリアは気づいた。「ぼくの働きは気に入りませんか」そして、口から洩れたその言葉に驚いたように瞬《まばた》きした。

こんな露骨な真実は注意深く口に出すべきだ。コーデリアはそれに対抗できているといいがと思った。「あなたの働きぶりは大いに結構。できればこれは、わたしの単なる思いつきだと考えて」

「それはなんとなく……二度染めのような感じですね」

コーデリアはワイングラス越しに微笑《ほほえ》んだ。「それもそうね」〈でもわたしはできるの。だからするつもりよ〉「明るい面もごらんなさい。あのヴォルミュイア国守ほど強欲ではないわよ」

ヴォルミュイアは、皇帝から中止を命じられるまで、人工子宮バンクを使って信じられないような数の卵子と、たった一人のドナーの精子——つまり自分の精子——によって、人口の少ない領地に貢献しようと考えたのだ。直接中止の命令を受けたわけではない――この国守は、単にヴォルの子孫にふさわしい持参金を用意しろと命令されただけだった。百十八人の子孫に。調査を委嘱された聴聞卿にこの事件の解決法を示唆したエカテリンは、顔をしかめて小声で笑ったっけ。あの国守はいまごろどうしているんだろうとコーデリアは思った。いまは最初の娘たちが十代になっているはずだけど……。

「それで、どうして父上が生きてるあいだじゃなかったんですか」暗いなかで、マイルズの声が小さくなった。

この答えのほうが難しい。「そのことは何回も話しあったのよ。彼はそんなに時間のかかる計画をはじめるには、年を取りすぎたと考えていたようね」〈たぶん彼は賢明だったんだわ〉「そういう家庭を作るほど長生きしていたら、よくわからないけど、育児を老後の趣味になさいと勧めたかもしれない」あるいはそうではないかも。コーデリアはベータ人の寿命を別にしても、アラールより十一歳若かった。あるいは、彼は運命により多くの人質をとられることを渋っていたのかもしれない。人生には死は避けられない。そしてその哀しみも。こんなことはマイルズにはいうべきではないだろう。彼はすでに一度死んでいるのだから。自分のこととして受け取るかもしれない。まさにそう受け取りそうだ。

「それでバラヤーに帰ってくるつもりですか。辞任したら」

計画のその部分は、話してなかっただろうか。あの拘束ビーム通信を本当に見直す必要がありそう。誰に何をいったのかよく覚えていない。「いいえ、わたしはセルギアールにずっといるつもりよ。この土地の何もかも、セルギアールという名前以外は大好きなの」セルグ皇太子についての、美化された歴史がゆっくりバラヤー人の記憶から薄れているように、皇太子にちなむ惑星の名も変えられないだろうか。いい厄払いになるかも。「バラヤーはアラールがいたときにはわたしの故郷だったけど、いまは……」〈わたしは自由よ〉とは、たとえ真実でもいいたくなかった。

マイルズの声は顕微鏡で覗いているように小さくなった。「父上はまだ生きてますよね、ある意味で」

ヴォルコシガン・サールーの長湖の上の墓の傍には、コーデリアのための場所が残されている。自分はその永遠のベッドも捨てるつもりなのだろうか。マイルズの健康を斟酌《しんしゃく》したらコーデリアのほうが長生きするかもしれない、というぞっとするような考えが頭に浮かんだ。この先自分がどこに行くかで彼を失望させるわけにはいかないし、いまそんなことで悩ますのは意味がない。彼女は言葉を続けた。「アラールはバラヤーのすべてを、情熱のかぎり、心のなかの絶望や苦しみも含めて愛していたけど、なかでも湖のあたりを一番愛していたのよ。だからいまそこに眠っているのは当然よ」それから試みにいってみた。「でもわたしは、もっと生きている記念碑を彼の思い出のために作りたいの」

「うむ」マイルズはバラヤー人にふさわしく、ロマンティックな調和できる考えとして受け止めたようだった。この、アラールのすべてを記念碑にするということは、おそらくもっと彼の気持を動かすだろう。彼女は苦笑いを口にふくんだワインで隠した。

「こんなところで、本当に大丈夫なんですか。こんな遠くで？」

子どもにとって片親を亡くすと――どんな年齢でも――残った親のことが余計に心配になるというのは真実だ。彼女はマイルズよりもずっと若いときにそのことを学んだ。アラールも母親が政治的な理由で殺されるのを目撃したのは十一歳のときだったが、生き残ったピョートルは確かに親らしい親だった。だからコーデリアは、マイルズが突然母親を安全な箱のなかに入れたがっている理由がよくわかった。安全というだけならけっこうだ。箱となると、そうともいえない。「あなたはこの十三年間わたしがどこで暮らしてきたのか、忘れたみたいね」

この言葉はマイルズの心にしみたようだった。「すみません」と彼はつっけんどんにいって、さらにワインを飲んだ。

「それで」彼女は話を変えて、というかやっと話を巻き戻して、容赦なく陽気にいった。「明日わたしのスケジュールに余裕ができたら、子どもたちを再生産センターへ連れていって、新しく生まれるオーレリア叔母さんに会わせましょうか。ここからほんのちょっと歩くだけなのよ。きっと秘密の場所を覗く面白いツアーになると思うわ。とても教育的なはずよ」

一種の科学館としてケイロスを引き合いに出されて、マイルズよりエカテリンのほうが興味を惹かれたようだった。マイルズは無表情だった。エカテリンは即座に反応した。「そうですね、本当に。どんな経験が子どもたちの興味を掻き立てるかわかりません。お願いしたいですわ」

そこまでいわれては、マイルズももちろん拒否はできない。

ワインのボトルが空になった。これは肉体的にも感情的にも疲れきっている三人が話をやめて寝室に引き揚げる潮時だと思って、コーデリアは立ち上がってしっかり先に立って歩きだした。

とはいえまだオリバーのことにはたどりついていない。くそっ。まあそうね、ワームホール・ジャンプは一度にひとつだけでいいわ。

ジョールはフレディー・ヘインズを連れて、わざと女総督宮殿のあいだの路を通っていったが、コーデリアと連れにには出会わなかった。それに地球まででも獲物を追っかけていく気持でいたのに、彼女はケイロスに逃げ込んでしまったのだ。

「ほんとにそうなんですよ。女だからといって、わたしは赤ん坊のことなんか何も知りません。末っ子ですから」

「フレディー」彼は愛想よくいった。「きみはお父さんの武器をくすねたことで、カリンバーグの警官に厄介になるところだったのを覚えているかね」

彼女はあっけに取られた顔になった。「いいえ……」

「そうら、わかってないね」

なんのことかわかると彼女はそっぽを向いた。

「これは、きみが夜間裁判で科されるところだった奉仕活動だと考えてごらん。それに夜間裁判とは違って、国守夫人は寛大だから、きっときみのこれからの仕事ぶりを斟酌して下さるだろう。だからじっくり考え直したら――考えるのはいい習慣だと注意しておこうか――今後の役にたつことがわかるはずだよ」フレディーにクリニックのドアを開けてやりながらジョールはいった。「それに面白い仕事だということも、わかるかもしれない。女総督閣下のお孫さんたちはすごく元気がいいからね」

その元気のよさは、ヴォルコシガン一家が彼らにふさわしい形に変えたＶＩＰツアーをしているところに行くと、実際に目にすることができた。六人のうち四人だけだが、いつもは静かなクリニックがちび人間の爆発現場のような印象を与えていた。この見学に対する子どもたちの反応が一人ずつ違っているのが面白かった。ヘレンはなんでも勉強ずみの早熟な九歳らしく、無関心を装っているようだった。アレックスは用心深い顔だった。リジーは人工子宮バンクに明らかに夢中になっていて、横にいたジョールの耳に入った言葉だけでも、年齢以上の驚くほどの質問を技術者たちに浴びせかけていた。タウリーは四歳なのでちょこまかよく動き、どういうことのないタイルを即席の石蹴りの碁盤目に見立てて、自分だけに見える複雑な模様で遊んでいた。

ジョールが手土産代わりのフレディーを引きあわせたとき、エカテリンは嬉しそうに目を輝かせて非常に親しげなそぶりでフレディーの手を握った。フレディーは最後の抵抗のように喘いだが、相手が単なる提督でもこれほどはというくらいに、すっかり威圧された顔つきだった。

「本当はわたし、赤ちゃんのことはあまり知らないんです、奥さま……」

「あら、一番下の二人は普段から乳母が世話しています。アレックスとヘレンは」――その二人が新しく来た人を点検しようと寄ってきたのを見て、エカテリンが言葉をかえたのをジョールは感じた――「ベビー・シッターはもういりません。この二人に必要なのは地元の案内人なんですよ」

〈ああ、うまいことというね、エカテリン〉

これを聞いてフレディーの背筋が少し伸びた。エカテリンはまわりじゅうに彼女を紹介した。ジョールは真面目な顔で口をはさんだ。「ところで、女総督閣下がごいっしょでなければ、田舎にいって吸血風船を揚げたりはしないだろうね」

フレディーはひるんだが、双子は活気づいた。どうやらそのての健康的な野外活動が可能なことには気づいていなかったようだった。少し考えてから、ジョールはいいたした。「閣下はもちろんレーザー・ポインターを持っていくだろうけど」

その言葉に三人はまったくわけがわからないという顔になった。ジョールはにやっとして国守を探しに行った。マイルズは母のコーデリアといっしょに、これから姉妹になるはずのオーレリアや、まだ人間までいってない他の姉妹たちの入っている冷凍バンクの横に立っていた。マイルズはビューアーをコーデリアに返していった。「この段階では、人間という感じはあまりしませんね」

コーデリアは映像を覗いた。「なんですって、あなたがほんの一滴の自分の子どもに夢中になっていたのを覚えているわよ」

「物珍しさだったかな?」彼は試すようにいった。「もう飽きました」

彼女の横顔が微笑んだ。「五カ月のときのあなたは溺れた仔猫みたいだったわよ」

マイルズは瞬きした。「母上は見たんですか」

「ちらっとだけどね。事故のあとあなたが引き出されて、わたしが麻酔で気を失うまでのあいだにね」

「待って。手術のあいだ目を覚ましていたんですか」

「最初だけよ。この方法のほうがよかったんだってことを、いったかしら？」

「何度もね」

そこに現れたジョールを、マイルズはほっとしたように振り向いた。「おはようございます、ジョール提督。母はあなたが来て下さるだろうっていってました。ぼくは今度の話に驚愕していますが、感謝してもいます」

〈よかった〉昨夜のコーデリアから来た通話は非常に遅い時間で、しかもなんとも短いものだったが、ジョールはコーデリアの一番の心配事を正確に理解したようだった。セルギアールでの労働力不足への対処は、あらゆるレベルで努力目標なのだ。にもかかわらず、彼は実際の指令系統を彼女に渡してしまいたいのにそうせずにいられることを喜んでいた。そこに近づいてきたヘインズは、娘と違って不安がないどころかむしろかなり熱心にフレディーを押し出した。

ジョールはマイルズに挨拶しながら、彼の母親がわが子を救うために、皇位簒奪《さんだつ》者の〝首を切った〟という有名な話には、子どものころの彼はどれほど関わっていたんだろう、とはじめて疑問を感じていた。そのことは、少年が学校でからかわれるような事柄だったのだろうか。

ジョールがはじめて会ったときマイルズは二十歳ぐらいだったが、まもなく士官学校を卒業し、そのあとの昇進には衆目が集まっていた。そして確かに軍での経歴は困難続きだった。憧れている父親のことは畏怖していたのに、母親のほうは軽く見ていたようだ。コーデリアはそれをひそかな勝利と思っていたのだろうか。

ジョールは予定どおりするりと懐柔工作に入った。「国守閣下、これはお聞きになりたいだろうと思ったんですが、古いプリンス・セルグ号がまもなく冷却倉庫に向かう途中で、この宙域を通り抜けるそうですよ」

マイルズは目を丸くした。「本当ですか!」それから一瞬おいて。「もうそんなことに?」「わたしもまったく同じ気持ですが、そうなんですよ。わたしの部下には、あの船よりも年下の赤ん坊みたいな士官たちがいます。船が移動中に、できれば短時間だけ乗船したいと思っているんです。というのは……」感傷だろうか。歴史的な興味か。弔いの気持か。彼は肩をすくめてそのあとの言葉を呑みこんだ。「ごいっしょにいらっしゃりたいかもしれない、と思いましてね。ご家族のなかで適当と思われる方を、どなたでもお連れになって」〈頼むからよちよち歩きの連中はやめてくれよ〉

エカテリンはこの話のあいだに、フレディーと双子を連れて近寄ってきた。リジーがあとからついてくる。この言葉を聞きつけて、コーデリアまで覗いていたスキャナーから身を引いた。「そうね、素晴らしい考えだわ」コーデリアはいった。「歴史と家族の歴史が同時に見られるわ」

「ぼくはまだ歴史じゃないよな」マイルズが小声でいった。「……歴史なのかな」

彼の目が集まっている子どもたちをまとめるように見た。ジョールは〈いまとなっては歴史ですよ〉と考えていた。

「ねえ子どもたち、どう思う?」マイルズはいった。「お祖父さまの古い船を見たいかい」

「わあ、もちろんよ」ヘレンがいって、リジーの「素敵!」という声がそれに重なった。アレックスはまた用心深い顔になった。フレディーが小声でいった。「軌道上に行くんですか……?」子守という彼女の仕事に、明らかに、思いがけない新しい魅力が加わったようだった。タウラはたったいま、もっと面白いくるくる回るものを見つけて石蹴りゲームをやめたところで、何もいわなかった。

「エカテリン、どう……?」マイルズは遅ればせながら彼女の同意を求めた。

エカテリンは義母のほうを見た。「大丈夫だとお思いになりますか? 安全かしら」

「もちろんよ」女総督はいった。「わたしも行きたいわ。わたしは正式に委託されてその古い船体からシャンパンの瓶を探し出したとき以来、見たことがないのよ。それはヘーゲン・ハブの戦いから帰ってきて数カ月あとのことで、ほら、修復が終わったときよ。その仕事はとても面白かったわ。瓶には特殊な割れ方をする安全ガラスが使われていて、破壊屑をつかまえるためには力場バブルのなかで仕事をしなければならなかったの。まったく意味のない馬鹿げた仕事よ。ほんとにバラヤーらしい」

「それはバラヤーだけの伝統じゃありませんよ」ジョールは抗議した。「他の人たちも軌道上の造船所で同じようなことをやってます」不思議そうな顔をされて彼はいいたした。「それでは、ベータの習慣はどうなんですか」

「船体に水をかけるのよ。実際には口でいうよりも、真空だからすごく面白いわ」彼女は興味を惹かれている子どもたちを見下ろした。「これは迷信深い昔の地球《オールドアース》の、運命の神と海の神という危険な神々に犠牲を捧げる習慣から来ているの。賄賂《わいろ》みたいにね。わたしの船を取らずに、このワインを取って下さい、ということね。あるいはわたしたちの命の代わりにって」

アレックスは顔をしかめた。「でも……オールドアース人たちは、そのころ宇宙神を持っていなかったんでしょ？　それならなぜいまそんなことをするの？」

「なぜって、わたしたちにはいまも幸運と不運があるからだと思うわ」といってコーデリアは肩をすくめた。「いつかあなたたちに、象徴化と、客観化と、置き換えについて、説明するから覚えていて」

「それは恐れと喪失と死と悲しみを、言葉で説明するよりはずっと簡単ですね」ジョールは彼女の耳元でこっそりいった。

「でも、そうなんじゃない」彼女もささやき声で答えた。「なぜ人々がこういう心理学用語を使うんだと思う？　あなたには、隔たりって言葉もあるわよ」

昔のベータの調査艦の艦長に安全の判断を訊くのは、間違った店に入るようなものだとジョールは思ったが、エカテリンは用心深い母親がやんわりとたしなめるように二、三回咳払いして、コーデリアを宥《なだ》めた。マイルズはいわれたことをそのまま受け入れ、むしろ好ましげにジヨールを見た。

ジョールは自分が招待された用件と、子守のボランティアのために娘を連れてきた用件が片づくと、全員に別れの挨拶をして帰ることにしたが、コーデリアと個人的には一言もしゃべれなかったことで気持が沈んでいた。とはいえ彼女は廊下まで追ってきた。二人がここでできることは短い握手だけだ。

「このうえ六人もの娘ですか、コーデリア」ドアのほうを窺いながら彼はからかった。「大丈夫なんですか」

「全部いっぺんにじゃないわ」彼女は抗議した。「それにやめたければいつでもやめられるのよ。理論的には」

彼は鼻を鳴らして、もっと真面目な口調でいった。「今朝はマイルズともう少し話をなさったんですか」

「いいえ、まだよ。朝食のときは騒がしくてね。それにあなたがわたしにどうしてほしいのか教えてくれないと。わたしには……」このあと、どういえばいいか彼女はわかっていないようだった。「マイルズを再生産センターに連れていったら話が進むかと思ったんだけど、いまのところ彼は進めるどころか、ハムスターみたいにほっぺたにしまいこんでいるわ」

ジョールはこの比喩にとらわれないように努めた。「昨夜あれから、二つ三つ考えたことがあったんです」と彼はいった。何時間も眠れずに横になっていたあいだに。「この計画でぼくの役割がはっきりするまで、マイルズには何もいう必要がないと思うんです。何年もかかるでしょう。いや数十年かな。そのときになっても、購入してあるドナーの卵子は使えるでしょう」思えばそれは彼女がはじめから主張していたことだった。そのころにはマイルズと家族は、はるか遠くにいそうだ。

「そうね」彼女はいった。

「あるいは、半分だけは完全に証明ずみの真実になってるでしょう。それらの卵子はあなたが、完全な形でぼくに提供されたのだということもできます。だから男の子たちはやはり半兄弟です」そうだな……まったく同じではないけど。

「少し考えさせてね」彼女の表情からは何も読み取れなかったが、こういう示唆のどの面を彼女がいやがっているのか、彼にははっきりわからなかった。

「急ぐ必要はない」彼はかすかに後退のペダルを踏んだ。

「ええ、急がないと思うわ」

そのとき二人の技師が通り過ぎ、女総督のボディガードが曲がり角からこちらを覗いたので、二人は諦めてしかめた顔のまま別れた。

地上車を置いてきた女総督宮殿まで歩きながら、ジョールは自分の私生活が短いあいだにこれほど複雑になったのはなぜだろうと考えていた。といっても、ヴォルコシガン家の人にはいままでもこういうことをされてきた。崖から飛びおりて、そのあいだに飛び方の学習をするのを期待するようなことを。とはいえいまも、いい妖精だか悪い妖精だかわからないやつが、ぼくが悲鳴をあげているあいだに突然現れて、そんなことはやめておまえの人生を進めろといったら、彼女を拒むことはあるかもしれない。心乱れる洞察だな、これは。
〈おいオリバー提督、単純な人生を望むなんて、悪い神々にいけにえを差し出しているってことだぞ〉

ジョールはわざと遠回りして、カリンバーグの中心街に回って昼食をかきこみ、それから基地に戻ることにした。表通りに戻る途中で、彼はカヤ・ヴォルイニスが市の評議会ビルの階段を降りてくるのに気づいて驚いた。彼女も長期の宇宙勤務のあと休暇を取っていたはずで、私服を着ていた。コマール風のズボンとサンダルと、背中のあいたゆったりしたブラウスだ。彼女は手を振り回しながら背の高い男性の連れに話しかけている。その男がセタガンダの文官のミコス・ゲム・ソーレンであることに、ジョールは遅ればせながら気づいた。ゲム・ソーレンもズボンとシャツとサンダルという気楽な格好で、正規のフェース・ペイントをしていないばかりか、ゲム種族の図案も描いていなかった。それはセタガンダ人にしては、まったく生まれたままということだ。そういった飾りがないと、彼の均整のとれた顔は若く見えた。

二人が歩道に出てくると、カヤは目を上げてジョールを見た。彼女は仕事でない場所で遠くから上官を見かけて挨拶する表情というより、「あ！」というような警戒の色を浮かべた。彼女はゲム・ソーレンの腕を摑みさらに力をこめてジョールのほうを指して、早口で何かいっている。近づくにつれて、ジョールにはその言葉の端が聞こえた。「そうね、彼に訊いてよ。一回断られたからって負けにはならないでしょう」

「いや、だけど四回目――」ゲム・ソーレンはそこで言葉を呑んでいいかえた。「こんにちは、ジョール提督。お元気そうですね」

「元気ですよ、ありがとう」ジョールは答えた。そして「カヤ」といってうなずいた。

「提督」

ゲム・ソーレンはもじもじ黙りこんだ。カヤはもう一度彼の腕を突《つ》いたが、それでもギアが入らないので自分でいった。「ミコスはあの事業のことで面白いアイディアを持っているんですよ。文化的な活動を加えるという趣旨の。彼はそのアイディアをセタガンダ風認識庭園と呼んでます」

「実際にはそれが庭園でなければならないってわけじゃないんですけど」ゲム・ソーレンは急いで修正した。「公衆の入れる場所ならどこでも、ディスプレーは置けるはずですよね」

「だけど、そこに問題があるんです」カヤがあとを続けた。「まだ一カ所も置ける場所が見つかっていないんです。わたしたちは図書館にも、二カ所の商業本部にも、シティホールにも問い合わせましたが、どこも予約を取ってくれませんでした。というか、もっと実際的にいうと、部屋を貸してくれなかったんです」

「これは難しいメッセージだといわれました」ゲム・ソーレンはいった。「だけど確かに、単純な認識庭園はバラヤー人の歴史感覚を刺激しないんでしょうね。どのような舞台でも、文化的偏見のせいで拒否するのだとしたら、その文化的な無知をどうしたら乗り越えられるんでしょうか」

「それは、そのう、偏見ではないかもしれませんよ」ジョールはいった。「カリンバーグは毎日新しい移民が入ってきて、住まいだけでなく仕事場を探していて過当競争状態なんですよ。そのディスプレーかなんかを、どうしてセタガンダ領事館に設置しないんですか」

「それでは教育救済活動の目的に適いません」ゲム・ソーレンは熱心にいった。「仕事以外では領事館になんか誰も行きませんよ。領事館に行く人はすでにわたしたちと話す意志があるんです」それからちょっと考えてさらにいった。「それにうちの領事に話したら、わたしの案は子どもっぽいといわれたんです。だけど民衆相手に何かやろうとしたら、相手の程度に合わせねばなりませんよ」

「といっても、いったいぜんたい——ああ、そこに」ジョールは肩越しに親指でカフェを指さした。「あそこに行って座ろう」

カヤもゲム・ソーレンも、これをジョールの足が疲れたからだとは思わず、ジョールが纏《まと》っていると想像していた固い鎧の穴だとでも思ったらしく、にっこりした。二人はジョールについてカフェに入り、そのあとコーヒーを確保し三人用の席を探すのに二、三分かかった。ランチの混雑は引きかけていたが、ぎゅうぎゅう詰めではないという程度だった。三人がやっと落ち着くと、ジョールは話を続けた。「それで、そもそも認識庭園っていうのはなんなんですか、ゲム・ソーレン卿？」

文官副官の背筋が伸びた。たぶん実際に文化に興味を示したバラヤー人には期待できると思ったのだろう。「とても単純なものなんです、実際に難しくはありません。子ども用の美術館でも、学校でも、個人の家庭でも、若い人たちを教育することに興味がある場所ならどこでもいいんです。軍隊用語でいえば訓練補助具ですね。うまく設計されたディスプレーが、注意深く選択された五感への刺激を進めて、五感のそれぞれを見事に増加させるのです。最終的に、生徒は美学的に複合された美術品の観察にいざなわれて、最初はひとつの混合物がひとつの感覚に訴えかけ、そのあとさらに複合した働きによっていくつかの感覚が結びつけられます」

カヤが口をはさんだ。「わたしの想像では、いくつかのワインの味を試したあと、あるバランスのいいブレンドを味わってみて、どのワインをブレンドしたかを考えるようなものだと思います。といってもワインは使いませんけど」

ゲム・ソーレンはうなずいた。「対象は味覚、視覚、聴覚、触覚、そして嗅覚です」

「その人が細かい違いを識別できればできるほど……得点は増えるのだと思います」カヤがいった。ゲム・ソーレンはこのスポーツマン的な比喩にややむっとした風情だったが、ジョールは彼女の言葉は当たらずといえども遠からずだろうと思った。

「こちらの基地は」ゲム・ソーレンはいった。「とても大きくて、たくさんの人々が出入りしていて……」

〈ああ、そうとも!〉ジョールは思った。〈あらゆる方法を使って、できるだけたくさんのバラヤー軍兵士に、まだ試験されていないセタガンダのバイオ化学を注入しよう〉そうすれば他のどんな視聴覚分野にでも滑り込ませることができるかもしれない。この、どことなく無気力なゲム・ソーレンがスパイの煽動《せんどう》者だとは考えられないが、ひそかに何者かに操られていないとはいいきれない。また一方では、この若者は単に自分の仕事をしようとしただけかもしれないし、領事館の援助がなかったともいいきれない。あるいは、もっと可能性がありそうなのは、単に女の子の気を惹こうとしただけかもしれない。

「うむ、基地を使うのは、文化教育を目指すというきみの難題をさらに困難にしそうだね」とジョールはいままでよりも外交官的な口調でいった。「まず文化的な場所で練習することを勧めるよ。観察して学び、修正をして先へ進むことだ」

ゲム・ソーレンは顔をしかめてこの言葉を解釈しようとした。カヤはため息をついて通訳した。「基地はだめだってことよ、ミコス」

カヤが下士官としての良識がいくぶんでも欠けていると思われたらジョールのもとには送られてこなかっただろうから、ジョールの言葉が、〝ぼくの死体を踏み越えていけ〟という意味なのはよくわかっているはずだ。

その席にしばし沈黙が落ちた。三人はそれぞれ必ずしも関係のないことを思い返していた。

「小規模からはじめる」カヤはいった。「という考えもありますよ。どうでしょう――とりあえず単純な実演モデルを置いてみるっていうのは？　主張を証明するために」

「認識庭園というのはすでに単純化されたモデルです」ゲム・ソーレンは反論した。「もっと規模を小さくして、それでも機能を保つなんてことはありえませんよ」

「そうですね、でもわたしにひとつ考えがあるんです……基地の人々も町の人々も巻きこみ、一キロ四方の空き地を使うイベントがまもなく行われることになってます。提督の誕生日を祝うピクニックです。町からちょっと離れた場所で行う予定です。そこにあなたの庭園を四阿《あずまや》みたいな形ではめこめば、誰でも立ち寄って見ることができるでしょう。宣伝にもなりますよ。それで、一旦興味を持ってもらえれば、もっと恒久的なものを町なかに作る機会があるかもしれません」

「そのプランはピクニックを企画している士官たちの運営委員会にはからなきゃならないだろうね」ジョールは考えながらいった。〈待てよ、領事はこれにどう関わるんだろう?〉ジョールはそもそも自分が望んでもいないパーティーの企画に巻きこまれるのはごめんだと断固断ったのだ。どうやら、もっと注目すべきだったようだ……。

「ええ、わたしも運営委員会の一人なんです」とカヤ。「それが、あのう、わたしたちが軌道上任務に出かけているあいだに、ちょっと話が大きくなっていたんですよ。町の人たちも大勢手伝ってくれるそうで、そこには銀河人も入っていて、女総督閣下がみえるとなると、惑星の領事も一人だけでなく全員招待しないといけないってことになりました。それに地区の商店が大量の食べ物の費用を持ってくれることになったので、その人たちももちろん招待しないといけません」

「カリンバーグ市警にこの行事の通告はしてあるんだろうね……その拡大版のパーティーのことを?」

「もちろんです、提督。市警からも二人、運営委員会のメンバーに入ってもらっています」

ジョールはためらいがちにいった。「そうすると、その警察組織の人々をまとめて招待することになるのかい」

「ええ、そうですね、まあそんなところです。いい考えだと思ったんですけど」

〈そうかもしれないし、そうでないかもしれない〉非番の警察官というものは、巡邏《じゅんら》のスケジュールが入っている警察官と、まったく同じには考えられない。それにカリンバーグの勤務中の警察官にとっては、非番の兵士たちはかなりの厄介者なのだ。

ヘインズ将軍が、制御できるようにパーティーを基地内でやりたがっていたのを、ジョールはふっと思い出した。パーティーを荒野に追い出すのには健全な理由があると考えたのは、ジョール自身だった。そうとも。

「女総督閣下が」ストローを摑んでジョールはいった。「パーティに臨席される場合にそういうディスプレーを置くとしたら、閣下の護衛の機密保安官たちが調べるだろうね。事前に。そしてさらに現場でももう一度調べるだろう」

「でもこれは、ただの――」ゲム・ソーレンはジョールの断固とした顔を見て、男らしく心を決めた。「そうですね」

ジョールは最近、コーデリア付きの機密保安庁大佐コスコーに一度ならずきついことをいわれたのを思い出した。そしてもし、誰かが気味の悪いくそセタガンダの美術品には隠れた毒性があるという情報を流したら、機密保安官は必ず検査するだろう。彼らにとっては格好の訓練なのだ。その馬鹿げたディスプレーはおそらく完全に無害だとわかるだろう。成人に対し子どもの遊具を提供するという隠された侮辱はあるにしても。その予想はジョールにとってはまったく腹立たしいわけではなかった――恐ろしく頭のいい子どもたちに会ったことがあるので。

ジョールは考えながらいった。「あなたは駆虫ワクチンを受けられてますか、まだですか、ゲム・ソーレン卿」

ゲム・ソーレンはうなずいた。「ええ、領事館の職員は全員ワクチンを受けることになっています」

実際には、〈それはお気の毒さま〉と思うほどのことでもない。「もうひとつお勧めしたいことがあるんです。そのディスプレーは暗くなるまえに解体して領事館に戻すほうがよさそうです。そうすればたいていの家族がいっしょに帰宅するでしょうから」

「セルギアールの野生動物はそんなに危険なんですか」ゲム・ソーレンは訊いた。

「軍隊が六足獣といっしょに酒盛りしたら、ってことですけどね。暗くなると同時に大宴会がはじまりますからね」

ヴォルイニスはにやっとした。「大事なことをお忘れなく。大丈夫ですよ、ミコス。わたしだってお手伝いしますから」

ということで約束ができた。ジョールがヴォルイニスより保守的な判断を下しているにもかかわらず。おそらく、セタガンダの美術教育から守ってもらうためには、コスコーを頼りにしていいだろう。熱心な教育的働きかけから民衆を守るのは、市警か基地の警備員の仕事になりそうだ。ジョールは副官の嬉しそうな笑みにも、セタガンダ人の感謝の言葉にも動揺せず――後ろ楯らしいえらそうな顔と間抜け面を同時にできただろうか――急いでそこから立ち去った。

基地のアパートに戻ってから、ジョールは通信コンソールを調べた。昨日ジョールが下界に降りてきたときに、勤勉な副官のボブリク准将が軌道上乗り換えステーションに上がってすみやかに任務を交替していた。ジョールが非番だと思われるときには、あらゆる通信がボブリクのオフィスを経由する。緊急の通信や個人的なものを除いて、理論的にはボブリクのフィルターを通さないものは何もない。そして緊急事態の通知は直ちに腕通信機《リストコム》で知らせねばならないことになっている。だから、ヴォルバール・サルターナの作戦本部の消印のある親展のメッセージを見つけたときには少々驚いた。

バラヤー帝国軍作戦本部長官のデスプレインズ提督の姿が、ホロビッド盤の上に形成された。作戦本部はヴォルバール・サルターナの中心街にある背の高い建物で、屋上には通信装置が置かれていて、そこから地下三階にいるストレス中毒で偏執狂的な正装軍服（ここは帝国の首都だから）の連中まで包み込んでいるのだ。地下三階の便所の水道には、熱湯、水、コーヒーというラベルがついているという噂があるが、そんなことは事実ではない。デスプレインズはこの作戦本部と、その調査範囲の部署をこの九年間統括してきたので、彼の頭髪が以前より灰色になってきたのも不思議ではなかった。ホロビッド上の背後の窓には外の闇が見えるので、現在は長い一日の終わりらしい。それは疲れの窺える顔の皺《しわ》や日付印からも明らかだった。とはいえ彼の顔には微笑みがあり、それほど恐れるような知らせではなさそうだった。

「やあ、オリバー」相手が温かい口調でいいはじめると、ジョールはほっとして椅子の背に凭《もた》れ、遠く離れた上官の言葉に耳を傾けた。「このメッセージは個人的に注意喚起してもらう方法で送っている。このやりかたなら、こちらではこのまま秘密の事柄を打ち明けられるけど、そちらに着いたら重要な等級の通信になるはずだ。

きみも承知のとおり、わたしは数年まえに二十年勤続の倍に達しているのだが、作戦本部の数人の人々の」といって彼は手を振って背後を示した。「舵取りによっていままで留まっている。わたしの妻はその人数には入らない、といっておかねばね。妻が毎日あと十六時間は、わたしを足元に置いておきたいと願っているのは嬉しいことだ。といってもそうしたがっているのは最近だけではないがね」とジョークとはいいきれない言葉に彼の笑顔は捩じれた。「つまり、いいたいのはこういうことだ。わたしは近い将来に、神とグレゴールの意志によって除隊する予定だ。

そこで、わたしには自分の代わりを探す仕事ができた。オリバー、きみはこの三年間で、いままで高い地位にいたのは偉大な助言者のおかげではなかったということを、人々に明白にしたね。もちろん、きみは彼の友情を失って辛かっただろうとは思うが。そしてそれほどの長期間、アラール・ヴォルコシガンとともに働いてきた者が、強烈な圧迫感に耐え、高度な政治的成果を求められる環境下でどうやって生き延びてきたのかは、神のみぞ知るところだろう。作戦本部長官という職務は常にその両方が求められる。長い軍歴を持つ者は他にもいるが、きみほど首都内の消息に通じている人物は他にいない。首都内の消息に明るい者が他にいないか考えたら、すべてヴォルだった」もう一度軽く振ったデスプレインズの手は、そのことの政治的見解を示していた。

　ぼくのヴォルバール・サルターナでの経験がいかに時代遅れになっているか、デスプレインズはわかっていっているのだろうか。ジョールは疑問に思った。まあいい。デスプレインズはそのあとを続けている。ジョールは顔をしかめて身を乗り出した。

「きみが承諾してくれれば、わたしはきみを作戦本部長官の候補にしたいんだ。グレゴールから内密に教えてもらったんだが、セルギアールで行政上の変化がまもなくありそうだね。そのことは、きみはわたしよりもよく知っているはずだ。きみにとっても、変化を起こす理想的な時期かもしれないね。

　わたしは過去二年間の任務で、いつ死んでも不思議ではなかったのだから、これは頼みというより命令かもしれない。いずれにしても、都合のいいときに返事をくれ。もちろん、しばらく考える時間はある。ああ、それから女総督閣下によろしく伝えてくれ。ヴォルの消息通として役にたつ、閣下の甥のイワンがわたしのもとから去ったことは残念だったが、彼が新しい仕事でうまくやっていると聞いて喜んでいる、と。

　デスプレインズ、終わり」彼は通信を切った。

　ジョールは座り直して吐息をついた。

　しばらくというのは、作戦本部のいいかたでは数時間というほど尊大ではあるまい。数日という意味かもしれないが、もちろん数週間ではない。即座に返答をする必要はないが、素早い返答をするのが礼儀だろう。

わかった、とそれを認めてから、彼はぎょっとした。作戦本部長官というのは、倍の二十年勤続という経歴の王冠なのだ。しかもこれはヴォルの身贔屓《みびいき》とか、好意とか、特権とかが一切ない提案なのだ。

最初に頭に浮かんだ考えは、もしアラールが生きていたら、もちろん喜んで誇りに思い乙にすまして受けたまえと熱心に勧めただろう、ということだった。そのあとでもしかしたら、というマイナス面の考えが頭をよぎった——自分のあとを追って、アラール自身も最終的に引退していただろうか。そうしたら、動脈瘤とその医学的結果にも違いがあったのではないだろうか。

ふたつ目の考えは、作戦本部長官というポストは、当人の命を縮めるものではないかということだった。デスプレインズは着任したとき家族がいたが、子どもたちはほとんど大人になっていて、妻は一等曹長として家庭と部隊をつなぐ彼の右腕の士官だった。

このことでジョールがバラヤーに戻ることになると、凍結された三個の息子の可能性はセルギアールの冷たい倉庫に残されることになる。それ以外の選択は馬鹿げている。仕事は永遠に続くわけではないが、自分の命だってそうだ。そしていまから十年後に、軍から吐き出されたとしても、そのとき自分はどうなっているだろう。十歳年を取っているというだけでなく。

デスプレインズの後任の仕事ならぼくにはできる。過った謙虚さや高慢さなしで考えて、それが確実なのは断言できる。その仕事を軽く見ているわけではないが、自分を軽く見てもいないのだ。

〈ぼくは父親になることもできる〉完全に方向の違う挑戦だが、三十年間の仕事の経験にもこれに近いものはない。それはまったく新しい世界で、地図もナビの助けもないのだ。

問題は両方いっしょにはできないということだ。この選択は、刃物のように心を切りさく。コーデリア……バラヤーは彼女にとって最大の喜びの場だったが、同時に最大の恐れでもあり突き刺されるような痛みの場だった。彼は骨身に沁みてそれを感じている。彼女が家族や孫のためにバラヤーに戻る気がないというのなら、ジョールのためでもあの重力井戸に戻ろうとはしないだろう。どんなに自分がコーデリアを喜ばせたとしても、彼女は間違いなくぼくのことなんか切り捨てるだろう。彼女は謎に満ちた女性だが、この点では謎はない。裸足で火のなかを歩くのと同じくらい、バラヤーに帰るのはいやなのだ。

通信コンソールに手を伸ばして彼女に通話を入れようとした。そしてやめた。

彼女が何をしようと、何ができようとも、「これはあなたが決めることよ、オリバー」というだろう。彼女のベータ訛りの声が頭のなかに響いた。その声に痛みが走っているのが聞こえるような気がした。

彼は椅子に深く凭れた。

時間はしばらくあるんだな、まだ。

11

ジョールが期待していたのは、こんなつまらない週末ではなかった。だが戦術的後退をしてのんびりすることもできず、現状は見当違いの仕事の方向に進んでいる。コーデリアは、義理の娘に新しい女総督宮殿——と庭園——として提案する場所を見せて、計画を進めるために紹介してもらった若い都市建築家と相談があるので、高速飛行の旅にすでに出かけていた。

「誰もがあの建築家に、最高の経済効率を達成しろと要求しているのはわかってるけど、わたしたちは公園と庭園の余地は残すようにいう必要があるのよ」コーデリアは慌ただしい朝に、通信コンソールでそうジョールに知らせてきた。「逆説的だけど、都市文明というものは多少は田舎を注入しなければ達成できないの。現在はまわりじゅうのすべてが田舎っぽく見えてるのはわかってるけど、その状態がいつまでも続くわけじゃない。その先を考えておかないといけないわ」そしてしばらく考えてからいいたした。「それに駐車場とか、バブルカーの交通網とか、ふさわしい配管工事とかもね。どこにいたって人々は、いつも他の場所に出かけたがるし、それにたいていその途中でトイレにも行くことになるのよ」

「それに、小さい子どもを連れた両親のための施設も必要ですね」エカテリンの声が離れたところから聞こえた。情熱をうちに秘めた口調だ。ヴォルコシガン家の子どもたちのざわめきは、宮殿の遠い部屋のほうから聞こえているらしい。その背後から子どもたちの父親の抑えた声が聞こえるが、混乱を鎮めようとしているのか煽動《せんどう》しているのか、よくわからなかった。

「そうなのよ」コーデリアはいった。「建築家のデザインのなかにはとても洒落《しゃれ》たものもあるけど、細部まで掘り下げてみると、人々が二十二歳で自分の頭脳をすっかり仕上げて決して造り直したりしないと思っているらしいことがわかるのよ。さらにつけ加えると、七十歳では静かに消えてなくなるって思ってることも」

「もっと経験を積んだ建築家を使うべきだってことですか」ジョールは疑問を覚えて訊いた。

「問題は、もっと経験を積んだ建築家が手に入るかどうかってことで、その答えは残念ながらノーよ」といって彼女はため息をついたが、そのあと元気になった。「でも、この人は物覚えがよさそうよ。だから自己流にこだわる年配のバラヤー人タイプとは違って、よく聞きなさいと死ぬほど威す必要がないの。まあそういうこと」

そういってコーデリアは、必死でスケジュールの変更を取り入れようとして苛立っているスタッフを風をはらんだ旗のように引き連れて、そそくさと出かけていったのだ。

そこでジョールはぽっかり空いてしまった一日を、オフィスに戻ってボブリクの背後から通信コンソールを覗きこんで小言をいって煩わしたりしないですむように、何かで埋めなければならなくなった。アパートは静かな隠れ家ではあるが、一時間ほど大学で発行している科学雑誌を熟読したあと、自分が落ち着きをなくしているのに気づいた。設備の詰まったバラヤー戦艦に慣れているので、この部屋が狭すぎるとはいいがたい。何か……過剰なのか。不足なのか。不足なのはコーデリア、ということか。そのあと彼はデスプレインズから来たメッセージをまた見直したい気持を抑えた――何度見てもメッセージに変化はなさそうだ――あと三十分読んでみても。そこまできて、彼は逃げ出すいいわけを思いついた。

カリンバーグ大学で車を停めて、以前は町の郊外だったが、いまは雑多な建物の立ち並ぶ坂道に向かって歩きはじめたジョールは、ここも女総督宮殿と同じくらい広いのを思い出していた。この大学は創立されて二十年足らずで、校舎は例のごとく、以前は野戦シェルターの集合体だった。そのあとずんぐりした実用本意の新しい建物が三つ加えられ、さらにクリニックも加わって、それが現在はカリンバーグの中央病院に発展している。医療技術者《メドテク》を地域で養成することが最優先だとしても、たいていの場合子どもを外世界に留学させることなどできない住民のためには、若い植民者で他の技術の実務経験のある者が必要だ。カリンバーグ大には地方から来た学生のための寮がないので、学生は占領した民家に兵士が泊まりこんだように、地域の家庭に散らばって住んでいる。野戦シェルターもまだ残っていて、それを押し退けて新しい建物を造ることのできない家屋局にとっては、何度目かの再利用となっている。

メドテクになりたがっている――そしていずれは医者志望の――人々を援助する必要のある生物学部は、新しいブロックのひとつで二階全部を割り当てられている。そのあたりでジョールは、カリンバーグではありきたりのズボンとシャツとサンダルを身につけ、実験用のラバーカップを持って急ぎ足で通り過ぎる男を呼びとめた。

「すみません、人を探しているんですが――あのう」用務員ではないだろう。以前に見た記事のなかのホロ写真が頭をよぎった。「ガメリン博士じゃありませんか」

男は立ち止まった。「はい、ガメリンです」彼は、この人はどこかで会ったことはあるがはっきりしない、というように目を細めてジョールを見た。ジョールが私服ではなく軍服を着ていたら、わかったかもしれない。「何か、御用でしょうか」といってさらに目を細める。「父兄の方ですか、学生ですか……？　受付はこの向こうに隣接したビルにありますよ」アクセントはバラヤー風で、南大陸の訛りのある声だった。

「いまのところ、どちらでもありません」そのうちなるかもしれない？　混みあった彼の思考の駅に別の列車が顔を出した。「オリバー・ジョールです。セルギアール艦隊の提督です」

「ああ」どういう先祖返りかわからないが――退役兵だとは思えない――ガメリンの背筋がぴんと伸び、ラバーカップを持ち直して平等主義者のように握手の手を差し出した。宗派の違う聖職者みたいに。「それで本日は、セルギアール艦隊に、生物学部がどのようなお役にたてるんでしょうか。女総督閣下に派遣されて来られたんですか」

「いや今日は、私用で来たんです。といっても、女総督閣下は間接的に責任があるかもしれません。ぼくが読んでいたものに――」

そのときショートパンツとサンダル姿の、緊張した顔の浅黒い中年の女性が駆け寄ってきて、ジョールの言葉をさえぎった。「見つかったんですね！　よかった！」彼女は乱暴にラバーカップをガメリンの手からもぎ取った。「どこにあったの?」

「解剖実験室だよ」

「へえ。思いつくべきだったわ」

ガメリンが口をはさんだ。「ジョール提督、うちと双務契約《ビラテラル》を交わしているベテラン教師をご紹介していいでしょうか。ドブリーニ博士です」

その女性は眉を上げてジョールを頭のてっぺんから足の先まで見まわしてから笑顔になってうなずいた。「あなたは大層左右対称《ビラテラル》ですね。とても嬉しいわ。でもいつまでもここにいるわけにはいかない」彼女はサンダルの音を響かせながら通路を走り続け、戸口で振り向いて背後に呼びかけた。「大学にようこそ!　でも入ってこないで!」その背後でぴしゃりとドアが閉まった。

気を取り直して、ジョールはこの部門の長のほうに注意を戻した。「いま、セルギアールの土着の生物学についてあなたの学部の雑誌を読んでいるところで、いくつかの記事に興味を惹かれました」ガメリンは主たる編集者ではあるが、それ以上に自らも明快な原稿を書いている人物だ。

ガメリンはたちまちにっこりした。「素晴らしい!　うちの雑誌が関連部署を超えて読まれているなんて、思いませんでしたよ。この土地の熱心な小グループと、ネクサスのはっきりしない異体生物学者だけが読者かと」

「ぼくは自分では、興味を持った素人だと思ってます」ジョールはいった。「女総督みたいに」

「おや、女総督閣下はすでに素人以上ですよ」ガメリンはそういいきった。「ありがたいことに。われわれがここで何をやろうとしているか、ちゃんとわかっておられます。以前いた皇帝直属の行政官なんかより進歩したのは確かです」好ましくない思い出があるのか、彼は顔をしかめた。「要求が厳密とはいえませんが、少なくとも閣下の要求は馬鹿げていません」

「女総督は、ベータ時代の天体調査訓練はすっかり時代遅れになったといってますよ」

ガメリンは手を振ってそれを否定した。「彼女の思考構造は非常に健全です。細かい面に関してしては、われわれはみんな実際に、学ぶ先から時代遅れになっているんです。それに学者になろうとしている人々の手助けに追われているんですよ」ちらっと苦笑いが洩れた。

「じつは、ぼくはそのことについてお訊きしたかったんです。あなたがたのなかに、セリーナ湖と周辺の生物相の研究を進めておられる方がいらっしゃらないかと思って」

「現在はいませんね」とガメリン。「余裕のある者はみんなグリッドグラッドに派遣されました。そして建設業者よりもそこの実情に詳しくなろうとしていますよ。誰だって、またあの寄生虫病とかもっとひどいものには罹《かか》りたくないですからね」

「それはわかります」それでは専門家を見つけて最近の科学について知識を訊き出そうという漠然とした計画は無理そうだった。

昇降口から男が一人出てきて、ガメリンを目にとめると腕を振りながら近寄ってきた。「イオナス！　ジュリーがまたあいつの下らない学生のために、ぼくの遺伝子スキャナーを盗んだんですよ！　連中が壊さないうちに取り戻さないと――もう一度」

ガメリンはため息をついた。「われわれの装置を壊さないように教えようとすれば、その練習には装置が必要だね。それはわかるだろう」

「じゃ、彼女にあなたの装置を渡して下さいよ」

「その機会がないんだ」ガメリンは相手に睨まれてもひるむでもなく受け流して、優しい顔になった。「だけど今日はわたしのを使っていいよ。使う予定はないから。会議があるんだ。使い終わったら戻しておいてくれたまえ」

「はい」男は気を取り直して、「ありがとう」と振り返ってつぶやきながら立ち去った。

「ジュリーに渡さないようにしろよ！」ガメリンが背後から呼びかけると、男はくすくす笑いながら角を曲がって姿を消した。

「装置争奪戦ですよ」ガメリンはため息をついて、ジョールのほうに向き直った。「あなたのほうでもこういうことがありますか」

「ええ、似たようなものです」ジョールは笑いながら認めた。

「来週エスコバールの侵略隊が着いたら、もっとひどいことになります」

ジョールは瞬《まばた》きした。「それはぼくの管轄のようですね。そのことはメモしておかなくてもいいですか」

ガメリンはほんの一瞬あっけに取られた。それから「ああ！」といって笑いだした。「軍の問題じゃありません。ニュオヴォ・ヴァレンシアの市立大学が、大学院生を送り込んできて、それぞれの学年に関連のあるつまらないことをここでやらせるんです。それはいいんですが、貨物料金を倹約するために、こっちで装置を手に入れようとしているんですよ。科学を競うより厄介な問題です」

「それに科学に関わるやっかみもあるんですか？」

「いや、まさかそんな！」ガメリンは憤慨していった。「わたしはだれでも歓迎します」それからちょっと考え直していいたしした。「そうですね、たぶんセタガンダ人はだめですけど。連中が自分たちの装置を持ってくるのでなければ」そのあとさらにじっくり考えていった。「そしてそれを置いていけばね。昔占領を引き揚げたときのように。それなら結構ですよ」

「ぼくが領事にほのめかしておきましょうか」

今度はガメリンが低い声で笑ったが、それから間をおいていった。「ああ、待って下さい。あなたがいわれると、冗談でなくなる」

「まあ、半分はね」ジョールは認めた。

ガメリンは首を振った。「わたし自身、ほぼ二十年まえにここに来たのは基本的な科学調査のためです。専門はシステム管理ですが、頭のいい大物の科学者にはなれないと自分でわかっていました。何か達成できたと思うのはいつかおわかりになりますか。週末なんですよ、たぶん。この小さな部署で分類し、目録を作り、一年で二千もの新しい種の比較検討をしました」

「それは……すごいことに聞こえますが」とジョールはいってみた。

「そうですか。いまごろまでに、セルギアール全体の生物地図を仕上げているべきだったんです。そうですね、ざっと見積もって五千年分の」

か」

「五千年の過程を調べるには」とジョールはいった。「いま以上に人員が必要ではないんです

「それは確かに、あればいいと思っています」彼は遠くを見るように目を逸らした。「それにセルギアールの古生物の調査もあります。どうやってそれをすべて手に入れるか。われわれは表面を引っ掻いただけだといってもいいすぎではありません。うちの地質学者たちは、一定期間調べるごとに涙ぐんで調査を止めています。その量に圧倒されて挫折するんです」

「セルギアールの星形《ラジアル》生物も化石化するんですか」ジョールは疑問に思った。「星形海月《くらげ》になろうとしているようですね」

ガメリンは両手を上げて抑えられない苦悩の叫びをあげた。「そんなこと誰にわかりますか？　われわれは知りませんよ！」そしてちらっとクロノメーターを見た。「提督、学内をご案内したいんですが、まもなく学生との会議がはじまるんです。それはそうと、なんでしたっけ——そうそう、セリーナ湖っておっしゃいましたね」

「最近そちらに何度か行ったんです。水中の生物は好奇心をそそるもので、なかには非常に美しいものもありますが、ガイドブックと合致しないことが多いんです」

「そうですね、それは、理由があるんです」ガメリンはふっと無表情になっていった。「お役にたちそうなものを差し上げられると思います。いっしょに来て下さい」

ガメリンについて通路を進むと、忙しそうな実験室を二つ通り過ぎてからガメリンがドアを大きく開けると、そこはごちゃごちゃに装置の入れてある物置だった。そして彼はその奥まで

入っていき、数分後に出てきた。「ほら、これです」といって彼は重いものの入ったプラスチックのバッグをジョールに渡した。

ジョールはわけがわからずに見上げた。「はあ?」

「これは装備の一式です。このなかのどこかに、あらゆる使用法をつけたホロビッドの案内書もあるはずです。昨年、カリンバーグ市立学校の生物学の上級クラスのために作ったものなんです。このなかのいくつかには、本当に役にたつ見返りもありました。たいした生徒たちです」ガメリンは嬉しそうに顔を上げた。「この次、セリーナ湖に行かれるときのために」

これはまことにセルギアール人らしい手助けだとジョールは思った。そしてなんとなくコーデリアを思い出し、笑みを返した。「わかりました」

ガメリンはうんうんとうなずいた。「といいますのも、近頃セリーナ湖についてカリンバーグ市民から下らない質問がよく来るようになって、大学ではそれに対応しているんです。炭酸ガスの逆転層があるか、とかね。セリーナ湖はそういう条件には浅すぎますよ」

「ええ、知ってます」

「それでは、あの……あなたがその地域に関心を持たれたのは他の理由なんですか。それは知る必要がある。どんな問題なのか。もし問題があるとしたら、われわれは確実に協定不履行ってことになるし、公共奉仕が大学の契約の一部だとすると、事前の警告を受けるよりそれに対処するほうがはるかに簡単です」ガメリンはそれをいって下さい、秘密は守ります、というような顔をした。

「ぼくの興味は純粋に個人的なものです」

「ふーん」ガメリンは敬意を失ってはいないが信じていないような笑みを浮かべた。「われわれには誰にでも守るべき義務がありますからね」そしてふたたびクロノメーターを見た。「おっと、わたしにも義務を果たす時間が来ました。本当に走っていかないと。またおいで下さい、ジョール提督。この次はもっときちんとご案内しますよ」

そして彼は駆けていった。

ジョールは首を振って荷物を肩にかけ直し、階段の端に向かってまえよりもゆっくりと歩いていった。この大学は科学に対する興奮で、軽い燥状態に陥っているようだが、それを咎め立てしても仕方ない。〝キャンディー屋にいる子ども〟というような古い比喩を思い出したが、ふさわしくないように思われた。〝キャンディー惑星にいる子ども〟とでもいうべきだろう。コーデリアの昔乗っていた調査艦は、こういう刺激的な雰囲気だったのだろうか。きっとそうだろうと彼は思った。

彼が半ば開いたドアから入ろうとしたとき、胸の張り裂けるような苦痛の声が響いた。「わたしの虫たちに、あんた何をしたの?」

ジョールはぱっと足を止めた。どうやらジョールは、女性の金切り声に対する反応が、背骨に刷り込まれているらしい。一般的にいえば、これは悪い特性ではない。しかしこの場合は、おそらくより高度な知性を発揮することで乗り越えられるだろう。思慮分別というような。あるいは臆病とか。好奇心がすべてにうち勝ちそうだったが、同じように彼はそれを抑えた。そして通路の端まで行ったところでしりごみした。

彼はもう少しドアを開いてなかを覗いた。男と女が、実験用フードのところにいっしょに立ち、大きなトレーを失望した顔で眺めていた。それを見ていると、男のほうがさらに身を屈めてなかに入っているものを近くから覗きこんだ。

「ほおっ」彼はゆっくりいった。「これは気味悪い……」

もはや叫んではいない女が、細めた目で男と同じ姿勢になった。「ふーん……」

ここで何が起こっているにせよ、ジョールは科学の歴史を中断した男にはなりたくなかった。そこで静かに立ち去った。

コーデリアとエカテリンがグリッドグラッドへの出張から戻ってきたときには、夕闇が迫っていた。ライコフが車を寄せているとき、コーデリアはオリバーが宮殿の正面にぶらぶら近づいてくるのに気づいた。キャノピーを上げると、彼は足を止めて丁重に、二人が車から降りるのに手を貸した。コーデリアは素早く彼の手を握り、エカテリンはその日の仕事の成果である携帯ワーク・ステーションと、ブリーフケースと、長く巻いた薄葉紙の山を抱えて降りた。

「来るのが早すぎましたか」とジョールは訊いた。

「いいえ、わたしたちのほうが遅れたのよ」コーデリアは答えた。「でもすごく成果のある外出だったわ」

ライコフは車を駐車しにそこを離れ、フリーダが玄関を開けて三人をなかに入れた。

「わたしにはいまだに、六人の子どもと夫がいるのかしら?」エカテリンがフリーダに訊くと、彼女は笑みを返した。

「もちろんそうだと思いますよ、マイレディ。みんな裏庭にいましたよ。わたしは汚い石ころをなかに持ち込ませるつもりはありませんけど」

「そんなものあっても頭数を数えるのに邪魔にはならないけど……」エカテリンは仕入れたものを下ろして、みんなといっしょに裏庭を通り抜けたが、そこには庭園灯が点いていた。「うーん。少々数がふえているけど」

コーデリアの六人の孫は裏庭のあらゆるところに散らばっていて、フレディーがいっしょにいるだけでなく、他にもカリンバーグの十代の子どもが五、六人そこにいて、壊れたスレートや晶洞石の山を調べていた。マイルズがその背後にクッションのきいた椅子に調査団長のような顔で座っていて、ときどき杖を振って指示を出していた。マイルズが彼らといっしょに床にしゃがんだりせず椅子に座っているのは、〝子どもたちを田舎に連れ出して、疲れるまで走りまわらせるといいわよ〟というエカテリンの勧めに従った結果だろう。よかった。

「他の人たちは誰なの?」エカテリンは訊いた。

「フレディーの友達だと思うわ」コーデリアは、山火事を起こしかけたときいっしょにいたメンバーだと気づいていった。そうだ、〝三番目のもやし〟もハンドライトを光らせて、スレートを顔をしかめて見ている。「だけど、あの子たちが加わった理由はよくわからないわ」

「フィオドール・ヘインズは連中を人間六脚類《ヘクサペッド》と呼んでいましたよ」オリバーが補足した。

「頭は六個、足は十二本でひとつのからだとして動いていて……もっとも正確にいうと、二匹の六足獣《ヘクサペッド》としても計算が合わないんですけどね。とはいえうまい比喩ですね」「たぶん異種解剖学はヘインズ将軍の得意分野ではないんでしょう」マイルズがこちらに気づいて立ち上がり笑みを浮かべて近づいてきたとき、コーデリアがいった。彼は実際に杖を指揮棒としてだけ使っているのではなかった。母親の目はその理由を見抜いていたのだ。それを口に出していわないほうがいい、と彼女は思い返していた。彼はエカテリンと満足顔でキスを交わしたが、うまく身長の差がわからないように見せていた。コーデリアは一瞬羨《うらや》ましくなった。オリバーとあいう挨拶のキスを交わせたらいいのに……。

「今日はうまくいったの?」エカテリンはマイルズに訊いた。

「素晴らしくうまくいったよ」と彼は請け合った。そしてコーデリアに向かっていいたした。

「母上が推薦された地質学の先生が、ぼくらを素敵な場所に連れていってくれたんです。みんなで何時間も、石がころげ落ちてくる谷を上ったり降りたりしたんですよ。ヘレンとアレックスは最初は気のりしないようだったけど、セリグとシモーヌが頭を殴りあったりしながら発見したものを、ミス・ハンノが、それは完全に新種の化石だと保証してくれたんだ。ミス・ハンノはとても興奮していた。そのあとは競争になった。彼らの見つけた特別な石ころを取り上げるには交渉が必要だったけど、きらきらした紫色の晶洞石と交換することで、問題は解決した。二歳にしては、すごい商売人だよ。マークとカリーンの跡継ぎになるかな」

「誰か怪我しなかった?」エカテリンは訊いた。

「あとが残るような怪我はないよ。引っ掻き疵《きず》と、指の絆創膏《ばんそうこう》と打ち身、多少の血と汗は出たけど、救急品にもほとんど同じくらい興味があるらしくて、涙なんかほとんど出なかった。リジーはいまじゃ、古生物学者《パレオントロジスト》になりたがっているだけでなく、その言葉の綴りを覚えてしまったよ」

「いいわねぇ」コーデリアはいった。「そろそろ家族から科学者が出てもいいころだわ」

「昨日はメドテクになりたがっていたのよ」エカテリンは指摘した。

「そして先週はジャンプ船のパイロットだった」とマイルズ。「たぶんあの子は、バラヤー・ルネッサンスを開く女性になるだろう」

「わたしには、ベータの天体調査隊のほうがありそうに思われるわ」コーデリアはちょっとすましていった。

エカテリンは不満そうに岩屑の山とその上に夢中で覆いかぶさっている頭を見まわした。

「あの石ころをみんな、ジャンプ船に載せて持って帰るつもりかしら」

「たぶんね」マイルズはため息をついた。「でなきゃ、おばあさまの家の美術展示品として置いていけと、説得できるかもしれないな」

「あら、ありがとう」コーデリアがつぶやくと、マイルズは作り笑いを浮かべた。

「本物の博物館では欲しがらないでしょうね」とエカテリン。

「ミス・ハンノは三個だけ新種の標本として持っていったんだ」マイルズは保証した。「残りはどうやら平凡なものらしい」

「三個ですって？　一日だけで？」

「セルギアールですもの」コーデリアはいった。「石をひとつひっくり返すだけで、何か新しいものを必ず発見するのよ。ここが好きだって、わたしいったでしょ」政治を除いてね。でもそれは人間が持ち込んだものなのだ。

子どもたち全員が突進してきたので大人の会話は中断された。帰ってきた二人の女性に新しい宝物を見せて、頭のよさを褒めてもらいたいのだ。やがて残念な気はしたが、コーデリアは夕食の時間になったので集まりを終わらせた――カリンバーグの子どもたちは家に送らせ、ヴォルコシガン家の人たちはからだを洗うために二階に行かせた。彼女はフリーダにオリバーの好きな飲物を用意するようにいって、汚すにまかせて放置していた親たちにその始末はまかせて、記録的な早さで階下に駆けもどってきた。今回はなんとか挨拶のキスをすることができた。

「それでそちらの外出はいかがでしたか、女総督閣下」とオリバーは訊いた。

「わたしも素晴らしい一日だったと、いわなきゃね。でもほとほとくたびれたわ。エカテリンのことは遠慮なく働かせたけど、一日中こっちの人からあっちの人へと話をして愉しそうだったわ。だから搾取《さくしゅ》されたとは思っていないでしょう。実際にはそうだったんだけど」

「そしてあのう……期待していらした、個人的な女同士のおしゃべりはできましたか」

コーデリアは顔をしかめた。「そのつもりだったのよ。単に時間が足らなかっただけ」それからすぐにいいたしした。「今夜遅くに、その問題は持ち出す機会があると思っているの。つまりわたしとあなたとで。かまわない？」

彼は防御するように息を呑んだあと答えたが、熱をこめて承認するような口調にはならなかった。「マイルズはあなたの命令系統です。それはテーブルを叩くまでもなく明白で、彼のことはあなたがよくご存じで、ぼくなんか及びもつきません。この件はあなたの判断で決まります」

「ふん。彼はときどきわたしにだってはっきりわからなくなるわ」

「それでエカテリンは？」

「エカテリンは……もっと傍観者的よ」それに、バラヤーの寡婦の経験からいって、はっきりした意見表明はできないのだろうとコーデリアは思い返した。「わたしはべつに問題ないと思うわ」

「それではあなたは、息子がどこへジャンプ船で飛んでいくのかも知らないんですか」

「あの子にベータ式の投票を許す気はないのよ」と彼女がいいたすと、彼は心配そうな顔しかできなかった。「わかるでしょ、彼に何もかも話したら、アラールに対して不実だと思われるかもしれないわ」

というと彼はなおさらむっつりした。「ぼくは……そういうことの心構えができていないんです。ぼくは……絶対にあなたと家族のあいだに立ち入るつもりはありませんよ。アラールとあなたのあいだでも、あなたの家族でも」

「家族って以前はマイルズだけだったのよね」そうそう、イワンも、ちょっと距離はあるけど。それにグレゴール。わかった、オリバーは問題よね。その線でいうと、明らかにオリバーは、可哀そうなのけもののの継子《ままこ》みたいなものになるわね。

彼の眉がぱっと上がった。「ご自分の内心の声を聞いていらっしゃるんですか。マイルズは、一人きりで軍隊だって」

彼女は思わず笑ってしまった。「わかった、わかった。それでは、わたしはそれを翼の下にしまっておくわ」

「ぼくの顔が赤くなるようなことだけはいわないで下さい」

彼女は指先で顔をこすった。「でもね、わたしは赤くなったときのあなたの顔が好きよ」

「わかってます」彼はその指を摑んでついでにキスした。「それじゃあなたが笑顔になるまで、顔をまっ赤にして息を詰めてましょうか。場合によっては、くすくす笑いになるまでかな。それでもやはり」

それも彼女の両手に委ねている彼の秘密だった。彼女はわかったというようにうなずいた。「たったひとつだけ指摘していいかしら。プリンス・セルグ号への旅は、一泊するぐらいの遠出になりそうよ。総督用の小型ジャンプ船は快速急使船よりも広いし、いっしょに寝られたら便利だと思わない?」

ここでやっとオリバーの口もとに微笑が浮かんだ。「とても能率的ですね」

とはいえマイルズがふらりと入ってきたときには、二人ともどういう馬鹿げた反応なのか、少しばかり身を引いた。「おや」マイルズは不思議そうにオリバーを見ていった。「まだここにいらしたんですか。何かありましたか」

「わたしが夕食をごいっしょにどうぞって、オリバーを招待したのよ」

「本当ですか。仕事の話はあまりできないと思いますよ」

「今夜は、食事中は仕事の話は禁止にしようと思ってるの」コーデリアはその言葉を強調するように、目を大きく見開いた。

マイルズは笑って仕方ないというように片手を開いた。「わかりました」

その夜は、混沌とした植民地の話や最近のヴォルコシガン家の領地での活動についての話しで、会話がはずんだ。オリバーがいつもと違って無口なのが、言葉を差し挟む余地がないだけなのか、コーデリアにはなんともいえなかった。オリバーは年下の子どもたちの言葉はうまく受け流していた。社交的な夜会でも同じように公平に、楽々と対応しているのかもしれない。そうして同じようなさまざまなレベルの話に耳を傾けているのだろう、とコーデリアは思った。

コーデリアはマイルズとエカテリンに引っぱられるようにして二階に行き、幼い子どもたちがベッドに入り大きな子どもたちもそれぞれの部屋に引きこもるのを見届けると、やっと階下に降り、食後の飲み物のための居心地のいいラウンジでオリバーに合流した。そして彼が待っていたカウチの横に座りながら、〈オリバー、わたしの肩に腕をまわしてもいいのよ〉と考えていた。だがテレパシーでほのめかしたのに彼はそうはしてくれなかった。マイルズとエカテリンは低いテーブルの向こう側のカウチにいっしょに座った。フリーダが給仕をしたが、コーデリアが首を振って合図すると慎み深く出ていった。

オリバーは彼の普段の態度からいっても控えめだった。仕事上で問題が起こりそうなことがあって気になっている、なんてはずはない。今日は休暇を取っているはずだから。もしそうでなかったら、いらだたしい。彼女は訊いてみた。「それでオリバー、あなたは一日中何をしていらしたの？」

この質問はさいわい、大学へ出かけた際の面白い話を彼から引き出すことができた。大学ではいつもどおり大学らしくものごとが進んでいるらしい。エカテリンはひどく興味を惹かれた様子だったが、マイルズのためにはセルギアール艦隊の話に変えるほうがよさそうだ。ところがそのマイルズは、空《から》のグラスをを指先で回しながら、訊いたのだ。「なぜセリーナ湖なんかに興味があるんですか」

「あなたの母上をセイリングにお連れしたんです」

「なるほど。父はセイリングが好きでしたね」

「そうですよ、ぼくは昔、御父上に教えていただいたんです」

「わたしだってそうよ。でも白状すると、若いころはお祖父さまの馬術のほうが好きだったわ」

コーデリアはこの言葉で個人的な話をするきっかけにならないかとすまし顔を上げたが、オリバーは透明なカヌーから観察したセリーナ湖の生物のことを夢中になって話しはじめた。その我を忘れた様子が彼の魅力を少なからず引き出し、エカテリンは微笑していた。

「だけどあっちのほうの開発を計画なんかできないでしょう？」とマイルズはいった。「母上はあの地域の地質構造から人々を引き離そうとしているでしょう」

コーデリアは役にもたたない我慢を諦めた。「じつはね、オリバーとわたしはおつきあいしているのよ」

マイルズは目を瞠《みは》った。そのあとの静寂は少しばかり長すぎたが、エカテリンがコーデリアとオリバーを見比べて思い切ったようにいった。「おめでとうございます！」マイルズは口を閉じたままだった。

ちょっとたってマイルズは口を開いた。「えーと……おつきあいって正確にいってどういう意味なんですか？　この場合には」

「セックスって意味よ」コーデリアは最高に淡々としたベータ人らしい口調でいった。

「……あー」一瞬間をおいて彼はいいたした。「明快にいって下さってありがとう」と思うけどね、と彼の表情は口とは裏腹にいっていた。

エカテリンは夫を横目で見て、くすくす笑いかと思われるような音を呑みこんだ。オリバーは相変わらず何かを象徴するようにじっとして動かなかったが、小さな笑みで口が震えていた。そして嬉しいことに、彼はやっと自分のものだというように、ソファの背もたれに沿って腕をコーデリアの肩まで伸ばしてきた。そして顎を上げ、マイルズを大胆に見つめた。

「世間にも……知られているんですか。このあたりでは」マイルズは好奇心にかられたように訊いた。

「いいえ、ニュース機関には知らせていないわ。グレゴールには、オーレリアについて知らせたときにいったのよ。それにアリスとシモンにも、もちろん」

「その三人が揃って知っているんですか。それなのに、ぼくには話してくれなかったのか。いつからぼくは機密上の危険人物になったんだ?」マイルズは怒った声でいった。それからまたいいたした。「それでグレゴールが、ぼくが何かもっと知りたいのなら、母上に訊く必要があるといっていた意味がわかりましたよ。ぼくはグレゴールが、なんらかの調査をぼくにさせたいとほのめかしているのかと、思っていたんだけど」

〈そうかもしれないわ〉と思ったがコーデリアは口には出さなかった。

マイルズはさらに眉をひそめた。「母上はそのことによる政治的な副産物は気にしていないんですか。この地域での。あるいはもっと広い範囲での」といってからためらった。「セルギアール宇宙のトップの地位にいる二人の人物が、いっしょにベッドに入っているなんてことが、あー、知られたら、なんらかの敵が興味にかられて紛争を起こす可能性がぼくには見えますよ」

「その……」ふたたび無表情になったオリバーをちらりと見て、コーデリアは残念ながら〝トップの三人〟といいたいところを二人に変えた。「そのセルギアール宇宙のトップの二人が、いっしょに寝ていたのはずっと昔からよ。人々はそれに慣れていると思うわ。わたしが女総督だったのはあなたの父上の妻だからではなく、共同統治者としてだったのよ」

マイルズはこらえきれずに、「ええ、知ってますよ」というように手を振った。

「そういう場合にはたいてい、パートナーの一方が他方の権力基盤に不法に寄生しているように見えるという不満が出てくるのよ。オリバーとわたしを仕事仲間以外の者として見ると、こんがらがった考え方をすることになるわね」

「敵意を持った者がそう決めつけるのは、止めようがないでしょう」

「これまでの経験では、わたしが何をしてもしなくても、止めようがないのよ」

思いがけずオリバーが口をはさんだ。「あなたの父上の警句のひとつに、〝敵にこっちの立場を選ばせるな〟っていうのがありました。彼のいうのは単に軍事上のことだけじゃなかった」

「といっても仮想の敵はもっと少ないわ」コーデリアは淡々といった。「仮想の立場ではね。とにかくその人たちに何ができるというの？　わたしを辞めさせせようとする圧力？」コーデリアはこのないとはいえない筋書きを考えてみた。「考えてみると、そんなこと実際にはわたしを激怒させるだけよ。そんな仕事に余計な時間をかけるなんて、ショウをやったために余計な酸素を無駄遣いしたのを証明するだけのことよ。ふんっ！」

マイルズは空のグラスをもてあそんでいた。浮遊している不快感を脇によけて、自分の感情を正当化する論理的な理由を考えようとしているらしい。彼にそうさせるべきかどうか、コーデリアにはわからなかった。彼は戦略的な道を見つけるのに長けているのだ。それはいいことよ――彼がこっち側についているときには。

「わたしの家族がわたしのことに文句がなければ」挑戦は宙に残してコーデリアはいった。「セルギアールの世間とか、他の連中が何をいおうと、どうでもいいのよ」

エカテリンはまだ心配そうな顔だった。内気な性質によるいつもの控えめな態度なら、べつに驚くことではない。はじめてのことではないが、この人はどうして自分の気楽な領域からずっと離れている男性と結婚なんかできたのだろう。といってもとても結婚してくれてとても嬉しいんだけど。「ヴォルシス伯母がまえにいっていたことですけど、公の立場にいる女性に対する最初の攻撃は、たいていセックスがらみの中傷だそうですよ」

コーデリアは肩をすくめた。「あの教授は賢い女性で大変すぐれた歴史学者でもあるけど、わたしの見解ではその意見はもう古いわ。アラールが摂政のときもさらにそのあと首相になってからも、セックスだろうとなんだろうと中傷されたことなんかなかったわ。わたしの想像が及ぶかぎりでは。あの時代に、わたしたちが見つけたことを連中がどう思っていたのかは知らないけど」

「それは……本当ですね」マイルズはしぶしぶいった。「連中が一番気にしていたのは母上とベータとの関わりでしたね。それに父上は常に標的にされていた。父上は言葉には手榴弾ほどの威力はないとみなしていたと思いますよ」

〈どちらもあまり好きじゃなかったけどね〉「あの頃のわたしのベータ調査隊の科学的訓練は、ヴォルバール・サルターナの政治にはふさわしくなかったのは認めるわ。人の行為で最低なのは、すでに真実ではないと確かめたことを口にしたり行ったりすることよ。人々の命は言葉の正確さにかかっている。だからわたしには、碾《ひ》き臼《うす》のような噂なんか残酷なだけでなく狂気だと思われるのよ」

「奇妙ですよね」エカテリンがいった。「バラヤー人の一般的な見解では、ベータ人というのはセックスに支配されていることになってるけど、実際に行ってみるとそうではないことがわかるんですもの」

「もちろん違うわ。そんなはずないでしょ」とコーデリア。

マイルズは口元をゆがめたが、面白がって反対しようとした言葉を呑みこんだ。

コーデリアは顔をしかめてマイルズにいった。「中傷で傷ついていたのならごめんなさいね。あまりそんなこと聞いてないけど……」

「ぼくがやられたのはほとんど学校時代です。同級生たちはミューティーという言葉が効かなくなると、あの手この手でぼくを怒らせようとしたんです。最終的にはそんなことを……しないように教えこんだんですけどね。イワンはもっと楽々とやってましたよ。彼なら単に連中を殴ればよかったけど、さすがにぼくのために連中を殴ってくれとはあまり頻繁には頼めなかった。一度だけ、アリス叔母さんはおまえと寝ているんだろうといった馬鹿者には容赦しなかったけど。それは……きっちりやめさせたんだ。ある意味でね」悪意のある笑みが浮かんだ。

「アリス自身は再婚しないことで批判の的になっていたわよ」コーデリアはいった。「再婚しないことは少なくともわたしには、感じがよくて名誉のあることだったのに。わたしは喜んでいたのよ」

「お祖父さまがぼくにいったことがあるんだ。ぼくがどんな中傷に怒っていたのか、よく覚えていないけど、『少なくとも殺人や叛逆でなければ、われわれはヴォルコシガンなんだぞ。そんなことはベッドで寝返りを打つほどの価値もない』って。それからちょっと考えて、言葉を変えたんだよ。『とにかく叛逆でなければな』それからまたちょっと考えて、『ときにはそういうことがあったってだな』」

コーデリアはうふふと笑った。「いかにもピョートル老人らしいわ。彼の声が聞こえる気がする。その血は多分にアラールにも受け継がれているわ。おそらくそこが彼の原点ね。彼を本気で怒らせたのは〝コマールの殺し屋〟っていう言葉だけよ。彼は他の中傷には飽き飽きしていたわ」

「連中には腹がたったけど」オリバーはつぶやいた。

マイルズは彼を見上げた。「そうですね、父の首相時代には、よくそういわれただろうと思います」

「ぼくも相手が誰でも殴ったりするわけにはいかなかった」誰が覚えているかわからない記憶を探りながら、オリバーはいった。「まさに殴りかけたこともあったけど」

この時代には、首相のハンサムな副官については、あらゆるセックスと裏切りを組みあわせたでっちあげの噂が飛んでいた。時間を止めたかのように、同じ発生元の話が汚くゆがめられて、同じ日に二度も噂になったことさえあった。マイルズもきっと聞いたに違いないが、おそらく他の噂同様に忘れてしまったのだろう。それとも当時は、マイルズはたいてい外世界にいたために聞かずにすんだのかもしれない。どう聞いたらいいかコーデリアは迷った。横目でオリバーを見たが、その合図に気づいた様子はなかった。

「ぼくが士官学校に行くころにはそれも次第に消えていましたよ」マイルズはいった。「そうだな、ほとんどがね。数は少ないけど、たまに出てきても以前ほどひどくなかった」

「そのころにはもう摂政をやめていたのよ。でもたいていの噂は時間がたつと消えていったわ」コーデリアはいった。「ありがたいことにね」

エカテリンが気になる様子でいった。「セルギアールでの反応はどうかしらね。新しく生まれる子どもたちに対しても。というか気になりませんか」

「そんなに気にしてないけど、わざわざ迷惑な噂を呼ぶ理由はないわ」コーデリアは肩をすくめた。「セルギアール人の出身がさまざまなのを考えると、予想するのは難しいわね。バラヤーの《孤立時代》には、寡婦はまだ妊娠できる年齢でも、再婚を勧められるどころか圧力をかけられて、遺伝子プールへの貢献を抑えられていたのよ」


エカテリンの顔を暗い表情がよぎった。「残念ながら、それは《孤立時代》だけじゃないと申しあげますわ」

「出産年齢を超えた寡婦はそうね、おそらく同年代の男性から相手にされなかったからでしょう。もちろん、そういう言葉は使っていなかったけど、分析してみればあらゆる不愉快な社会的決まり文句の結果だとわかるわ」

「うむ」とマイルズはいったが、いままでそんな分析をちゃんとしたことがないのだろう、とコーデリアは察していた。

「わたしたちはいまバラヤーにはいないし、《孤立時代》でもない。出産年齢という考えはもう論破されたのよ。人は配偶子を何十年も保存しておけるだけでなく、どの年齢でも体細胞との再結合ができるわ。細胞のサンプルを凍結することを考えれば、父親の死後も含まれるのよ。そういうことなら、女の赤ん坊から卵子を引き出すことも理論的には可能だわ。身近な例を考えても、あなたのクローン兄弟のマークがいるじゃないの」

その最後の指摘で、マイルズは理論的に降参だという身振りをした。「真実ですね、だけど……オリバーは母上には若すぎると思う人もいるんじゃありませんか」その表情は彼がすでにジョークを思いついているが、あまり受けそうもないと思っているのを示していた。

「少なくともわたしがオリバーには年寄りすぎる、という言い方をしないでくれてありがとう」コーデリアは皮肉っぽくいった。

「二重にありがとう」オリバーはコーデリアを横目で観察しながらいったが、その声にはかすかに笑いが含まれていた。「ぼくはもうじき五十歳になるんですよ。ところで、そのときみなさんがまだここにおられたら、誕生日を祝うピクニックに招待しますよ」

エカテリンがいった。「それは愉しそうね」

「愉しいかどうかはわからないけど、賑やかなのは保証します」オリバーは悲しげにいった。「基地内の家族がたくさん参加するから、他の子どもたちもたくさん来ますよ」

「まあ、うれしい」

のけものになって、条件付き降伏といった様子のマイルズが試すようにいった。「もっとも数学で考えれば、当然だと思いますよ。ベータ人とバラヤー人の寿命やら何やら」

エカテリンは鼻白んだが、勇敢に微笑《ほほえ》んでいた。

〈そうねえ、誰かが何かいわなきゃならないわ〉コーデリアはここでマイルズを抓《つね》ってやるのが一番面白そうだと決心して、オリバーのほうに顔を向けた。そして烈しい口調でいった。

「そうよ、オリバー。ひとつだけ約束してもらうとしたら、あなたにはわたしより長生きしてもらいたいってことよ」

　オリバーはあっけに取られた顔になった。「ぼくは……長生きすべく努力すればいいのかな？」思い切ったように彼はいった。左手で口のあたりをこすると、彼の目に理解の色が表れた。コーデリアの肩にためらいがちに置いていた手に、無言の力が加わった。

　マイルズはその言葉を処理するのにちょっと時間がかかったが、最終的には呑み下したようだ、とコーデリアは思った。「そうか」と彼はいった。エカテリンはそれを理解するのにまったく問題がなかったように見えた。彼女は生真面目な姉妹のようにうなずいた。


　集まりはそれからまもなくお開きになった。三人はとても疲れていて……もう一人は消化することがたくさんあるような顔つきだった。少なくともコーデリアがオリバーを見送ったときには、うるさくついてくる者はもういなかった。二人はあまり満足できないおやすみのキスを交わした。

　オリバーは我慢していた吐息を洩らした。「ふうっ。あれはなんとなく……」

〈うまくいった？　まずかった？〉

「――ぼくの予想よりずっと政治的でしたよ」

「マイルズは最近国守らしくなってきたのよ」

「いまだに彼の反応がよくわかりません。あそこに同席していたのに」

「察するに……彼はあれ以上の疑念は面と向かっていわないだろうと思う――エカテリンに対

しても同様ね、可哀そうに——そして外部の人間には手堅い態度を取るのよ」彼女はそう熱烈に願っている。

「ぼくの兄に対する態度と、ぼくと兄の世間に対する態度と同じですか」

「それは煎じ詰めれば、確実にマイルズとマークのことになるわ。だからマイルズはすでに訓練済みなのよ」

「それがわかるまで待てないといおうかな」彼はため息をついた。「でもじつはわかると思ってるんです」

　コーデリアはふふんと笑った。

「明日は、夜になるまえに基地で会えますか」

　明日の夜というのは全員ジャンプ船で出かけているはずで、そのあとはプリンス・セルグ号に乗っているのだ。「だめそうね。わたしの部下は、わたしが彼らから丸一日逃れるまえにやってもらいたい用件の長いリストを持っているのよ。拘束ビームでほんの三十チャンネル経由するだけでわたしに届くのに」十分な軌道の計算によれば、船中の二晩のあいだの一日に何か嬉しい出来事が起こるかもしれない。もっともオリバーはヴォルバール・サルターナでも誰よりも働きすぎの人間だから、たぶんそのあいまに〝出来事〟を落としこまねばならないだろう。

　オリバーは自分の地上車のところに行き、コーデリアは〈それじゃあ、二つ目のワームホール・ジャンプをやり過ごしたときね〉と考えながら屋内に戻った。あと何日後に、全員無事に家に連れ戻せるのかしら。

12

夜中にトイレに起きたコーデリアは、眠れなくなっていつものように苛立ってきた。そこで退屈な報告書でも読もうかと自分の執務室に入った。読むものの内容はどうでもいいので経済問題のひとつを選び、自分も座り心地のいい椅子を選んで収まった。三十分ほど読んでもまだ退屈で眠くなるほどでなかった。そのときドアを叩く軽い音に気づいた。

「起きていらっしゃいますか」マイルズが低い声で呼びかけてきた。

「まあ、そうね。お入りなさい」

マイルズはドアの隙間からするっと入ってきた。彼は古いTシャツとだぶだぶの船内ニットのパンツをパジャマのように着ていて、彼女が手を振って示した椅子まで、格好だけではなく実際に杖に頼って歩いてきた。そしてうーっと小さく唸りながら腰を下ろした。

「なんだか……酔ってるみたいね」顔には皺《しわ》が深く、眼差しは暗く、白髪のふえた髪は乱れている。

「いや、発作です」相手の言葉を振り払うようにマイルズは肩をすくめた。

「誘発したの？　それとも自然発生？」彼の特異な発作の障害は、十年以上まえの低温蘇生の後遺症としていまだに残っている。彼はこの障害のせいで軍歴から弾き出されたのだ。もう、十年以上になるんじゃないかしら。発作は当初は勝手気ままに起こって危険な厄介事をもたらしたものだが、帝国軍病院の神経学チームが少々怖気をふるうような誘発装置を作ってくれた結果、自由に選んだ時間と場所で誘発させて制御できるようになった。発作の誘発は――自然に起こるまえに装置を使いさえすればうまくいく。

「誘発です。この二日酔いのような気分が大嫌いなんですが、ここのところ危険性が上がってきていたので、セルグ号への旅を台無しにしたくなかったんです」

「そういう理性が働くようになって嬉しいわ」

彼は口元をゆがめた。「エカテリンがそういいはったんですよ。じつをいうと」

「それじゃ、彼女と結婚したのが理性的だったってことね」

「そりゃ、そうですとも」

「発作のあとはぐったりして眠りこむのかと思っていたわ」

「発作の誘発は、脳内にある眠りの化学物質を変化させるんです。ときにはライトを消すようにぱっと消えることもあるし、不眠の真ん中に置き去りになることもある」

「そう。ではわたしの不眠クラブに歓迎するわ」

「そうですね、でもぼくは、ええと、七十六歳じゃないですよ」

「素晴らしい！　若い人も大歓迎よ」

「母上は最近誕生日を迎えたでしょう。覚えてますよ、子どもたちのホロビッドを送ったから」

「あれは最高のプレゼントだったわ」

彼はうっすら笑みを浮かべて、杖で床を叩いた。「今夜は、寝つけずにいるうちに、ゆうべのおしゃべりの最初の部分を思い出したんです」

「そうお？」コーデリアは読書器《リーダー》を横に置いて座り直し、不安な思いを隠した。〈目撃者なんて話に持っていかないでよ〉

「あのとき話に出た、昔のヴォルバール・サルターナでの中傷のことですよ」

「というだけでは、範囲が狭められないわ」

彼は首を傾げた。「そんなことないでしょう」彼は息を吸ってからいった。「特に、ジェス・ヴォルラトイエルに関わるものです。父上とのあいだの。二人が若かりしころのね」

ふん。ではいま、わたしがびくっとしたやつではないのね。それはオリバーよりずっと昔の話だわ。

「とはいえこの話は、明らかにぼくを中傷していじめようとして仕組んだでまかせではなかった」といってしばらくためらう。「それで……二人は、あの、愛人だったんですか、それともそうじゃなかったんですか。つまり二人は、義理の兄弟といったものなんですか」

「そのことは……アラールはあなたには肯定も否定もしたくない、と思ったんじゃないかしら」

彼は非常に不愉快そうな顔になった。「わざわざ訊いたことはありませんよ」といったあと、「でも父上は自分から否定もしなかった。事柄によってははっきり否定するのに。たとえば、コマールの虐殺とか。そっちのことは、腹をたてても決してごまかすようなことはなかった」

「当時はアラールには、本当に腹のたつことが山ほどあったのよ」

「ああ、そうですね」

コーデリアはため息をついた。「それで……アラールがはっきりさせたくなかったことを、わたしにしゃべる権利や義務があると思っているの？　あなたには知る権利があると思うの？」これは修辞上の質問ではないと、わかってくれるといいけど。

マイルズは両手をぱっと開いた。「権利？　それとも必要性かな。だけどその話が真実でないのなら、はっきりそういってくれる人が何人かいたはずです。一方、もし真実なら……ぼくには謝らなければならない人が二、三人います。死者をそしることはできない、っていいますよね」

「そんなばかな。もちろんできますよ。法廷に訴えてきちんと訴追することができないだけのことよ」

それは認めるというように彼は皮肉っぽく口元を曲げた。

「簡単に答えるのは誤解のもとよ」コーデリアはいった。「もっと長めに答えるには……少々の事情の説明が必要だわ」

マイルズは椅子の背に頭を乗せた。「時間はたっぷりありますよ」

「安らかに眠りにつけるような話ではないわ」

「その時代のバラヤーには、安らかにするような話はあまりなかったでしょう」

コーデリアの口からふっと笑いが洩れた。「本当ね」といって彼女は大きく息を吸い込んだ。

「狂人皇帝ユーリの殺戮隊《さつりく》によって、アラールの家族のほとんどが虐殺されたことはあなたも知ってるわね――あら、アラールはアレックスぐらいの年齢だったのよ――〝皇位簒奪者《さんだつ》〟といわれたピョートル国守将軍は、内戦のあいだじゅうアラールを自分の背後に匿《かくま》っていた。その理由はいまではわかってると思うけど」

マイルズは、自分をピョートルの立場に、アレックスをアラールの立場において考えているように視線を左右に動かした。その顔は暗かった。

「その結果アラールは、見習いの軍人としては異常に高い地位におかれたんだけど、〝処刑〟が終わると、アラールはあなたも入っていた士官学校の、彼の年齢にふさわしいところに入れられたの。当時はまだ学校として完成されていなかったのよ。その段階で、ジェスとアラールはまたいとこ同士で友人で、どちらもおそらく、ベータ人の基準でも健全だとはいえないような関係だったんでしょう。思春期ということを別にしても」

「それには……反論はできないな」

「明らかに、若者の同性同士の実験的なセックスはそういう状況では黙認されていたらしいわ――そうねえ、バラヤーではそういうことは社会的に認められないだけで決して不法じゃないし、法的な保護がなくても、いいとも悪いともわたしにはいえないけど――とにかく、やはり人目につかないのが望ましかったみたいね。ピョートル老人がアラールをジェスの妹と結婚させようとしたことについて、細かい経緯まではよくわからない。ピョートル自身の母親もヴォルラトイェル一族の出だし、よくは知らないけど、二家族のあいだで代々公認されたつながりがあったのかもしれないわね。それともひょっとすると、その結婚を利用してアラールとジェスを引き離そうとしたのかもしれない。それは正しい判断だったでしょう——若いころのジェスは有害な人間だと思われていたらしいから。だけどピョートルが、あんな惨劇を引き起こすことになるのを予想していたとは思えないわ」

「秘密の決闘でもあったんですか。彼女の貞節についての？」

「彼女だけでなく二人のよ。これはアラールからじかに聞いたことだから、本当だと信じているわ」

マイルズは口笛を吹いた。「決闘なんて恐ろしく違法なこと……」

「とんでもないことよ。だけどそれが、彼女の謎の自殺に直接つながっていたらしいわ」

「そのひとの自殺については父上から一度聞いたことがあるけど……」いいかけてマイルズはためらった。「首都における噂という法廷に関していえば、ぼくだって当時と同じように、エカテリンの最初の夫を殺したという噂をたてられたことがありますよ。まったく、あれにはひどく当惑しました。それはともかく。父上はぼくに、父親のピョートルが彼女を殺したのではないと完全に否定することはできない、といったんです。つまりピョートルの対処がまずかったからかもしれないって。自分の父親を疑うとはなんて忌まわしいんだろう。しかも確かめるすべが何もないなんて……。父上はピョートルに訊いたりできなかった、っていっていた」

「つきつめた話し合いをしないのは、ヴォルコシガン家の伝統みたいね」

「ぼくは父上にそれを……いわばゆだねざるをえなかった」

「うむ」コーデリアは鼻で息を吸い込んだ。「どちらにしても彼女が亡くなったあとの二、三年は、アラールもジェスも、忌まわしいとしかいいようのない、アルコール漬けの最低の振舞いをして世間の顰蹙《ひんしゅく》を買っていたのよ」幼稚なサディストと、自滅しようと心に決めた男との、バラヤー独特の地獄の争いだった。いいえ、おそらくマイルズはそんな具体的なことまで知る必要はない。「ピョートルに復讐する目的だったとは思わないけど、絶対に彼はまきこまれていたでしょうね。決裂した最後の喧嘩では血を見ることになったのよ。でもアラールはそのあたりで手を引き、仕事も取り戻したの。ジェスは転落し続けた。残念ながら、軍人の地位からは転落しなかったけど。そのあとジェスが権威のある地位にいたせいで……帝国軍は多大な損害を受けたのよ」

「それは全部父上から聞いた話ですか」

「いくらかはね。他は別の情報源から集めたんだけど。わたしがバラヤーに来た当初、といってもその出来事からすでに二十年もたっていたのに、大勢の人々がわたしにこの話のすべてを聞かせたがったのは驚くべきことだったわ。ジェスは幸運にも死の二十分まえに提督にまでなっていたの。そのことで人々を失望させる結果を招いていたんだけど」

ジェスは何よりも、たぶん……コーデリアは笑いそうになるのを歯を食いしばってこらえた。「昔の炎を燃えたたせるような、ジェスに対するわたしの反感は、彼が男性であるせいではなく性格のせいだと、はっきりいっておくべきだわね」

マイルズは肩をすくめて、〈ベータの基準では、当然そうだろうね〉と譲歩している顔になった。「それが事実だとして、他にもまだ中傷の種があるんですか」

「あるひとつの事実が……どっちつかずに提示されると、煽《あお》るような話にもなるし、それを物語る人の気持次第では、有害で人を傷つける形で展開されることもあるのよ。もっともこの話は、事実に秘められた意味が——少なくともそこにいた人々の世代では——決してわざと無視されることはないとわたしは思ってるわ」

「ぼくは傷ついたな」マイルズは顔をしかめた。「父上はその時代のことはほとんどすべて話してくれたけど、ジェスのことはいわなかった。というか……ぼくは半分ベータ人でしょう？父上とそういう話をしたとき、すでに子どもでもなかったのに。もちろん母上は子どもにこんな話はしないだろうけど、ぼくは当時三十歳になっていた」彼はいろいろな意味の失望を示すように鼻に皺を寄せた。「それなのにぼくは、過った判断をしたまま……ほうっておかれた」

コーデリアは痛みはじめている首筋を撫でた。「たまたまあなたとお父さまが、深く愛しあっている大切な相手だったからよ。その場合をよく考えてみて……アラールはあなたが自分をどう判断するかってことばかり気にしていたし、あなたもいつだって、彼があなたをどう判断するかが気になっていたでしょ」

「ふむ」

「ためしに」コーデリアは唇を嚙んだ。「いままでにやったことで、一番後悔している間抜けなことを三つ考えてみて」

「たった三つですか。もっと思いつきますすよ」

「このテストにはやりすぎは必要ないの」彼女は淡々といった。「トップの三つよ」

「それでも選択が難しいけど……いいですよ」マイルズは椅子に深く凭《もた》れて、杖を両手で回しながら過去の記憶をたどるように唇を噛んだ。

「じゃあね、セリグとシモーヌにその三つを話すには、あの子たちがいくつになっている必要があるかしら。十歳？」

「とんでもない！　そんな倫理的に恐ろしい話をするにはまったく若すぎます」そしてすぐにいいたした。「それにぼくなら耐えられる、他の恐ろしい話でもね」

「じゃ、二十歳なら？」

「二十歳というのは……とても気持の乱れている年頃ですよ」と彼はいいきったが、母がどういう話に持っていくのか、そしてその顔つきを見て斟酌《しんしゃく》する気がないのは明らかにわかっているようだった。

「三十歳？」

「……たぶんね」若いころから見慣れた、うまくごまかそうという表情がちらついている。

「四十歳？」

「四十歳ならいいかもしれません」彼は苦い顔で譲歩した。

「アラールはあなたが三十九歳のときにいうべきだったようね」

「うーっ」苦しそうに小さく唸ったが、その声は最近の階段を上り降りするときの声に似ていた。

「話は変わるけど、その三つをわたしに気分よく話すには何歳になってなきゃならないの」

彼はなんとなく用心しているような顔になった。「二つはご存じのことです。もうひとつは……いまではもうかなり時代遅れになってますよ」

「何かを白状させるつもりはないのよ。あなたに、お父さまをスーパーマンではなく人間として見る努力をしてと頼んでいるだけよ。胸像をそんな高みから落とすべきじゃないわ」

「そうでしょうね。ふん」彼は前のめりになって杖に顎を乗せた。「それはわかってます。わかっているんです」そのあとしばらくためらってから、「ぼくは、子どもたちを狂気に駆り立てるような、どんなことをしているのかな」

「もう地平線に、ティーンエイジャーが見えているんじゃない？　じきにあなたを問い詰めるかもしれないわよ。あるいはあなたが自分で観察できるかもしれないわ」

彼はひるんだ。そしてため息をついた。「他にアドバイスはありますか。ああ、女予言者として」

「なんでも直接訊きさえすれば」と彼女は肩をすくめた。「べつに目新しいことはないと思うわ。許されたときはあなたも許し、何かいいたければ機会を逃さないことね」

皮肉っぽい笑い声。「機会を逃すってのは、じつはぼくの失敗のトップ・スリーのひとつです」

「そういう人は多いわ」

マイルズは座り直し、しばらく無言だった。「ぼくにとっては……父上は常に尊大な人に思えたんです。とても強くて。父上の心臓発作の騒ぎのときは、ぼくは低温凍結されていて見損なったし、それを聞いたのは、ずいぶんあとですっかり治癒してからで……いや、たぶん聞いてない……」

「強いっていう点は、そうね。他の人には……自分の力だけであんな強さを、あんなに長いあいだ保つなんて誰にもできないわ。でもいまはあなたも、わかっているわね」

マイルズは薄く笑みを浮かべて、譲歩するように首を傾げた。エカテリンのことを考えているのかしら。

マイルズの白髪の数本が明かりで光り、コーデリアは当惑して瞬《まばた》きした。「来年はあなたも、わたしがはじめて会ったときのアラールの年齢になるわ。あなたの白髪は黒髪と同じぐらいになったわね」

「そうですか」といって顔をしかめ、マイルズは髪を見ようとするように引っぱった。「八十歳になったら全部白髪になってるかもしれない」

〈そう思うわ〉と思ったあとコーデリアは鋭く息を呑んだ。〈だめよ、目のまえにある幸せを恐れにつぶさせてなるもんですか〉それとも悲しみがわたしの未来を消費するのかしら。そんなのもっとひどい。

そんなことを思いながらコーデリアは欠伸をした。「もう眠れそうだと思う?」

彼は伸びをして肩をぐるぐる回した。「ええ、たぶんね」

「明日の朝は、好きなだけ眠れるわよ」

「でも母上は眠れないんでしょう、そういってましたね」彼は杖を手に取って足の支えにし、ドアのほうに歩み去った。「ではおやすみなさい」

「おやすみなさい。ぐっすり寝てね」

「母上もぐっすり眠れますように」挨拶の手を振って彼はのろのろ出ていった。〈礼はいわないわ。あなたとのおしゃべりをそんなに喜んではいないもの〉あらゆることを考えあわせると、驚くにはあたらない。

ところが一秒あとに、マイルズはドアから顔を覗かせた。「では、そういう恐ろしい話を、オーレリアには何歳になったとき話すつもりですか」

〈お返しに嚙みつくのね！……結構よ〉

「オーレリアが自分で訊いてくるくらい大きくなったら、でしょうね」〈それとも、話さないかも〉記憶が失われるのにまかせて、未来は重い過去から解き放ってやりましょう。コーデリアの長い経験では、それは最悪の方法ではない。

マイルズはふふっと笑い声をたてて引き下がった。コーデリアは不愉快そうにため息をついて明かりを消した。


翌朝コーデリアは眠り損ねたためにくたくたで、無理に気分転換をする気にもならず、午後になったら早々に逃げ出すことばかり夢見ていたので、女総督執務室での朝の打ち合わせは当然ながら短く切り上げた。通信コンソールを見ると、普段なら山のようにある彼女宛の項目が、丘程度に減っていた。〈ありがとう、アイヴィ〉それにリストの最後になるまで、隠れた火山は見当たらなかった。

「あのお調子者どもめ」最初にひととおり調べたあとコーデリアは唸るようにいった。思ったよりも小声ではなかったらしく、二人の部屋のあいだの開いたドアからアイヴィが用心深い声で呼びかけてきた。「あのー、プラス・ダンの提案は却下なさるんですよね?」

「そうよ」コーデリアは口元をゆるめて、予算内にこの秘書管理職の俸給を上げる余裕があっただろうかと考えていた。もしこの一件がリストの最初にあったら、これほど素早く集中して残りを片づけることはできなかっただろう。

確かに外から見たら、その提案は除外できないと思われそうだ。グリッドグラッドの工場を建てるのに、プラス・ダンは二つ目の素材を用意したがっている。グリッドグラッドには確かにひとつは必要だ。プラス・ダンはひとりよがりに現在の独占契約を確定して、彼の企業を支持することを求める理由をリストアップしてきた……確かに強硬な要求ではあるが、実際に不可能ではない。むしろ彼自身を人質として差し出しているといえるくらいだ。そうよ、この策略はまえにも成功したんじゃなかった?

それに、別の選択がないのなら、その案に乗って彼らにすべてを託さねばならないのかもしれない。でなければ、首都を移すという自分の計画を見直し、やめるとまではいかなくても、ペースを落とすことになる。「げっ」

彼女はもう一度書類を見直した。細部の何ひとつとして、大筋を変化させてはいない。彼女いにできる最大のことは、「受け取りました、いま見直し中です」という印をつけることぐらいだ。それを三回読んでも何も変わりそうもない。自分の耳で反対の言葉を聞き出すことはできそうもない。

その問題について、念のためマークに拘束ビームのメッセージを作成して送り、さらにヴォルバール・サルターナにいる友人たちにも送り、コマールにいる友人にもさらに送ったが、最初に送ったものに何も反応がないとすると、繰り返しても何になるのかわからなかった。明後日セルグ号から帰ってくるまで返事が届かないようなら、しばらくは工事関係の強敵から不眠の夜がもたらされることはなさそうだ。相手もコーデリアと同じように作戦を考えられるのだから。こんなことをしてもけちくさい復讐の満足さえもない。それでも彼女は待っていた。

しばらくあとで、庭の向こう側にいる子どもと孫たちが何をしていても、結局早めに逃げ出すことができそうだと思いはじめたとき、アイヴィがコーデリアのデスクのブザーを鳴らした。しかもすでにあいだのドアのところに顔を出していた。アイヴィが堅苦しく、「女総督閣下、クズネツォフ市長が、お目にかかりたいといって見えています」といったとき、なぜそんないいかたをするのかコーデリアにはわかった。

コーデリアの気持に沿って、市長を追い払いやすくしているのだ。こっちも完全に追い払いたい気持なのだが、それを本当に正当化はできない。ヤーケスが選挙で敗退したいまは、新市長には橋を架けておきたいのだ。ヤーケスはときどき手に負えないことがあったが、少なくとも仕込むことはできた。個人的には、コーデリアはモローのほうを買っていた。失望は目新しい経験ではない。ベータ市民だった若いころには、たいてい投票では支持した者が負けていたような気がする。〈つまり、〝堅実フレディ〟のようなやつにね、まったく！〉ベータの選挙民にとっては、最終的にとんまから脱出するまで何年もかかったのだ。

コーデリアはため息をついていった。「市長をなかに案内して」

クズネツォフは年配の女性を一人連れていて、コーデリアはそれが市の評議会メンバーであることに気づいた。とはいえ彼らはカリンバーグを運営する仕事をしていて、帝国政府は手を出す必要がないので、常に彼らのほうが有利なポイントを押さえているのだ。双方の挨拶が交わされた。コーデリアは愛想のいい笑みを絶やさずに、手を振って彼らを通信コンソール・デスクの反対側にある座り心地のいい椅子に誘った。二人は意志を固めているような重苦しい表情だった。コーデリアは、「本日はカリンバーグのために、皇帝陛下の政府が何をしてさしあげられるでしょうか」という口火を切るおきまりの台詞は抑えて、この面談を早く片づけたかったのでもっと自然な訊き方をすることにした。「それで市長閣下並びに評議員さま、今日はわたしにどんなお話があるのですか」

市長は身を乗り出して、通信コンソールの黒いガラス板の上に、使い古された読み出しパッドを置いた。そしてものものしくいった。「これは、帝国惑星首都を、歴史のあるカリンバーグからかなり田舎の町に移すという提案に反対する、公式の請願書です。われわれはいままでに五千人以上の署名を集めており、確実にもっと増える見込みです。もしそれが実際に必要なら、わが市民に対して高所からの声明をお願いします」

「あなたがたにとってまたとない、民主的処理の練習ですね」コーデリアは感情をこめずにいった。昔のバラヤー移民のなかには、こういう銀河宇宙のやりかたを受け入れられない者もいる。その一方で、素早くこういうやりかたを取り入れて、投票をいじる可能性のある方法に目の眩むような速さで乗り直す者までいる。その点では、選挙を経験しているコマール人のほうが強い。もっと気まじめな地区の選挙ボランティア組織では公明正大な行動だけで拡大競争を続けている。

「あなたはベータ人ですから」と評議員の女性、マダム・ノウイエスがいった。「絶対にこれを無視することなんかできませんよね」

コーデリアは椅子に寄りかかって腕組みした。「といっても四十年以上ベータには住んでいませんけど、でもそうですね、それはよくわかります。あなたがたのやりかたは正しいものです。ですけど、その論点はまちがっています」

「われわれから首都を奪うのは、カリンバーグの成長を止めることです」とクズネツォフは抗議した。「栄光への機会が吹き消されてしまう！」

〈まったくそのとおり〉とコーデリアは思ったが、口には出さなかった。「誰もこの場所をつぶそうとはしていません。いまここにあるものはすべてそのまま残ります。基地と民間シャトル港も含めて、成長の足音が途切れることはありません」〈とにかくそんなにすぐには〉コーデリアは唇をすぼめた。「市の大きさだけが名声を上げるものではないことも考えて下さい。現在、ここの人口はどれくらいでしょうか、四万人くらい？　ルネッサンスのイタリアで、最高の人口を誇っていたフィレンツェと同じくらいですね。それじゃ、われわれのレオナルド・ダ・ヴィンチはどこにいますか。われわれのミケランジェロは?」彼女は〝ブルネレスキは?〟とまではいいたさなかった。ブルネレスキはアラールが大好きだった昔の地球《オールドアース》の狂気じみた芸術家だが、その絢爛《けんらん》たる建築を運のつきたカリンバーグに建てるのは悲劇的に思われたのだ。

「われわれは最初の――それに主要な――セルギアールの移住者です」クズネツォフはいった。「われわれの歴史がこの世界の中心なんです」

「知ってますよ、わたしはそのころからいましたから」多少皮肉っぽくコーデリアはいった。クズネツォフはそのころ、バラヤーのどこかで酔っぱらっていたんだろう、と彼女は見積もった。ノウイエスは従姉かもしれない。「歴史はそのとおり。でも栄光っていうのは違いますね。カリンバーグというか、この基地は軍の補給品を隠すための場所としてはじまり、まもなくシャトルの滑走路になり、やがて捕虜収容所になったんです。そして実際の醜い事柄を隠す場所にも。エスコバールを吸収侵略しようとした時代が、バラヤーにとって栄光の時期だとはいえませんよね。当時関わっていた人々はみんな、古い好戦政党のひどい計画に洗脳されていたから、理論的な移住計画なんか考えていませんでした。二世代のあいだに発見された地球型の惑星のなかで、ここに平和な移住がなかなか進まなかったのは、栄光を摑むために課される重労働の負担が大きすぎたからでしょう。結果が出るまでに時間がかかったこともあるけれど」

ヴォルでないクズネツォフは、この言葉に少なくとも同意するように肩をすくめた。コーデリアの見るかぎり彼は労働にも拒否感はなさそうだ。結局彼はいま、もらっている給料に見合う仕事をしているのだ。残念。

「セラ山は数千年噴火していません」ノウイエスが主張した。「もう一度噴火するまでにはさらに数千年あるかもしれません」

「数百年ですよ」コーデリアは訂正した。「山頂を吹き飛ばした大きな噴火は数千年まえですけど、それからも小さな噴火は起きています。過去数千年間の重大事象の調査スケジュールは公表されていますよ」新しいデータが入るたびに改定されてはいるが、改定の早さは十分とはいえない。〈人員不足ね〉「セラ山は死火山ではなく休火山で、下の断層は変化したり広がったりし続けているから、長期予想は難しいんです。でも、これから十年以内に噴火する可能性はないし、わたしはカリンバーグを本当に疎開させる気なんかありません。今後百年間だったら？　あるかもしれない。二百年以内なら、ほとんど確実です」

「昔の地球《オールドアース》では、ここよりもっと活発な火山のある都市に、数千年住み続けたところもありますよ」クズネツォフはいった。「都市を再建して住み続けたんです」

「そうですね、でも彼らはプレートの構造が発見されるまえに住みついたんですよ。当時はそういう地質学的大変動は、なんの説明もなく神の罰が下ったのだと考えられていました。そういう概念が蔓延《まんえん》したあとは、それに慣れて受け入れるしかなかったんです。それに先見の明がないことにも。埋没による損害の過った予測とかにも。無知だったことのいいわけはできません。将来の埋没の損害予測はいまより減るとは思えません。それに慣れということも、一部はマスメディアの作り事ですから、わたしはそれを減らしたいと努めています」

「カリンバーグの将来を損なってですか?」クズネツォフが抗議した。

コーデリアは髪を引き千切りたい気持を抑えた。「カリンバーグの将来は溶岩流ですよ」といって顔をしかめる。「先に地震でつぶれなければね。でもこの問題をアラールと話しあっていたとき、彼はこういったんです。『地震が人々を殺すんじゃない、建設業者が殺すんだ』確かにそのとおりだと思ったけど、だからといって……」

「ここの地震で食器ががたがた鳴るようなことは、ほとんどありません」ノウイエスはいった。

「年に一回か二回は小さい地震があるけど」

この人は数十年まえの地割れのときにここにいなかったのだろうか。「そうですね、断層の地震活動はあまり継続しないんです。深部のもっと小さな地震には人々は気づきません。政府の火山学チームは、生のデータを政府ネットにリアルタイムで上げていますよ。誰でもそれは見ることができます」といって彼女はデスクトップの冷たいガラス面に掌《てのひら》を開いて置いた。拳《こぶし》を握っていたら、敵意に見えるかもしれないと思ったので。

ノウイエスは鼻を鳴らした。「そんなの大げさでよくわからない科学表現よ! どんな嘘がそこに隠れているかもしれないし、誰にそれがわかるの?」

コーデリアは凝視した。「その反対に、十年まえから書かれている政府の公の説明は理解しやすいものですよ。それは言葉のあやなんかじゃありません。わたしはブレイズ・ガッティに、十歳児のクラスを見つけさせてテストしました。子どもたちの読解能力は驚くほど高かったんです」ガッティは最初、自分が任命された仕事に驚いたが、すぐにその真意を理解した。いまではどの教室でも彼の訪問を楽しみにしているらしい、とコーデリアは思っている。「まさにそこでは、図表やグラフの解釈を指導する立場の子どもまでいるんですよ」

「それでは女総督閣下」とノウイエスはいった。「あなたの大いに賞賛されている革新主義などまやかしじゃありませんか。五千人の声が、ヴォルの一声で振り払われるんですね」

「いいですか」コーデリアは身を乗り出して、デスクトップの上で拳を握った。「ここには政治による解決はありません。政治的な問題ではありませんから。小惑星なら――ジョール提督の部下は小惑星を利用しようとしてるんですよ、すごいでしょ。でも火山には手をつけていません。それは違う規模の話なんです」その小惑星が惑星の規模に近いものでなければ。とはいえコーデリアは議論では極端な正確さは切り捨てるということを学んでいた。「グレゴールは女総督の仕事にたくさんの力を与えてくれていますが、それは超能力ではありません。わたしには大陸の移動は止められません」そして思い出したようにいいたした。「それから、セルギアールの生物圏は健康で長寿だという考えは、実際にわたしが長生きでも、とんでもなく間違っています」

「だけど、あなたならわたしたちの首都を移転させるのを止められるでしょう」クズネツォフがいった。

〈そりゃわたしが、近視眼的だったり悪意があったり愚かだったりすればね〉コーデリアはため息をついて、署名簿を持ってきた者のほうに突き返した。「あなたがたの嘆願書は、昔のカルデラの縁に持っていって山に差し出すことをお勧めします。ここではわたしではなく山が、長期の結果を決めるんです。ということで返答を得られたら、お帰り下さい」

「ずいぶんおかしな返答ですね」クズネツォフは当然苦い顔になっていった。「あなたの計画でカリンバーグの住民が経済的困窮に見舞われることを、冗談だと見ているのなら残念です」

「困窮とは大げさですね。かなりの数の人々が想定していたほどの利益をカリンバーグから得られなくなるのは事実でしょう。ですがそれは飢えるということと同じではありません」

同じように怒りの表情で、ノウイエスは署名簿を摑んで取り戻した。「女総督閣下、あなたはこんなことをしたら最後はどうなるか聞いてないんですね」

〈聞いてなくて幸せだわ〉「わたし自身がいろんな意味でカリンバーグを愛してきたんです。総督宮殿はわたしが建てた我が家だし、宮殿の庭には生涯でもっとも幸せな思い出が詰まっているんです」同時に一番辛い思い出もあるけど、この人たちには関係ないわ。「ここを残していくのは少なからず胸の痛むことなんですよ。アラールとともにいたときには、いつも二人でここを最高の状態にしていました。でもここの人々に最善のことをしようと思ったら、立場を変えることを学んでもらう必要があるんです」

請願者たちは、今日はこれ以上は手詰まりなのに気づいて、やっと足を外に向けた。ぶつぶつ文句をいいながら。とはいえ少なくとも彼らが立ち去ったので、コーデリアも出かけることができる。

それからまもなく執務室を出ると、ブレイズがアイヴィのデスクのところでおしゃべりしているだけで、他の請願者は待っていなかった。

アイヴィが目を上げた。「お出かけですか。ご無事な旅を祈ってます」

「ありがとう。すごく面白い旅になりそうよ」

「報道官に御用はないんですか」多少期待をこめてブレイズがいった。

「ごめんなさいね、家族だけで満員なの。どんなことでも総督府の宣伝になるってわけでもないでしょ」悲しげな顔をするので気の毒な気がした。彼はそんな顔をして一度ならず彼女を動かしたことがあったのだ。「短い埋め草を書いてもいいわ。それを出すまえにわたしに送ってね」

この慰めを受け入れて彼はうなずいた。彼が書くと長い記事になりそうだが、主題は安全なものだし歴史を学ぶことは有益だ。軍のセンサーが働いていてどのような記述にも防虫効果があるとはいえ、二重チェックは必要だ。はるかなネクサスまで、「ほら、こっちの文書を盗みにおいで！　どうすればいいか教えるよ！」と知らせるようなことにならないように。

外のドアから出ようとして、コーデリアはいい機会なのに気づいて足を止めた。〈無駄を省けば、不足にもならぬ〉「ところでお二人には、最近のわたしの私生活についてお話ししておくべきでしょうね。ジョール提督とわたしはお付き合いしはじめたんです。これは別に秘密ということではないけど、個人的なことですから、しかるべく取り計らって下さい。だけどブレイズ、あなたがスキャン中にこの問題について直接関係のある記述を見つけたら、わたしに知らせて下さい」〈これで、不意打ちで驚かすことは避けられる〉いいことをした、というか少なくとも義務は果たしたわ。歯医者に行くようなものだ。

ブレイズは一発食らったような顔になった。「えー……」そしてかろうじていった。「本当ですか？」

アイヴィも同じように驚き顔だったが、それ以上に正直な好奇心を見せた。「紳士のジョールって、夜には何もしない犬っていわれてるのに、本当ですか。どうしてそんなことになったんですか」

アイヴィのあいまいな笑顔が好色からなのか単に当惑しているだけなのか、コーデリアにはわからなかった。いずれにせよ、オリバーの立派な点を誰かと話しあいたいのなら、ピョートル国守が昔の友達と馬の評価をしていたようなやりかたをすれば、進んで相手になってくれる友達がすぐに見つかるだろう。これはマイルズに対してオリバーのことを弁護しようとするよりは、かなり効果があるのは確かだ。そしてアイヴィは相談相手を続けてくれるだろう。

「そのことでいつかランチ会でもしましょう」コーデリアは約束した。たぶん、執務室でサンドイッチでも摘まむことになるだろう。「あなたの部下からわたしの部下に声をかけてもらってね」

アイヴィは敬礼めいた格好をして、もっとはっきりした笑顔になった。

「それで何か……問題があると考えておられますか」ブレイズは訊いた。「亡くなった総督は……」そこで言葉を止めたのは、彼女の顔に何かを読み取ったからかもしれないが、とにかく言葉は途切れた。

〈わたしにはそんなこといえないとかできないとか文句をつける人がいたら、内臓を抜いてやるわ〉とコーデリアは思ったがそんなことはいえなかった。「問題なんか思いつかないわ。あなたがわざわざ書かないかぎり、他の人たちは気にしないでしょ」〈あなたを吊すことも含めて〉とほのめかす。「しばらく考えたら、あなたはそれに代わる、退屈で面白くもないニュースともいえない、古い話を思いつくかもしれないわね。念のためにいっとくけど」

彼は報道官らしくかすかに鼻を鳴らした。

コーデリアはにやっと笑って風のようにさっと出ていった。


家族を軌道上に上げるのは、コーデリアが心配していたような大ごとではなかった。なんといっても、マイルズは小型の軍隊を動かした経験があるのだ。しかも、よちよち歩きの二人とタウラは、乳母と、いつもいる使用人と、機密保安官と、経験を積んだ執事のようなライコフといっしょに、総督宮殿に残すと決めたのもよかった。年上の三人の子どもにフレディーを加えても、大人に囲まれて数でも相当負けている。マイルズが大人側に入るのならこれで安全だとコーデリアは思った。コーデリアの船とその護衛をしている船に乗り組んでいる軍人は、歴史に残る軍艦を先輩のように訪れることに興奮しているだけでなく、彼らの日課にこの他の宇宙勤務がないことでみんな陽気だった。女総督と上司の艦隊提督が乗船しているので、勤務態度は不安になるほど熱心だった。

この小護衛艦隊が軌道を離れると、小型の展望ラウンジに夕食が用意された。席は二テーブルに分かれた。四人の子どもは全部まとまり、子どもたちの質問に答えるべく犠牲になった若い士官二人と年配の技術者たちがこれに加わった。もうひとつのテーブル――年上のヴォルコシガンたちと、オリバーと、仕事のない年配の士官たちと、コーデリアの主治医の席――では、退屈な大人の会話がはじまった。とにかくあまりにも退屈だったので、コーデリアは明日の夜は席を飛び越そうと心に決めていた。

驚くことではないが、話題が目的の戦艦に移った。オリバーはすっかり話し慣れた戦争話にはまっていた。マイルズはほとんどずっと真面目な顔で聞いていたが、一度ワインにむせた。自由傭兵艦隊が潰走する敵から勝利をもぎとり、プリンス・セルグ号とごく一時的なヘーゲン・ハブ同盟軍の船が到着するまで、ヴァーベイン・ワームホールを守っていた英雄的役割については、もちろんここにいる軍人はみんな知っている。

「それで、セタガンダがヴァーベイン侵略の下準備をしているあいだ、あなたは何をしておられたんですか、ヴォルコシガン国守?」オーコイン大尉が訊いた。「当時は非常に若い士官だったと思いますが」

マイルズは咳払いした。「当時はハブで機密保安庁の諜報操縦者として働いていたといっていいと思います。それ以上詳しい話をするにはあと三年は待たねばなりません。とにかくわたしの口からは」話をしてもいいという目安となる年数は、一般に五年といわれるが、微妙な情報が機密でなくなるには四半世紀かかるだろう。マイルズはその年数を数えたのだろうか。おそらくそうだろう。もっとも優に五十年は待たねばならない場合もある、とコーデリアは確信していた。五十年はいままでより短く感じられる。

「あなたが黙っていたってあまり意味ないですよ」オーコインは批評した。「ヴァーベインのホロドラマがたくさんあるのに」

そしてコーデリアはその五十年をずっと見てきたのだ。マイルズはドラマのコレクションを持っている。彼は家族と共有しているといっているが――ときにはグレゴールと、あるいは最近は歴史に造詣の深い友人、機密保安庁のガレーニ准将と見ることもある。彼は実際に機密委任の許可を与えられている――そしてとんでもなく細かい誤謬を批評したりするのだ。アラールは大声で助言することもあったし、ときには批評を批評することもあった。

「わかってます」マイルズはため息をついた。「それでもあと三年はね」

オーコインはがっかりした鳥猟犬のように狙いを外した。さらに話を広げても実際には機密のルールを破るわけではないが、彼が何かを探ろうとするまえにオリバーはするりと話題を変えた。「だけどマイルズ、あなたがここにいるのなら、数年まえの、戦争ゲーム訓練を再現してくれませんか。ほら、われわれの虫よけをした庭に入ろうとした盗賊を追い出したあの出来事をもとにしたやつです」

これはマイルズが聴聞卿として調査を行って逮捕した盗賊一味のことで、たまたま自分の家族を滞在させていたいいわけにもなり、セルギアール艦隊の選ばれた若い士官たちのグループを怖がらせたものだった。

マイルズは座り直し、疑似餌に食いつく鮭のように熱心に目を光らせた。「実際にやってみることもできますが。少し準備に時間がかかるけど、絶対驚くような――」

「シミュレーションで」オリバーがいった。「そのほうが、もっと短い時間で筋書きどおりにやれますよ」

マイルズに本物の兵士といっしょに人形の兵士の役をやらせることに比べたら、費用もずっと安く上がるわね、とコーデリアは思った。

マイルズはためしにいった。「シミュレーションもいいけど、現実からヴァーチャル部分を取り去ったら、誰も思いつかないような暗礁を表に出すことはできませんよ」

「あなたの理論には賛成するけど」ジョール提督は断固としていった。「シミュレーションがいい」

そのあとこの席にいる人々の半分が、さまざまな価値のある練習法を話しあいはじめて、都合よく食事の終わりまでその話題から離れなかった。もっとも子どもたちは食事をすますと落ち着きがなくなり若い士官たちは実際の仕事をしに行かねばならなかったので、エカテリンとコーデリアと主治医もいつまでもそれにつきあう必要はなかった。それにオリバーは自分と同じように、早めにベッドに入りたい気持が強いだろうとコーデリアは思っていた。

やっと二人きりになれた。先日の長い数週間の宇宙業務のあいだ、ずっとジョールの頭を占めていたのは、いつどこであろうと、コーデリアと二人きりになることだった。そしていま!

——一時間ほどのあいだ、彼女の規格どおりの寝室に入れた規格外のダブルベッドが、二人に必要な世界のすべてになったのだ。

コーデリアはジョールに、思いやり深く先にトイレを使ってといった。そればかりは二人用ではない。そのあと彼女もおやすみのキスをしてトイレに行くため部屋を出た。戻ったら彼が性交のあとで熟睡して鼾《いびき》をかいているのを予想していたらしいが、ジョールが腕を首の後ろにまわして闇を見つめていたので驚いたようだった。

「今夜のあなたは口数が少なかったわね」コーデリアは掛け物の下にもぐりこみ、彼の胸に頭をつけ心臓に耳を当てながらいった。「昔のことでも思い出していたの?」

「いや。未来のことさ」首を曲げて彼女の髪にキスしてから彼はいった。「仕事のうえでちょっと問題があるんだ」

彼女は頭を上げてたしなめるように横目で睨んだ。「一週間ぐらい休暇を取るべきじゃないの。健康に注意したバランスのいい生活をして」

彼は鼻を鳴らした。

「何かわたしの仕事に関わること?」

「うん……そうだね。いや、違うかな」

コーデリアはこの返事のあいまいさはなんだろうと考えているようだった。「口に出したら何か助けにならない? アラールはよく、反響板としてわたしを使っていたわ。あるいは必要なら、わめき散らすための地下室代わりに。どの部分が秘密なのかいって下されば、秘密は守るわよ」

その点は疑っていない。「デスプレインズ提督から個人的な知らせを受けたんです。作戦本部の彼の仕事を替わってもらう人を探しているんだって。ぼくが候補として有力だと彼は思っている。その仕事を受ける気があればね」

彼女は口を閉ざし注意深く瞬きした。「それでもう返事を送ったの?」

「まだですよ」

彼女は眉をひそめた。「まだ決めてないの?　それとも決めたけどぐずぐずしているの?」

たぶんどちらともいえない。「まだ決めていないいんだ」

彼女は寝返りを打ち彼から離れて肘でからだを支えた。長いあいだの馴染みなので彼女の裸体に目を惹かれることはない。いまでも見るのは喜びだとしても。彼の目が惹かれたのは、彼女の心配そうな顔つきだった。「その申し出を喜んでいるのなら、いまごろはバラヤーに行く用意をしているわね」

「いや、いますぐではないけど……」不確かな気分にもかかわらず彼は唇を噛んだ。「どちらにしても、段階があるんですよ。ぼくの後任を見つけるとか。もっともボブリクならすぐに対応できるはずだけど」緊急時には代理がつとまらなければならない。「あなたはボブリクといっしょに働けると思いますか」

「ええ」彼女はゆっくりいった。「あなたと働くようにたやすく――気分よく――ではないけど、合わせることはできるわ」でもわたしたちどうなるの、とは彼女はいわなかった。代わりにこういった。「あなたの胎芽《たいが》はどうするの？」

「そこなんですよ」〈アラールが別れ道に遭遇したときよくいった台詞だ〉彼はいやな気持で唇を噛んだ。

「わたし――」コーデリアはいいかけてやめた。それから、「決めるお手伝いをしましょうか。それともしないほうがいいかしら」

この申し出をして欲しくなかったら、口を閉じていればよかったのだ、そうじゃないか。

「あなたは偏見のない審判者ですか」

「違うわ。でもしばらくはそのふりをしていられるわよ」その準備をするように彼女は彼から離れ、ジョールのからだの端には冷たい部分ができた。

「この二日、ぼくは自分で車輪を回していたんです」といって彼はため息をついた。「突き放して下さい」

「そうねえ……」彼女は考えて歯噛みした。「架空の条件で考えてみましょう。デスプレインズから五カ月まえに同じ提案をされていたら――たとえば冬の市でとか――あなたはどうしたかしら」

彼はそのころの、悲しみに打ちひしがれた不毛の日々を思い出した。いまの立場で考えると、本当とは思えないほど遠い昔に思われる。棺のなかに生きてとらわれても、悲しみが仕事で埋められることは知っている。「やりますといったでしょうね」自分の確信の言葉に驚きながら彼はいった。「大変な仕事ではあるけれど、いや大変だからこそ。それは絶望からの決心ではなかった――乾いた状態を脱出するチャンスに思われたでしょうから。何かに向かって……未知のものに踏み出すための」同時にその先に新しい人々との出会いがあったかもしれない。新しい恋人とか、もしかしたら配偶者さえも。そのときの立場では、彼は間違いなく目をつけられただろうし、よく似た者のなかから選べたかもしれない。以前にコーデリアが見当違いの引用をして笑ったときの声を彼は思い出した。『高い地位にいる男は、パートナーが手に入りにくいってことは、どこの世界でも認められている真実なのよ』

もっとも誰だろうと、藪《やぶ》のなかにどんなにたくさん小鳥がいても、それを手のなかのコーデリアと交換しようとするのは、正気とは思えない愚かなことだ。たとえ小鳥の味の計算をしていなくても。といっても、五カ月まえには彼女はぼくのものではなかったじゃないか。まだ彼女にそのことを申し出てもいなかったんだから。あるいは差し出された彼女の手を握ってもいなかった。そのどちらだとしても。いまでは、どっちだったか少々あいまいだ。〈握っていろ、握り続けろ、この落ちていくものを止めないと、結局いいことにはならない……〉

彼は息をついた。「そのあとあなたは、まったく異なる未知の未来を提供して下さった。それでいま、ぼくの二本しかない足に、ふたつの不確かな道が待っているんです」

彼女はさらに少し身を引いた。取り澄まして、誘惑なんかしませんよという姿勢を取ろうとするように。なにしろ裸なのでそれはうまくいかなかったが、彼はその努力に敬意を感じた。「ぼくはずっと考えていました」彼は言葉を続けた。「アラールがいたらこれを受けろと励ますだろうって。つまり、作戦本部を。もうひとつのほうは……彼の想像にあったかどうかわかりません」ジョールとコーデリアに、お互いの関係を受け継がせる意図があったかもしれない。そう望んでいただろうか。だが胎芽のことはない。それをコーデリアが提案したときのアラールの顔は、決して見ることはないのだと思って、彼は面白いような苦いような胸の痛みを覚えた。

コーデリアは肩をすくめた。「人は誰でもいくつもの計画を持っているわ。どんな計画にだってあることよ。でもそうね、あなたのいうとおりだと思うわ。彼はあなたの昇進を喜んだでしょう。そのときには、わたしたち領地に戻っていたかもしれないわ」

彼もそういう想像をしていたのでうなずいた。「アラールはいつもぼくの経歴を気にかけてくれました。ときにはぼく自身よりも熱心に。ヴォルバール・サルターナを離れるときには、休暇中の訪問でも、まるで捨てられて放り出されるような気がしましたが、彼は正しかったのです——ぼくは成長するために新しい場所が必要でした。それは経歴を進めるだけではなかったんです」

「彼はいつも部下には優しかったわ」コーデリアは同意した。皮肉まじりに。あるいは悲しげに。それとも単に事実をいっただけだろうか。「でもこの場合、彼の考えにはちょっと魔術的な気配があると、わたしはいつも思っていたの——あなたを守る代わりに、あなたの経歴を守っていたんだって」

「うん」ジョールは何年もつきあったいまなら、確かにそれを理解することができた。

「意味がある場合には、そのうちいつか領地の仕事をあなたに割り当てることもあったかもしれないわ。自分の書いた場所に指をはさんだまま、その本を捨てようとするように。ちょっとゆがんでいるのよ」

ジョールは思わず笑みを浮かべた。「ぼくはそうこうするうちに、セルギアールにやってきました」

「ありがたかったわ」彼女はジョールにキスしようとするようにぴくっと動いたが、無感情に見せることを思い出したらしくやめた。「それで――頭のなかで右手と左手の腕相撲をするように、彼を喜ばせるかわたしを喜ばせるか考えていたの？」

ジョールはその鋭すぎる観察に身を縮めた。「かもしれません。いくぶんは。ぼくがそれに意味がないことを知っているのは、おっしゃるまでもない――」

彼女は悲しげに左手を振った。「そうじゃなくて、ただ……マイルズは幼いころ、お祖父さまのピョートルとは、対立するような関係だったでしょ。ピョートルのためにいうと、高齢とはいえ、辛い気持を抑えてその問題に打ち勝ったのよ。アラールは実際に、そうする以外の選択肢を与えなかった。ミューティーの相続人を受け入れるか、さもなければ誰もいなくなるか。ピョートルが亡くなったのはマイルズが十七のときだったけど、そのあと何年も、マイルズは老人に喜んでもらうための努力を続けていたわ。マイルズはマイルズで、捩じれた気持で自分を喜ばせていたんだけど。でも傍で見ているのは胸が張り裂けそうに辛かったわ」

「ヴォルコシガン一家特有の中央処理装置《CPU》の複数処理《マルチタスキング》ですね」

とジョールがいうとコーデリアは無理に笑顔を作った。それからいいたした。「最近はその気持も抜け落ちたようね。あるいは単に同化したのかもしれない。他の人から国守と呼ばれても、ひるむことはなくなったわ。あるいは本物の国守を探すように見まわすこともね」コーデリアは言葉を切って、手を上げ彼の顔をこすった。「あるいは本物の提督を探すようにね」

ジョールは彼女のいいたいことはわかったが……。「何かを証明するつもりなんですか」

コーデリアはため息をついた。「たぶんそうじゃないわ。でもいいたいのは、まえにも大事な人がこういう問題をやり過ごすのを見守ったことがある、ということよ。自分の命を死者のために捧げて。わたしたちはみんな、なんとか生き延びてきたけど、ときには――かろうじて生き延びただけなのよ」彼女は微笑《ほほえ》んだ。「さいわいあなたは、マイルズのように自分を殺す方法を発明するようなことはないわ。あなたが作戦本部に行ってもうまくこなせることは、わたしはかなり確信している。それに作戦本部のほうでもね。デスプレインズは間違ってないわ」

彼は小さくうなずいた。二人ともそれが本当の質問でないことはわかっていた。「あなたは、二つの同じ距離に置かれた干し草の入った飼い葉桶のあいだで、馬が飢え死にしたっていう昔話を知ってますか」

彼女は髪を掻きむしった。「それでどっちの飼い葉桶が大きかったの？　あるいはどっちが近かったの？　なんといっても、口径を計らないとね」

「作戦本部のほうが近いんです。おかしなことに。そのほうが簡単なんだけど、そういうのは馬鹿げて思えるんです。でもぼくは本当にわからない、そんなことわかるものですか。それはまるで……閉まったドアの向こうに、大きさのわからないふたつの樽があるみたいなんです」

〈女か虎か〉「だけどそのたとえ話が役にたつとは思えない」彼はもっと直接の攻撃をしようとした。「義務か、幸せか。わがままなんです」と彼は訂正した。「義務を捨てたことがわかっていながら、どうしたら男は幸せになれるんだろうか」

「ああ」コーデリアの笑みが悲しげになった。

「ぼくはじきにデスプレインズに返事するべきなんです」

「ああ」

「それは男が二度と得られない申し出です。すぐ対応する他の士官たちが待っています」

「ああ」

「『セルギアール艦隊の提督』として退役することでも――ぼくが生涯でできる昇進として夢見たことを、すでにはるかに超えています」

「ああ」

「それで、そのああってのはどういう意味なんですか」ジョールは少し苛立って尋ねた。

「舌を嚙んでるみたいなの。でも痛くはないわ」

「ああ」と彼が返すと、少なくとも相手の笑いを誘った。

「わたしに打ち明けて下さってありがとう」かなり堅苦しく、自分たちの何も着ていない状態を考えているようにコーデリアはいった。「そのおかげで、あなたが気が散ったことに、もっと別の重要な説明を考えないですみそうよ」

「ぼくは気が散っているように見えますか」

「あなたをよく知っている者にとってはね」

もっとよく、もっと親しく彼を知っている人間が誰かいるだろうか。〝旧友を新しく作ることはできない〟という言葉がある。いや、できるさ。だがそれには長い時間がかかる。それに結局時間が足りなくなる。「胎芽はヴォルバール・サルターナに連れていくことはできません」

「たぶんそうね」

「あなただってそんなことしないでしょう」

「……しないわね。わたしはもう選んでいるのよ。わたしにはセルギアールしかない」

「それに、あなたのマイルズと違って、二股はかけられないんです。他の未来には他の報いがあるかもしれませんが、これでは……ない」このベッドは正確にいうとこの会話を受け止めるのにふさわしい場所ではない、と遅まきながら彼は気づいた。もっとも二人の執務室のどちらでもできたとは思えないが。

「胎芽は十年は安全に凍結されて保管されるでしょう。あるいはそれ以上に」とコーデリアは審判者の声でいった。「ここは火山に囲まれているけど、まもなく噴火するという予想は誰にもできません。それにわたしは……」コーデリアは言葉を呑んだ。そして首を振った。唇をきゅっと結んだ。

「なんですか」彼は促した。

「こういおうと思ったの。わたしはずっとここにいるって。でも胎芽のように凍結されてではないわ。わたしにいえるのは、ここにいる計画だってことだけ」

自分のために冷たい立場のまま、待っていてくれと頼むことはできない。いまだろうと未来だろうとひどくドラマチックな気がするが、いまでなければなんの保証もない、ということだけはいえる。現実的に。理性的に。それに他にも大人なら憂鬱《ゆううつ》な形容詞はいくつでもある。

そしてあたりを見まわし二人は話を振り出しに戻した。「他に何か考えがありますか」

「中立の審判をする能力の限界に来ていると思うの。ごめんなさい」

いいや、彼女はジョールが自分で決定する責任を解き放ってくれようというのではない。この会話は自分が予想していたのと大差ない。残ってくれと彼女に哀願でもさせるつもりだったのだろうか。愛と生活のために、すべてを投げ捨てろと要求してほしいと。それはヴォルコシガンのやりかたではないが、それでも……コーデリアはまえにそういうことをしたのだ……経歴も家族もルーツも、ベータ植民惑星を出てバラヤーに向かったときに捨てたのだ。そう――アラールのために。振り返ることもなしにか？　たぶんそうだ。

「バラヤーに来るまえに、なにもかも知ることができたら、あなたはそれでも来ることを選んだでしょうか」ジョールは唐突にそう訊いた。

コーデリアは一瞬口を閉ざして考えた。「あのときに？　たぶん来なかったでしょうね。わたしはとても臆病だったから。いま考えれば？　来ることを。あなたには逆説的よね。といっても、わたしは今、自分の人生に満足しているとしかいえないわ。どんなことでも変えたら、わたしが愛してきた人たちの存在をなくすことだから……といっても、ここに来なかったらわたしの人生には別の人々が存在したんでしょうね。いまは決して存在しない人々が」

それでもコーデリアはそこにいる。帝国がなくなることはないだろうが、人々は、人々だけは、彼女の生き方しだいで存在したりしなかったりする可能性があるのだ。コーデリアが自分が知っている人々より、単純に考えるのか、あるいは深く考えるのかジョールにはわからなかった。両方かもしれない。

ジョールはコーデリアの背中を引き寄せて、その上から手を伸ばして明かりを消した。二人の呼吸が眠りのなかでいつ重なったのか、彼にはよくわからなかった。

13

次の日、プリンス・セルグ号の人気《ひとけ》のない、谺《こだま》が響く通路をゆっくり歩いていくと、ジョールは幽霊船という言葉しか思い浮かばなかった。疲れによる幻覚なのか、不安げな男たちの影が視野の隅でちらっと動く。その何人かは実際にはもう死んでいるのだろうと彼は思った。当時は圧倒的な目的に思われたものが、散り散りになって消えている。マイルズの悲しげな表情を見て、彼も似たような幽霊を見たのだろうかとジョールは思った。

女総督の見学会についてきたたくさんの乗組員たちも、セルグ号を見たがっていたのでツアーは二グループに分かれた。当然ながらコーデリアのグループを案内するのは、セルグ号の船長自身が率いるメンバーで、主任機関士も伴っている。彼らにとってはすべて余計な仕事なのだが、実際になかを見てまわる貴重な数時間を保証してくれている。そうでもなければ退屈な普通の航海なのだが。それにここではお客のために家を掃除する苦労もいらない。

機関室に着くと、ジョールも他の者と同じように好奇心にかられてあたりを見まわした。機関室には遠い昔に何カ月か乗船していたときも、ほとんど来たことがなかった。子どもたちは大人が一人ずつ受け持っていた――コーデリアはアレックスの手を、マイルズはヘレンの手を、エカテリンはリジーの手をしっかり引いて、まだ生きているコントロール装置にうっかり触ったりしないように押さえていた。何カ所かでコーデリアは、自分の担当の子どもをジョールに頼んで代わりにマイルズの手を握っていたほうがよさそうな気がしたが、マイルズは気持を抑えていい手本になっていた。そして彼はこの機関室から船をハイジャックする方法をいくつか、ぎょっとするほど専門的に講義した。それは厳密に言葉だけに止まっていたが、部屋を出ていくときには名残惜しそうに振り返っていた。

ジョールの視点からいえば、船橋は機関室よりも親しみのあるなつかしい場所だった。それに作戦室はその倍くらいなつかしい。古い作戦用コンピューターは外されたり兵器で壊されたりしておらず、ソフトウェアは現在でもいまだに機密扱いに調えられていた。ハードウェアは時代遅れになりすぎてリサイクルもできない。これまでゆったり過ごしていたセルグ号の乗組員たちが、それを戦争ゲームに使っていたのは明らかだった。技術を磨く余暇の行動としてジョールはそれを認めるしかなかった。ここでやっと、訪問者たちは心のままにあらゆるボタンを押すことを許された。マイルズは子どもたちやフレディーを、やたら熱心にヴァーチャルの戦闘に引き入れた。

ジョールもその戦いに誘われたが、笑みを浮かべて首を振った。「以前に作戦室で見ていたからね」と、その場所や時を思い出しながら彼がつぶやくと、マイルズは気をそがれて無理強いしなかった。コーデリアも誘われたが断ってもいいと判断したらしく、ジョールにつきあうのだというように彼の腕を掴みぼうっと立って見ていた。

「こんなに作戦コンピューターがなんでもやってくれるのに、士官たちに仕事なんかあるのかしら、ってよく思ったものだわ」しばらくして、あれこれ観察していたエカテリンが批評した。「それにあんな速さだし」

「コンピューターにはできない種類の決定もあるんですよ」ジョールはいった。「主に政治的な決定ですけどね。それにまれには、コンピューターが知らないことを士官が知ってるかもしれない。それはともかく、ぼくはヘーゲン・ハブの戦いの激戦部分で、アラールがコンピューターの指示を無視するのを何回も見ましたよ。四回に一回ぐらい、彼は瞬間的に敵がつぎはどう動くか正確に心理を読み取って、作戦コンピューターを無視したんです」

そして戦闘の数時間がどれほど忌まわしくても、それに先立つ数週間の緊張の忌まわしさほどではなかったのだ。

公式に残されている記録では、若いグレゴール帝が首相とともに出席していたコマールでの経済会議をひそかに抜け出して、緊急の個人的な外交任務でヘーゲン・ハブに赴き、惑星ヴァーベインがセタガンダに侵略される直前に、ヴァーベイン政府に協力したということになっている。ヴァーベイン星系はヘーゲン・ハブに接しているので、セタガンダはその星系を飛び越して、ヘーゲン・ハブとともに重要な複数のワームホール・ネクサスへの経路を手に入れようと企んでいたのだ。その意図が達せられれば、おそらくポル星系にも手を伸ばしただろうと思われる。そしてさらに、バラヤー帝国の玄関口であるコマールに迫ることになっただろう。

皇帝の病気という口実を設けて、替え玉が急遽バラヤーに送り返され皇帝の突然の不在を隠した。そのごまかしを一皮剝けば、皇帝がコマールから姿を消したのは、誘拐されたかもっと悪いことかもしれないと想像されていたということだ。極秘裏にではあるが、機密保安庁は必死になってコマール・ドーム内と星系で行方不明の皇帝を探した。今日まで、どの話が真実なのかは、あらゆる論評の表面で注意深く霧に閉ざされて維持されている。それぞれの話の組み換えがさまざまな物好きな支持者を生み、疑問はゆっくりと現在の出来事から歴史へと移行していった。

ジョールとコーデリアは、その本当の答えがまったくとんでもない事実で、必ずしも人が想像するような整然としたものではなかったことを知っている数少ない人々に属している。どうやらそういったことを思い出して面白がっているらしく、コーデリアはジョールの腕を摑んでささやいた。「わたしは、遊んでいた皇帝をバラヤーに連れ戻さなきゃならなかったとき、あなたがアラールといっしょにいてくれたことをありがたく思っているの。グレゴール帝が行方不明になったと思ったとき、アラールが口もきけないくらい恐れているのをはじめて見たわ。いったいいつすべてが終わって、無事にバラヤーに未来が訪れるのかって」

「ヴォルダリアンの皇位簒奪《さんだつ》の内戦のあいだでも、そんなことなかったんですか」

「同じような不安はなかったわ。それに彼が二十歳若かったからでもないと思うわ。とにかくあれは、まったく質の違う危機だったの。しばらくのあいだは、いまや生涯で三度目の内戦の入り口に立っているんじゃないかと恐れていて、いまにも心臓が破れそうだったわ。その代わりに、セタガンダが相手だとわかったときは、実際には喜びすら感じたものよ」

おかしなことだが、それが真実だった。さいわいアラールの普段と変わらぬ厳格で断固たる表向きの顔は、公の場では崩れなかった。ジョールでさえも、安全だと思っていた石の表面でときたま鮮明な溶岩の光が見えるように、アラールに疑いの目を向けられて不安になることがあるだけだった。ジョールは自分にできるかぎりのことでアラールを支えた。副官としても、親友としても、当時はあまりそんな時間はなかったが恋人としても、そのことのためのエネルギーと注意力を残していた。どうやらそれで十分だったのだろう、とにかく生きてそこを切り抜けたのだから。

ところがグレゴールがやっと戻ってくるという知らせを受けると、アラールは笑みを浮かべてきぱきと必要な命令を出し、自分の船室に入っていくとドアをロックし、ベッドに腰掛けて両手に顔を埋め、安堵の涙を流した。もっとも長い時間ではない。守らねばならないワームホールが目前に迫っていたのだから。狂人めいた陽気な表情でこの仕事に向かった老提督の姿は、多くが実際の火災にもあったことのない部下たちの士気を上げることになった。その気力のもとが、戦争に対する本来の熱意などはるかに超えた複雑なものなのを、ジョールはそのときも後になっても、人々に説明することはできなかった。だがコーデリアは、すでに理解しているのだから説明するまでもない。いま彼はコーデリアの手を自分の手に握り、安らかな気持でしっかり手に押しつけた。

主要な乗組員や訪問者には本物の軍人の経験のためにセルグ号の食堂の標準糧食が出されて、いさぎよく軍人のつましさを受け入れた。料理を用意した女総督自身のシェフがそういいわけすると、みんな楽しそうにそれを食べた。糧食を平らげて、一般的な軍隊食の経験を話しあっているとき、機関士がこっそりジョールにいった。「少なくとも提督はこの艦でももっとましなものを食べていたと思いますよ」

〈いや、もっとひどかった〉戦いの下準備のあいだアラールは、以前のストレスによる胃の問題がふたたび浮上してほとんど何も食べられず、飲む気にもならなかったのだ。ジョールはうまくまとめて答えた。「それは外交的な場面だけですね。彼は窮地に陥っていたときは、目のまえに出された食べ物にほとんど関心がなかった」そしてジョールは口には出さずに、増えつづける重要人物の体調を維持する仕事のリストに、しつこく食べるのを勧めるという項目を加えたのだった。

昼食のあとは、コーデリアの勧めで、子どもたちは軍の日課のフィットネスに手を加えた初歩の運動をするため、若い乗組員とともに船内の体育室に送り込まれた。そしてジョールは、いまは内部が片づけられてがらんとしている、アラールと部下の船室をちらっとほんの形ばかり覗いてから、通路でヴォルコシガンの年長者たちと落ち合って最後はゆっくり見てまわった。

「資源の無駄遣いのような気がするわ」コーデリアはため息をついた。「こういう長持ちのしない軍備って」

「突然それが必要になって、なぜ備えておかなかったんだろうってみんなが嘆くこともあるんですよ」ジョールは愛想よく反論した。

マイルズがうなずいた。「で、そんなときには、すっかりゲムに囲まれているんだ。またしても」

エカテリンは感慨深げにいった。「わたしときどき、ゲムには伝統的な軍人の文化があるけど、本当はどんな目的があるんだろう、って思うんです。最近は彼らの機能はカモフラージュじゃないかと思うようになりました」

コーデリアの眉が上がった。「なんのためだと、あなたは考えているの?」

「セタガンダのホートの生物兵器ですよ。それもすごい長期計画のね」彼女は手を差し出して裏返した。「わたしはロー・セタの風景の背後を旅してみて、ホートはいつでもわたしたちを滅ぼすことができるんじゃないか、って印象を持ったんです。いままでそれをしていない唯一の理由は、彼らがそれを実行する気がなかっただけだって」

マイルズはしぶしぶいった。「ぼくもそれは事実だと思ってる。スター養育院のホート・レディたちは、ぼくらの骨を溶かすことのできる生物兵器の薬品を持っているんだよ。文字どおりにね」彼は思い出して身震いした。「この程度の船の乗組員なら、一時間で全員死んでしまう可能性があるんだ」

「そんなものをどうやって防ぐの」エカテリンはいった。

それが本当の質問なのか修辞的なものか、ジョールにははっきりしなかった。とにかく彼は答えた。「現在計画中のものでは、完全に自動化された宇宙船があります。その機能的な詳細をお話しするわけにはいきませんが、軍人でも民間人でも非常に多くの人々がその仕事に関わっているということは断言できます」

「ぼくらは以前、機密保安庁本部のバイオ戦争諜報及び分析部門を〈悪夢の納屋〉と呼んでいたよ」マイルズが思い出していった。「青白いカフェイン中毒の男たちが詰め込まれた建物で、その連中はこのうえなく不健康で最高に苛立っていると評判だった」

エカテリンは肩をすくめた。「プラスチックや金属を食べる有機体っているのよ。ホートがその連中を活性化させることを考えていないなんて、わたしには想像できないわ」

「いまも攻撃される可能性がありますジョールは指摘した。「これは——さいわい——ありふれた問題ではないんです」とはいえ、この優しい庭園デザイナーはその言葉以上のことを知っているのではないか、とジョールは思った。〈ここにいる人がみんなそうなんだけどね〉

「よく想像するんだけど。自動戦艦は世界が死滅するまで永遠に防御し続けて、生き残ってスイッチを切る人が誰もいないのよ」彼女は壁の向こうを見通すように見た。彼女の心の目が見ているのは……なんだろうか。

いつでも実際的なコーデリアが魔法を砕いた。「永遠に生き続ける機械の製造者を見つけてくれたら、住所を知りたいわ。ここの品物の一部は一週間ももたないのよ」

マイルズは意地の悪い笑い声をたて、エカテリンはちょっと微笑《ほほえ》んだ。コーデリアがその話の先にある死の世界なんか、半分も気にかけていないのにジョールは気づいた。

ところがマイルズは唇を嚙んで、何か決意しているように顔をしかめた。そして気持が決まると顔を上げた。「グレゴールが調査している案件に関係することで、あなたがた二人にお知らせすべきだと思われることがあるんです。これは実験室の大箱に埋もれていたのが発見されて表に出た、古い征服時代の金鉱のようなデータに関わるはずです。それに学術団体からしきりに要求されているのに、なぜいままで機密扱いが解かれなかったんでしょうね。ダヴ・ガレーニは何十年もまえからそれを調査していて、グレゴールの同意も得ているんです。もっとも彼はそれを出版したがっていて——実際に本を仕上げ、機密保安庁の機密ファイルのなかで許可が下りるのを待っているんです。ぼくはその最初の草稿を読ませてもらいました」

ジョールはガレーニ准将には最大の敬意をいだいている。ヴォルバール・サルターナで多すぎる仕事をこなしている一人でありながら、同時に機密保安庁コマール事業部長の席にもついている。というのも、彼にはコマール人という背景があるし、練達した歴史学者という背景もあり、七年まえまで百年間顧みられなかった、セタガンダが見捨てていった貴重な軍やその他の膨大な埋蔵データを点検することの管理をまかされているからだ。ジョールはふと思うことがある。自分の機密区分の地位で、ガレーニの原稿を覗き見するのが許されるのだろうかと。

マイルズは話を続けた。「とにかく、彼は戦争の最後の日々とセタガンダが征服を引き揚げた謎を解決したんです。それがわからなかったから謎だったんですが、手掛かりは出されていたのに、なぜそれを失ったのかと不思議だった。ぼくもそのことでは、ひとつの理論を持っています。その当時、ゲムはバラヤーに対してつまらない化学戦術しか使わなかった。それに敗北しても生物兵器はほとんど使わなかったんです」

当時そこにいた人々は、軽度の機密区分について異なる意見を持っていたとジョールは思ったが、それは多かれ少なかれ真実だった。「それはホートが彼らに最新鋭の兵器を使わせなかったからだと、ぼくはまえからわかっていましたよ。これはセタガンダが明らかに頽廃《たいはい》していた証拠で、明らかに軍人でない遺伝子上の貴族が軍人階級を制御していたからなのです。明らかに」

この『明らか』という辛辣《しんらつ》な言葉に反応して、マイルズの唇に笑みがひらめいた。彼はジョールでさえ経験のないホートとの直接の接触があって、彼らの優雅な表面に隠された深層に気づいているのだ。

「あの征服を進めたゲム集団の陰謀は、ゲームを一歩進める作戦だったのに、危険な侵略のあと完全に逆効果になった核兵器に進んだことがわかっています。結局ここに骨を埋める気はなかったようですね。見捨てられた塹壕《ざんごう》の存在そのものがじつは大きな手掛かりで、引き返して覗いてみると——たくさんの貴重品やデータが残っていた。回収する気がなかったらそこに詰め込んでおくわけがないんです。それに加えてガレーニは、モイラ・ゲム・エスティフというその時代の生き証人を得たんですが、彼女の証言は典型的なホート流のあいまいさで——彼女の指針を解読するのにさえちょっと時間がかかりました。

本物の引き揚げ計画には盗まれたホートのバイオ兵器の使用が必要でした——ある種の悪質な疫病を、バラヤーの遺伝子に組み込もうとしたのだと、ぼくは思っています。想像して下さい。ここのすべての人々を引き出してこの恐ろしい醸造所《じょうぞうしょ》に入れ、ワームホールを閉めて小さな《孤立時代》にする。惑星規模の非文明の壺です。一、二年あとに、意味もわからず文化的に向上することを拒み続けた、土着のやっかいな群衆がいなくなった土地に戻ってきて移住する。もちろん銀河宇宙から抗議が殺到するだろうけど――気の毒に、悲しいけど、もう手遅れだ」

「その計画はどれくらいまで進んでいたんですか」ジョールはぞっとして訊いた。

「彼らは実際に、基本の物質を盗んで、修正と再生を行う生物化学者の一団を送り込もうというところまでは達していました――少なくとも買収した一人のホートの話では。彼らは既成事実としてうまく片づくと考えていました。ところが中央の皇帝の――いいかえればホートの――政府が彼らを逮捕したんです。覚えていませんか、エータ・セタに帰ってきたところで、全員が処刑されたという有名な話を？　みんなゲムが戦争に負けたことで、面目を失って罰せられたんだと思った。これは訓練のための手軽な二重の義務だったんです。ところが一般のゲムに隠れていた反抗的なゲムには、二つ目のレッスンがあったんです」

コーデリアはふうっと息を洩らした。ジョールの眉はこれ以上ないほど上がった。彼はおそるおそる意見をいった。「それでは……当時、われわれの世界からゲムをほうり出したということで、軍ではこぞって自画自賛していたんだけど、別の混乱をもたらしたでしょうね」

「ああ、そうです」

「グレゴールがそれの対応をあとまわしにしているのも不思議じゃないわ」とコーデリア。

「爆弾を温めているような感じに違いないわ」

「ええ、彼はずっと疑問に思っていて、孵化《ふか》させる時期を待っているんです。つまりもっとも有効な時期か、一番破壊的でない時期をです。ホートの寿命を考えれば、主要人物はみんなまだ死んでいません。とすると、これは歴史でしょうか、政治問題なんでしょうか。ぼくはこういう秘密は話題に乗せるべきだとずっと思っていて、乗せたうえで……もっと考えるべきだと」

「ではエカテリンのいうことが正しいわ」コーデリアはつぶやいた。「わたしたちはホートの判断で生き続けるのよ」

「うん、それが問題なんだ」とマイルズ。「何か解決策がありますか」

「自分の頭で考えてってこと？　ないわ」と彼の母は答えた。「ただ自分たちの、広範囲の科学や生物学の能力を改良し続けないとね。しかも最高だというだけでなく。それは初等教育のレベルからはじめなきゃいけない処置なのよ」コーデリアはため息をついた。「あらゆることが優先事項だとしたら、何ひとつ優先されないことになるけど、少なくともその教育が他のすべての基本になるのよ。そのくらいのことは、人々は同意できると思うでしょうけど、でもね。人々って」

「ホートは不動産だけに興味があるわけじゃないように思われるけど——おっと」子どもたちとお付きの群れが角のところに姿を現し、両親のいるほうに向かってくるのを見ると、マイルズは口を閉ざした。それは両親というより、コーデリアに向かってくるのだろうとジョールは思った。若い乗組員たちも子どもたちと同様の様子だった。ジョール自身も少し目を細めて彼らを見ているしかなかった。

中断されたいまの会話を考えると、近寄ってくる子どもたちを見ている大人たちの内省的で不安そうな表情は解釈に困るものではなかった。〈一度は取り去られた恐怖〉彼らがフレックス・チューブに移ろうと行きかけたときも、彼はもう一度床の軋《きし》む古い戦艦を眺めまわしていた。

生涯の任務がバラヤーを守ることだったとしても、その考えが完全な自己欺瞞だとは思っていないが、この三十年自分は過った仕事の路線にいたのだろうか。

ヴォルコシガン一家は、明け方には無事にカリンバーグ基地に送り返された。オリバーは自分のアパートに立ち寄った。コーデリアは他の者を女総督宮殿に追い込んだ。そして朝の残りの時間は、通信コンソールでは始末できなかったあらゆる仕事を片づけていった。主に品物とかサービスが欲しいと陳情に来た人々と会う仕事だったが、ほとんどがただで欲しいという要求だった。コーデリアはうんざりした母親のような気分になった。その代わりに、彼女はできるだけ普段の仕事を手抜きしようと努めた。

それらの要求に実際に応じられるのなら、こういう仕事は気持のいいものだが、それができないと、できないほうが普通だが、あまり楽しくない。なかでも最低なのは、複数の融和しがたく矛盾している計画を提示されたときだ。そういう状況に合わせられないのは、自分が一人っ子の親だからだろうかと思っている。その一方で、たぶん女総督としてのあらゆる訓練が母親としての再試合に役立つかもしれないとも思う。これは慰められる考えだ。

庭を横切って家族との昼食に戻ったとき、アレックスがぽつんと離れたベンチに座って足を蹴り出しているのが目に入った——実際の動作だけでなく何かを隠喩《いんゆ》しているのだろうか。アレックスの静かな振る舞いは普段は兄弟の騒がしさに隠されているが、こういうように一人でいるのを見るとそれが際立つ。コーデリアは優しい顔で彼に近づいた。

「あら、坊や」

アレックスは顔を上げた。「やあ、おばあちゃま」コーデリアがさらに近寄ると、アレックスは行儀よくからだをずらしてベンチの脇を空けたので、彼女は横に腰掛けた。そして二人とも、彩りよく数メートルも整えられた植え込みと、数メートルどころか一キロ近くも続いていそうなぐるっと曲がった小道に目を向けた。

「みんなどこに行ったの？」彼女は〝なぜここに一人きりでいるの？〟という相手の気持に踏み込むような言葉に代えてそう訊いた。

アレックスはそれでも防御するように肩をすぼめた。答えはしたが。「ママはおばあちゃまのための庭園計画で働いているよ。パパはまえに話していた戦争ゲームかなんかの話をしに、ジョール提督に会いに基地に行った。ヘレンと他の女の子はうちのなかで、フレディーと遊んでいる」

ではアレックスは男なのでのけものになったということだろうか。セリグはまだ幼すぎて仲間にはなれない。子どもたちを勇猛な小隊にしようというマイルズの発想は、考えてみるとそれほど常軌を逸したことでもなさそうだ。

「古い旗艦の見学の旅は楽しかった？」

「うん、まあまあ面白かったよ」といったあと熱意がなさそうに聞こえるのを心配したのか、アレックスは探るようにいった。「ジョール提督がおじいちゃまについて話したところが一番よかったよ」

「わたしもあそこが気に入ったわ」コーデリアは少しためらってからいってみた。「なぜ今日は、むっつりしているの？　疲れた？」

彼は鼻に皺《しわ》を寄せたが、説明しないですまそうという考えを却下したようだ。まだいいわけを考えるのに慣れていないのか、あるいは正直すぎるのかもしれないが、ため息をついて答えた。「そんなことじゃないよ。パパのせいだ」

コーデリアは特に意味はないが誘うような言葉はないかと探した。「パパはいま何をしているの？」

「べつに新しいことじゃないよ。もう一度士官学校に入り直そうかと思っているみたいなんだ。そういうことをしてる」

興味深い説明だ。少なくともアレックスはこの家族的な強迫観念が、自分だけでなくマイルズも同じだと気づいているのだ。そこにエカテリンの手が加わっているのにコーデリアは気づいた。

「パパはあなたを励ましたいのよ、わかるでしょ。パパはソルトキシンの障害のためになかなか入学できなくて、本当にものすごく長いあいだその障壁を乗り越えるのに苦労したから、あのね……あなたには楽させたいと思っているのよ」

「それはわかるよ、士官学校に入ることが……」アレックスの言葉は途切れた。「国守であることと同じくらいに、必要なんだって思わせようとしてる」

「避けることのできない歴史的必然性ってこと?」

アレックスは眉をひそめた。「ぼくが思うには。つまり国守の跡継ぎはみんな、ずっと昔から、その学校に行ったんだ」

「それは正確にいうと本当じゃないわ。じつは帝国軍士官学校は、《孤立時代》の終わりまでは存在しなかったのよ。そのまえは、士官は見習い制度で訓練されたの。あなたの大お祖父さまのピョートルもそうだったのよ」もっともピョートルの見習い期間は本物の戦争中で、攻囲された新しいバラヤーでは彼に助言してくれる年長者がわずかだったので、ある意味で天才的な独学だったといえる。ピョートルは次第に技を磨き、彼の世界はいやおうなくそれに従った。マイルズのなかにはたくさんのピョートルがいることを、これがはじめてではないがコーデリアは思い出した。

「でもおじいちゃまはそれでうまくいったんだね。それにパパも。そしてイワン小父さんも。それからグレゴール小父さんも、ヴォルではないけどダヴ・ガレーニ小父さんも、みんな誰もかも」

「マーク叔父さんは違うわ」コーデリアはいってみた。見返したアレックスの表情は、コーデリアの言葉がふさわしかったことを示していた。

「あの人は見た目も違うね」

「そうよ、苦労して変えているの」世の中の人が意識的に体重を減らそうとするように、マークは意識的にあの恐るべき体重を維持しているのだ。もっとも楽しんでそうしているとはいっているが。ああいう肉体を彼が選んだことに、元親のマイルズはひどく当惑していて、病原菌以上にその容貌をいやがっていると、コーデリアは見ていた。

アレックスは目に見えない幻影を見つめているように、両足のあいだに目を落としたままいった。「ヴォルシス大伯父さんも違うけどね」

みんながドクター・ヴォルシスと呼んでいる教授は、エカテリンの亡くなった母親の兄弟で、自分の力で銀河宇宙に名を馳せている技術者だ。アレックスの世界に、軍人でない男性の見本がまったくいないわけではなさそうだ。コーデリアは不意ににっこりしていった。「いっしょにうちのなかに入りましょう。あなたに見せたいものがあるの。あなただけにね」

アレックスは不思議そうな顔をしたが素直についてきた。

コーデリアは個人執務室にアレックスを連れていってドアを閉め、小さな会議用テーブルの上を片づけた。それから幅の広い平たい抽斗《ひきだし》が積み重なっている、背の高い戸棚を開いた。〈この三年、ここを開けたことはなかったわ〉ちょっとためらったあと、彼女は一枚一枚と紙を引き出しはじめた。なかにはプラスチック薄葉紙もあるがほとんどが本物の繊維の紙で、大きさはスクラップを外したものから幅の広い二つ折り判まであらゆる大きさがあり、広げるとテーブルの半分ほどを占めた。アレックスは見守っていたが、そのうちに寄ってきてためらいがちに指で触れた。

「これはアラールお祖父さまが描いたものなのよ」彼女はアレックスにいった。

「おじいちゃまが絵を描くことは知ってた」アレックスはいった。「いつかヘレンとぼくの絵を描いてくれたのは覚えているよ。〈冬の市〉におばあちゃまたち二人が招かれてきたときに」それは家族が集まった最後の旅に違いない、とコーデリアは察した。「でもこんなにたくさん描いていたなんて知らなかった」

「長いあいだ描かなかったのよ」コーデリアはいった。「わたしが聞いたところでは、絵を描きはじめたのは幼いころで――いまのあなたよりも若いころだったそうよ。でも昔のはみんななくなってしまったのよ。そして十代のころにも描いていたけど――それもたいていなくしたらしいけど、何枚かはしまいこんでいたの。じつは趣味としてまた描きはじめたのは、摂政になったあとなの。わたしがバラヤーに来たときより、ずっとあとのことよ」

「絵の具でも描いたの？」

「少しはね。一度ホロビッドの映像で描いたらと勧めたことがあったけど、彼はじかに接することのできるものに興味があったようね。自分の手と目と頭で描くものだけで、他は興味なかったみたい」他のものにはなりたくないってことかしら。アラールは一生、皇帝にすべてを捧げた生活だったから、たぶん自分だけの小さなものを保存しておきたかったんだろう。

アレックスはテーブルに肘をついて、もっと近くから絵をじっくり見た。「なぜ人には見せなかったの。人にあげたりもしなかったんだね。こんなにたくさんあるのに。誰も欲しがらなかったの？」

「何人かには見せていたのよ。わたしとか、オリバーとか、シモンにもときどきね。アラールの絵を欲しがる人がほんの少しいたのは確かだけど、でも……絵そのものを欲しがったわけじゃないのよ。その人たちは、摂政閣下が描いたから、あるいは提督とか国守とかが描いたから欲しがっただけで、もっとひどいのは売ってお金にしようとした人もいたの」言葉が途切れた。「彼はよく、こんなことをいったわ。以前領地で、熊を自転車に乗せてパレードをした人がいたって。それはその熊が自転車に乗るのがうまかったからではなく、熊が自転車に乗るのが珍しかっただけのことだって」

「ぼくにはすごいことに思えるけど」

「それは……間違ってないわ」九歳にとっては。

アレックスは見ていてほっとするような注意を払って紙の束をよりわけていた。「建物がたくさんあるね。これはハサダー広場かな？　ほら見て、おばあちゃまの総督宮殿がここにあるよ！　これはいいね」

コーデリアは彼の背後から覗きこんだ。「それがまだ建っていなかったことを思えば、ほんとに素敵ね」彼女は唾を呑み、高い声になっていった。「おじいちゃまは一度も戦争には行かなかったのよ。でも戦争が向こうからやってきた。必要に迫られて、戦争にどう向きあえばいいかそこで学んだの。もしお兄さんが殺されなかったら、国守にならなかったら、ユーリ狂人皇帝の戦争が起こらなかったら、わたしの想像では……彼はたぶん画家ではなく、建築家になったに違いないと思うの。おそらく軍を指揮するように複雑でさまざまなことを要求される、広い範囲の公共の計画を行う人になっていたでしょう。なぜって、ヴォルコシガン家の人たちのエネルギーは、とにかくそういう道を見つけるからよ」故郷のデンダリィ山脈を洪水となって流れ落ち、堤防を破る河のように。「そしていまとは違う方法でバラヤーを築いたでしょう」

アレックスの顔は静かになった。「でもぼくが跡取りだよ」

「だけどあなたはいま生きているでしょ、おじいちゃまが再建したバラヤーで。そこはおじいちゃまが相続したときのままではないのよ。あなたにはもっと別の選択もあるわ。自分で想像できるかぎりの選択があるのよ。それがあなたに遺された才能だと知ったら、おじいちゃまはとても喜ぶでしょう」コーデリアはためらった。「パパのものでもない、おじいちゃまのでもない、他の誰のでもないあなただけの才能よ。あなたは思う存分にやればいいのよ。それがどんなものになっても」

これを少年がどう受け取ったかはいいがたい。この子は母親と同じくらい慎み深い。マイルズの若いころの顔は表情がよく変わり、切迫した気持がはっきり表れていた。たいていいつも。それが親である自分には楽だった。

だがアレックスは手を紙のほうに伸ばして、用心深くいった。「ぼく、これを何枚かもらってもいい？」

「どうせそのうちに、あなたが全部相続するのよ。興味を持ってくれてとても嬉しいわ。でもいま何枚か持っていきたいのなら一番気に入ったのを選んでいいし、帰り道で傷まないようにスクラップ・ブックにしてあげることもできるわよ」古文書並みの保管で——職員の誰かが考えてくれるだろう。

「ぼく、持っていたいな」アレックスがあまりにも小声でいうので、彼女は身を屈めて聞かねばならなかった。

「じゃ、そうしましょう。ゆっくり選んで」コーデリアは通信コンソールのほうに引っこんで、急がずに選べるようにしてやった。そしてホロビッド盤の後ろからこっそり見守って、これがいい考えだったかどうか考えていた。おそらくこれでよかったのだろう、アレックスは作業が終わるまえに昼食に呼ばれたのだ。不思議なことに、アレックスは昼食中は計画を一言も口に出さなかった。もっとも家族全員が集まると彼が口をはさむ余地がなくなるのだが。

家族全員に囲まれて、コーデリアは昔の親の愚痴を思い出した――〈あんたもわたしと同じように六人の子どもを持ったらわかるわよ〉もっともこの言葉は実現しなかったが。マイルズは彼自身がコーデリアにとって喜びだったように、六人の子どもに大きな喜びを感じることだろう。マイルズは何をすればいいか正確に知っている。もっとも、六人の子どもを授かったといっても、少なくとも誰一人彼には似ていないし、さらに一人一人がそれぞれ違っている。親として同じ苦労があるとしても、これは実際にずっとましだ。

自分の執務室に帰るとコーデリアは読書器《リーダー》を手に取って、アレックスが静かに選んでいるあいだできるだけ邪魔にならないように次の報告書を読んでいた。そしてアレックスがときたま洩らす驚きや興味の声や、ひそかな批評の声に耳をそばだてていた。庭園の向こうに行かねばならない刻限が近くなったころ、アレックスがいった。「おや、これはおばあちゃまだ！　どうして何も着ていないの？　泳ぐ予定だったたの？」

コーデリアは驚いて椅子から飛び出しそうになったが、気持を抑えて何気なく近づいた。直ちに戸棚ごと手元に安全に確保する方法がないのなら、たぶんその抽斗には鍵をかけておくべきだったのだ。「芸術家ってヌードを描きたがるものなの」と彼女はいった。「人間のからだって本当に正確に捉えることは難しいらしいわ。アラールが練習したいっていうときはモデルになったのよ」

「これはなかなかいいね。つまり、おばあちゃまによく似ているよ。そしてここにジョール提督もいる。男も女も練習する必要があったんだろうね」

「そのとおりよ」その肖像画のエロティックな気配は、明らかにアレックスにはわからなかったのだ。紙の束のなかにはさらに何枚か、間違えようのないそのての趣旨が見える絵があるのを彼女は思い出した。よく見るために抜き出すという口実で、彼女はそれらを没収した。

「それじゃ、両性者《ハーム》もあるの？　ハームもあるべきだよ。それに四本手《クアディー》もね。それからあの水の人間も。重い世界の人もね」

「アラールには生のモデルがなかったんだと思うわ。ヴァーミリオン領事はまだここにはいなかったのよ」モデルになることをほのめかしたら、ヴァーミリオンはポーズを取ってくれたかしら。やってくれたかも。もう手遅れね、いろいろなことが。

次の一枚はオリバーとコーデリアをいっしょに描いたスケッチで、明らかにベッドのなかにいる。これは説明が難しい。彼女は自分とオリバーと数人の他の人々の、どれもちゃんと衣服を着ているものを、アレックスの目を惹くように置いて、そのあいだに残りを見えないところに隠した。そのうちそれも相続することにはなるが――破り捨てるのは耐えられない――まだいまは。

「ヨットにおばあちゃまが乗っているのをもらってもいい？」

　コーデリアは横から見た。「それは組になったものの一枚よ」シャツを着ていないオリバーが舵を取っていて、下のほうから覗いている。「組のはいっしょにしておかないと」そりゃそうよ。「その代わりに、これはどう？」

「おばあちゃまがここの、ママの作った庭にいるところだね。いいよ」アレックスはその代わりのスケッチに満足したようだった。コーデリアはふうっと大きな安堵の吐息をついた。

　この子がベータで育った子だったら、それらの絵を隠しただろうか。そうね……多分、そうよ。アラールが漫画のように描いたものには悪戯のようなユーモアがあったが、真面目なものもいくらかあり、記憶から描いたり、想像力の助けで描いたものも多少ある。こういうのは役にたつわ。笑いを抑えているのか、涙を抑えているのかはっきりしなかったが、もう一度真面目な顔に戻るまで、アレックスから顔を背けていた。そしてその記憶を儚《はかな》い思い出の洞窟に戻した。刃の切れ味が悪くなるまで闇のなかに入れておこう。

「でも、おじいちゃまの絵はないんだね」アレックスが指摘した。

「それは仕方がないけど、本当ね。ただ……あるのはみんな奇妙な方法で描いたものよ。おじいちゃまの映像を持っている人はすごく少ないの」

「ふうん」彼は眉をひそめたが、困っているというより考えているらしかった。

「どれがあなたのお気に入り?」アレックスが選んだ宝物のほうに戻って彼女は訊いた。
驚いたことに、彼が指さしたのは肖像画のひとつではなく、ヴォルコシガン館の堂々とした
ファサードの、そして非常に細かいところまで描きこんだ、大きく精巧な建築画だった。
「面白いわ。なぜなの?」ホームシックなのかしら。
彼は知らない道具を手さぐりするように手を動かした。「あそこにはほとんど……何もかも
あるんだ」
コーデリアはその絵を見直した。それは思いがけないことに最近に、このセルギアールで描
かれたもので、おそらく記憶と映像を参考にして合わせたものだろう。このすべての形を取り
入れるには拡大鏡が必要だろう――記憶が正しければアラールは画を描くときにそれを使って
いた――とはいえこれは少しも機械的な感じはしない。アレックスはホームシックではなく、
たぶん何か他のものを感じたのだ。
「あなたの選択は正しいと信じてるわ、坊や」

14

この朝ジョールは、戦争ゲーム・シミュレーションのアプリによって、うまくマイルズの気を逸らした。休暇を取っていたカヤ・ヴォルイニスを引っぱり出して、基地の作戦室のひとつでそのショウをセッティングさせたのだ。こんな技術者のような仕事をカヤはぜんぜんむっとする様子もなくやってくれて、ついでに彼女も前列の席に収まってしまったので、とうぶん出てくることはできなくなった。ジョールはゲームに必要な数人の士官の肩を叩いた。出世の流れにのりそこなって眠たげな日常を過ごしている士官でも、ちょっと注意をするだけで前向きにできるのなら目覚めさせるのが必要だと思って。好機というものは思いのままに訪れるわけではない、という理屈をこねて誘ったのだ。その意図が伝わると残りの席はたちまち埋まった。あのヴォルコシガン提督の息子に会えるという好奇心もあったらしい。

こうしてジョールは大切な客を楽しませるだけでなく、現実にマイルズとの会話の機会からも逃れることができた。と思っていたのに、昼食のためにお開きにするところでマイルズがいった。「それでは例の、お母上と二人で文句をいっておられた面倒なプラスクリートを見せてもらえませんか」

というわけでジョールはふたたびヴォルコシガン国守を案内して、平たい台の上に積み上げられ熱い太陽を浴びて穏やかに朽ちていくプラスクリートの丘のところまで歩いていくはめになった。この迷路の窪んだあたりにすぐに何かわかる堆積《たいせき》物のかけらが散っているのを見ると、基地に住んでいる誰かが内緒の話をしに来たか、逢い引きとかパーティーの場所を探しに来たらしく思われた。彼は基地の保安がここにも行き届いているかどうか、確認しておこうと頭のなかにメモした。といっても、そのうちこのいまいましいものを動かす理由が出てくるかもしれない。経済的な意味で、好きな場所に移そうという人はいるだろう、というぐらいしかいまのところ考えられないが。

ジョールがそれとなく警告したにもかかわらず、マイルズはこの堆積物の山の上から眺めたいといいはって杖を握って登っていった。猫と同じように本能的に高いところに登りたがる好奇心があるらしいが、猫のようにしなやかに上がる能力は持ちあわせていない。マイルズが丘の端に腰を下ろし、足を投げ出して気持のいい姿勢に落ち着いたとき、ジョールは少し呼吸が楽になった。といってもマイルズの目線はジョールよりほんの少し高い程度だった。正確にはなんといったらいいかわからないが、マイルズにはそこでじっとしていてもらいたかった。ジョールは堆積物の反対側に寄って腕を組んで待っていた。

いかにも何気ない風でマイルズが口をひらいた。「それで、例の、父親の死後の子どもを作るという母の計画に、あなたは驚かれましたか。つまり、お付き合いとかそういったことも含めて」

〈それじゃあ、プラスクリートなんか会話を防ぐ役にはたたなかったんだな〉あるいは他のものでも。「そうですね」ジョールは認めた。「そんなことができるなんて、考えてもいませんでした。といっても、あの方が遺伝子サンプルを持って〈冬の市〉から戻っていらしたときには、まだお付き合いなんかしていなかったんです」そこで少しためらった。マイルズはこの話をどう進めるつもりなんだろう。それに本当に話を続けたいんだろうか。「あの――それであなたは？　驚きましたか」

マイルズははいともいいえともつかない感じで、手を前後に振った。「母が娘を欲しがっているのはまえから知っていました。ぼくの代わりってことではないんですよ、いいですか、そういう意味じゃないんです。ぼくに加えてという意味です。だけど何年ものあいだ、あちこちでバラヤー人の少女たちの先生役をしてきて、母親熱を満足させているように見えました。その考えは何十年もまえに諦めたと思っていたんです。遺伝子サンプルがあることは知ってました――だけどぼく自身が父親役を実行しているあいだに、それは過去に消えたように思えた――ぼくだって他の仕事が百万もあったし、少なくともそのことは母の問題であってぼくのではありませんからね。それでぼくはそのことを口に出すことはなかったし、母だって何もいわなかったんです」最後の言葉をいうとき彼は顔をしかめていた。

「ぼくにも何もいいませんでしたよ、そのサンプルの生きる力を確かめるまでは」ジョールはいった。「それをあの方は待っていたのかもしれません」そしてもし、サンプルが死んでいるとわかったら、その悲しみを自分の胸の内に収めて、決して共有したり半分に分けたりしなかったろう。悲しいがそうなりそうだ。今度は彼のほうが顔をしかめた。

「本当に驚いたのはセルギアールのことです」マイルズは話を続けた。「母は故郷に帰ってくると思っていたんです。バラヤーでやることは——何をやるかはわからなかったけど。いろいろあるでしょう。祖母役かもしれない。その立場では、子どもたちはお釣りみたいなものだけど、父上はもういないし、エカテリンの母親はずっとまえに亡くなっていて、父親は南大陸で落ち着いています。エカテリンの伯父と伯母であるヴォルシス夫妻は首都にいますけどね。それからエカテリンの兄弟、その妻や子どもたち、それにニッキ、そしてアリスとシモン……そうですね、ぼくみたいに身内が少ないわけではないですね。ぼくには老ピョートル国守しかいなかった」彼は眉をしかめてこの世代による差を思い返していた。

「あなたの領地はいまではエカテリンのもののような印象です」ジョールは穏やかにいった。

「ひとつの領地に二人の国守夫人がいるのは、一軒に二人の女主人がいるような感じじゃありませんか」

「母がそこから締め出されることはありませんよ、ちくしょう」マイルズがいった。「もちろん母はそんなことは考えていない——え、そう思っているんでしょうか」ジョールを見下ろしたマイルズの目には、心から当惑したような色があった。「こんなことをするのはそのせいじゃありませんよね？」

「そんなことを考えていらっしゃるとは思いませんよ、まさか」ジョールはいった。「あの方の選択はもっと積極的なものだと思うんです。あの方は単に、かつてのベータの調査隊のルーツに戻ろうとしているんだと思うんです。新しい世界の探検に加わろうとしている――そう、セルギアールは新しい世界ですよね――きっとそれがいいんでしょう」

「セルギアールのなかったころのバラヤーのように？　そうかもしれない」

「いま挙げた名簿のなかにベータの親戚は入ってませんね？」ジョールは堆積物の山に寄りかかっていた位置を変えながら不思議に思っていった。「コーデリアがお兄さんとたまに連絡を取っているのは知ってますよ。あなたはあっちにも、従兄弟がいるんじゃないんですか」

マイルズは不意をつかれて肩をすくめた。「三人いますよ。でも、十五歳の学生のころまで会ったことがなかったんです。それに年齢がかなり離れていて、十五歳のぼくには問題にならなかった。その配偶者とか子どもとか、調べ続けるのは断念したんです。もっとも母は祖母からその人たちの消息は聞いていて、連絡を取る義務があると感じていたみたいです」

自分もときどき、ほとんど会ったことのない親戚について母親から同じような報告で煩わされるので、ジョールはうなずいた。近親者が年を取るのは、死亡記事を見るようなものだ。ごく最近は、身内を亡くすことの辛さを母親が口にする意味がわかるようになったが、遠くに離れているのでそれで気が滅入ることもない。返事を書くぐらいには成長している。

マイルズは顔をしかめた。「たぶん親戚のことを心に刻むには、ふさわしい年齢があるのでしょう。若くて無責任なころには、実際にまわりにいてもそれに気づかないんだろうな。もっとあとになって、一番心に残るのは大人になってからの知り合いです。たぶん臨時の緊急ドッキングを優遇してもらったとか」といったあと彼は譲歩した。「たとえば、ぼくがベータでなんらかの窮地にたつとか――あるいは親戚の誰かがバラヤーで窮地にたつとかしたら――お互いに助けあう関係だと思います」

十八歳ごろのジョールにとって、田舎の土地は一刻も早く逃げ出したい場所だったが、その後たまに戻ることがあるとその印象はいくらか変化した。アラールとの関係や、そのあとのアラールとコーデリアとの関係があって、家族はさらに遠い存在になり軍歴もすでにできていた。しかも……政治上必要な沈黙を維持するためには、無言でいることが嘘をつくよりも安全だった。そもそも会話の輪に入らないほうが、秘密ははるかに守りやすかったのだ。

セルギアールで息子を持つことを選ぶなら、ジョールの息子は、マイルズにとってベータにいる従兄弟たちが遠い存在であるように、自分の平民の家族とは問題のない距離を保って楽しく過ごせるだろう。マイルズの子どもであるヴォルの姪や甥とでも、特にその関係が伏せられていれば距離を保てそうだ。だが時間的にも場所的にも近くにいる半姉妹とはどうなるだろうか。口を閉ざしていれば、光年の距離のように確実にお互いをへだてるのだろうか。いやそうではない、ジョールがセルギアールに留まれば、コーデリアの許しを得て家を近くに持つことができるし、兄弟をいっしょに遊ばせることもできる。たぶん隣の家の女の子のように。

そうなるともっと警戒すべき新しい考えに導かれる――子どもたちは血筋が近いこともあり、ヴォルコシガン家のカリスマ性もあり、確率から考えても、十代になるとそのなかの誰かと付き合いたがるだろう。都合よく沈黙していても、まえには頭に浮かばなかった危険性がひそんでいる。彼はぞっとして、マイルズには決して説明したくない笑いを呑みこんだ。コーデリアはジョールが最初に着手しようと思ったときから、その問題をわかっていたのだ。どこの誰とも知れない卵子だと主張する企みは、いつになっても説得力がないように思われる。

マイルズは咳払いした。地面に目を落として。それから目を上げた。「それで、あー――あなたがたはそのうち結婚なさるお考えですか？」

〈彼女が申し込めば、ぼくは承知するさ〉とためらいなく思ったジョールは、自分の気持に驚いた。コーデリアに別のどんなことを頼まれたとしても、これだけは違う。彼女はぼくをパン生地のようにこねることができる――頭に浮かんだ性的な暗示を振り払って彼はかすかに唇を震わせた。残念ながら、あの人は自分の本当の力を知らないのだ。これまで彼がはいと答えたことは、素晴らしく報われてきた……。彼はやっといった。「そのことは話しあったことがないんです」

「まだですか？　それともぜんぜん話す気がない？」マイルズは無意識なリズムでプラスクリートの袋の上で踵を揺すった。若者なら身震いしたといえるだろうがマイルズならそんなことはあるまい。

マイルズがいま問い詰めているのは、母親の未来を思ってのことか父親の過去にこだわっているのか、ジョールには判断できなかった。マイルズは少なくとも以前は機密保安庁のスパイだったが、ジョールの知るかぎり現在は自白薬《ファーストペンタ》は持っていない。それでもジョールは、マイルズの手が届く範囲から身を引きたい衝動をなんとかこらえていた。「いつだろうと、すぐにということはありませんよ、もちろん。はっきりしているのはあの方が、娘たちの親権がバラヤーの法律ではっきり守られることを望んでいらっしゃるということです。一番下の娘さんが成年に達するまでを考えていらっしゃるのかもしれないけど、そのときにどんな……準備が整っているにせよ、二十年ぐらい先のことですから、その質問は無意味ですね」

マイルズは首を振った。「二十年ぐらいですか。そんな長い時間で考えているんですか」

「あの方がそう考えているのは確かです、このすべてをはじめるにあたって」彼は認めた。「もっとも二十年でも、普通よりは短く感じられるでしょうね。たぶんあの方にとってはもっと」

マイルズはまたひきつけのような笑いを浮かべたが、なんといってもジョールよりそう若いわけでもないのだ。マイルズは軽く目蓋《まぶた》を閉じて思い切ったようにいった。「それでは……お二人で子どもを持つことは考えていらっしゃらないんですか。どんな技術的な難しさがあったとしても。どういう魔法にかかったのか、母は個人としてセルギアールに住む考えを持っているらしいけど。あなたに何かきちんと形をつけたい気持があるのなら、自分でそれをなさる必要がありますね」

ジョールは盲点をつかれて瞬《まばた》きした。彼の想像力は三人の息子の可能性だけで精いっぱいだったのだ。そこに娘まで出てきた。もっと遠い未来に。それは心の蕩《とろ》けるようなおかしな幻想だった。「そんな余分なんか、あの方にはすでに氷の上に載せたもので満杯なんだと思いますよ。ぼくがそれ以上のことを話せるなんて想像できないでしょう」

マイルズは鼻を鳴らした。「桶のなかの魚を撃つ、といういいまわしを聞いたことがありますか」彼の顔に何かを思い出しているような表情が浮かんだ。「だけど、実際には、それはそんなに簡単ではないんです。以前子どものころに、ヴォルコシガン・サールーで一度やったことがあるんですけどね」

「なにをするために?」ジョールは若いころのマイルズの姿を想像して、訊かずにはいられなかった。半分血のつながった兄弟も、彼に似ているのだろうか。さいわい、ソルトキシンによる障害はないだろうが。

「納屋で見つけた古い弓矢で実験しようとしたんだけど、結果はさっぱりでした。水の反射があったし、弓が大きすぎたうえに、ぼくはとても不器用だった——あの年齢では本物の的を撃つことができたかどうかも疑問ですね。おまけに魚はするりと滑り抜けるいやなやつなんだ。親衛兵士からくすねてきたスタナーでやってもぜんぜんだめだった——水が衝撃を吸い取ってしまうんです。魚はただ——面食らっているようでした。変な泳ぎ方をしてね。困惑顔で親衛兵士が追ってきたときには、同じようにして盗んだプラズマ・アーク銃でまさに三度目の実験をしようとしているところだった。きっとスリル満点な結果になっていたでしょうね」

ジョールは忍び笑いを洩らした。「ああ、死の兵器か!」バラヤーの軍国主義がベータの科学に重なって、その年齢、六歳か七歳ぐらいの子どもに、ぎょっとするような混成の結果をもたらしていただろう。

マイルズの口元がゆがんだ。「魚は確実に死んだでしょうね。だけど、そうですよ、その爆発の周囲にいた者は、蒸気の火傷と桶の破片でやられていたでしょう。やられるなかにはもちろんぼくも入っていただろうけど、ぼくは防御するためにごみバケツの蓋を持っていましたよ」とマイルズはその楯《たて》の大きさを腕を振って示した。

この逸話は、こっちの凍結した息子の話を持ち出すためのきっかけだろうか。ジョールは努力して、やっと自分のいいたいことを押し出した。「あなたは父親であることがお好きですか」この即席の訊問が、一方通行でなければならないとは聞いていなかったので。

マイルズは話が変わったのに驚いたように、堆積物のてっぺんに寄りかかった。「子どもに髪を引き千切られるようなこともあるけど――でも、そうですね、いまのところ気に入っていますよ。立ち止まって考えたら、まだちょっと怖いところがあるけど、さいわい考え直す余裕なんかめったにありません。ぼくが本当に気持を奮い起こす領域は大きく広がっている気がします。エカテリンのおかげで」

マイルズにも、ジョールが再生産センターに行ったときに経験した戸惑いがあったに違いない、ということが頭にひらめいた。あるいは、家で準備するようなことがあったのかもしれない――ヴォルコシガン館の地下にある診療所は、アラールの時代に最高のレベルに達し、おそらくそのあと更新されているのだろう。たぶんマイルズの花嫁は、彼が一人でやらなくてもいいように、楽しみを与える手伝いをしたのだろう。そんなことを訊くわけにはいかない。

「片親だけでやれるとは思えません」とマイルズは話し続けた。「もっとも考えてみると、狂人皇帝ユーリの内戦のあと、老ピョートルにはぼくの父しか遺されていなかったから、一人でやるしかなかったんだと思います。当時父は、大人になりかけていたけど、それでもね。二人にとっては、その荒海を乗り越える大変な航海だったと思います。それを思うと心が痛むけど、ぼくがいっしょに暮らすようになったころ、ピョートルも穏やかになったものだといわれていましたよ。とはいえ、その日常はひたすら疲れるだけだったかもしれない」といったマイルズの鋭い笑みは、ジョールにナイフを連想させた。「最終的には祖父と父のあいだもうまくいったんだけど。人はなんとかするものですね」

　コーデリアの母親も、寡婦の一人親だったのをジョールは思い出した。なぜマイルズは、対照的な例としてその人のことをしゃべらないんだろう。ベータではひどい内戦がなかったというだけでなく、ベータの遺族の境遇はバラヤーよりも楽だったように思われた。〈コーデリアの手本は、彼女の母親なんだ〉と彼は気づいた。意識していても、無意識でも、内面に取り入れているのでは？　どちらにしても、それが彼女をあんなに自信に満ちた女性にしているのだ。

　マイルズの口調はさらに内省的になった。「ひとつだけ悔やまれるのは、ぼくがもっと早く子どもを作らなかったことです。できなかったからだ、とは思うけど……リジーとタウラはアラールおじいちゃんを覚えていないし、セリグとシモーヌはまったく会う機会もなかった。そうだなあ、父は実際に、エカテリンとぼくが結婚したあとすぐに、冷凍庫に保存した六個の胎《たい》芽《が》を見にきたけど、それは孫に会うこととはまるきり違いますね」

　ジョールはその場面を想像した。それは総督と女総督がセルギアールに同時にいるようになった時代のはじまりのころで、二人が故郷にちょっと戻っていったあいだの出来事に違いない。いまはボブリクの役目の、この砦《とりで》を守ることも手伝っていたのだろう。「アラールはその処置について、あのう、どう感じていらっしゃるようでしたか。テクノロジー全般については？」

マイルズは鼻に皺《しわ》を寄せた。「唖然としていた。と思うけど。ぼくらのためには本当に喜んでいたけど、母がそこにいっしょにいたから、テクノロジーについての疑問なんか口に出せなかったんだと思います。父は生涯、医学的にも他の面でも、バラヤーを銀河標準に引き上げようとして働いてきたけど、個人としては本当にどうなることを期待していたのか、ぼくにはよくわからないんです。自分の館にとって、中央のヴォルって制度……にとってテクノロジーがどういう意味をもつかは」マイルズは手をぎざぎざに振って、彼の歴史の複雑さをなんとか含めようとしているようだった。「そしてついにぼくの子どもたちが現れたときには、もちろんものすごく可愛がってました」彼は道路の舗装を照らしている光にちらりと目を向けた。「おや、もっと時間があると思っていたのに」

……」

ジョールは唾を呑んで、おずおずといった。「時間といえば、昼食を召し上がりたいのなら

「ああ。もちろん」マイルズはなんとかどこの骨も折らずに袋の山から下りてきたので、ジョールも彼を摑んだりせずにすんだ。いわば二重の勝利だ。

食堂へ歩いて戻るあいだ、ジョールはわざと歩幅を縮めるようなことはしなかった。混乱するような奇妙な感情のさざ波が、深くからだを貫いていた。〈日射病のせいだ〉と自分にいいきかせようとしたが出てきた言葉はこうだった。〈お願いだ、早く生まれてくれ。きみたちに会いたいんだ。まだ余裕があるうちに〉

彼は身震いして歩き続けた。

マイルズは戦争ゲームを終えてから来たので、宮殿の夕食には遅れた。コーデリアは夕食のあとさらに数時間、都市庭園計画を話すためにエカテリンを連れ出したので、子どもたちを容赦なくマイルズに押しつけて置き去りにした。爆発とか、火災警報とか、パニックになった人人がオフィスのドアを叩くとかいうような邪魔もなかったので、コーデリアはマイルズが保母役をうまくこなしたのだろうと思った。寝る支度をすませてから、最後に一度だけ通信コンソールをチェックしているときに——もっとも本当に別の仕事の予定が入っていても知りたくなかったが——部屋のドアからマイルズが顔を出し、挨拶の言葉をつぶやきながら滑り込むと、椅子にどさりと座りこんだ。

コーデリアは背筋を伸ばし、怪訝そうに彼を見た。「それで何？」彼女は突っこんだ。

「えー」といいながら彼は足を投げ出した。足が休みなく動く症状が出てきて、調べているのだろうかとコーデリアは思った。しかし足は落ち着いていて、もう一度螺子《ねじ》を巻いて立ち上がらせたら、室内をビューンと動かすこともできそうだった。マイルズはいった。「母上のオリバーと話をしたんです」

コーデリアはその所有格に気づいた。いい兆候だろうか。それともさらに拒否する言葉が出てくるのか。母上のオリバー、母上の問題……。「そう？」

「認めますよ、彼はいい人のようだ——いままでもそう思っていたけど——」

「確かにいい人だと思うわ」

「だけど彼は積極的じゃない」

コーデリアはデスク越しに、母親が叱るときのような光る目を向けた。「気の毒に、あなたは彼を訊問したの？」

「訊問なんかしてませんよ！」

彼女はその返事を〝まさにそんなふうだった〟と解釈した。

「二人で話をしただけです。完全に礼儀正しく。二、三の気がかりも含めてね。そうですね、とにかくぼくは、そうしたんです。彼は聞いてました。母上には彼の考えがわかるだろうけど、ぼくにはさっぱりわからなかった」

「いまのところ彼はいろいろ考えていることがあるのよ」それからコーデリアは不意に思い出した。「といっても、彼が公務で銀河宇宙の外交官に問い詰められているところを立ち聞きするのは、いつも結構面白かったわ。差し出すよりも多く手に入れるのに熟練していて、相手をがっかりさせていたわよ」

マイルズはむっつりと鼻を掻いた。「確かに、ぼくは結局聞くよりは話すほうが多かったですね」

コーデリアの唇が引きつった。「そう、それじゃそれが問題なんじゃないの」

マイルズは顎を上げて歯を剝き出してみせた。

「それで、そんな不満そうな顔をするのは、何を訊問したからなの」

「いや、ただ……将来の計画を訊いただけです。彼の。いや、あなたがたの……」

「マイルズ——あなたは実際に彼の意向を問いつめたりしたの？」

彼はちょっと顔をしかめて逃げる表情になった。「正確にそうとはいえません。そうですね、まあ、そんな感じです」

「あなたのそういう衝動は、ヘレンの求婚者にはしっかり抑えたほうがいいわ。もうまもなくやってきそうだから」

マイルズは大げさにからだを震わせた。「まさかいまは、まだでしょう」

「すぐに驚くことになるわよ。それはともかく、オリバーの計画は彼の勝手ですよ」

「だけど、母上に関わることになると彼は口をつぐみ、母上は彼に関わることを一切話して下さらないのなら、ぼくはいったいどうやって……わかればいいんですか」と彼は抗議した。

「たぶん、あなたにはわからないのよ」

彼はむっとしたように鼻を鳴らした。「あなたがなさることが、ぼくには関係ないようなふりなんかできませんよ。ベータ式の投票を期待しているわけじゃないけど、基本的な情報がほしいんです。少なくとも二人で進めていることぐらいは」

「わたしの計画は何も秘密にしてませんよ。つまり首都を移すつもりとか、女総督を辞めるつもりとか、家を建てて女の子たちを育てる予定とか。それでわたしの百年は終わるでしょう。その先のことは誰にわかるかしら？　たぶんわたしは自分の過去の科学キャリアを生かすことになるでしょう。あるいは本当に引退するかも。でなければ、老境を慰めるハーレムと契約するとか。足のマッサージもね。足のマッサージの契約はたっぷりよ」

　マイルズは驚いて笑いだした。「ハーレムって、男ですか女ですか」

「男のハーレムを考えていたけど、どっちでもいいわ」

　彼はちょっとの間その幻想にとらわれているような表情だったが、それから、残念なことに、もとに戻った。「だけど、それでオリバーの計画はどういうことですか」

「彼はまだ考え中だし、考えているあいだは放っておいてくれるとありがたいわ。彼は利口な人よ。自分で考えるわ」

「考えるって何を？　彼は、あなたが彼と結婚する気はないと思っているようですよ」

「わたしは誰とも結婚する気はないの、娘たちが一人だちするまで。そのあとは……新しい世界よ。次の新しい世界ね」〈新しい世界って……五つ目？　六つ目？〉

「そうです、彼もそういってました。それじゃ、どうして彼はそれを知っているのに、ぼくは知らないんですか」

「彼は聞く耳を持っているのよ」

　マイルズは椅子の肘かけをとんとんと叩き、腰を浮かした。

　明らかに、オリバーは男の子のことはまだいってないのだろう。話していたら、この会話はもっと違うものになり、おそらくもっと烈しいものになっていただろう。さてと、彼女は自分の見解は示した。あとはオリバーにまかせよう。

「グレゴールが、もっと詳しく知りたいのなら母上に訊くべきだといったんです。ということはもっと何かある、あっても彼はそういうことはいわない、ってことですね？」

コーデリアはグレゴールの言葉をもっと理性的に解釈した。〝わたしは棒でそれに触ったりしない〟と。しかし、マイルズにその棒を渡したら、それを持ってまっすぐ近くの雀蜂の巣に向かうという危険性があるのだ。そもそもどこの馬鹿者が地球の雀蜂をバラヤーに輸入するのは、エコシステムに有益だなんて考えたのだろう。他の侵襲性のある動植物の場合も同じだけど。マイルズはどれほど多くの骨折をしても歯を食いしばって耐えたが、雀蜂に出会ったときには実際に泣き声をあげたのだ。じつは泣き声どころか悲鳴だった。二時間ほどたって薬で落ち着かせるまで。その後は、コーデリアは軍用スタナーや毒液スプレーを手に入れて、二度とそういうことが起こらないようにした。〈その仕事をするには、声をひそめて、正しい道具を使わなければいけないのよ〉

といっても、そういう性向があったからこそ、そののち大人になったマイルズが、グレゴールから皇帝直属の聴聞卿に任命されて最高の業績を残す結果につながったのだ。彼は不可解な謎の深さでも、下水の深さでも、同じような粘り強さを発揮して探った。なぜマイルズが、懐《いだ》いた疑念によってあれほどたびたび刺されることになったのか、コーデリアにはうすうすわかりはじめている。

「わたしは、あなたのみだらな好奇心を満足させなきゃならない義務はないわ」と彼女はいった。「ただちょっと……あなたのなかのベータ性を呼び出してリラックスさせましょうか。わたしはまもなく、すべてが自然に解決すると思っているのよ」〈どっちみち、デスプレインズ

提督のおかげでね〉

「それでは、オリバーはこれをどこに収めるつもりなんですか」彼は口の端を上げていった。

「ハーレムを目指しているのではない、と思うけど」

〈本当に、オリバーは渡された仕事に勤勉なのよ〉コーデリアは薄笑いをやめて、真面目に答えた。「彼が選んだ場所にね。彼はいまある仕事につく決心をしなきゃならなくて、それはわたしがあなたと話しあうべきものじゃないし、そのうち……もっとはっきりわかるでしょう」

マイルズは口をすぼめた。「仕事の決心って？　どんな仕事を決心するんです？　彼はセルギアール艦隊の提督ですよ、そんな馬鹿な！」それから目を細めて素早く考えている。「彼の経歴の線から外れるもののはずはない。イワンのように、仕事を辞めて外交官になるのか。それもうまくやるだろうけど。それとも――いや。だったら……コマール艦隊提督か、故郷の艦隊の提督か、それとも作戦本部長官か？　サイボールトはコマールでしっかりしているし、キユープリンは故郷の艦隊に去年昇進したばかりだし、デスプレインズは……そうか、彼は作戦本部長官を提示されたのか？」

いやねえ。マイルズの頭がどれほど速くまわるか、どんなに情報を取捨選択できるか忘れていたわ。「マイルズ！　それは秘密だって約束したのよ！　女総督として知る必要のないことなんですよ。あなただってそうよ」

「ぼくは知る必要がある――待てよ、なんだって？　それでは彼はヴォルバール・サルターナに帰るはずだ。これはなんだ、ヒット・エンド・ランの恋なのか」彼は背を立て直して突然怒りをほとばしらせた。「彼は母上を誘惑しておいて捨て、母上は彼が外に出る途中で足を掬《すく》おうともしないのか」

「第一、わたしたちは互いに誘惑したのよ。第二に、彼はまだ外に出ようとしていないわ。第三、そんなことよりもっと複雑な事情があるのよ」

「そうすると、なぜかということに戻るな」

「数日まえには、わたしたちが抱きあっているからって、あなたは不審者を見る番犬みたいに睨んでいたわね。立場を変えたの？」

「ぼくは母上の味方ですよ」彼はぶつぶついった。「何がどうなっているか、考えられればいいんです」

「わかってるわよ」コーデリアはため息をついた。〈あなたが別の場所でもっと静かにわたしの味方でいてほしいだけよ〉

「作戦本部長官か」彼はどうしようもないというように考え込んだ。「わおっ！　わかってますか、そういういい話を断るってのは経歴をつぶすことなんです。本気じゃないって思われます」

「高い地位にいる司令官の心理なら、わたしだって気づいているわよ」

「オリバーの経歴はかなり……このままでもかなり完成してるといえませんか」

「それはそうね」

物欲しげな表情が彼の顔をかすめた——かつては熱望していた帝国軍人の人生への羨《うらや》みだろ

うか。はっきりいって、マイルズは機密保安庁でもっといい地位を占めていたとコーデリアは思った。すべて彼の常軌を逸した天賦《てんぷ》の才能が見つけ出したものではあるけど。規定どおりの地位に彼を縛りつけていたら悲惨なものになっていただろう——実際そうだったわね、と初期の試みの結果を彼女は思い出した。〈誰でも、なっていたかもしれない、ってのはあるわ〉

マイルズは手のなかで杖を回して譲歩した。「わかった。そうだな。それは働いている士官にとっては重要な決心だ。特になんでもない身分から立ち上がった、その年代の平民にとってはね」

「あなたが彼の立場だったら、どうするかしら」コーデリアは好奇心から尋ねた。

「彼の立場にいたら、ぼくの人生は恐ろしいくらい異質なものになったに違いないでしょう」

「それは認めるわ。でも想像上のシナリオでよ。たとえばあなたがエカテリンに求婚したとき、彼女がセルギアールを離れられない、というか離れようとしないとしたら」

「それは……ぜんぜんありえません。誰だろうと、帝国軍の上級士官と婚約した女性は、その立場を一括して受け入れたと理解している、と思うからです。彼女が選ぶのは、彼が残るか行くかではなくて、彼女がついていくか残るかです。つまり、彼が命令を受けているのなら。この場合には、そうですね、ぜんぜん話が違います。いままでに、そういった流れで心を決めた唯一の場合は……」彼はやや唐突に言葉を切った。

「何？」

「女性に関わるものではありません」と彼は締めくくった。そして少し黙って考えてからいった。「野心に関わるものでした。うーむ。そうだな、ぼくはオリバーの悩みを羨んだりしないと思うな」

〈まあ、坊や。あなたはわかってないのよ〉

彼はわたしの顔を見守っている、とコーデリアは気づいた。冗談めかしもせずに、マイルズはいった。「母上がそうしてほしければ、彼の邪魔をする手伝いをしてもいいけど……」〈うえっ〉「わたしが望んでいるのは、オリバーに後悔しない選択をしてもらうことよ。あなたもわたしも、その手伝いはできないと思う」それからいちおういいたした。「でもその申し出には感謝するわ。よかれと思ってるんでしょ」〈ひどいことになる可能性はあるけど、意図はありがたいわ〉「でも本当に手伝いたい気持があるのなら、もう寝《やす》んでちょうだい。そしたらわたしも寝られるから」

彼は鼻を鳴らした。「はい、はい。わかりましたよ」ほっとしたことに、マイルズはよたよた立ち上がり、背後に向かって手を振りながら足を引きずって出ていった。

コーデリアの訊きたがりやの息子と、もう一度不愉快な差し向かいの話になるのを避ける最良の方法は、二人っきりにならないことだとジョールは心に決めた。このプランを実行するため、翌日の昼食にはカヤ・ヴォルイニスとフィオドール・ヘインズを誘って士官食堂の二階にあるダイニングルームに行った。シミュレーションゲームの、残酷なハイジャック犯人と——この午後カヤは攻撃側のマイルズのチームに入っていた——グリッドグラッドの苦境にはさまれていれば、容易に彼を避けられると思ったので、ジョールは自分の椅子にゆったり座って、思いどおりに客人たちを互いに攻撃させていた。

そのうち、人々が飲み食いするのを思い出し中休みを取ったときに、カヤが出てきていった。

「提督、あなたの誕生日ピクニックのときに一番望ましいものはなんですか」

いきなり訊かれたのでジョールは正直に答えた。「負傷者が出ないことだね」

「まったくくだ」フィオドールがいかにも心に沁みたように唸った。とはいえ「そういっただろう」とはいわなかった。この行事の計画が立ち上げられてから、彼はジョールに聞こえる場所ではそんなことは口に出さなかったが、これまでだんまりという形でいいたいことを表明してきたのだ。それを諾《うべな》うような笑みがマイルズの顔にひらめいた。

「実行委員会では安全係を任命してるんです」カヤが力をこめて保証した。「カリンバーグ市警とかあらゆるところに連絡してあります。でも、危険なことはありません、真面目な話」

明らかに実行委員会ではカヤを斥候とみなして、こういう厳しい質問に対する具体的な返答を教えこんでいるのだ。そりゃまあ、当然だが。ジョールは脳のギアを切り換えた。彼が第一にやりたいことは、コーデリアと二人きりでペニーの一番小屋に行くことだが、これはさすがに無理だ。次は、一人でいること。静かで心地よい場所に落ちついて、足を上げ、大学のバイオ雑誌の次号でも持って、そこに書かれた見知らぬ場所をいつまでも探検する。あるいは、できることならコーデリアといっしょに田舎へハイキングに行くのもいい——二千人分ではなく二人分の弁当を持って。まだ考え続けられるが、おそらくいうべきではないだろう。

カヤは単純に手に入るものを知りたがっているのだ。たとえば彼の好きな飲物とか——残念ながら意味のないものだ——ポニーに乗ることとかなんでもいい。そして彼が答えを出せなければ、あるいは少なくとも方向を示せなければ、がらくたを押しつけられる危険性がある。

ジョールのためらいはやや長すぎた。昇進パーティーとか司令官の替わるお祝いとかを長年経験してきたフィオドールが、中年仲間のためらいを面白がっているらしく鼻を鳴らしていった。「五十歳のお祝いに息子を持つというおかしな計画はどうなったんですか、オリバー? もっともそれは実行委員会ではどうしようもないものだと思いますが。若い少尉の一人を養子にするとでもいうのでなければね。わたしにいわせれば、それなら途中経過を大いに省けますよ」

マイルズが黙りこみ、それから蜥蜴《とかげ》のように瞬きした。「本当ですか。母に何かいわれたんですか、オリバー?」

〈いろいろな面でね〉「あの方は新しい再生産センターの効能を調整しているんです。誰でも訊けばわかることですよ。やりかたが、とてもベータ的なんですけどね」どちらも完全に本当の話だ。

「だけど、調整ってどうやって……」といいさして、マイルズはジョールにレーザー・スキャナーのような不愉快な目を向けた。彼はときどきこんな目つきをするが、そういうときは四方八方に動きまわるのではないかと思われるのだ。

〈話をする必要があるな〉とジョールは思ったが、〈いや、話さないほうがいい〉とも思った。

どちらにしても、明らかにこの場ではない。その代わりに、「覚えておいてくれよ」とカヤにいった。「ぼくのところは、収納場所が狭いんだ」とにかく自分のアパートメントは狭いが、おそらく基地の空いた場所を借りれば、コンバットの降下シャトルの大きさまで収納できるはずだ。フィオドールがそれを指摘しなかったのでほっとした。

「びっくりするプレゼントをしたいのなら、ぼくの母の意見を聞くといいよ」マイルズは親切に助言した。

カヤは何か考えているような顔でそれを受け止めた。「きっとお二人は古くからのお知り合いなんですね」

「しかもとてもよく知っているのさ」マイルズはつぶやいた。「推察するとね」また値踏みしているのだろうか。ジョールは問いかけるように顔をしかめた。

フィオドールが口をはさんだ。「このパーティーには、オリバーが女総督閣下をお連れするってことはわかっているね。閣下をその儀式から外してはいけないよ」

「はい、それはわかっています」カヤはいった。「女総督閣下には、ブーツポロの試合の賞品の授与をお願いしてあります」

ブーツポロというのは、昔よく行われていたヴォルの騎馬ポロにならって平民の子どもたちがやるものだ。騎馬ポロの伝統的な形では『セタガンダ人の首を取れ』という別名があった。コーデリアがここで女総督の地位についた初期には敬意を表して、『皇位簒奪《さんだつ》者の首を取れ』といいかえた者がいたが、彼女は早々にそれをやめさせた。その試合は、スティックを持った戦闘ブーツの男たちが三チームに分かれて対戦するのだが、極端に荒々しい競技なので人の手の入っていない土地を選び、仕切りをした区画内でボールを取り囲み息を切らして追いかけあったらしい。男たちならそうだっただろう、とジョールは想像した。

「医療テントも置くことになりそうだね、きっと」ジョールは穏やかに訊いた。

「ああ、そうです。そういう連中が大勢集まるので、何か起こることも考えられます。わたしたちは、完全な野戦用医療チームで、星形生物《ラジアル》に嚙まれたのから、消化不良や、足の骨折や、心臓発作まで、対応できるように準備します」彼女は最後の部分をいうとき、特に安心させるような笑みをフィオドールに向けたが、ジョールはそれで完全に安心とは思えなかった。

カヤとフィオドールはさらに、ジョールにはあまり関心がない、ピクニックに関するちょっとした情報を話しあい、そこに座ってあらゆることに聞き耳を立てているマイルズにとっては〝もっと面白い人工子宮の話〟は、少なくとも撃退した。それ以上困ったことは暴露《ばくろ》されず、食事は終わりに近づいた。

というかほぼ終わりに。ジョールはフィオドールとともに、戦争ゲーム・シミュレーションの審判の手伝いに戻るまえに食堂のトイレに寄った。二人が手を洗っているとき、フィオドールはあたりを見まわして二人きりなのを確かめてからいった。「これはお話ししたほうがよさそうなので——あなたは女総督のエスコートをしているだけでなく、女総督とデートしているという噂がたっているんです。噂を抑えるのに何をなさりたいかわかりませんが、お耳に入れるだけはと」

〈もうそんなに?〉とジョールは思ったが、「本当かい」とだけいった。
フィオドールは唸った。「そのう、それよりもっと露骨な言葉です。耳聡いのを抑えることはできません」
〈ほら、コーデリア。あなたの持論を試すことになると思う〉「ときには、噂は正しいというよ」
フィオドールの眉が上がった。しばらく黙っていたあとで彼はいった。「それは飛び上りすぎですよ、平民なのに。翼を焦がさないようにしてくださいよ」
ジョールの口にちらっと微笑が浮かんだ。〈飛び方のレッスンはずっとまえにアラールから受けている。彼は決してぼくを落下させなかった〉この高度は本当に自分のものになっているのだろうか。たぶん完全にではないが、注意深さがあればすっかり変われるのだろう。止める時期を知ることは、ヴォルコシガンの才能にはない。たぶんジョールが補わねばならないのだろう。〈こんなことを考えるには、もっと飲まないとな〉
彼はこういっただけだった。「無事に着陸したいものだよ」〈だけどどこへ着陸するんだ?〉
フィオドールはそれ以上詳しいことは尋ねなかった。そしてジョールも進んでいう気はなかった。彼は手を拭いて先に外に出た。

15

ピクニックの当日、ジョールはいつもどおりの時間に目覚め、三十分ほどもう一度寝ようと努めたが諦め、コーヒーを飲もうと起きあがった。昨夜は女総督宮殿に泊まればよかったのだが、マイルズのどたばた騒ぐ家族と満杯の随行員が、コーデリアのプライバシーを好き勝手にぶち壊していたのだ——二歳児は特に、尊重すべき境界とか、閉まっているドアとか、自分には関わりのない予定表を持っている人がいるかもしれないことをよくわかっていない。なかには四十一歳でも同様の人間がいるんじゃないか。確かに彼らはまもなく帰国しなければならない。バラヤーでは国守が行方不明だと思っている領地があるはずだ。それはともかくジョールは、今日はコーデリアが正午に迎えにくるまで会えないのだ。

ジョールはマグカップを持って基地を眺め渡せる屋上に上がっていった。たいていいつも一人で眺めることができるので気に入っている場所で、朝の大気のなかではまだ暑くなっていなかった。幸先よく天気はいいようだ。この二日ほどは、ここから二十キロほど離れた田舎のピクニック予定地に、人々がひんぱんに出入りしている。そのなかには、昨夜のうちに肉を焼くための穴とか——バット製の肉じゃなくて本物の動物の死骸なんだ、ごめんよ、コーデリア

——携帯トイレなどを用意しに行った人々もいる。眺めていると、基地の正門ゲートからまた小さな車列が出ていった。軍の車と個人の車がまざっている。

それでも準備のために基地が空《から》になることはないだろう——ヘインズは見回りの兵卒がたくさんいるのを確認していた。それにセルギアール軌道からジャンプ点ステーションまでのあいだには、ジョールの全宇宙軍も駐屯している。地上の休暇や任務の輪番に当たらなかった運のない連中だ。ボブリクはいま宇宙勤務で何をしているだろうか。パーティーは別としても、こういう不公平は起こりうる——まあ反論してももう遅いが。

〈おれは五十歳だ〉

今日はじめてその認識が頭に浮かんだ。おそらくこれが最後ではないだろう。〈変な感じだな。いままで五十歳なんか老人だと思っていたのに〉

彼の目が遠くの、山の欠けた側からこぼれ出てその先の赤い平野に続くカリンバーグ市街に引きつけられた。この十何年、この場所が自分の故郷だった——だが、どっちみちこの先そう長くは続かないだろう。グリッドグラッドでは、建設資材と労働力の烈しいうばい合いをしながら建設ラッシュが進んでいる。ジョールはこれまで、その移転を新鮮な出発として楽しみにしていたのに気づいた。それも、単にその地域が水路が網目状にあり、セルギアールらしい風変わりな灰緑の植生が豊かな、より魅力的な環境であるからだけではなかった。

自分のアパートメントに戻ると、通信コンソールの通話ライトが点滅しているのに気づいた。席に座ると、ヴォルバール・サルターナの作戦本部からのメッセージが入っているのがわかった。親展のスタンプはあるが緊急の旗は立っていない。それを見て彼は驚きあわてたわけではないが、そんな必要もないのにかすかな恐れを感じた。

当然ながら、デスプレインズ提督の映像がホロビッド盤の上に立ち上がった。作戦本部長官は愛想よく微笑した。

「こんにちは、オリバー。わたしの計算違いでなければ、きみの誕生日祝いを言うのに間に合うはずだ。きみの次の十年を歓迎するよ。自分の五十代を振り返ってみると、そう悪くもなかった。今後のことは――そうだな、誰にもわからない。

まえのメッセージは届いていると信じている――ピンッという音があったから。何かの拍子で迷子になっているのなら、コピーをここに添付しておく。

いまごろにはきみからの返事が来るはずだと思っていたのだが、調べるときみは地上での一週間の休暇を取っているようだね。どこかでヨットに乗って濡れたからだで転がっているのかもしれないが、このメッセージは休暇から帰り次第見てもらえるだろう」

ぼくの休暇には、いまのところヨットの予定なんかまるで入っていないし、コーデリアと二晩いっしょにいただけだ、と彼は憂鬱《ゆううつ》な気分になった。セルグ号の見学ツアーと、盗難防止訓練を兼ねた戦争ゲームのあいだで、これまでのところぜんぜん休暇らしくない日々だ。

「もう一度、誕生日おめでとう。デスプレインズ終わり」

これは丁重だが完全な催促だった。誕生日を祝う言葉でカモフラージュされてはいるが、催促する必要がないのは二人ともはっきりわかっているのだ。もっとあからさまに、「ジョールけしからんやつだ、メールに返事を寄越せ」という必要などない。

デスプレインズは今日中の返事は期待していないだろう。あるいは今夜中でも。祝賀会か何かで忙しいだろうと考えて。とはいえ、止めようがなく進んでいる野戦作戦のことはデスプレインズには想像できないだろう、とジョールは思った。明日の朝になっても、指揮官は危険な場面に出くわさないかぎり、バラヤーの伝統的な酔っぱらいにはかなり寛容だ。だが明日の午後になれば……。

デスプレインズはジョールの返事が必要なのだ。返事がイエスなら、プランを作りはじめるし、ノーなら人選を再開する。この返事は、明日の昼以降まで引き延ばすことはできない。

ジョールはふうっと大きな息を吐くと、顔を上げてシャワーに向かった。


女総督のエアカーのキャノピーは、ジョールがコーデリアの横に滑り込むと閉まった。妻と並んでドライバー仕切りにいるライコフが振り向いて、すべて安全なのを確認するとするりと空中にエアカーを上げた。

コーデリアは、オリバーが地上勤務の標準服である夏用軍服を着ているのに気づいた。「あらまあ、あなたはピクニックに軍服を着ているのね」

彼は胸に手を触れた。「上着は、オープニング・セレモニーが終わったら脱ぎますよ。そのあとは、シャツ姿になると約束します」といったあと、すぐにいいたした。「それに、帰るまえにメッセージを記録しなきゃならないんです」

コーデリアの心臓はぐらっときた。とうとうデスプレインズに返事をしたのかしら。それでどういう返事なんだろう。彼の表情にも態度にもそれをほのめかすものはなかった。

オリバーはどことなく不満そうに手を振った。「宇宙勤務についている部下全員にひとこといいたいんです。ちょっと考えてみたんですけど、『きみたちが楽しいときを過ごして、ここにもどってくることを願っている』といったふうな、休暇の際の仰々しい挨拶のようなものが出てこないんです」

「それは逆みたいね、他人の誕生日用よ。あなたは挨拶を受ける側じゃないの？」

「そうですね、今朝はそれを考えるのにちょっと時間がかかりました。でも今日は、予算で備えた帝国軍の装備を使っているぼくの部下の兵隊や技術者は、よくやったというぼくからの謝辞のようなものを受けて当然だと思ったんです。平時は、彼らが十分に報われることはめったにありません」彼の口元がゆがんだ。「通常、そういう上官からの突然のリップサービスは、われわれの補給品や人員をカットするとか、仕事を実際に厳しくするとかの前口上なんですよ。われわれは甘言は疑うことを学んでいるんです」

コーデリアは同意するように鼻を鳴らした。「少なくともサンダルは持ってきた？」といってほぼ裸足の足を突き出してもぞもぞ動かした。

「害虫の危険がありますよ。折角のお言葉ですが、ファイア星型生物《ラジアル》とかサンド・ラッシュとか、お好きな名前で呼んでいいですが。ぼくはこの素敵な靴は脱ぎませんよ」

しかもしっかり磨きたてたものだが、その艶はおそらく一日保たないだろう。少なくとも、彼も最後はのんびりするだろうとコーデリアは思った。残念ながら、これは帝国軍の観兵式ではないんだから。

彼はさらにいった。「あなたは、ぼくとは反対に、すっかりピクニックの服装ですね。ここですぐに、バスケットを開けたい気分になりますよ」彼はやっと挨拶のキスをするのを思い出したらしく、親しげに彼女のセージ色のタンクトップと錆朱のズボンに手を滑らせた。それはコマール風のゆったりしたズボンで、保護にもなるし涼しいだろうと思って着ているのだ。

「誰かわからないように偽装しているつもりですか」

「わたしが気にしているのは、主にアリス・ヴォルパトリルの厳しい配色の講義よ」といって彼女は、きれいだが繊細《せんさい》な羅《うすもの》のスウィングコートをぽんと叩いた——これもおそらくオリバーが脱ぐときに脱ぎ捨てることになるだろう。

「あなたの惑星に合わせた配色なんですね?」

彼女はくすくす笑った。「たぶんそういうことね」

「ところで、マイルズとエカテリンと他のみんなはどこにいるんですか」

「数台の車で先に行ったわ。向こうで合流するの。子どもたちは本当に興奮していたわ。ケーキのことをいろいろ知りたがっていたのよ」今日はこれが最後の機会だろうと思って彼女は彼にキスを返したが、あっというまにもう到着だった。

「ところで、楽しい誕生日になるといいわね」エアカーが地上に降りて、彼からからだを離しながらコーデリアはいった。

「それはどうかな」彼は抑えたような口調でいった。あるいは我慢する口調かもしれない。このやりとりのあいだ、彼はかなり感じがよかった。

コーデリアは外を覗いていった。「あら、まあ。遊牧民キャンプとハサダーの市の混合みたいな感じよ。ここにどれくらいの人数が集まる予定だっていった?」

「当初は、一番多くて基地にいる二百人だろうと思っていたんですよ。カリンバーグの住民の半数ぐらいが自発的に参加するまえにはね」

「点呼でもとることになりそう……」

ピクニック会場は小川に沿ったゆるい傾斜地で、ほっそりした木々が立っているが、木陰を作る林というほどではない。その中央あたりに不規則なテントと模擬店の村が設置されていて、その後ろに便所の土手があり、その端近くに旅団規模の軍用医療テントを設え、そのもっと後ろに観客のスタンドとオープンスペースがあるのにコーデリアは気づいた。広い範囲に散らばっている何十もの焼き穴からおいしそうな香りが漂い、それぞれのピクニックの材料を持った人々が群がっている。何を根拠に焼き穴が別になっているのかわからない——それぞれ組になっているのだろうか。駐屯兵対町の人なのか。宇宙警備隊員対地上の警官なのか。五、六カ所ある臨時駐機場は、雑多な種類の民間のライトフライヤー、エアカー、リフトヴァン、フロート・バイク、地上ローバー、それに手押し車かもしれないものでいっぱいだった。さらに、冗談ではなく、馬が曳《ひ》く馬車やカートまであり、それは駐機しているリフトヴァンから下ろされたものらしかった。

いくらか岩が露出している坂の上のほうで、水路の一部が二百メートルほど閉め切られていて、そこに賑やかな人々の群れが見える。赤や黄や青のTシャツ姿がそこで揉みあっているのだ。ブーツポロ・チームの予選試合が午前の半ばからはじまっているのだ、とコーデリアにはわかった。

エアカーはライコフ専用になっている駐機場所に滑り込み、コーデリアは手のシャンパンを零さなかったが誰も褒めてはくれなかった。すぐ後ろには機密保安庁のエアカーの影が被さってきている。コーデリアは、そのコスコーの部下たちがまず降りてあたりを見まわし、それから彼女のためにキャノピーを開けるまでおとなしく待っていた。大勢の人が集まる開催地で、群衆に向かってちょっとしたスピーチをするということは、却下することができなかったのだ。

オリバーの部下の小委員会の面々が急いで挨拶に近寄ってきて、最終的な行事スケジュールを渡した。いやそうではない、これは最後の変更なのだ。どういうふうに無理強いしたのか――カヤ・ヴォルイニスからそれとなくいってもらったのだろうか？――スピーチは普通ディナーと花火のあいだに入れることが多いが、オリバーはなんとかそれを祝賀儀式の先頭に入れたのだ。これならピクニックの後半は、主役にとっては休日のようなものになるかもしれない。早めにわたしといっしょに帰る計画なのかしら。だといいけど、とコーデリアは思った。

普通は夜遅く行われる演奏会にはまだ早かったので、コーデリアが心のなかで中道と名付けたところを散歩することにした。カリンバーグの軽食堂が入っている側面のあいたテントがいくつか、それにバーもふたつあるがまだ混んではいない。日中のこの時間には、子どもたちが駆け回るのを大人が懸命についてまわっているので、アイスクリームや冷たいスナックや安物の玩具を売っている店が抜け目なく商売していた。

ＳＷＯＲＤ（セックス労働者の権利と尊厳協会）という看板が目に入るとコーデリアは愉快になった。実際にはタチアナ博士監修の、自由にキスをするための店舗で、いまのところは魅力的な女性二人と素敵な若い男が店番をしていた。レストランと違って、今日は通常のサービスは売っていない――ヘインズが基地に住む親たちの抗議に目配りしてこの店の設置を止めようとしたのだが、コーデリアが「誰だってときには休日が欲しいでしょ」といって穏やかなやりかたに変えさせたのだ。タチアナ博士の教育本のディスクが積まれていて、無料でキスして手渡してくれる。コーデリアは、これは――若い人たちだけでなく――人生につまずいている大人たちに、つまずいているのは正確な知識が欠けているせいだと教えてくれる有益な本だと思っている。

店を援護しているのを示そうとして、コーデリアはオリバーの腕を押してそこに入りそれぞれキスしてもらった。すると数人の男女のピクニック参加者が見物していて拍手喝采したので、オリバーは人目を惹くほどまっ赤になった。オリバーは女性店員の片方だけにキスしてもらおうとしたのに、もう一人も自分の分のキスをするまで彼を放さなかった。コーデリアは若い可愛い男の子にキスしてもらおうとしたが、彼はキスのあいだじゅう恥ずかしそうににやにやしていた。もっとも本当はこんな若い子は彼女の好みではない――おそらく三十歳ぐらいだろう。オリバーがその子のほうに顔を向けないようにしているのを見て、コーデリアは口元を震わせた。とはいえ二人の目は瞬間的に相手をとらえていた。

「わざとあの人にはキスしないの？」そこから出ていきながら彼女はオリバーの耳元でささやいた。

「自分の好みを選ばないとね」と彼はささやき返した。

他のテントから素人楽団の音楽が聞こえてきて、そこでコーデリアの家族も見つかった。正面のまえのほうで、騒がしい子どもたちが勝手に創作したダンスをしていて、大人たちは陰の椅子に座って休んでいた。真面目な顔で眺めていたマイルズを、楽しそうにリズムに乗って足踏みしていた娘のシモーヌが両手を摑んで引き出した。エカテリンは彼の杖を持って前列に座っている。コーデリアはその横に滑り込んだ。

「杖がなくても大丈夫なの？」彼女は義理の娘に訊いた。

「今夜は痛み止めをたくさんのんでいるんです」エカテリンはささやき返した。「でもお止めになりたいですか」

「いいえ、ぜんぜん」

エネルギー満載で、コーデリアにいえるかぎり、社交的な慎みの欠けているタウラが、まっすぐオリバーのところにやってきて、ダンスの相手を頼んだ。〈まあ、昔のオリバーの魔力がまだ生きているんだわ〉タウラの運動神経と彼の練習ずみの技のおかげで、二人はまさしくダンスといえるものを踊っていた。とはいえ彼がタウラをきれいにターンさせたりくるくる回したりするときには、腕ではなく肘より低い位置で動かしていた。タウラが跳ねてくすくす笑っているうちに、朝会ったときのオリバーの変な緊張が消えていた。

この家族が誰なのかよく知っている楽隊は、即興的に田舎の古いジグに切り換えテンポを速くして演奏した。

コーデリアはあたりを見まわした。「ヘレンとアレックスはどこにいるの?」

「フレディーといっしょに行ったんです――友達といっしょに、ロン・ゲム・ナヴィットが、あれやこれや文官副官の手伝いをするので、その手伝いに行くって」

「ああ、オリバーからその話は聞いたわ。外に行って調べてみなきゃいけないわね」

もはやオリバーの靴もぴかぴかではなくなり、彼の顔が楽しく紅潮しているときに、コーデリアは情け深く彼を孫の手から引き離した。コーデリアたちが即席の散歩道をゆっくり歩いていくと、駐屯兵や町の人々から元気のいい挨拶の声がかかった。オリバーは驚くほど大勢の部下の名前を覚えているようだった。コーデリアもできるだけ人々の名を思い出そうと努めたが、数年間の訓練の成果はもう失われていた。

オリバーの手が首の後ろをこすったとき、彼女は促すようにふうっと声を出して身構えたが、彼の指は離れていった。

「ラジアルが止まってました」と彼は説明してその危険な生物を靴でつぶそうとしたが、親指の爪ほどの大きさの生き物は死なずに、ジグザグに飛び去った。「今日のような風のない日には、必ず川のほとりの薄闇にたくさん出てくるんです」

「ああ、そうね。そのまえに、子どもたちに防虫剤をたっぷり塗らないといけないわ」女総督のエアカーの底にその薬があるはずだ。家族全員に塗れるくらい大量にあればいいけど、と彼女は思った。

広場の向こうの木の下に、板壁で囲った小さな迷路のようなものが設えられていて、その入り口は花の鉢で魅力的に飾られているものの、まだ暑いので葉が垂れ下がっていた。『認識庭園』という手書きの看板があり、『あなたの感受性をテストしよう！　視覚、聴覚、嗅覚、触覚、味覚――あなたはどれが強いかな？』と書かれている。ミコス・ゲム・ソーレンが期待に満ちた顔で入り口の横に立ち、訪れた人々をなかに招き入れていた。セタガンダという文字はどこにも見えないが、これはカヤ・ヴォルイニスの抜け目のない商売感覚によるものだろうとコーデリアは思った。ゲム・ソーレンの出で立ちはシャツにズボンとサンダルというピクニックにふさわしいものだが、挑戦するように彼の部族を示す派手なフェース・ペイントを堂々と塗っていた。カヤも、セックスアピールを感じさせる色のシフトドレス姿で、はじめは背後からそれとなく見守るように手招きしていたらしいが、いまやもっと気合の入った挑むような手振りに変わっていた。

ロンは部下として呼び出されたのか、ゲム・ソーレンの横の花と同じように萎《しお》れて、俯きがちだった――コーデリアが他の部下はどこだろうと見まわすと、ディスプレーの設置の手伝いが終わって小川の探検に出かけていた。急いで腕通信機《リストコム》で調べると、こっちの機密保安官もみんな見えるところにいたので、コーデリアは熱心に勧誘された文化的活動のほうに目を戻した。

オリバーはディスプレーに興味がないのを見事に隠して、機密保安官がいっしょになかに入るのを許したが、コーデリアのボディガードを先に行かせた。『視覚』は色つきのカードの展示をしていて、コーデリアはよくある光学的幻覚のデモンストレーションを思い出した。『触覚』は、見えないように隠された布に触ってみるというもので、『聴覚』では、ゲム・ソーレンが一連の鐘の音を鳴らした――電子音は認められない、と彼女は判断した。何か企みがあるのだろうか。『嗅覚』には小さなボウルに入れた濡れたスポンジが配られた。『味覚』はどうやら、必然的に、医療テントから失敬してきたらしい小さなプラスチックの使い捨てカップに、見た目の同じような無色の液体を入れたもので試されていた――明らかにゲム・ソーレンはこのカップを気にしていて、本当の技の披露には時間をかけて手作りした陶器の器を使うのだと説明した。ほっとしたことにその液体を飲む必要はなく、ただ舌に垂らして口まわりの香りを試すというテストだった。オリバーの判定にはまったく間違いがなかったので、ゲム・ソーレンは驚いていたが、コーデリアが試したときは、昔のセタガンダの幼稚園の先生の口調を真似て訂正し、見るからに元気になった。残念ながら、この感受性適合訓練の最後に見せられたセタガンダの芸術作品は、なんともわけのわからない代物だった。

「少なくともぼくらが負かすまでもなかったね」オリバーは出口を出ていきながらささやいた。

「あんな線なら描いたことあるさ」

彼女はこっそり鼻を鳴らした。

もう少し詳しく解説しようと追いかけてきたゲム・ソーレンが、不意に驚いたように左腕を見つめて立ち止まった。腕には葡萄ほどの大きさのラジアルが音もなく止まっていたのだ。コーデリアとロンが口を揃えて「叩かないで！」というのと同時に、彼は叩いた。

ゲム・ソーレンはみっともない叫びなどは洩らさなかったが、その痛みに驚いて口をあんぐり開けた。

「掻くのもだめよ！」コーデリアはいまにも掻きそうな彼の右手を、母親のように押さえた。「その残ったものが、ガムのようになんにでもくっつくのよ」――通常使われる表現は鼻くそのように、だけど――「それにその酸が、皮膚の下にもぐりこみ続けるの。あなたがいますべきことは、小川に行ってすぐに洗い流すか、医療テントに行くことね。医療テントには、その興味深い生物の化学物質を中和する混合薬剤があるから。いろいろ考えれば、医療テントをお薦めするわ」

そう権威のある口調で指示されて、ゲム・ソーレンは一旦立ち止まり、ロンに向かって自分が戻ってくるまで砦《とりで》を守れという一言を残してから走り去った。ロンはしぶしぶ受け入れたが、十五歳の少年なら誰でも望まない仕事を押しつけられたらこんな反応だろうと、コーデリアには思われた。〈プディングを丘の上に持っていけ、っていわれたみたいにね〉ちょうどそのとき、オリバーのリストコムが鳴って、やっと音楽テントの用意ができたと知らせてきた。提督、いまおいでになれるようならどうぞ、と。

オリバーはコーデリアの肩越しに、ロンに向かって叫んだ。「それからきみが虜《とりこ》にしている植物に水をやりなさい。彼らの命はきみ次第だ、わかってるね」そして二人は次の会場に向かった。

即席に設えた音楽テントの人混みは、このイベントを中心になってはじめた宇宙士官たちと、デート相手と、家族たちを合わせた二百人ほどで、ぴったり全員ではないかとコーデリアは見積もった。ピクニック会場内外の雰囲気は、正式すぎるほど正式な感じを維持しそうだ。遠景ではブレイズ・ガッティがホロビッド・カメラを握って動きまわっている——彼には何度もこういう任務では目立たないようにする練習をしろと厳しくいいきかせたのだが、やっとそれが身についてきたようだ。

誕生日の儀式の主催者として行動している元気のいい士官は、軌道交通管制官の少佐で、制服のときと同じように私服になってもなかなかうまくまとめているようだ。彼は二人を台座上の、安全で居心地よさそうなテーブルの奥の席に案内した。そのあと軍幹部、女総督閣下、閣下を訪問中の家族、といった名誉あるゲストが臨席する場にふさわしい、開会の挨拶をはじめた。ゲストたちは前列を占めているがいささか窮屈そうだ。コーデリアはアレックスとヘレンが退屈な儀式のために戻ってきているのに驚いた——きっとケーキの引力を計算に入れるべきだったのだ。この日がバラヤー軍人のどういうユーモアで祝われるのか知らないが、オリバーはコーデリアの隣で緊張していた。

シャトル・パイロットが群れているあたりからにこにこして出てきた中尉が、最初の誕生日の祝いとして差し出したのは二リットル入りのマグカップで、カップは冷たくなっているがビールは入っていない——中身は淡い緑色の透明の液体で氷の音がしている。このマグが冗談なのか、挑戦なのか、それとも誰か不精者がビールを足し損ねた印なのか、コーデリアには皆目わからなかった。オリバーがそれを口に運んでぐっとあおると、群衆が喝采した。彼は目を丸くしたが、静かにそれをテーブルに戻して呼びかけた。「おいおい、今日は氷が不足しているのかい」するとほめるようなくすくす笑いが返ってきた。

「なんなの？」コーデリアが小声で訊くと、彼は試してごらんというように、数センチ残ったものを彼女のほうに突き出した。

「フリーダはこんなもの混ぜないわ」

コーデリアは味わってみて、死にそうなくらいにむせ、急いで突き返した。「これ、あなたの一部だと思うわ」

「何もはじまらないうちに、ぼくを歩けなくしようってのか」

「あなたは自分の評判を知らないのね」

「評判ってどういう？」

「あなたが宮殿のレセプションのとき、飲物を一気にあおるのを誰も気づいていないと思っているの？　セルギアール軍のなかで、あなたが一番お酒が強いって大勢が信じているわ」

「いつも暑いからね。喉が渇いているんだよ」彼は悲しげにつぶやいた。そして群衆に向かってカップを上げ、「飲み干せ、飲み干せ」という叫びは理性的に無視して少しだけ啜った。「少なくともこれは、セタガンダの美術より強烈だよ」

軍人たちの次なる喝采を得たジョークの種は、皿ほどの大きさの偽の軍功メダルで、カラフルなリボンがついていた。「ジョール提督の検閲を無事にやり過ごした褒賞です」オリバーは当惑しながらも嬉しそうな顔で受けたが、いたずら小僧のように目をきらめかせるとぱっと振り返り、コーデリアの頭の上からリボンを滑らせてそれを授与し直した。マイルズとエカテリンがその意味を悟ったような表情になった。この二人は個人的な裏の意味を摑んだのだ。コーデリアは他の人が何も気づきませんようにと思った。

「これって若い娘たちが、男たちの認識票をもらおうとして競いあうようなものなの？」みんなのまえで彼にキスしたい気持を抑えて、彼女はそう訊いた。

「そのとおり」オリバーは簡単にいった。

それから、年配の数人の士官からお約束の昔なつかしい飲みものがいくつか渡され、ときどきローストの上に雫が垂れたが、ほっとしたことに雫に味はなかった。そのあとは彼女の出番で、短いスピーチを行い、そのあとに大事な贈物が続くのはわかっていた。彼女はこの三年のあいだに何度もいわされた、アラールを称える祝辞をいわないように気をつけた。少なくともオリバーがそれに気づかないように――〈われわれがここに来たのはシーザーを褒めるためであって、埋葬するためではない〉ありがたいことに。感謝の言葉であって、頌徳《しょうとく》の言葉ではないのよ。

とはいえオリバーがヴォルバール・サルターナに行ってしまうと、司令官の交替の儀式があるのだろう、と彼女はふと思った。軍隊の儀式は他の儀式同様、どれも似たようなものになりがちだ。〈そのときは頌徳の言葉ね、たぶん〉

彼の部下の士官たちは、最終的に贈物を何にしたのだろう。先日カヤ・ヴォルイニスを先頭にした小グループがコーデリアの執務室に訪ねてきて、短時間だが真剣に贈物はどんなものがいいか相談されたのだ。彼らは何か思いついたような顔で立ち去った。予算のことは何もいわなかったが、グループの人数と年上の人物に対する気持を思うと、若い士官たちが掻き集めた金で買うようなお粗末なものではないだろう。

テントの正面に動きがあり、人々が道を空けた。「下がって下がって、提督の誕生日プレゼントが通るぞ！……」

小道が開き、そこを士官二人が担いでやってくるものに、コーデリアは本当に驚いた——ペニーのところにあったあのクリスタル・カヌーじゃないの？　いや、そのものずばりではない。もっと長さも幅も大きく、推進装置がつけられるように船尾が四角く切り取られている。喫水は浅く平底で水のなかの細かい観察にぴったりだ。たぶんクリスタル平底舟《ペヌー》とでも呼ぶべきだろう。真ん中あたりに巾広の赤いリボンをかけて、人が通り抜けられるほどの蝶結びがつけられている。

オリバーの口は驚きであんぐり開いた。彼の顔が輝くと、そのときはじめて、それがこれまで見たことがない顔なのがわかった。「うわー！」

「やったぞ！」群衆のなかから嬉しそうな笑い声が響いた。「ほう！」贈物の成功に対して笑いと拍手が起こった。

オリバーは立ち上がろうと身動《みじろ》ぎし、それから腰を下ろし、コーデリアを振り返った。「あなたがしてくれたんですか？」

「違うわ！」

　彼は疑わしげに首を振った。

「わたしじゃないのよ。わたしはペニーの方角を指さしたけど、あそこで週末を過ごすための何かを、なんだかわからないけど、彼らが探してくれればいいと思っただけ」大っぴらにはできないことを伏せて部分的なヒントを与えたのはコーデリアだが、たぶん彼らはすぐに使えて、ヴォルバール・サルターナにジャンプ船で持ち帰ることが可能な、よりいいものを探りあてたのだろう。誰かがもっと詳しく調べたのかもしれない。そしてさらにいい考えにたどり着いたのだ。

　オリバーが自分の目が信じられないという表情で、近くで見たり触ったりしようとして台座から駆け下りていくあとを、コーデリアもついていった。船の形は優美で魅力的だった——竜のように水面を滑っていくに違いないと思われた。

　彼女はにやにやしている士官に訊いた——そう、この人は機関士官よ。「高かったの？」

「いいえ。われわれが作ったんです。天蓋のプラスチックを作るための建浴槽と、大きなプリンターのある店を夜間に借りて。簡単でした」

　オリバーが、日常的に宇宙船の修理を行っている幹部たちを厳しく引き締めているのを、コーデリアは思い出した。彼らの能力を、それに彼らの資源を、それから彼らの設計技術を見くびるべきではないが、その資源の一部は帝国軍の補給品から借りたものらしい。

彼女は小声でその士官にいった。「誰かにその装置や材料を使ったことについて何かいわれたら、女総督が許可したといっていいわよ」

彼は目を輝かせた。「ありがとうございます。女総督閣下」

「ちゃんと浮くかい？」オリバーは少し息をはずませて訊いた。

「ええ、今朝、野外試運転を行ったんです」別の士官が、なめらかな漕ぎ手座にいとおしそうに手を滑らせているオリバーを眺めて、笑いをこらえている顔でいった。たちまちのぼせ上がるのは、どうやらロマンスだけではないようだ。「ひっくり返したり、立てたり、水を満杯にしたり、どんな姿勢でも浮きましたよ」

よしよし、人に好かれている士官なら誰でも、敬意を表して誕生日祝いの募金ぐらいは集まるかもしれない。だがこれは現実の時間を使い工夫をこらしていて、基地の両替金の棚を空にしたりはすまいという遠謀深慮もあるのだ。さらに――何年ものあいだ彼は大勢の仲間を水上の遊びに誘っていたので、彼の興味はよく知られている。コーデリアは、彼らがこういうものではなく、最近の彼の変化で一番好きになったヨットでもプレゼントするのではないか、と思っていた。そうよ。オリバーの司令官としてのスタイルはアラールとはあまり似ていない。そしてオリバーはそのことにいつも劣等感を懐《いだ》いていたのだ。ところがこの点では二人は似ているように思われる。二人とも先に自分が差し出した忠誠心の見返りに、多くの忠誠心を獲得しているのだ。〈彼にこの生活を捨てるなんてことができるかしら？〉

早くからつめかけてもっと近くで貴重な贈物を見ようと待っていた者の番が終わってから、

彼女は司会者に、舟をもっとまえに出すか、前列から順番に、ケーキのことで騒いでいる人たちのほうに向きを変えるように小声で勧めた。〈そうよ、ケーキを食べさせましょう〉司会者がそのアドバイスどおりにすると、まもなく人々の群れは使い捨ての薄い皿に載せた、炭水化物と脂肪と糖分のわけまえに与《あずか》ろうとしてそのまわりに群がった。彼らは年齢によってというか酔いの程度によって、同じように顔を汚していた。基地の食堂はケーキをたっぷり用意していた。

コーデリアとオリバーはふたたび席についたが、テントのなかでこの席だけはテーブルが利用できた。オリバーは、いかにも彼らしく律儀に大ジョッキの飲物とケーキを交互に口に運んでいるが、その組み合わせはひどいものだったにちがいない。コーデリアはそのあいだに、傍で飢えている仕種を演じている孫に自分のケーキを与えたが、孫の口は白くべたべたになっていて飢えているとはとうてい信じられなかった。

「全部飲む必要ないわよ」真面目に啜り続けているオリバーに、彼女は勧めた。「ここには不運な鉢植えはないけど、外に行けばまわりじゅう砂漠だから捨てられるし、それが一番賢い方法よ」

「だけど、あいつらは高価なものをくれたんだから」と彼が抗議したので、だいぶアルコールがまわっているなと彼女は思った。もっとも酔っているときのオリバーの変な倹約癖は平民育ちのせいだけではない——宇宙勤務も倹約に輪をかけたのだ。きれいな百合にさらに金メッキをするみたいに。

コーデリアが女総督の権限でその飲物を取り上げると、彼は抗議しなかった。誰だろうと女総督に反対なんかできない。そのうち彼は軍服の上着を脱ぎ、シャツの丸襟も開いた。それでとても楽そうになったが、おかしなことにむしろさっきよりも彼らしくなった。それからクリスタル平舟はとりあえず基地の倉庫に安全に戻すことにしようと相談をしたあと——もちろんだ！　技術者たちはすでにそれも予想していたらしい——いよいよここを引き揚げブーツポロの競技場に向かう時間になった。

「オリバー、ブーツポロをなさったことあるの？」エカテリンは、貴賓席に予約されていた、日よけをかけたキャンバス・シートの列に向かって足を急がせながら、不思議そうに訊いた。競技場を見下ろす坂に敷かれたシートには、観客がまばらに座っていた。

ジョールは首を振った。「いや、ぼくは士官だから」

エカテリンは驚き顔になった。「士官がやるのはルールに違反するの？」

彼はくすくす笑った。「ブーツポロにはルールなんかありませんよ。そもそもこのゲームは《孤立時代》に、兵営の退屈した兵士たちの娯楽としてはじまったんです。兵士が自分たちのために自分たちの手で作ったので、ルールも兵士らしいものだった。だから最初は士官を仲間に入れなかったんです。チームの人数もいいかげんだったけど、次第に十一人ぐらいに抑えるようになりました」

提督と女総督の一行は、ここまでに生き残ったチーム同士で今日の試合を決める時間にちょうど間に合った。結果はいささか変わった対戦になり、基地の兵士たちのチームと、帝国軍女性補助部隊のチームと、カリンバーグの町のチームが勝利を争うことになった。カリンバーグの名誉を担っているのは男女混成の警察官だが、見たところ熟練技をもつ退役者もちらほらいるようだ。赤いシャツの基地の兵士たちは、他のチームより強そうに見えるが今日は準備で疲れている。青いシャツの女性補助部隊のチームは軽量だが、他のチームより賢そうに見える。黄色いシャツのカリンバーグチームは、大柄な巡査部長と痩せた女性書記官が目立っていて、この女性はフックシュートにすごい才能を見せた。女性書記官は誰にも引けをとらぬ勇猛な選手で、ファイア・ラジアルの土塁に敵を転がす悪鬼のような技を持っていた。その土塁は今日のフィールドには四個もあるが、いまではかなりつぶれている。

コーデリアはエカテリンに身を寄せた。「アラールはあのラジアルの地下に生息する種類を、最初に見つけたバラヤー人なのよ、ほら。この星をはじめて歩いたときに」

エカテリンがいかにも感銘を受けたような顔になったので、ジョールは笑いをこらえた。その話は何度も聞いている。

マイルズはタウリーとリジーを連れて、あちこち見せていた。しばらくすると、彼の声が向こうから聞こえた。「だめ、だめ。六足獣はペットにはできない。おまえの手を噛み切ってしまうから、おばあちゃまがそいつを殺すことになる。そんなことになったら可哀そうじゃないか」不機嫌そうなシューっという音が、その言葉を裏書きした。

ジョールは伸び上がって見た。エカテリンは座ったまま、心配そうに振り返った。サイドラインの先に大きな檻が置かれていて、なかにこの地域にもともと生息している生物が入っていた。これは豚ぐらいの大きさだが、長い足の先は蹄《ひづめ》になっている。六本足で、平たい顔には首がなく、鋭くて重そうな鸚鵡《おうむ》のような嘴《くちばし》がついている。その錆茶色の毛皮だけが魅力といえばいえる。その匂いを無視できればだが。小動物園めぐりはじきに終わり、子どもたちの手をしっかり握ったままのマイルズは、満足そうににんまりしていた。

マイルズがうっと唸りながら腰を下ろす様子を、ジョールは見守っていた。「それで、なぜ今日はここに六足獣が置いてあるんでしょうね。誰か、マスコットが必要だと思ったんでしょうか」

「ここの競技場では、野生生物の危険性についてたくさんのローカル・ルールがあると聞いていますよ」

「それはそうです」

「問題は、動けるやつはみんな、うるさい人間どもの占拠している場所から逃げ出してしまったらしいことです。ですから狩りの部隊は、昨夜出かけて数匹捕え、一ゲームごとに、会場に一匹放つようにしたんだそうですよ。公平を期して。おわかりでしょう」

ジョールは面白がっている顔を作っていった。「わかりました。選手はみんなスティックを持っているけど、罪のない見物人は大丈夫なんでしょうか」

「レフェリーはみんなスタナーを持ってるそうですよ。といってもそれが手に負えない六足獣のためか、文句の多い選手たちのためか、ぼくに情報をくれた人ははっきりいいませんでした」

「それで、あのう……そいつらはいまどうなっているんでしょう」

「残念なことになっていると聞きました。ほとんどがまっすぐ群衆に突っこんで逃げましたが、一匹だけ土手の穴に逃げ込み、いまも出てこないそうです」

「そうですか」ジョールはにやっとして、きつい林檎酒《りんご》をあおった。林檎酒の容器を載せたフロート・パレットを、さきほど予算兵站《へいたん》業務部の士官の一人が持ってきてくれたのだ。この男の義理の姉だか妹だかが、北部ニュー・ハサダーに果樹園と醸造所《じょうぞう》を持っているのだそうだ。ここまで長くかかって今年は最初の収穫にこぎつけたが、まだ親戚に配る程度だとか——来年から販売できるほど量産できるだろうと期待しているが、そのときには低温殺菌もはじめねばならないだろう。この林檎酒はなめらかな口あたりでおいしいのは認めるが、一方で不透明だしいささか奇妙な色だとジョールは思った——ビタミンも微生物もたっぷり入っているのだろう。女総督は常に植民地の企業を支援していて、喜んでこの贈物を受け入れたので、予算兵站業務部の士官はその親戚に通話を入れて、女総督が喜んでいると自慢した。

選手たちがフィールドに入ってきて、レフェリーが派手な色を塗ったメロンほどの大きさの木製のボールを持ち込むと、群衆がざわついた。従来のボールにはしばしば大砲の弾丸が使われていて、古い砦に錆びて転がっているのが容易に見つけられる。とはいえ最近は、選手が持ちやすく遠くまで運べるので木製とか硬質プラスチックのほうが好まれている。派手な色は占領時代からの伝統だ。

「ふーん」とジョールはいった。

コーデリアがこちらに目を向けた。

「なるほど、今日のはゲム・ナヴィット族のフェース・ペイントの色ですよ」遠くからでもすぐにわかる。「何か、あー、その色に外交的な関心がありますか、女総督閣下」

コーデリアは見つめて考えた。「総体的に考えて……ないわね」

「なら、べつにいいです」ジョールは腰を落ち着けて、また林檎酒を飲んだ。

脇から聞き慣れてはいるが意外な声が呼びかけてきた。「ジョール提督！」

彼は振り向いて歓迎の手を振った。「ガメリン博士、ドブリーニ博士。おいで下さって嬉しいです」

ジョールは、この大宴会の人数が際限なく増えるのがわかってから、外部へは大学の生物学部にだけ声をかけた。二人の教授の他にも、背後から四人続いている——年齢から見て学生だろう。おずおずした態度を見るとセルギアールに最近来た者らしい。紹介を促すと、やはりエスコバールの大学院生で、以前にガメリンが苦情をいっていた連中だとわかった。彼らはここで女総督に会えたことにひどく驚いていた。その表情から判断すると、皺《しわ》だらけのピクニックの服装で、にこにこしながら地酒の林檎酒で乾杯している女性が総督とは意外だったらしい。ジョールにとってはそんなコーデリアは、いくら眺めても飽きない存在なのだが。

「六足獣がここに捕えられていると聞きました」ドブリーニ博士がいった。

「ええ、しかも左右対称のやつですよ。ほらそこに、いるでしょう」ジョールは丁寧《ていねい》に指さした。「どうぞ、ゆっくりごらん下さい」

学生の一人が、暗くてよく見えないから生物スキャナーが欲しいなどといっていたが、みんな林檎酒を片手にぞろぞろ立ち去り、まもなくドブリーニの声が聞こえてきた。「だめだ、ペットじゃないんだぞ」

フィールドのほうから、ぴしゃっと叩く音と叫びが聞こえると彼らはそちらに注意を戻した。

「今日の試合はどんな見込みなんですか」マイルズがジョールに訊いた。

「そうですね、基地の連中は他のチームのメンバーより大柄で荒々しいけど、カリンバーグの警官といっしょに警備の仕事をしなきゃならないんです。女性補助部隊のチームは小柄だけど――この暑さでは有利かもしれない。あなたのご意見は？」

「そういう場合もありますね。高位の司令官が、ぼくを最初の任務で極地に送り込んだのも、それが理由だったに違いない」

ジョールはくすくす笑った。「それに女性チームはおそらく、一日中飲み続けたりしませんからね。女性選手たちは一般的に、相手の力を奪うよりは、バスケットにボールを入れることに集中します。だからこのチームも無視できません」

マイルズは横にいるエカテリンに解説した。「三チームの対戦の場合、後ろに引っこんでいて、他の二チームが互いに相手を疲れさせるにまかせ、そのあと急襲するという戦法があるんだ。みんなそのことは知っているから、互いに力を抜かせないように注意する。だからゲームでは、殴りあいに専念する。殴りあいは驚くほど協力的に見える」とはいえその協力は、突然すみやかに入れ替わることもある。

「選手はあのスティックで相手を殴ってもいいの？」カチンという音がフィールドから響いた。スティックはフィールドで行うホッケーのものと似ているが、それより大きく刃がカーブしていて、頭蓋骨の大きさのボールを掬《すく》い上げて高く放るのに適している。

「そうだな、スティックで殴るのも摑むのもつかまえるのもいけない。打ちのめすようなこともだめだ。だけど、足を掬ったり引っかけたりするのは許されている。選手のスティックが折れると、次のゴール・チェンジまで取り替えられない。だから、取り上げられないように心がけているんだ」

ゴールはフィールドのまわりに置かれた三個のバスケットで、準備した連中の悪知恵で一個はフィールドの端っこ、一個はもっとも高い岩の露頭、そしてもう一個は川底の水のなかに固定されている。公平を保つためにゴールは循環して、それぞれの得点がチームに与えられる。

タウリーは選手が移動したり動いたりするのを見ながら跳びはねていた。リジーはすぐ横にいる六足獣が欲しくてたまらず、生物学者を質問攻めにしている。馴らしたら乗れるの？　車を曳ける？　科学上の共通理解では、そんなことはできないはずだが、セルギアールの生物を飼いならす試みはまだはじまったばかりなのだ。将来的にはどうなるだろうか……。

「双子は二人ともどこへ行ったんですか」エカテリンがちょっとだけ席に落ち着いたときに、ジョールはやっと気づいて訊いた。見ればヴォルコシガン一家のまわりでごった返していた群衆も、まばらに減ってきている。

「乳母と二人の機密保安官ボディガードといっしょに、上流に作られた水泳用の穴のところに行ったのよ。安全だと思いますよ」

企画係たちが二日まえ小川を岩でせきとめて、ピクニックまでにプールになるように水を溜めたのだ。ここならスケータゲータなどの危険な水生生物は入れないし、ついでに花火大会でなにかあった場合に備える水の用意にもなる。

ジョールはまえにそこは見ていた。「平底舟を試すほどの大きさはないようですよ」といってため息をついた。コーデリアは微笑してさらに林檎酒を飲んだ。舟を試すのはまた別の日にしよう。〈時間はあるさ〉と心のなかでいったあと、ジョールは思い返した。〈そんな時間があるのかな?〉

マイルズが横目でジョールを窺《うかが》った。「素敵な舟ですね、あれは」

「すごいです」

「だけど、宇宙士官の荷物の割り当てにはちょっと合わないかな」

コーデリアが顔をしかめた。「オリバーの階級では、荷物の割り当てはいくらでも増やせるし、そのなかにはライトフライアーまで含まれると思うわ」

「うん、そうでしょうね」とマイルズは認めた。

〈繋ぐのは一番大きな荷物じゃない〉とジョールは思い返した。〈三個のごく小さなものなのさ〉

頭蓋骨の代用品が高く打ち上げられてバスケットに入り、勝利の雄叫びとものすごい歓声がフィールドのほうから響いたので、ジョールは競技に注意を戻した。

やがてブーツポロは接戦を終えて、コーデリアは勝利のリボンと、寄付されたビールのケースを手渡した。今日は青のチームが勝ち、恋人や配偶者や子どもたちの喝采を浴びた。おそらく家族を引き連れて、予約した勝利祝いの夕食に出かけるのだろう。負けたチームは散開して、かなりの数が救急テントに入った。敗者が古い恨みにこだわったりしないで、目のまえの試合にもっと集中していたら結果は違ったものになったかもしれないが、とにかくこういう結果だった。試合の途中で完璧に立派な六足獣がいなくなっているのを見てリジーは泣き声をあげたが、父親が優しく、「大丈夫だよ、きっとお兄さんやお姉さんのいるお家に帰ったんだよ」と諭《さと》すと、それで収まったようだった。ジョールは政治家の情報顧問であるマイルズのテクニックを心にとめた。

そのうちパーティーが始まる時間になって、それぞれ指示された焼き穴で食事をするために移動した。ジョールは一足遅れて浮き浮きした気分でぶらぶら歩いていった。ジョールたちのグループにはクリスタル平舟を思いついた年長の士官たちも入っていた。彼らのキャンプ場のやりかたではこんな言葉も飛んだ。「おい、純粋な酸素を注入してスピード点火しよう」なにしろ、ここには年配の技術士官に常々抑えられている若い技術士官もいるのだ。

といってもジョールとコーデリアとヴォルコシガン一家が、二十個ほどの移動テーブルのあいだに案内されたときにはすべてが用意されていた。添えられた料理には、寄贈された家庭的な鍋料理と基地の料理が交ざっていた。焼き肉の半分は牛で、この太古さながらの焼き穴料理が復活しているのは台所の神に捧げるためだ、と考えるか、屋外での気味の悪い解剖だと考えるかは、それぞれの見方による——リジーは捌《さば》いている人の傍にぴったりくっついて、質問をしていた。料理人のなかには、船医二人と医療技術者《メドテク》三人が含まれていたので、解剖の授業に似ているといえなくもなかった。

現代人には、特別なバット製の胸肉が出された。真っ先にコーデリアのところに持ってきたが、彼女にだけではなかった。彼女は自分のバラヤー人家族が肉食動物なのを意識せずに過ごしてきたことを思ってため息が出たが、まもなくアレックスとヘレンは油とソースまできれいに舐めつくして、機密保安庁のボディガードのカツァロスという女性軍曹とともにフレディーを探しに出かけた。

夕暮の斜光が細い木々のあいだに長い影を落とし、日没へ向かって北回帰線の夕闇に素早く移っていく。緯度の高い場所と違ってここでは、人々は一日が正式に終わる深夜まで待ってはいない。だからジョールは、コーデリアを連れて真夜中に抜け出せば、すっかり疲れきってしまうまえに、本当に二人きりの時間を作れるかもしれないと思った。こんなことを夢想するのは五十歳の男にしては野心的すぎるだろうか——もうびくついたりしないぞ——五十歳か？ ピクニック場のまわりでは、やがてはじまる打ち上げ花火の先駆けとして、しゅうしゅういう線香花火や、ボトル・ロケットのぽんぽんとかきゅうっという音など、人々の小さな花火が景気づけに揚げられている。

ジョールは数えきれないほど林檎酒の瓶を空けていた——アルコールの度数はたいしたこと

ないが、次から次へと渡されていたのだ。そのときコーデリアのリストコムが、機密保安官のコードで鳴った。「ヴォルコシガンです」と横にいるコーデリアが通信リンクを唇に当てたとき、ジョールは不安を感じてびくっとした。

「女総督閣下、カツァロス軍曹です。セタガンダ領事館職員の、ええと、認識庭園のあたりでちょっとした問題が発生しました。いまや制御不能の状態で、閣下においで願わねばならないと思います。実際には、子どもたちは誰も怪我はしていないんですけど」

最後の一言がコーデリアを引き出した。彼女は直ちに立ち上がって動きだしていた。ジョールはふらふら立ち上がった。多少酔っていてもコーデリアには自分の助けが必要だと思ったこともあるが、それよりむしろ強い好奇心にかられて彼女のあとを追った。マイルズとエカテリンも慌てて立ち上がりかけたが、他の四人の子どもがまだそこで夕食の途中なのを見て、彼らの安全を見定めるために少々手間取った。コーデリアが二人に手を振っていった。「そこにいて、必要なら通話を入れるから」

コーデリアとジョールは小走りで、ピクニック場の林を出て、観客席のまえの広場でこれからはじまる花火の最後の準備をしている場所を横切った。空き地の向こうにロープで仕切ったステージが見えた。そこには実行委員会の花火が、基地のボランティア・グループの専門家の監督のもと用意されている。夜の群衆は減るどころかむしろ増えていて、招待されていないはずの大勢のカリンバーグ市民たちが、まもなくはじまる予定の兵器弾薬すれすれの花火ショウを見ようとつめかけていた。

そのあと認識庭園が視野に飛び込んできた——というかその残骸が。壁のパネルは倒されテーブルはひっくり返されて、花は花瓶から蹴り落とされている。その廃虚からこのうえなくいやな匂いが立ち昇っている。どうやらすべての香水の瓶が落ちて壊れた結果、地面で香りが融合したためらしい。全員制服姿の基地の保安要員とカリンバーグ市の警察官がそれぞれ五、六人ずついて、彼らがスタナーを向けているのはブーツポロで負けた基地チームのほとんど全員と思われる連中で、両手を後頭部で組んで地面にあぐらをかいている。怯えた表情のもむっつり顔のもいるが、全員酔っぱらっている。スタナー波を受け無言で横たわっている赤シャツのやつが数人。一人、仰向けに伸びて唸っているのもいる。

アレックスとヘレンとフレディーがカツァロス軍曹を取り囲んでいた。軍曹はブーツを脱いでスタナーの銃口を下ろし、警察官たちの引き金を睨んでいる。ロン・ゲム・ナヴィットが、胃を押さえて座りこんでいるミコス・ゲム・ソーレンのまわりで心配そうにうろうろしていた。ゲム・ソーレンの顔には拳《こぶし》ほどの赤い痣《あざ》がついており、鼻から出血している。明らかにその血の匂いに引きつけられたらしいラジアルが、当然というかけしからんことにというか、ぴょこぴょこまわりを飛び跳ねて、血溜まりのまわりで小さな光る戦闘方陣を作り、ためらいがちに突《つつ》いたりしていた。

コーデリアは大きく息を吸い込んだ。ジョールは慎重に一歩下がって、彼女が手を振れる空間を作った。謎めいたところのまったくない出来事だが、経過の糸口を摑もうとするように彼女の目が光った。現在は制服の警官たちがスタナーで抑え込んでいるが、最初に言い争いがはじまったときに、いまここにいる警官たちがかなり近視眼的にこの場を見ていたのは明らかだ。でなければ暴力沙汰がここまで及ばなかっただろう。

アレックスは震えていてヘレンは怒りに煮えくり返っており、フレディーの様子は先日の、燃えたエアカーの横に立って説明できずに頑固に黙りこんでいたときとそっくりだった。コーデリアの第一声は、柔らかく若い人々に向けられていた。「子どもたち、みんな大丈夫なの？」

「はい、おばあちゃま」アレックスはもごもごいったが、ヘレンは絶叫した。「あの人たちが、わたしたちが手伝って作ったものを壊したのよ！　それにロンを殴り倒したの！　だから、ほっとくわけにいかなかったのよ！」

「喧嘩するには、相手が多すぎるってヘレンにいったんだ！」アレックスがいった。「だけどそのとき、あの男がヘレンを摑み上げたから、ぼくは追っかけなきゃならなかったんだ！」

コーデリアは片手を上げて二人の怒りを抑えた。そして泥で汚れたフレディーに訊いた。

「あなたはそのあいだじゅう、打たれ続けていたの？」

「いえ」フレディーは肩をすくめた。「たぶん少しは」

ジョールはこの言葉を〈血も出てないし、骨も折れてないし、たいしたことありません〉と解釈した。フィオドール・ヘインズはきっと違う見方をするだろう——まだいまのところ、フレディーは父親に知らせてないのは明らかだ。それを期待するのはよくないか……。

コーデリアは先程の聞き取りをまたはじめた。「軍曹、報告は？」

「すみません、閣下。子どもたちがわたしよりまえに手を出したんです。わたしはヘレンを摑んで揺すっていた馬鹿者をスタナーで撃ちました。そして、『機密保安官だ、止まれ』と叫んだのです。でも馬鹿な酔っぱらいの何人かには、聞こえなかったか聞こうとしなかったんです」

「わたしが最初に蹴っ飛ばしてやったのよ」ヘレンが自分でいった。そして満足そうに鼻を鳴らした。

「応援がやってきたのは」カツァロスは警官の群れのほうを睨んだ。「しばらくしてからです。それで、こういうことになりました」

「だからわたしたちも、ここに来たんです」その抑揚のない、優しさの微塵《みじん》もない声は、コーデリアがかつて宇宙船の艦長だったことを、ジョールに思い出させた。

コーデリアがブーツポロ・チームのあいだに歩み入ると、彼らは縮みあがって互いに、「くそお、女総督閣下だぞ！　間抜けども」とささやきあった。膝をついて、彼女は仰向けに寝て唸っていた男のTシャツを摑み、持ち上げて怒鳴った。「おまえがアラール・ヴォルコシガンの孫に手をかけたのか？」

「そんなことを知ってれば」男は喘ぎながらいった。「手も触れなかったのに」

「わかっているな」ちょっと思い返してコーデリアはいった。「そういう弁解は、おまえが思っているほど役にはたたない」

「あの子が先に攻撃してきたんだ……」

この男の髭の生え具合や、筋肉や、体臭から察して、二十歳をいくらも過ぎていないな、とジョールは踏んだ。

コーデリアも同じような値踏みをしたのだろう。次にいったのは、「おまえには姉妹がいるのか」という言葉だった。

「はい」

「何人？」

「三人です」

「年上か、年下か」

「両方です」

「そうか」

彼女は彼のシャツから手を離し、いきなりどすんと地面に戻した。そして立ち上がりため息をついた。

「わかった。今回の件は、機密保安官の事案ではないと裁定します」いいかえれば叛逆とかそれに類するものではなく、この荒くれたちが身に降りかかるのを想像したこともないような、重要な問題にはならないということだ。

「基地の保安官の手に委ねてかまわない」警官たちがしゃちこばった。カリンバーグの人々は後ろに下がり、この厄介事を軍の保安仲間に押しつけられることでほっとした表情だった。

「今夜は全員、基地の留置場に入れなさい。ふさわしい罪名はあなたたちで考えられるでしょう。特に、外交上の客にいわれのない攻撃をしたことは忘れないように。そして、わたしが明日個人的に事後処理をするといったと、上官に報告しなさい」

「ぼくも報告しておく」ジョールはいった。逮捕する者と、される者の見分けがつきにくく、そのほうが厄介に見えた。

そのときやっと医療担当者が二人現れて、コーデリアはロンとミコスのほうに行かせた。そして髪にくっつこうとしているラジアルを払い落としていいたした。「オリバー、わたしの代わりに、ヘレンとアレックスを林のほうに連れ戻して下さらない？　わたしもすぐに行くから」

「いいですよ」オリバーは子どもたちに行くよと合図した。フレディーは、この仲間と行くのに多少違和感があったのか、ロンの手助けをしに行った。

「おばあちゃまは、ぼくらのことをすごく怒っていた？」ジョールに連れられてパレード場を横切って戻るとき、アレックスが小声でいった。

「怒っているのは事実だけど、きみたちにじゃないよ」と、ジョールは安心させた。「ここにいる全員のなかで、きみたち二人は九歳だということが最高のいいわけになる」

ヘレンはこの擁護の言葉を聞いて、明らかに軽蔑するように顔をしかめた。

アレックスがふと顔を上げて見つめた。「あれは何？」

その視線を追ったジョールは、二、三回瞬《まばた》きをして焦点を定めた。、大きなぼんやりした雲状のものが、渦巻きながらこっちに向かってくる——ああ、そうだ。「ラジアルの群れだ」数カ月まえ、ライトフライアーの汚れをゴシゴシ落とさねばならず、そのあと表面の取り替えが必要になったあのときと同じだ。「この緯度で、あんなに大量に集まるなんて、普通は見られないんだけどな。まいったね」

グラウンドの向こうでもスタンドでも、人々がラジアルの大群を見つけて指さし、うろたえた声で叫んでいる。

「こっちへ来るわね」ヘレンが不安そうにいった。

「確かにそうだ」ジョールが、子どもたちを急いで林のなかにもどすか――いや、絶対に無理だ――観客席のほうに連れていくのがいいか迷っていると、頭に血が上った一人の兵士が大型のボトルロケットの導火線に火をつけて持ち、友人の群れをかき分けて、その雲の下にやってきた。

「これで散らしてやるぞ！」と兵士は叫んだ。

その背後で、コーデリアが肺活量いっぱいの叫びをあげるのが聞こえた。「だめ、やめて！」

まさにそのとき、赤い光の尾が闇の深まりはじめた空に向かって上がっていった。もう遅い……。時間は延びたように思われたが、それほど先まではない。ジョールは心の奥底まで動揺しながら、いままで聞いたことのないような震えるわめき声が、パレード場からわき上がるのを聞いた。「子どもたちを守って！」

その一瞬後、青と金色の花火が揚がり、花のように広がった。その直後に火花が、飛んでいる数しれないラジアルにぶつかった。

そのファイアストームは驚異的だった。広範囲の低い唸りとともに、火は生き物のまわりを通り抜けて広がった。ひとつずつ爆発したことの化学的な連鎖反応で大火災になり、最初の爆撃から逃れたラジアルにも火がつき次々に爆発した。逃げる場所がない。逃げる時間がない。

ジョールは自分のシャツを剝ぎとって双子に投げかけ、子どもたちを胸に引き寄せてくるみこんだ。

「じっとしていろ」走りだしそうに動く二人の髪のなかに叫ぶ。単に外を見ようとしたのかもしれないが。

「顔を伏せているんだ！」

そしてそのあと、彼の世界には、鼻水のようにぬるぬるした燃える雨が一面に降り注いだ。

16

火の粒のぱらぱら降る音が小さくなったとき、ジョールは思い切って顔を上げあたりを見まわした。そしてふたたび、ネオン色の残像とともに、地上で黄色、オレンジ色、赤と変化して燃えている星形生物《ラジアル》のかけらの万華鏡《まんげきょう》に瞬《まばた》きした。それからあたりは暗くなった。上空で爆発しそこから落ちてきた最後のいくつかが、そのあと烈しく地面にぶつかりぴしゃぴしゃ音をたてた。

双子はもぞもぞ抵抗して摑まれた手から逃れようとしたが、ジョールは首を捩じってパレード場の向こうの打ち上げ花火の場所を見まわし、さらにしっかり双子を押さえこんだ。なんてことだ！　と、これまで数回しか経験したことのない、純粋な恐れによるアドレナリンのうねりが全身を貫き、子どもたちを引きずって走るべきか、地面に放って自分がその上に覆いかぶさるべきかとっさに判断できず凍りついた。一秒後に、あたりで狂ったように動いている人々が四方に逃げまどっているのではなく、火を消す道具を摑んで持ち上げ、この思いがけない空からの攻撃に備えようとしているのだと眩む目で判断した。そのあとまもなく燃えるシャワーが降ってきた。それがほとんど自分のまわりだけだったので、一瞬、なんらかの悪事の当然の報いを受けたような気がした。

それから痛みに襲われた。背中を繰り返し打つ火の粒は、まるでこのうえなく危険な、生体工学で作られた雀蜂の群れの一斉《いっせい》攻撃のようだった。〈セタガンダの攻撃蜂だ！〉頭に浮かんだイメージがあまりにも馬鹿げていて、ジョールはからだを揺すって笑った。彼の手がゆるんだときにやっとアレックスとヘレンがもがき出て、新たな警戒の眼差しでオリバーを見つめた。オリバーも二人を見つめ返したが、悲鳴をあげる様子がないので自分が火避けになったことが成功したのだとわかって気をゆるめた。

火粒を受けなかった人々が駆け上がってきた。攻撃を受けた人々もまわりにはもっといた。近くの泣き声が遠くの喝采でかき消され、さらに遠くから光を見てパレード場のほうにやってくる人々は、たいていが花火が早めにはじまったのだと思ったようだった。

最初にやってきたのはカツァロス軍曹で、ホルスターからスタナーを抜いて空に向かって役にもたたない発砲をしようとしている。そう思ってジョールは爆笑しそうだった。プラズマ・アーク銃を持っていたら、それはいくらか役にたち、地面に着くまえに燃えるものを灰に変えて減らすことができたかもしれない。〈正しい反応だが、兵器が間違っている〉ジョールの混乱した頭がそう分析した。無意識に彼はカツァロスの火傷を点検したが、彼女はひどい傷は避けられたようだった。

「提督、お怪我なさったんですね！」カツァロスは叫んだ。

「大丈夫だよ、軍曹」ジョールは軽くいった。「あんな距離では象だって撃てない――」といってもう一度屈み込み、仕方なく笑った。この様子は軍曹も双子も安心させるものではなく、コーデリアが駆け上がってきたので子どもたちは彼から離れた。ぼくのジョークがわからないなんて残念だ。コーデリアならぼくのジョークがわかるだろう……。そこで彼女に同じことをいおうとしたが、彼の言葉は脈絡を失い、文が言葉のサラダのようにごちゃごちゃになった。それでもこれだけはいいたした。「頼むよ、そんなサンダル履いてて、足元に気をつけないと」

コーデリアは彼の肩を、雀蜂に刺されたようにずきずきしているところを避けて摑み、自分のほうに顔を向けさせた。〈ああ、よかった、きみは髪にも顔にも火傷してないね〉

「オリバー、ショック症状なの？」

オリバーは目をすがめてこの質問を真面目に考えた。両手は震えているし、下腹部が風邪をひいたようにがたがた震えている。負傷者の選別を、士官の誰かふさわしい選別を……。「そうなのかな……」痛っ、痛っ。彼はふたたび笑いでからだを震わせ、終わりにはくすくす笑いになったが、自分でも不安になるような声だったので口をつぐんだ。

「提督を医療テントに運んで」コーデリアが誰かに、慌ただしく命令した。

それに抗議する気なんかこれっぽっちもなかった。そこで双子を彼女にまかせるというように手を振ったが、そうするまでもなく、子どもたちは彼女の腰にしがみついていた。医療技術者《メドテク》が急いで彼をフィールドの外に連れ出した。

彼は得点を考えていた。〈セルギアールに一点、オリバーは……満点だ。

そうとも。

それでは、ああいうのが神の再現なんだ。それがあんなに痛いなんて思ってもみなかったよ〉

こんなに腹立たしい思いはあまり経験がないと思いながら、コーデリアはやっと医療テントに向かった。マイルズは足を引きずりながら横にくっついてきた。コーデリアのあとを追うようにエカテリンにいわれて先に林から出てきたマイルズは、ちょうどパレード場まで来たところでこの光景を目撃したが、さいわいラジアルの爆風にはあわずにすんだ。コーデリアが事後処理にかまけているあいだ、双子の面倒はマイルズが見てくれたので助かった。そして子どもたちはとりあえず母親の手に渡された。

医療テントの受付にたどりついたときには、怪我人の選別がついて、あたりの混乱はやや収まっていた。コーデリアはオリバーに会わせてといったが、オリバーの代わりに軍医大佐で火傷の専門家でもある医者が引き受け、直ちに奥に通されたので文句をいうまもなかった。そこでは軍のクレジットカードを渡さねばならなかった。ここの医者たちはたとえば婦人科には弱いが、ひどい外傷には正しく対処できる。

「さいわい、今夜は火傷の手当てには十分な準備をしていました」ちょっと陽気すぎる口調で医者はいった。「一度に二十人の患者が来るというのはいささか大変ですけど、いっておきますが、わたしたちは提督だからといって列の先頭に入れたりはしませんでしたよ。ここでは」

通されたのは完全な個室というわけではなかったが、しっかりしたキャンバス地で仕切られていた。専門の医療器具や使われた点滴器具の列が片側に寄せられていて、足元には濡れたものを入れる洗面器のようなものがあり、そこに使用ずみのぞっとするような汚れたリネンの山が置かれている。オリバーはシャツ姿で組んだ両腕を枕にして台上にうつ伏せに寝ていた。彼らが入っていくと顔を上げて笑みを浮かべた。「ああ、来ましたね」

「ひどく痛むの？」

「薬が効いてからはもう痛くないよ」彼の笑みが広がった。ということはそれほど快適ではないということだ。

マイルズはまわりを歩いて彼の背中を覗きこみヒューと口笛を吹いた。

「どんなふうに見えるんですか」首を伸ばして見ようとしたが見えないようだ。「鏡でも見ていないんだ」

「ひどい病気にかかった豹《ひょう》のように見えますよ」マイルズがいつものように率直にいった。そしてちょっと考えてから、さらにいった。「あるいは豹蛙かな」

「それは火傷の軟膏《なんこう》のせいですよ」とオリバー。「おそらく」

「そうだね、それに火膨《ひぶく》れと出血の滲《にじ》みもあるしね。ラジアルのかけらはすっかりきれいに取り除いてあって、処置はうまくいったみたいです。とにかく」

「痛かったよ。手術用の携帯吸引機と冷たい水で、二時間ほどあちこちいじりまわされたんだ」

いや、二十分です、と医者がコーデリアにこっそりいった。

「いや、まったく」マイルズはささやいた。「オリバー、あなたはぼくらの大恩人だ。あなたがいなかったら、その火傷はアレックスとヘレンが受けていたんだから」

オリバーは肩をすくめた。「あなただって、同じことをしてましたよ」

「いいえ」マイルズはあっさりいった。「ぼくにはできなかった。ぼくはちびだから。やろうとしてもうまくできなかったのは確かです」

「あなたに訊きたいことがあったの」コーデリアがオリバーにいった。「でもあなたは薬で弱っているから」そして医者のほうに顔を向けた。「彼らはオリバーのために花火大会を催すところだったんです。彼が出られるかどうか、見てきてくれといわれたんです」

オリバーがまた顔を上げた。「いまは遠慮したい気分だけど、花火大会は楽しみにしていたんだ」

「あなたが一時間でも起きていられるなら、部下たちを安心させるのが大切だと思うわ。向こうでは、あのう……パニックになってるというほどではないけど、絶対に相当あなたのことを心配しているはずよ」心配しているのは彼女もまったく同じだった。それに、オリバーが死んだという噂をたてる必要はぜんぜんないけど、すごく腹がたっているから、あれこれいってしまいそうだ。

オリバーの眉が上がった。「あなたがそう考えて下さってるのは、感動的だな。もっとも彼らは花火をやりたくてたまらないんですよ。ずっとまえから期待していたんだから」

メドテクが備品を持って入ってくると、軍医大佐はとりあえずいった。「まずその火傷に覆いをしてしまおう」

二人は協力して浸透性のある薄膜と保護ガーゼを背中に当て、ついでに首の後ろにもつけた。

コーデリアはオリバーを助け起こして、台の横にだらりとたらした足に靴下を履かせた。彼はちょっと痛そうに横目で見た。

医者が顔をしかめた。「できれば今夜一晩、基地の病院に泊まっていただいて経過観察をしたいんですが、いまやれることはやりました。これほど広い範囲で体表面にひどい火傷を負っているので」と見まわしてみて、「軽傷とはいえないんですが、ご本人が軽傷のつもりでおられるのなら、ためらいなく軽い痛み止めに変えますよ」

オリバーはにやっとした。「では一時間ほどその台に座らせてくれてから——どんな椅子でも背中をつけて座るのは絶対にだめだけどね——自分の静かなアパートメントに女総督の贅沢《ぜいたく》なエアカーで送り届けてもらいたいんだ。それでなんの問題もありませんよ」

「あなたを総督宮殿に連れていこうと思っていたの」とコーデリア。「わたしのところには、申し分のない立派なかかりつけの医者がいるわよ。この一週間は擦りむいた膝小僧の治療だけで大変な治療はしてないけど、宮殿の診療所はこの場所でできることなら何でもやれるわ。それに今夜あなたは一人じゃないと保証するわよ」

「それはお勧めします」医師は同意した。そして彼女に賛成する特別な意味の笑みを向けたので、コーデリアは難なく医者のいいたいことを解釈した。〈何をおいても、この患者は階級の上の方の手に委ねないとね〉と。

「ぼくは自分のアパートメントに戻りたかったんだけど——いや」オリバーは首を捩じってマイルズに向かって顔をしかめた。「あなたに話があるんです、最初に。このあとで。今夜。それで片づくかもしれない」

「ほう?」マイルズは説明を求めるようにコーデリアに目を向けたが、彼女は肩をすくめた。

〈わからないわ〉

　オリバーのシャツはひどい状態だったので、代わりのものを見つけるのにちょっと時間がかかった。「そのひどいものを背中にぱたぱたさせて、外に出るつもりはないよ」見つかった代わりのものは、医者がいつも手術まえに手をゴシゴシ洗うときに着ている手術着で、ゆったりして清潔だった。その青い色はオリバーの少々ぼやけた目には、コーデリアが自分用に取っておいたおまけのように見えた。マイルズは膝をついて彼に靴を履かせた。オリバーはしゃがみこんで自分で履こうとしたが、うまくいかなかったので当惑しながらそれを認めたのだ。

「少なくとも五日間の医療休暇が必要です」医者は断固としていった。「そしてわたしが直接いいというまで、シャトルには近づかないで下さい。わかりましたね、提督閣下」さらに点滴液と電解質液をすらすらと指示して、自分の直通の通信コードを伝え、あらゆる書類を宮殿医師とコーデリアの腕通信機《リストコム》に送信して、仮釈放という形で彼を女総督に渡した。

　一同が揃ってスタンドの予約席に向かって進むと、歓声と拍手が起こり、コーデリアは自分が判断した群衆の雰囲気と必要性が正しかったことを確信した。そして落ち着かない子どもたちとともに待っていたエカテリンが、立ち上がってオリバーに音をたててキスをすると、歓声ははやしたてる声に変わった。負けてはならじとばかり、ヴォルコシガン家の女の子たちがそれに倣いたがった。シモーヌまで。〈ああ、わたしの孫たちは趣味がいいわ。それが思春期まで続くといいけど〉ヘレンは最後に思春期らしく自意識過剰気味にキスした。オリバーはおとなしく、ありがとうと手を振って腰掛けた。

「あなたは英雄よ」エカテリンは彼にいった。「絶対に、わたしにとっては」

オリバーはこの特等席からパレード会場を見まわした。「察するに、ぼくは間抜け面に見えるんでしょうね」

「忘れられない誕生日になったわね」といってコーデリアはため息をついた。

オリバーは静かに笑ってからだを震わせた。「そうだな。怪我は日がたてば治ると思うけど」

コーデリアが二人のあいだにこっそり手を下ろして、彼の手を握ると彼も握り返した。そしてそのとき、ショウのはじまりの口笛と轟《とどろ》きと光のきらめきがはじまり、そのあとのスピーチとそのための準備へと二人を連れ込んだ。

マイルズは薄暗い庭園で、自分が注文した林檎《りんご》酒の瓶と、自分の分ではない経口電解質液の一リットル瓶を抱えてジョールに会いにきた。マイルズもどちらでも飲める。それらを小さなテーブルに並べて、彼は柳細工の椅子のほうに手を振った。「椅子にどうぞ」ジョールは尻にはちょっと硬いが――背凭《もた》れがないベンチを選んだ。

庭園は通路を縁どる色つきライトの上で、木の葉も奇妙な植物の形も陰のなかに沈んでいて、日中の暑さのあとで涼しく柔らかな風が吹いていた。セルギアール独特の、目には見えないが小さな生き物たちの有機的な夜の音楽が、暗い町の灯りの向こうのもっと遠くの人々のざわめきに重なってかすかに聞こえている。赤と緑と青の庭園灯でかすかに浮かび上がって見えるマイルズが腰を下ろし杖を横に置いた。その姿勢はリラックスしているが、眼差しは非常に集中していた。皇帝の重要な調査官なのだ。彼の経歴のなかでももっとも協力的な情報提供者と対峙して、あらゆる未知のことに対決しようとしている。

協力的というのは、もちろん、たやすいということではない。

ジョールはそのためらいを林檎酒を飲むことでごまかし、それから素直に電解質液も飲んだが、げっ、と急いでもう一口林檎酒を口直しに飲んだ。たぶん、昔の地球人《オールドアース》がキニーネの薬にはいつもジンを一垂らし入れたように、ジンを一口飲んだらいいのかもしれない。今夜はそんな実験はできない。だめだ。痛み止めはまだ効いているが、からだの奥深くでは、これがどれほどの怪我なのか、そしてからだの中心からの指令に本当には協力していないことを知っているのだ。この線で進めるのが一番だ。

マイルズが自分の飲物を一口飲んだ——この時間にはフリーダが何か作っているのではないか、とジョールは思っている——そこで手助けすることにした。たぶん彼も早く寝たいのだろう。「それで、あー……ぼくに話したいことってなんですか」

「たくさんありすぎますね、おそらく。過去のこと、現在のこと、未来のこと……」

「それはわかる気がします、そうですね」マイルズは首を傾げた。「ぼくが考えてみましょう。あなたは、ぼくの母があなたに卵子を一個だか何個だか提供したと、説明をしようとしているんではないんですか。それは非常に気味の悪い賄賂《わいろ》だけど、それがぼくの母なんです。そういうことですか」

「そう……いや。はいとも、いいえとも、いえます。それだけではなく、もっと複雑なんです」

「いいですか、みんないつもそういうことをいうんだけど、どう複雑なのかはいわない。そうするとぼくは嚙みつきたい気分になる」といってもマイルズがすぐに立ち上がる様子はなかったので、それはただの威しだろうとジョールは思った。

どこからはじめようか。〈どこか、どこからでも、とにかくはじめてすべてをいってしまおう〉「あなたの父上がバイセクシャルだったのはご存じですね？」

眉が少し上がった。「それをぼくが知ったのは数年まえです。いまではかなり詳しく知っている、と思いますよ」

「それで」――ジョールは息を吸った――「ぼくがその相手だったんです」

さっきよりやや長い沈黙があった。ふたたびマイルズが口を開くと、注意深い皮肉な口調になった。「それでぼくの母は、いつからこの、問題のあるバラヤーの提督たちのバイセクシャルの癖を知っていたんですか。ベータ人だってそういうことにはイヤリングをつけないと思うけど」

ジョールは声をたてて笑った。「でしょうね。さて、そのバイセクシャルの部分は、ベータ人にはべつに問題ではなかった。ただバラヤーの提督たちって部分は、強制的治療に追い込まれるくらいのことだったかもしれません」

「それは……あなたが考えておられるより、実際には深刻なことかもしれない。母から聞かされている、どうやってエスコバール戦のあとベータを抜け出したかという話が本当ならね」

ジョールはそれはほとんど聞いていない――いつか訊きやすいときに、その話をコーデリアからすっかり訊き出さねばならない。「あなたの疑問に答えるには、あなたの母上が最初に父上に出会ったときまで戻らないとならないでしょう」

「母はすべてを話してくれるかな、それとも、話してくれないか」

「もっと他に何があるのかぼくは知りません。ぼくのことは確かに受け入れてくれましたよ」

林檎酒をもっと飲もう。電解質液をもっと。そして林檎酒をもっと。酸素をもっと。「そもそも最初はアラールがぼくをえらんだんです」

さらにだんまり。マイルズの内心の反応はちょっと心配だった。読みとりがたい。それはたぶん彼の以前の職業のスキルかもしれない。だがそのとき、マイルズがいいだした。「どのくらいまえのことですか」

「あなたはどう思いますか」二重チェックをしても傷つけることはないし、たぶん単なる好奇心かもしれない。

マイルズは顎を上げた。「首相時代のあいだに違いない。それは……危険だ。イリヤンは――いや、もちろんイリヤンは知っている。他に誰が知っているんです？　ぼく以外に」

「本当にごくわずかな人々です。秘密よりさらにひそかなことでした。だけど、あなたはその時期はあまりバラヤーにいらっしゃらなかったでしょう」

「ぼくがいるときには、すっかり控えていたんだな」マイルズは顔をしかめた。「だからぼくはぜんぜん気づかなかった。ふん。理に適っていると思うな」

「ご自分を信用なさい。バラヤーにいた期間の半分くらいは、あなたは重篤な医療休暇だったんだから。そんなときは、自分のことだけに集中しがちです」

マイルズはありがとうというようにグラスを上げた。そしてあいまいに、「それでは母が最初にあなたを受け入れたのはいつだったんですか」

「どこまで詳しく知りたいですか」

「いや……そんなには。理解できるくらいで十分です」

「ぼくがアラールに従ってセルギアールに来てからまもなくです。最初の年に、誕生日の贈物としてはじまったんです」

「ああ、そうですね、それでおそらく十分です」彼はグラスを空けた。「ベータ人はそういう関係にもイヤリングをつけますよね」

「あなたの母上からそれは指摘されました。何度もね」

「そうでしょうとも。二十年だ。くそっ。それは遊びではなく忌まわしい結婚です。そのことを認識してましたか、オリバー?」

「終わりのころには、ぼくらはみんな認識していました。死がぼくらに訪れるまで……」彼は不意に口を閉ざした。そして突然、一口飲んで詰まった喉を潤した。彼の瓶は中身が少なくなっていた。

「それであなたは、あの大げさな国葬のあいだ一度もそんな様子は見せなかった。護送の列に命令だけ出して……うー、なんてことだ」今度はマイルズがちょっと言葉を切った。「あの葬儀では、ぼくはほとんどあなたに目も向けなかった。申し訳ない」

「ぼくらはみんなショックを胸に抱えて歩いていました。慰めになるいい機会があったかどうか、ぼくには考えられません。ぼく自身にはなおさら」

マイルズはぐいっとうなずいた。「それで、そのことが現在まで続いているってことでしょうね。三本足が二本足になって」

「いや、じつは違います。三年ほど空白の期間があるんです。ぼくらは……しばらく当時のつきあい方を失くしていました。そしてまったく新しい交際で新しい関係を得たんです」

「そうですか。想像できます」マイルズは眉をひそめた。「といっても、なぜあなたがたが以前の関係を中断したのかわからない」

「悲しみは人に変化をもたらすんです。それに二人とも仕事に追いまくられていたので。そしておそらく……二人ともやり直すまえに、新しい自分になるための時間が必要だったのでしょう。うまく説明できないけど。とにかくぼくらはそれで納得できるんです」

「そうおっしゃるのならそうなんでしょう」

「それで。卵子に話を戻します」

「ああ。本当に卵子はあるんですか」

「完全なものではない、というのが事実そのままの答えですが、あなたが技術的な詳細を望まれるのなら、ケイロスのドクター・タンに話をしてもらわねばなりません。コーデリアの六人の娘が」――発生したあとか？　妊娠されたあとか？――「作られたあと、コーデリアが卵殻を突《つつ》いてみるとわずかなものが残ったんです。除核卵です。彼女はそれを、アラールの配偶子といっしょに合わせなさいといってくれたんです。ぼくが法律的な理由で息子に固執するだろうと、彼女は察していました」

マイルズは今度はいっそう深く息を吸った。「わかりました。そんなことはぼくには想像もつかなかったのを認めます」といってそのあと小声でいった。「母上ってひとは……」

そしてちょっとたってから続けた。「それでは、これがすべてなんですか。そのことで母を受け入れるかどうか、決めようとしているんですか」

「いや、それはすでに片づいた取りきめです。三個の男性の胎芽《たいが》がケイロスの冷凍庫のなかにぼくの名前をつけて保管されています。それから何カ月にもなります。ぼくの息子たちです。あなたの半兄弟ですよ」

マイルズは聞き取れないほどの声を洩らした。そしてコーデリアが当惑したときの様子を彷《ほう》彿《ふつ》とさせる仕種で、片手を髪のなかに打ちつけた。それからまっすぐに背筋を正して、ジョールの目にじっと見入った。「それであなたはぼくに賛成票を求めているんですか。それとも拒否権とか？」

「どちらでもありません」ジョールはいった。そしてその断固とした声音に自分で驚いた。「ぼくがしようとしていることをお話ししたのは……」彼は言葉を切った。〈正確に話すんだ。少なくとも真実を曲げないように〉「ぼくはあなたが二十歳のときの写真を見たときから、ずっとあなたを見守ってきたんです。そのあと長い旅路に出られましたね」

マイルズは打ち消すように手を動かしかけたが、結局譲歩するような手になってしまった。

「コーデリアとアラールのあいだの子は、立派な男に育てられた。それにぼくは勇気づけられました」

「ぼくは常づね、自分は自分で発明したと思っていましたよ、ご存じのように。もっともそれはぼくが若くて愚かだったからです。自己弁護をすると、いまはまえよりましになっています」

「そうですね、あなたが父親になっていくのを見ているとわくわくします。あなたにできるのなら……」

「誰にでもできるって？」マイルズは彼に代わっていった。

「ぼくがいおうとしたのは、たぶん、ぼくでもできるってことです」ジョールはいった。

「それは単に、あなたが最終的に外交官だからです。あるいは、あなたは自分と自分の目標のあいだに決してエゴをはさまなかったからかもしれない。わかりませんが。それは恐ろしい特性ですね」

「ぼくにできるかどうかはともかく、ここまでのあなたの成果はかなり印象的ですね。あなたは優秀な子どもたちをお持ちです、マイルズ」

「ぼくもそう思いますよ、でもそれがぼくの子だから優秀なのか、ぼくの子にしては優秀なのかわからない。でもこれはいえますよ、それはぼくのやったことではない。みんな逆に誤解してるんです。両親が子どもを作るわけではない――子どもたちが両親を作るんです。子どもたちは産声をあげたときからわれわれの態度を形づくる。彼らに必要な形にわれわれを鋳造《ちゅうぞう》するんです。それも結構雑な過程かもしれないけど」

ジョールの眉がぴんと上がった。「ぼくはそんなふうに考えたことがありません」それは奇妙に望みのある考えだった。

「まあね、そう信じて下さい。ぼくのここまでの人生は仕事での訓練続きだったけど——そこが違うのだとなぜ考えたのかはわかりません。宵《よい》のうちの出来事がその証明だとすれば、あなたは子育てに対処する正しい反応をお持ちだということです」

今度はジョールが首を傾げた。もし、といいかけたが、それ以上続かなかった。「ぼくに子どもができたときには、ぼくは必要な説明もしないで、本物の家族から切り離すようなことはしたくない」そのあと少し修正した。「アラールの子どもたちです。彼には投票権や拒否権がないにしても」

「そういう投票権については、父は母に明確に委ねているんです。いまでは彼の遺言が非常に明確に遺されている理由がよくわかります。難解な法律用語に切りこんで彼の声を理解することができますよ」

「そして——あなたがそれらを受け入れたら、他の人々は従うでしょう」全員とはいえないが、マイルズが受け入れそれに沿っていくのなら十分だろう。

マイルズはこれを認めた。「そしてぼくが受け入れなかったら、それに倣うんだね」

「同様です」

「そんなことしたら母を悲しませるだろう」マイルズはため息をついた。

「ぼくも同じように悲しむでしょう」それも単にコーデリアのためではない、とジョールは認めて悲しみを感じた。

「ふん」

ジョールは顔をしかめて、電解質液を飲みきった。痛み止めの薬が切れはじめている。

「それで、あー……」マイルズがいった。彼の表情をジョールはかなり冷静に読み取れるようになっている。「あなたが首都に戻って作戦本部を引き受けるとかいうのは、どこまでまともな話なんですか。母はぼくには話してくれないけど」そして急いでいいたした。「母は約束を破ったりしません。ぼくが推察しただけです。それで母を怒らせた」

「ふん。それは現在懸案の事柄のなかでは唯一の、簡単に片づく問題です。ぼくは行きませんから」

マイルズは目を丸くした。「いつそれを決めたのですか」

「四時間ほどまえです」

マイルズは鼻に皺《しわ》を寄せた。「すべてそうなると知っていたら、母はきっと喜んで受け入れたと思いますよ。わからないけど、もっとまえにマシュマロを焼いてあなたに放り投げていたんじゃないかな」

ジョールは思わずくすっと笑った。「恐ろしいけど、想像できますよ。もっともそれは簡単に割り切る決定じゃなかった。それに——今朝は、自分でもわからずにいたけど、今夜はわかっているんです」といってからいいたす。「それはそうと、コーデリアには自分で伝えたいんです。あなたがかまわなければ。ぼくには先に片づけねばならない義務があります」

マイルズはわかりますというように手を振った。「結構です」それからいいたした。「エカテリンにはいってもいいですか。誰かにいわないと、頭が爆発しそうなんですよ」

「セルギアールの爆発は、一日に一個で十分ですよ。話して下さい。彼女に注意――秘密ではないけど、控えめにって。首都と基地を移すあいだコーデリアを支えて、彼女が女総督として新しい宮殿に一旦落ち着くまではぼくの辞任は発表しない計画なんです。軍の気まぐれが許すなら、そのときぼくの辞表も送るつもりです」

「そしてヴォルバール・サルターナにいる他の人たちには？　ニュース報道には知らせなくても、重要な人にはどうしますか」

「それはあなたの裁量にまかせます。ヴォルコシガン国守。あなたは首都に住まねばならないけど、ぼくは住みませんから」ありがたいことに。マイルズに話したこのいきさつが、どれほどデスプレインズに伝わるのだろうか。もう気にかける必要がないのは、これ以上ない幸せだ。

マイルズは鼻を搔いた。「それでは……グレゴールはこのことを全部知っているんですか」

「あなたの母上が完全な報告をなさっていると信じていますよ、はい」

「あなたのほうのことも？」

「はい」

「ちくしょう《サノバビッチ》」

ジョールには、その言葉が元々の意味のコメントなのか特別の含みを持つ表現なのかはっきりわからなかった。

マイルズは悲しそうに続けた。「それじゃグレゴールは知っているのに、どうしてぼくを調査に派遣しなかったんだろう」

「どうしてあなたはしょっちゅう、いろんな調査に派遣されていたんですか」

「ものごとに首を突っこむためにね。何が起きているのか探るために。そして調停できることはする。それから報告する」

「あなたの疑問の答えは出ましたか」

「あなたのいわれたことは、母が話した修辞的なごまかしと同じですよ」とマイルズは不満そうにいった。

「それでお役にたちましたか」

「はい」

「じゃそれで」

マイルズは足を組み直して背もたれに寄りかかり、椅子の腕木を指で叩いた。それから見上げた。「それで、あー……あなたは子どもたちにどんな名をつける予定ですか」

疲れていたにもかかわらず、ジョールは口元を上げてにんまりした。

〈ぼくの勝ちだ。

ぼくたちは二人とも勝ちだ〉

17

コーデリアは午前中に、オリバーを火傷の専門医に診せて傷のガーゼを替えてもらうため基地病院に送り出した。ライコフに細かい指示を与えて送り迎えを頼んである。そのあと着替えを取りに彼のアパートメントに出かけたが、彼のオフィスには寄らずに女総督宮殿に戻ってきて、庭を歩いて執務室に向かった。これからはお互いに便利なように服の着替えはずっとここでしてほしい、と彼を説得できるだろうか。どうせ二人の関係を公表するのだから。

昨夜オリバーは、驚くことではないが疲れきって庭園から戻ってきた。疲れている彼をマイルズが屋外に足止めしていたに違いないが、何を話しあっていたのだろう。そして鴉《からす》の行水のようにシャワーを浴びて唸りながらベッドに倒れこんだ。そして痛みで七転八倒することもなく、軍の痛み止めの驚くべき効果のおかげでまるで火傷が治ったかのように眠った。もっとも今朝顔を出したのは……遅かった。歩く死体というほどではないが――眠そうな笑みはその状態に甘んじているように見えた――彼が病院から戻ってきたときには、もう少し硬さがとれていればいいが、とコーデリアは思った。

ブレイズとアイヴィの二人にとって、昨日は忙しい一日だった。ブレイズは仕事が忙しかったし、アイヴィは集められるかぎりの家族を全員招待していたので。あんな深刻な事故がなければ、明らかに誰もが素敵な一日を過ごせたのだ。とはいえ、あんなことがあったにもかかわらず、二人はいつものように朝の予定をすっかり立てていた。

「ピクニックの公式映像記録を、ごらんになれるようにあらかじめ編集しておきました」ブレイズが報告した。「今朝は、個人が撮影した、あー、不幸な火災事故の映像が惑星ネットにたくさん出回っています。そこにわれわれ自身の、いわばもっと制御された映像を加えるほうが賢明かもしれないと思ったのです」

「うちのスタッフが撮ったのがあるの？」

「はい、ぼくはたまたま花火を揚げる様子を撮るために、パレード場の位置を調べようと思ってそのあたりにいたのです。あの事故をすごいアングルで撮りましたよ！」

あんな予想外の出来事に遭遇したとき、彼に戦争特派員のようなことができるとは意外だった。「オリバーはあまり喜ばないと思うわ」

「いや、ジョール提督はうまくやりましたよ。ぼくが見たところ、彼があなたのお孫さんたちを保護している映像は、今朝の一番人気です」

「そうですよ、あれはまったく立派でした」アイヴィが話に加わった。「わたしはそのなかでも一番いいのをファイルに入れて持っています」

コーデリアは思わずいった。「それ見せて」

まったくだわ。英雄的で頭の回転の速いオリバーが、すぐに対応してシャツを脱いだ映像は素晴らしい見物《みもの》になっていた。

「あなた結婚してるでしょ、アイヴィ」コーデリアはじっくり見たあとでいった。

「あら、見たっていいじゃないですか」

「まあね。そのファイルをわたしにコピーしてくれる?」

アイヴィはお日様のようににっこりした。「かしこまりました、女総督閣下」

ブレイズの表情はいささか当惑気味になったが、年配の女二人は顔を見合わせただけで、若者に説明などしなかった。

コーデリアはブレイズにいった。「こういったことも含めていいけど、花火を揚げた人たちを中心にして、この危険な状況で安全制御をしたのがどんなに立派だったかを書くのよ。セルギアール軍の準備も、そうよ、よかったって! そういったことを」

「でも実際には火はステージの上には落ちなかったんです」

「それじゃそれを天に感謝しなきゃ。うまく書いて、ブレイズ」

彼はにやっとしてメモをした。

コーデリアはさらにいった。「それから時間があったら、生きている星形生物《ラジアル》の雲の映像を集めて、事故の前のものも、最中のも、そのあとのものもまとめて、大学のガメリン博士に送ってちょうだい。彼は昨夜わたしの近くにいたのよ――これまであの生物のあんな行動は見たことがないらしいわ。とても興奮していた。なぜラジアルは常に雷雨のときに地面に近づくのか、いつでもそれを予想できるのかどうか、といったような理論の考察ができそうよ。自然のもたらした実験を無駄にするような人じゃないと思うから」とコーデリアは自分の考えを説明した。教授についてきていたエスコバールの大学院生たちはさらに動転していたから、これが日常的な出来事ではないことを教えて安心させる必要がありそうだ。〈この惑星の地震を経験するまではね〉とコーデリアは思った。〈これがセルギアールの生態系なのよ。意気地なしの若い人たちには気の毒だけど〉

とはいえいままでのところ、この惑星にいるもっとも危険な生物は侵入してきたサル科の種族だ、ということは指摘しなければならないだろう。

彼女はデスクに落ち着いて朝の通信の列にとりかかった。だが三通ほど片づいたところで、プラス・ダンからの追加メッセージを見つけて気分が暗くなった。提案したことに返事がないから、と無邪気に返答を催促している。「そちらでどなたかゲームの理論を学んでいませんか」囚人のジレンマによる契約不履行、すなわち、パートナーを裏切ることは、ゲームが一ラウンドの場合にのみ成立する。人生はゲームのような別々のラウンドではなく、継続している流れのプロセスである。それを理解できないといういいわけは通用しない。ご自分の惑星内でもそれに似たなんらかの処置がある、のではないですか？　残念ながら、コーデリアは経営を仕事にしていて、技術用語は得手ではない。

とはいえグリッドグラッドには資材は必要だ……。彼女は思わず小さく唸り、そのメッセージをもっと腐らせるために脇によけた。もっとも本当に、そういつまでも保留にすることはできない。

そこにアイヴィから歓迎しないともいえない邪魔が入った。顔を見せずに通話で連絡してきたのは、拒否できるというシグナルだ。「女総督閣下、セタガンダ領事副官のゲム・ソーレン卿がお目にかかりたいと、ここに見えています。約束はありませんが、緊急のようです」

あまり歓迎したくない用件かもしれない。昨日の事故のあといままでなんの音沙汰もなかったということは、彼の領事館ではどんなもめごとがあったのだろう。とにかくそれが何か、知る必要はあると思った。「入るようにいって」

ゲム・ソーレンはシャワーを浴び清潔な服に身を包んでいるが、どう見ても睡眠不足のように見えた。どういうわけか鼻は腫れており、痣《あざ》のできた顔には特有のペイントがない。彼はコーデリアのデスクのまえに来ると、訓練パレードの際に異端だとして殴られた兵士のように気をつけをした。

「ヴォルコシガン女総督閣下。セルギアールでのあなたの外交的庇護をお願いに――いえ、懇願しに――まいりました」

コーデリアは瞬《まばた》きした。そして用心しながらいった。「ほう……なぜですか」

「わたしのことで、領事が大層立腹されているんです。わたしの作った認識庭園を設置する許可など与えていないと主張しておられるのですが、実のところ、まったく禁止などされなかったのです。わたしは、次の船で帰国しろといわれましたが、帰国後は外交団から除隊させられるのは確実です。そうすると、一族の企業に雇ってもらうしかわたしの未来はないでしょう」

その口調から察すると、これは死ねとまではいわれずとも、少なくとも、深刻な強制入院よりもひどい運命だと考えているらしかった。「わたしを待っているのは、不名誉以外の何ものでもありません」

長期的な視野を持っているコーデリアは、記憶を探る努力をした。若いころにこうした災難にあったら、当然それはのしかかるように大きく見えるだろう。何十年も生きた者にとっては、それは要するに単に、番号札を持って並んで待てといわれたことなのだ。だがゲム・ソーレンの現在の失意の状態では、こんな意見は受け入れられないだろう。

「外交的庇護というのは極端な手段です。第一あなたは、市民権を取り直すことになりますよ。通常の手段で、移民の身分になることはできませんか」

「法律上のことはわかっているんです、女総督閣下。でもわたしは今夜の船便でセタガンダに送られてしまいます。そして二度と戻ってこられません。家族がそんなお金は出してくれないでしょう」

彼の一族は、貧しいヴォルのようにゲムの身分にしがみついているのだろうか。家族をふたたび日の当たる場所に出すために、無理をして息子にチャンスを与えたのだろうか。「あなたのご家族は何をしていらっしゃるんですか」

彼は赤くなり咳払いした。目を逸らしてからもごもごいった。「父は兄弟といっしょにシグマ・セタで、配管施設を作る大きな会社を経営しています」

これを聞いてコーデリアは頭のなかの空想図を描き直した。この家族はどうやら、これまでの世代のように自分の階級に課せられた標準的な役割を受け入れようとはせず、「ゲム・ゲームなんかまっぴらだ、われわれは金を稼ぐ」と口を揃えていう人たちらしい。となるとミコスはピンチを阻止するために自ら名乗り出た、文化的英雄の役どころなのだ。だから舞い戻ったりしたら、家族は興味をなくし大声で「だからいったじゃないか」というのだろう。とコーデリアは察した。

「先に別のルートも試したんです」ゲム・ソーレンはいった。「カヤ・ヴォルイニスに結婚してくれと頼みました。それができれば、身内として滞在できます。だけど断られました」

〈そんな悩みより、わたしのほうがずっとひどい朝だと思っていたのに……〉「それでカヤはどのくらい、きっぱり断ったの?」

　彼はもう一度咳払いした。「大層……大層きっぱりです、閣下」

〈カヤ、あなたはえらい〉「ヴォルイニス中尉は、現在のところは、仕事に大層集中しているみたいですよ」

「彼女には……そういわれました、はい」

〈カヤの昇進予定にとっては、セタガンダから亡命してきた夫なんてとんでもない余計な錨《いかり》だといわれたんじゃないの?〉それで彼は、次に思いついた自分の問題を解決してくれそうな女性のところにやってきたというわけだ。〈あなたは自分の人生をしっかり、セタガンダに結びつけるべきよ、坊や。それができなければ、三十歳とはいえない——〉

　そのとき通信コンソール・デスクのチャイムが鳴り、アイヴィが外のオフィスから連絡してきた——何かしら。おそらく、この会見より大事な用なのだろう。「はい、アイヴィ」

「ホロビッド通話が入っています、女総督閣下――これはお受けになりたいはずです。カリーン・コウデルカからです」

コーデリアは急に元気が出て座り直した。〈わたしの義理の娘同然の大好きなカリーン、この惑星に来ているのね？〉今月はどうしてこんなに家族が突然訪ねてくるんだろう。誰ももう拘束ビーム通信の送り方を思いつかないのかしら？　でもこれは拘束ビームでもない――。

「カリーンはどこから通話してきたの？」

「軌道上からです。エスコバールの商業船で着いたばかりだそうです」

「繋いでちょうだい」といってから彼女はゲム・ソーレンに顔を向けた。「あなたは……」〈シグマ・セタに帰ってくれない？〉コーデリアはこのあたりの口さがない者には〝悪の女王〟だなんていわれているが、本当は仔犬を蹴っ飛ばすスキルも持っていないのだ。「外のオフィスで待ってもらえますか」

ゲム・ソーレンは頭を下げて出ていった。その背後でドアが閉まったとたんに、カリーンの笑顔がホロビッド盤上に現れた。絶対にまえよりきれいになっている。金髪で青い目なのに変わりはなく、全女性コマンド隊といった鋭さもいままでどおりだ。〈愛するマーク、宇宙ってときには損害賠償してくれることもあるのね〉だけどマークもそれは知っている。

「カリーン！　会えて嬉しいわ！　マークはいっしょなの？」

「彼もあとから来ます」笑顔が広がった。「あなたがどこに工場を建てたいのか知るために、わたしを先に寄越したんです」

コーデリアは驚いて口を開けた。「彼は競争できる入札先を見つけたの？　どこで？　わたしはコマールもバラヤーもあらゆる契約をひっくり返して見たつもりだったのに。実際に映像で見つけたのかしら」

「それ以上ですよ――自分で直接見つけたんです。エスコバールの会社で、工場建設に特化したところなんです」

「エスコバール！　それは気がつかなかった――あらまあ。わたしたちが入ればあそこの領事館は喜ぶわ」

「よかった。彼らに書類の作製を急がせたいと思っているところです。だから、グリッドグラッドに土地がまだ空いていれば、いっしょに予備調査をしてもらうため、その会社の用地担当者も連れてきています」

「すごいわね。どうしてそんなに早くものごとを進められるの？」

「この会社の設計はプレハブなんです。建てるものの大部分を自社工場で作ってきて、軌道から落とすんですよ。子ども用の大きなブロックのように、資材を組み立てるんです。用地が均されて測量されれば、中心の構造物は一週間以内にその場所に設置されて、その土地の生の資材をどのくらいの早さで調達できるかによるけど、二週間で運営できるようになりますよ」

早く入札ができればといいたいのかもしれない……。「このオフィスからあらゆる協力を得られると、当てにしていいわ。他の者を入れるといつものような争いになるから。だけど、まあ大変、これは確かにわたしたちが瓶の口を開けることにかかってるわね」

カリーンはにこにこしてうなずいた。

これは大博打だけど……。「ねえ、考えられないかしら――エスコバールの会社がプラスクリート混合物の小山を使う方法を見つけてくれるかどうか、どう思う?」

彼女は眉を上げげた。「どうして? プラスクリートの余分の山でも持っていらっしゃるの?」

「プラスクリートじゃなくて、その混合物よ。高度耐衝撃性のためにハイテク革新されたものよ。軍事シャトル港のようなところで使われるの。話せば長くなるけど」

その新たな情報にカリーンは顔をしかめた。「はっきりしません。特許登録のある混合物のように聞こえるけど、それだとうちのスタッフには使えないかもしれません。その技術明細のコピーを送って下されば、エンジニアにまわします」

コーデリアはうなずいてため息をついた。以前にポニーを飼っていたことがある。ポニーが頭にさくらんぼを載せてくることを期待するなんて、たぶん現実的ではないだろう。あのくそ混合物の最終的な運命はいよいよ、将来の溶岩流のサンドバッグに使うようなことになりそうだ。「いいわ。お宅の技術者をグリッドグラッドに寄越して、こっちの都市計画者と会わせて――あとで彼の連絡先を教えるから。喜んであなたがたに会うわよ。というより、まず彼に会わないと。今夜あなたたちを、女総督宮殿のディナーにおいで願いたく要求要請します。マイルズとエカテリンと子どもたちも、みんなここにいるのよ。知ってた?」

「マークからちょっと聞きました。どこから聞いたのかは知らないけど――マイルズからか、イワンからか、アリス小母様からか」

「ちょうどタイミングよく会えるわ——明日には帰る予定なの。それから他にも……あのう、あなたはオリバー・ジョールと会ったことある？」

カリーンの表情がひどく興味深げになった。「そのこともちょっと聞いています。家族から聞いた噂が事実どおりなのか、興味があるわ」

「あの。わたしもよ。別の意味でね」

「ぜひ伺います。さあもう、急がなくちゃ——まもなく降ろされます」

「民間シャトル港に着いたら連絡ちょうだい。ライコフを迎えに行かせるから」

「わかりました。愛とキスを、コー小母さま。バイバイ」その言葉に合わせて彼女はキスを投げ、通信は終わった。

コーデリアはふーっと息を吐いた。〈時には、バラヤー式縁故主義が役にたつのね〉そして創造性のある復讐の女神の温かい光を感じながら椅子に座り直した。頭のなかではすでに、まあ、とても丁寧《ていねい》な、地獄へ行けという返事をいまいましいプラス・ダン宛に作文していた。オリバーが喜びそう……。

オフィスのドアがすっと横に開くと、注意深く怯えを隠したゲム・ソーレンがそっと顔を覗かせた。「あの、女総督閣下、ぼくの庇護の件は……」

コーデリアが苛立たしげに手招きすると彼は入ってきた。彼女は数分まえよりは優しい気分になって彼を見つめた。もしかしたら……。

そしてやっと声をかけた。「あなたは、自分の家族経営の会社で働いたことある？」

「しばらくは。若いころに」

「セルギアールで配管業者として仕事をもらう気持はないですか。というのは、将来には確かに芸術家が必要になると思うけど、いま現在は配管業者が必要なのよ」

彼は当惑と希望の混ざった目を見開いた。「あー……いいです」

「よろしい！」コーデリアが通信コンソール・デスクをぴしゃりと叩くと若者は飛び上がった。

「あなたはヴォルコシガン女総督による、目的のための決断と、方法に対する柔軟性のテストに合格しました。セルギアールはあなたを受け入れます。こっちにいらっしゃい」

コーデリアはそよ風のように彼の横をすり抜けて外のオフィスに行った。「アイヴィ、この若い人に、もっともらしく聞こえて実害のない庇護の認可を出してあげて」というのは明日は疑いなく、彼の上役と折衝することになるだろうから。もっとも領事館はすでに、彼に背を向けているという話だ。いいだろう。文句をいってきたら、そのときは偽の反対告発をして、セルギアール艦隊提督と女総督自身の家族に対して、巧妙に仕組んだバイオ攻撃を含む陰謀が行われたとまくしたてればいい。コーデリアの民が思っているとおりの噂好きなら、その類のことは誰かがすでに「セリーナ湖は炭酸ガス逆転層で政府はそれを隠している！」という噂といっしょに流しているはずだ。さらに他にも、しょっちゅう朝の会議を現実離れした演習に変える、風変わりなデマが何十となくあるのだ。

〈混沌の植民地。本当はそんなことをわざわざいう必要もないけど……〉

アイヴィが食事を持ってきたとき、コーデリアは一連の朝の書類の終わりまで行き着いて、時間どおりにオフィスを抜け出すことを考えはじめていた。ところが、外のオフィスがざわついて予定外の訪問客がまた現れたらしかった、くそっ。しかしオリバーのよくひびく声にアイヴィがこう答えるのを聞いて、当惑はたちまち喜びに変わった。「あなたはいつでも大丈夫だと思いますわ。まっすぐお入り下さい」

　オリバーが後ろ手にドアを閉めたときには、彼女はすでにお帰りなさいのキスのために立ち上がっていたが、ハグするのはちょっと考えて先に延ばした。朝の外出の、途中のどこかで彼はシャワーを浴びゆったりした私服のシャツと古い作業用ズボンに着替えていて、医師に指定されたとおりの休暇の格好に見えた。新しい火傷の軟膏《なんこう》とガーゼからは病院の匂いがしていて、まだ動きはぎごちないが、顔はリラックスしていて目は笑っていた。

「プラスクリート工場が手に入りそうよ！」と彼女はいった。そして彼がまっすぐな椅子を見つけてそこにまわりこみ横向きに座るあいだ、その椅子に手の届く位置のデスクに腰を乗せて、カリーンの電話のことを詳しく話した。

　彼はにやりとして見上げた。「いいですか、女性ってのは、よくわからないけど、普通は着るものや宝石の贈物に夢中になるんじゃないかと思っていたんです」

「ばかばかしい、わたしはもっとお金のかかる相手よ。警告しとくわ。でももっといいことがあるの、カリーンが今夜のディナーに降りてくるのよ」

「おや、いいなあ。カリーンと会うといつも楽しかったですよ」

「みんなカリーンといると楽しいっていうわ。それがあの子の持っている超能力みたい。さいわい、いいことにしか使わないけど」

彼は腕を椅子の背にまわした。「ぼくもニュースがあるんです。昨日の逮捕事件の続報なんだけど――」

「あっ！　今朝はいろいろまぎれてそれは忘れていたわ。自分でいったのに――」

彼は抑えるように片手を上げた。「フレディー・ヘインズは厳しいお説教を食らって、基地の退屈しているコマンド部隊が運営している自己防衛コースを強制的に受けさせられますが、スタナーの許可を与えられたそうです」

「そうね……いいでしょう、確かにバランスが取れているけど――」

「あのときのブーツポロ・チームは――フィオドール・ヘインズを怒らせた。怒った父親と当惑した司令官とどっちがすごいかよくわからないけど、ぼくだったら父親のほうが怖いですね」

「ああそう」彼女は微笑した。おそらく優しい微笑ではないだろう。赤の女王の微笑かもしれない。

「あと始末は効果的に行われたと思いますよ」

彼女はうなずいた。それからちょっと口ごもりながらいった。「あのう、ゆうべマイルズとはどうして会ったの？　マイルズは今朝何もいわないのよ」

オリバーはゆったりした表情に戻った。「わかるでしょう、宇宙でもヨットでも、きれいでしっかりしたドッキングの感覚は同じです。かちっと音がすると、船を無事に着けたとわかる。そうするとやっと、立ち上がれる」

「それはいいけど？」
「そう思ってるんです」ジョールは椅子に座り直し、背伸びして少し口ごもった。「ぼくはマイルズにこれから生まれるぼくの息子のことを話したんです。それですべてを彼に話すことになる、おおよそのことを」

それを聞いた安心感は思いがけないほど深かった。「まあ、ありがとう」

彼女の様子を見て彼の口元がゆるんだ。「あなたも黙っている重荷を抱えていたんですね。だけどその重荷に打ちひしがれてはいなかった」

彼女はあいまいに振り払うように手を振った。「ときには仕事にまぎれてね」

彼はじっと見つめて、何か別のことをいいたそうだったが、話を続けた。「ぼくにはよくわかりませんでした。相手が、昔のバラヤーのマイルズなのか、銀河人のマイルズなのか。でも昨夜はさいわい、彼はベータ人の側面を見せてくれました」

「彼がピョートル老人の回路で話しはじめたら、わたしは車輪に噛ませる輪留めを二、三本用意したものよ」と彼女は打ち明けた。自分の先祖の曾祖母とかなんとかの話をして——誰か彼にその人たちのことを話したことがあるだろうか。

「そんなことあったんですか」

「ときどきね。この国守制度って、ときどき先祖返りするのよ。文化的強化ってことかしら」

彼女は口を閉ざし、今度は安心して待った。すぐに待っていたものが来た。

「自分のアパートメントに寄ったときに、デスプレインズに拘束ビーム通信を送りました。ありがとう、でも残念です、と伝えるために」

「本当にそれでいいの？」彼女は静かにいった。

短くうなずく。「送った瞬間に正解だとわかったんです。肩の重荷を下ろしたというべきかどうかはっきりしません。重荷なんかじゃなかったから。その場の感覚はもっといえば、自分の世界がほどけたような、開いたような感じで、そこにびっくりして取り残されているみたいなんです。とても不思議な感覚です。痛みの治療のせいではないと思います」ジョールは彼女を見据えた。「ぜんぜん驚いていませんね。ぼくが何もいわないのに、なぜわかったんですか」

「わからなかったけど、あなたが配偶子を凍結するだけでなく受精させていることが、確実なヒントだと思ったの。あなたは自分で、その計画を捨てることが困難になるようにしむけていると、わたしには思われたのよ。たぶんそれは意識してなかったんでしょうね」

彼はその言葉をよく考えた。「時代が時代なら、あなたは魔女として火炙《ひあぶ》りになってましたね」

「あら、ばかばかしい」彼女は喜んでいった。


翌朝の出発は、マイルズにとってはいつもと違って、聴聞卿のために用意された専用の快速艇ではなく乗客用の定期船なので、時間どおりに出航しそうだった。大移動団をまとめているエカテリンは、夫よりも時間を意識しているらしかったが、主要な家族も手伝いのスタッフも荷物もみな順当に一般用入り口付近に集められて、護送の地上車に載せられるばかりになっている。マイルズが、子どもたちがコーデリアとの思い出に集めた科学的な石の重さの個人的な重量割り当てについて、交渉しているのを、コーデリアは立ち聞きした。そうね、マイルズはその料金は払えるだろう。

オリバーは、医師の予約があるからといって、食事のときに別れを告げた。カリーンは新しくできた一日三便のグリッドグラッド行きのシャトルに乗るために出発していた。そこで彼女は、つきまとうアヒルの子のように追いかけてきたエンジニアたちとすぐに会うことになるだろう、とコーデリアは確信していた。いまのところ地上で問題になることがないらしく、アイヴィが女総督の貴重な見送り時間を邪魔するような連絡を通信コンソールで送ってくる様子はない。〈人生は楽し〉

マイルズが正面の歩道から少し息を切らして近づいてきて、あたりを見まわした。少なくともここは、統一された混沌だ。そのあと彼は口を開いた。

「ぼくが一人っ子だといってきたのはわかってるけど、母上、本当は九人も兄弟がいるんですね」

「マークを数に入れるのを忘れないで」と彼女は答えた。「彼を兄弟だと定義すべきか、あなたが親だと定義するのか議論のあるところだけどね」

「兄弟ですよ」マイルズはいった。「ぼくらは兄弟だと決めたんです。法的にもあらゆる点でそうです」

「それでは、あなたは孤独な一人っ子から、十一人の一人になるのよ。ちょっと遅かったけど、わたしはベストを尽くしたわ。人生はそういう伏兵であふれているのよ」

「普通はそんなことないですよ」

コーデリアは皮肉っぽく眉を上げた。「それで、いつ普通なんてものに憧れるようになったの?」

彼は肩をすくめた。〈一本取ったわ〉

「明るい面を見てね――そういう状況になっても、玩具を分ける必要はないわ」

そのとき両腕に何か抱えたエカテリンが通りかかって、ちょうどそれを耳にした。「少なくとも、彼らがもっと大きくなるまではね」

「そんなの意味がないよ」マイルズは小声で文句をいった。そしてはるかに広がる明るいセルギアールの朝の景色に目を向けた。「そういうことをみんな、父上はどう思うだろうと考え続けているんだ」

「そういう考え方は疑問ね、結果は楽しくっても」コーデリアはいった。「それは仮定の堂々巡りよ」〈あるいは螺旋《らせん》状かもしれない〉「もし事柄が千も変わっていたら、もしアラールを彼がちょっとだけいた《孤立時代》に引きもどせたら、もし重々しい摂政なんかにならなかったら、それをいうなら国守だってそうだけど、どこかでこっそり内密の家族を持てたら、もし、もし、もし……。だったかもしれないって考えはじめたら、終わりはないのよ」

「うむ」彼が杖に体重を移したので、立たせておいていいのか座らせるべきなのか、彼女は考えた。だが座ったら、すぐにもう一度立ち上がらねばならないだろう。〈手を出すな。手を出すな〉折角座るようにいっても、嚙みつかれそうだ。彼の半兄弟たちも、同じような独立心の強い頑固者になるのかもしれない。オリバーに警告しておいたほうがいいかしら。もう遅いわ。

「ぼくはオリバーが好きですよ」彼は少しあとでいった。「いままでも好きでした。もっとも実際にはぼくが想像していたのとは違ったけど。ぼくは、あー……それを機会があったら、訂正するのはやぶさかでないです」

「そうしてほしいわ」コーデリアが静かにいうと、彼は素早く大きくうなずいた。

マイルズはさらにいった。「ただ、気の毒な人の好意を濫用しないで下さい。母上は気づいていると思うけど、彼は完全に母上の思うがままです」その口調には自分の性に対する腹立ちと、母親に対する気取りのあいだで揺れていたが、コーデリアは気取りのほうが勝っていると思った。

エカテリンが今度は逆方向に通り過ぎると、マイルズはそれを目で追った。

「そのうちそれについてはわかるだろうと思うわ。それでいい?」

「ああ、いいです」彼は小声でいった。「彼が母上のためなら、一鼓動もおかずに弾丸に身をさらすのは明らかですね」

「それは想像できるなかで、もっとも愚かな才能の無駄遣いだと思うわ」彼女は顔をしかめた。

〈いまのところは、その必要性は避けておきましょう〉「彼にやってほしい、もっと興味深いことがたくさんあるのよ」

「ぼくは反論しません」それからもっと静かな口調で、「母上には幸せになってほしいんです」

「オリバーには幸せになる才能があるのよ」少なくとも平均的なヴォルコシガンたちと比べて。その言葉を並べて使うのが、矛盾でなければ。これはたぶん、アラールが彼を傍に置くことに固執したひそかな理由だろう。アラールの青年時代を思うと、残虐なバラヤーの神に誘われてあえて手を伸ばそうとするように、幸福を恐れていたとさえいえるくらいだ。だがあたかも抜け目のない上官のように、仕事を他の者に委任するという行為だけで、安全に幸福を楽しむことができたのだ。これは複雑すぎてこの場で説明できるようなことではない。彼女はこれだけいった。「他の人間には、喜びのない愛ってあるの？　彼は毎日喜ばせてくれるわ」

乱暴にうなずく。「それならいいんです」

エカテリンが近づいてきた。「自分のオフィスに戻ったら、六カ所の都市庭園と新しい宮殿の土地のための最終的デザインをお送りしますね。そしてできれば、わたしのプログラムでそれを動かしてみます。基本レイアウトの最終案と考えて下さい。さらにわたしは、植物の選択ではたくさんのものをいじっているんですよ。まだセルギアールの植生についてはあまりよく知らないし、特に新しいグリッドグラッドの変異現象には詳しくないので、できるかぎりこの土地の花を取り入れる機会を失くさないようにしたいと思っているんです」

「セルギアールの植生のことは誰だってよく知らないわ」コーデリアは保証した。「研究中なのよ」

「たぶん少なくとももう一度、わたしが一人で来る必要があるでしょうね。地域の研究に委ねるまえに」とエカテリンは警告した。

「できるだけ早くそうしてね」コーデリアは彼女を抱きしめた。「それに何度も来てよ」

「それじゃわたしのクローンを作らなきゃならないわ」エカテリンは悲しそうにいった。マイルズは、明らかにマークのことを考えたらしく、どんな辛辣《しんらつ》な言葉を出そうとしたのか唇を噛んでいた。実際に彼は新しい成熟した役割に合わせて成長しているところだ——それを思い出したときには。コーデリアは、まえにもそうだったように落ち着けと頼むのは意味がないだろうと思った。


ドアの閉まる音がして、呼びかける声が響き、まわりじゅうでハグが交わされ、なかには驚くほど離れがたい人々もいた。すべてを運び出すまえの最後の瞬間はいつもそうだ。何だろうか厚手のしっかり梱包された書類鞄が相続人の監視のもとに運び出され、背の低い人も高い人も、乗ったり降りたり、準備し直したり、ふたたび乗ったりした。

「さようなら！」コーデリアは呼びかけた。「ご無事でね。それに覚えていて、拘束ビームを——緊急の場合だけでなくてもいいんですからね！」そしてエカテリンに手を振っていった。

「もっと子どもたちの写真を送ってね。あの計画もいっしょに」

最後にもう一度手を振り、移動部隊は出ていった。地上車が通路に出ると姿はややぼやけた。彼女は見えなくなるまで見守り、さらにもう少し見ていた。

〈愛する人たち、お互いに楽しく過ごしましょう。できるあいだに楽しむのよ〉

エピローグ

グリッドグラッド・シャトル港基地と、ほとんど完成して女総督もすでに入居している女総督宮殿は、すみやかに西グリッドグラッド市の中心になりつつあった。その公式の合同開所式が行われた二日後に、ジョールはコーデリアといっしょに休暇を取った。これは貴重な一日になりそうだったが、コーデリアはいつものようにため息まじりにぶつぶついっていた。「いつだって何か邪魔が入るものよ」と。

合同開所式はスムーズに何事もなく行われ、爆発だとか火事だとかいったものは完全に避けられ、基地の診療所に軽い症状で訪れる人々も普段どおりに減っていた。その日の遅くに、さいわい非番の者だったが、酔っぱらいによる事故があっただけだった。ヘインズ将軍はセルギアールの建設業者に対する不満のくすぶりもほとんど忘れて、自画自賛して喜んでいた。

フィオドール・ヘインズはとうとう妻を呼び寄せていた。妻はずんぐりむっくりした女性だが、無口で断固としている。もっと複雑なこの夫婦の内面の世界をほのめかすのは、フィオドールが口実さえあれば、ずっと妻の手を錨《いかり》を下ろすように自分の腕に抱え続けていたり、誰にも見られていないと思うと彼女のうなじを丁寧《ていねい》にマッサージしているのが見られたりすることだった。

開所式のあいだ、帝国軍機関長のオットー将軍は、演壇にいながらときどき儀式の進行状態を点検していた。コーデリアは彼とは、お互いに若かったヴォルバール・サルターナ時代からの知り合いなので、昨年彼が着任したときには、十代の女の子がミュージシャンに押し寄せるように大喜びして歓声をあげて出迎えていた。やがてジョールにわかったのは、彼女がオットーに魅力を感じているのは男性としてではなく、彼の活力と能率と落ち着いたセンスのよさによるらしいということだった。とはいえ男性の魅力がまったくないわけではなく、成熟した大人の味わいがある。しかしこの男にとっては肉体《フイジカル》といったらは自然科学設備《フイジカルプラント》という複合語の前半なのは明らかだ。それに〝はい、できますよ〟という表情。彼があれこれやってものごとを片づけるのを観察したあと、ジョールはコーデリアの観点を理解して自分も彼のファンになった。

西グリッドグラッドは実際には、基地というよりたったいま戦いが終わった戦場のような雰囲気だったが、だんだんいろいろな物が揃ってきている。コーデリアは義理の娘の作る市民庭園もいまの段階ではこんな感じだろうとジョールに請け合った——大きな骨が何本もあって、そこから垂れ下がる生きた緑と灰緑色のマントに、バラヤー特有の植物の赤茶けた色が配合されているのだそうだ。ジョールは彼女の言葉を信じるしかない。

カリンバーグはいまだに捨てられたことに苦情を並べたてていた。六カ月まえに数回発生して町中の舗道を壊した強い地震ですら、その声を静めることはできなかった。その苦情を聞いたときにはコーデリアは思わず髪を摑んだが、結局自分の思い通りに計画を進めたので、髪を千切り取ることはなかった。

避けられない出来事の一つとして、女総督と提督との新しい私生活について、非常に想像力豊かな中傷がネットを周回していた。その中身は滑稽なものから腹立たしいものまでいろいろあった。コーデリアはそれをみんな無視した。ジョールも無視しようと努めた。彼女の思ったとおりだった。怒ったりしないので、というか実際には怒りがあっても、望んだような注目を引き出せず反応がなかったので、噂好きの連中は二人より賢くないもっと利益のある目標に移っていった。「噂の種になるなんて気の毒に、馬鹿な人たちね」とコーデリアはつぶやいたが、標的になった人々を助けたりはしなかった。彼女はヴォルバール・サルターナでの経験を喜んではいなかったが、そこから学んだことがないとは誰にもいえない。

二人の乗っている亜軌道シャトルが離陸し、新しい首都とその土地の騒ぎが背後に消えたとき、ジョールはほっとしたのを認めざるをえなかった。

コーデリアは窓から機密保安官のシャトルがついてくるのに目を向けた。「機密保安庁とわたしはお互いに、永久に締め出すことができない関係だと思うわ」彼女はため息をついた。

「そりゃあ、無理ですね」ジョールは同意した。「あなたは女総督をやめても」——彼は彼女の寝室に貼ってあるカレンダーの、幅広いマジックペンでマークした日を目にしていた——

「グレゴールの養い親をやめることはできませんからね」

「そして、だから皇帝に対する潜在的なハンドルでもあるっていうんでしょ。わかってる、わかってる」彼女は顔をしかめた。「グレゴールは自分の地歩を固める方法は知ってるのよ、そうしたければ」

「だけどそれを皇帝にやらせるのは酷です」コーデリアに対する機密保安官の警護は、彼女を苛立たせ、同時にジョールの心も覆う楯《たて》になっているにしても、帝国に余分の費用がかかるわけではない。彼女の財産や子孫にはいうまでもなく。この問題を訴えたら皇帝の同情は得られるかもしれないが、同意は決して得られないことを二人とも知っている。

「だけど――わたしはアレグレの部下の若い人たちが、田舎のよさを知って好きになってくれるといいと思ってるだけよ」彼女は目を細めて考えた。「たぶん下に降りたら、彼らに雑用を見つけてあげられるでしょう」

この小型シャトルは基地から借りたもので、乗り心地というよりは速度と実用性が勝っている。座席は四種類の席に作り直されていて、ひとつ目の席にはストラップをかけたオーレリアといっしょにコーデリアとジョールが座っている。二つ目の席には、ライコフ夫妻と、高い費用をかけてヴォルコシガン領から連れてきてセルギアールで育てた別の親衛兵士の娘で、バラヤーに帰りたがっている若い乳母を加えた三人。三つ目はピクニックを担当する宮殿の召使い三人の席で、四つ目には梱包された食料が積まれている。正確にいえば二人きりではないが、飛行環境の騒音にまぎれて、頭を寄せあった二人はそれなりのプライバシーを保って会話することができた。

「辞任の手続きを昨日からはじめました」ジョールは彼女にいった。

彼女はうなずいて、あまり嬉しそうにしすぎないようにしていった。「替わりの人はいつ来るの？」

「二カ月から六カ月かかると、いわれてます」自分ではもっと少ない月数を期待しているのは気づいている。「そうしたら、タン博士に連絡してエヴァラード・クサブの処置をはじめるようにいうつもりです」

今度は笑みが洩れて顔中に広がった。無言のままぎゅっと握った彼の手に彼女の熱意がこもった。「それじゃ、その子はネイルと同い年になるわ」オーレリアの次の娘がいま、人工子宮で雫のような塊になって醸造《じょうぞう》されている。

ジョールの三つ目のニュースは、オーレリアが目を覚まし母を求めてぐずりだしたので待たねばならなかった。コーデリアは直ちに娘を座席から抱え上げ、ジョールはコーデリアが娘と遊ぶいつ見ても魅力的な情景を楽しんだ。

オーレリアは十八カ月まえ人工子宮を出たとたんに、世界を支配する道に乗り出した。確実に最初の日に統治の道筋を摑んだのだ。

「あなたは本当に大きな強い女の子ね！」コーデリアは娘に向かっていった。「とても素敵。こんな頑丈な赤ん坊で」オーレリアはけらけら笑って母の膝の上で、支えられながらダンスの足踏みをはじめた。ジョールの数えたかぎりでは、この子が生まれてから五百回も繰り返されてきた言葉だ。

コーデリアは最初は赤ん坊を守る気持が強くて、ほとんど誰にも手を触れることを許さず、一度ならず乳母を泣かせていた。ジョールはとうとう乳母の少女を脇に連れていってマイルズの子ども時代のことを説明した。小さくて、骨は砕けやすくて、数限りない回数の医療処置を受け、常に痛みを抱えていたこと。動きを妨げる繃帯や杖に苛立ち、まわりにそれを知らせようと話しても、ぜんぜん満足には反応してくれなかったこと。その初期の医療がどれほどマイルズのトラウマになったか容易に理解できる。いまコーデリアが少々異常になっているいきさつが、そのときまではっきり語られていなかったのだ。乳母は理解し、コーデリアもオーレリアが元気に育つのがはっきりするにつれて、ゆっくり落ち着いていった。たぶんマイルズのあとでは、彼女にはごく普通の赤ん坊がスーパーベイビーのように思われたのだろう。六回もこれを繰り返したら、彼女も慣れるだろうとジョールは思っている。

「この子がちゃんとした文章で話せるようになったら、ひと安心するんだけど」彼女は横を向いて、その新しい心配をジョールにいいたした。言語の習得は若いマイルズにとって、早期に達成した唯一のものだった、とジョールは理解している。一文から段落へと恐るべき速度で言葉を吐き出して、その勢いで当惑するような彼の世界の制御を手に入れていったのだ。

オーレリアは現在、ボディ・ランゲージと表情と奇妙に単語をつなげたもので、恐ろしいほど上手に、自分が満足するまで大人たちを操縦している。緊急の場合にはそれに加える自前のサイレンもある。

しばらくするとコーデリアからオーレリアを渡され、信頼を得るには手伝わねばという気になったので、今度はジョールが意思疎通のための奇妙な交流ダンスをする番になった。とにかく、今日の彼の演技はコーデリアの厳しい合格基準に達しているようだった。

やっとシャトルが目的地に向かって機首を下げはじめた。ジョールは着陸のため、無駄な抵抗をするオーレリアをもとの座席に戻した。海岸線がまず目に入り、近づきがたい赤い崖とその下の波打ち際の白い襞が見えてきた。そのあと港の入り江が現れ、さらにその奥には驚くような隠れた水辺があるのだ。

港は二十キロ近く折れ曲がりながら、周辺の丘に入り込んでいる。岬や突端が交互に深く切れ込んだ入り江を擁《よう》していて、荒々しい海岸線を作っている。亜熱帯と温帯の境界線上にあるこの港は、海と深くて透明な湾の水によってさらに穏やかになり、ほとんど温水のフィヨルドといえるくらいだ。ジョールはコーデリアとこの場所を数回訪れているが、いつ来ても湾の水は夢のように澄んで明るい。

ここから多少入ったところに集落から村に成長した家並みがあって、低い丘と険しい海側の崖の両方から流れ落ちる飲料に適した新鮮な水の恩恵に浴している。このナイチンゲール港では小さな核融合プラントが、現在の千人ほどの住民で使うエネルギーの百倍以上を産出しているが、コーデリアが予測したよりもはるかに早くプラントの能力に見合うほど住民がふえるのではないかとジョールは思っている。最初の丘の連なりの背後にある平たい土地には、すでに小さな農園や苗木の果樹園や葡萄園が点在している。

村にはシャトル駐機場があるが、彼らの乗り物も護衛機もそこより二キロほど海に近い湾に突き出た岬を目指した。十年ほどまえに、コーデリアはこの岬と背後の入り江のあたり一帯を購入しているのだ。これは個人的なセルギアールでの投機だった。ジョールにはその理由が理解できた。

コーデリアは、新しい家をその入り江の入り口の、東の荒海に向いた丘の斜面に建てることにしていた。一行が駐機して午後の支度が調うと、ジョールはコーデリアと家を建てる場所のまわりを散歩した。海岸から五十メートルほど上の斜面に四角い基礎が切りこむように造られていて、このまえ来たあとに配管が設置され、井戸が掘られ浄化槽が設置されているのがわかった。実際に使用する設備はまだだが、斜面の下のほうの隠れたところに作業する者に必要な便所が設置されているらしく、それらしい形が見えた。コーデリアは上機嫌だった。

今日は業者はいない。地域の資源開発の取り組みで、業者はみんな村のはじめての診療所を建てるために出払っているのだ。コーデリアはため息をついて、まあそのうち帰ってくるでしょう、と考えているようだった。今日は、入り江の入り口の水のなかに金属のネットを張って、将来の住民や来訪者のために、安全に泳いだり潜ったりできる設備を確保しようと計画していた。植民者のなかに、新しい海の探検をはじめている者はいないが、この海に関わる野生の生態系はすでに発見されており、そのなかには地上で見つかったものより大型の肉食動物も含まれている。

「あなたの住まいをどこにしたいか、もう決めた?」コーデリアは入り江を取り巻く、灰緑色の薮《やぶ》の遠景劇場を眺めまわしながら訊いた。

「まっすぐ入り江を横切ったあたりを考えているんです。湾の背後の日没の光景が好きなので。

入り江をまわってここまで歩いてくるのは健康にいい距離だし、天候によってはカヤックで横断するのもいいですね」この先、そのカヤックを彼女のドックに何回停めることになるだろう、と彼は考えていた。数えきれないくらいなのは確かだ。「それとも泳ごうかな、体力が余っているときは」

彼女はにやっとした。「その姿が見たいわ」

東のほうの岬そのものは、将来のために取っておこうと二人で決めている。

昼食は少人数の機密保安官チームといっしょに食べた。彼らはこのあたりにちょっとでも危険な人間はいないか熱心に探したが、何も見つからなかった。生物による危険性は、そう、みんなでいまなお探しているところだ。昼食のあと、オーレリアがライコフ親衛兵士といっしょに毛布の上で昼寝をしているとき、ジョールとコーデリアは入り江の周辺のすでに使われなくなって草のなかに埋もれていた小道を歩きまわり、岬にも登って湾の上下の素晴らしい風景を眺めた。東側では港の入り口の先に、まったくさえぎるもののない世界を縁どる水平線が延びていて、海と空が青と紫の朦朧《もうろう》とした線上で微妙に混ざりあっている。

「あれは」ジョールは、頂上に上がるときに切らした息を取り戻していった。「非常に大きなひとつの湖なんですね」

コーデリアは柔らかい笑い声をたてた。

「あなたに話したいことがあったんだ」少し恥ずかしい気持で彼は打ち明けた。「ガメリンにいわれたんですよ、もう一科目生物学の講義を受けて、この二年間に大学の機関誌《ジャーナル》用に彼に送った論文をひとつにまとめたら、学部過程と大学院過程を飛びこえて、ぼくを直接彼の院生過程に入れてくれるって」

ジョール自身も数カ月まえから、〈これはただの趣味ですよ〉というようなふりをやめていた。

コーデリアは驚く気配も見せず軽く応えた。「すでに論文を考えたり書いたりできる学生なら、もっとも異質な場所だろうと、怪我をした背中の後ろで手を縛られていようと、どんな期間の野外遠征でも安全に組織できるし、おそらく、学部とか大学全体とかの運営も、望めば寝ながらでもできる――」

「野外研究だよ」ジョールはしっかり口をはさんだ。「ぼくは野外研究をしたいんだ。屋外での研究を」

「もちろんガメリンはぜひともあなたが欲しいでしょうよ」彼女は腕を彼の腕にからませた。「未来の学生は、あなたを敬慕すると予言するわ、ジョール教授。それも自分で思っているよりもすぐに。それにあなたはすでに、人に教えるこつを知ってるじゃないの」

「そりゃあ、もちろんだ。平和な時期の軍隊は教えるぐらいしか他にすることがない。常に新参者に対処して、彼らをスピードアップさせるんですよ。いままでやったことのないことをやらせるんだから」それから思い出していいたした。「戦時の軍隊だってそれは同じで、ただもっと早いんです。外部の人間は……その機能に気づいていない」立派な士官や下士官は軍隊の徳の見本になるが、ときにはもっとちがう面がある。腐った悪い見本では、人事異動を短い間隔で行うこともありうる。ジョールは自分は士官のどんな見本だったのだろう、自分のあとはどのくらい続くだろうと考えていた。

「天体物理学でいうと、セルギアールの海は地図上では一ミリになるのよ」

「わかってます」ジョールはいった。「軌道から十分に見ていますよ」

「セルギアールの生物圏には、もっと近くで見る人が誰か必要なのね」

「一人以上の人がね。五千年とガメリン教授は考えていて、それが冗談でないことがわかるまでしばらくかかりましたよ。この湾だけでも、一人の探検家の忙しい半生が必要です」それも家の近く――研究者の玄関のすぐ外でね、たぶん。「港の入り口の向こうとなると――そうですね、一人の男じゃ、疑問がなくなるまえに寿命が尽きそうだ」この大陸の北海岸に沿う、広大で複雑な珊瑚礁《さんごしょう》のような構造はすでに注目を集めているが、この世界の現実的な需要は、いまだにほとんど陸地の資源に偏っている。「ふさわしい研究船の財源を見つけることは、一苦労かもしれません」

「うむ、わたしは財源を見つけることに適任の人間を二人知っているかもしれない。その考えはたやすく諦めないでね」

「まだ計画もしてませんよ。そこは大きな食堂だけど、誰も一度に食べることなんかできなかったんです」

コーデリアの笑みが広がった。「あらまあ、わたしは科学者が強欲だってことを忘れていたわ。あなたはまるで――」

「ベータ人みたいですか」

「ベータの調査隊っていおうとしたのよ。わたしたちもいつも、そう、ベータのトンネル掘りほどにもつつましくなかったわ」

手のなかに忍びこんできた彼女の手を、ジョールはぐっと握り返した。

そのあと少しして、彼女はいった。「その船のナビゲーターをどこで安く見つけられるか、わたしは知っているの。その女性はおそらく、足のマッサージ師としても働いてくれるわ。しかも実験室の入り口で」

「約束ですよ」彼はいった。それから二人はしばらくのあいだ、明日新しい太陽が昇るはずの水平線を見つめて佇《たたず》んでいた。

訳者あとがき

ビジョルドの〈ヴォルコシガン・サーガ〉とも呼ばれるシリーズで最初に刊行されたのは、邦訳ではあとになりましたが、原書ではコーデリアを主人公にした『名誉のかけら』でした。訳者が最初にこのシリーズに惹かれたきっかけは、面白いと思って出版社に推薦した『自由軌道』の原書に載っていた、『名誉のかけら』についてべたぼめした「読者の声」でした。

名前から察するに女性が多いようでしたが「こんなに面白いSFははじめてです」というような内容だったのです。そういわれたら読んでみたくなるじゃありませんか。ビジョルドのSFはこの〝面白い〟という一言に尽きます。他の作家のすぐれたSF作品はいろいろありますが、彼女の作品はどれを読んでも物語として抜群に面白いと、わたしはいまも考えています。

いまでは世界中に拡がっている長年のファンにはいうまでもないことですが、一応はじめての方のために解説しておくと、これはワームホール・ネクサスと呼ばれる〝宇宙の虫食い穴〟で行き来できるネクサス宇宙に進出した人類の未来の物語です。ちなみにこの穴のことは現実の科学辞典にも載っています。ベータ軍の天体調査隊の艦長コーデリアは『名誉のかけら』で、バラヤーという後進星の軍人貴族アラール・ヴォルコシガンと知り合って、恋に落ち、結婚します。そのあとコーデリアはさまざまな熾烈な運命に弄《もてあそ》ばれるのですが、ヴォルコシガン・

シリーズは、コーデリアの無鉄砲で頭のいい息子、マイルズの冒険を中心にして、一族の人々が登場する物語になっていました。そのマイルズも前作『マイルズの旅路』の最後では父の死とともに領地の国守に収まって、かつてのように皇帝の命で遠くの星に派遣されることも少なくなったようです。その分、本書では母コーデリアとマイルズの対話を、ちょっとにやにやしながら読む楽しみがあります。

『名誉のかけら』は、若き日のコーデリアがセルギアールとのちに名付けられる新発見の星で活躍し恋をする物語でしたが、本作は同じセルギアールを舞台に、夫と死に別れて七十六歳になったコーデリアを主人公にしていて、驚いたことに第一作と同じようにラブストーリーです。老いらくの恋？　いえいえ、老いらくなんていえない、なにしろコーデリアはベータ植民惑星の出身ですから、バラヤー人よりも寿命がはるかに長いのです。

ちなみにビジョルド本人はまだそんな年齢ではないはずですが、長編を紡ぎだす作業にいささか疲れたのか、最近は短編しか発表していません。ですから、長編としては三年前に書かれた本作が最後になるのかもしれません。このシリーズが同じセルギアールを舞台にしてコーデリアの二つ目の（最後の？）恋を描いているのには、作者のメッセージを感じます。

ヴォルコシガン・シリーズの年譜

【マイルズ誕生のほぼ二百年前】
遺伝子工学により新人類クァディーが創造される。彼らは創った会社の破棄命令に抵抗して脱出し、やがてクァディー宇宙を創ることになる。（『**自由軌道**』ヒューゴー賞、ネビュラ賞）
【ベータ＝バラヤー戦争期】
コーデリア・ネイスミスが交戦相手の惑星のアラール・ヴォルコシガン卿に出会う。困難を乗り越えて、ふたりは愛し合い結婚する。（『**名誉のかけら**』）
【マイルズの誕生前後】
コーデリアの妊娠中に、毒ガスによるアラール暗殺未遂事件が起こる。その後遺症でマイルズ・ヴォルコシガンはもろい骨などの医学的な問題を抱えて誕生し、発育を阻害される。（『**バラヤー内乱**』ヒューゴー賞、ローカス賞）
【マイルズ十七歳】
士官学校の入試を骨折により失敗し旅に出たマイルズは、ふとしたことからデンダリィ傭兵隊をでっちあげる。四カ月の冒険ののち、皇帝はマイルズの士官学校入学を認める。（『**戦士志願**』）
【マイルズ二十歳】

マイルズ少尉はヴォルコシガン領の領主代理として、地区の事件解決を父から命じられる。
（「**喪の山**」『無限の境界』に収録、ヒューゴー賞、ネビュラ賞）
その後まもなく、若い皇帝を救うためにふたたびデンダリィ隊に合流する。皇帝はデンダリィ隊を特殊任務隊として認める。（『**ヴォル・ゲーム**』ヒューゴー賞）
【マイルズ二十二歳】
マイルズは従兄弟のイワンとともに、セタガンダの国葬におもむき、政争にまきこまれそれを解決する。（『**天空の遺産**』）
デンダリィ隊提督のマイルズはエリ・クイン中佐をクライン・ステーションの単独任務に送り出す。（『**遺伝子の使命**』）
【マイルズ二十三歳】
デンタリィ隊は、ジャクソン統一惑星から遺伝子を盗み出すことをある科学者に依頼される。
（「**迷宮**」『無限の境界』に収録、デイヴィス賞）
【マイルズ二十四歳】
セタガンダの捕虜収容所に囚人解放のため潜入する。軍事史に残る大脱走には成功したものの、地球まで逃げることになる。（「**無限の境界**」『無限の境界』に収録）
地球に滞在中、マイルズはヴォルコシガンとネイスミスのふたつの立場を行き来するうちに、上官の誘拐事件にまきこまれ自分のクローンに出会う。（『**親愛なるクローン**』）
【マイルズ二十八歳】

ジャクソン統一惑星との戦闘のさなか、マイルズは自分のクローンと再会する。(『**ミラー・ダンス**』ヒューゴー賞、ローカス賞)

【マイルズ二十九歳】

出血多量で一度死亡し、低温蘇生器で蘇生したマイルズは、後遺症によりひどい失敗をしてすべての地位を失うが、失意のマイルズを皇帝は聴聞卿に任用し、イリヤンが記憶を失った事件を調査させる。デンダリィ隊はエリ・クインに任せられる。(『**メモリー**』)

【マイルズ三十歳】

皇帝はコマールの宇宙事故の調査に、聴聞卿のマイルズを派遣する。そこでマイルズは運命を変える人物に遭遇する。(『**ミラー衛星衝突**』)

【マイルズ三十一歳】

皇帝の結婚の準備が進むなか、バラヤーの国守評議会は厄介な問題をかかえ、父がセルギアールの総督として不在のため、マイルズが代議員として政治力を発揮する。マイルズの求婚はなかなかうまくいかない。(『**任務外作戦**』「**冬の市の贈り物**」)

【マイルズ三十二歳】

新婚旅行から任務に呼びもどされたマイルズは、クァディー宇宙に向かう。そこで古い友人と新しい敵に遭遇する。(『**外交特例**』)

【マイルズ三十七歳】

人体冷凍術が主産業の惑星〝キボウダイニ〟に派遣される。(『**マイルズの旅路**』)

検印
廃止

訳者紹介　東京女子大学文学部英米文学科卒。訳書にビジョルド「戦士志願」「自由軌道」「親愛なるクローン」「無限の境界」「ヴォル・ゲーム」「メモリー」「任務外作戦」「マイルズの旅路」〈死者の短剣〉四部作他多数。

女総督コーデリア

2020年7月31日　初版

著　者　ロイス・マクマスター・ビジョルド

訳　者　小《お》木《ぎ》曽《そ》絢《あや》子《こ》

発行所　(株)東京創元社
代表者　渋谷健太郎

162-0814/東京都新宿区新小川町1-5
電　話　03・3268・8231-営業部
　　　　03・3268・8204-編集部
URL　http://www.tsogen.co.jp
DTP　工友会印刷
暁印刷・本間製本

ISBN978-4-488-69822-5　C0197

前人未踏、3年連続ヒューゴー賞受賞の破滅SF

THE FIFTH SEASON◆N. K. Jemisin

第五の季節

N·K·ジェミシン

小野田和子 訳

カバーイラスト＝K, Kanehira

創元SF文庫

◆

数百年ごとに〈第五の季節〉と呼ばれる天変地異が勃発し、
そのつど文明を滅ぼす歴史がくりかえされてきた
超大陸スティルネス。
この世界には、地球と通じる特別な能力を持つがゆえに
激しく差別され、苛酷な人生を運命づけられた
“オロジェン”と呼ばれる人々がいた。
いま、あらたな〈季節〉が到来しようとする中、
息子を殺し娘を連れ去った夫を追う
オロジェン・ナッスンの旅がはじまる。
前人未踏、3年連続で三部作すべてが
ヒューゴー賞長編部門受賞のシリーズ開幕編！